中国醉美的古诗词

吴礼明／著

图书在版编目（CIP）数据

中国醉美的古诗词／吴礼明著 .－北京：文化发展出版社，2016.8
ISBN 978－7－5142－1384－3

Ⅰ．①中⋯ Ⅱ．①吴⋯ Ⅲ．①古典诗歌－诗歌欣赏－中国 Ⅳ．① I207.22

中国版本图书馆 CIP 数据核字（2016）第 144940 号

中国醉美的古诗词

作　　者：吴礼明

责任编辑：肖贵平
执行编辑：罗佐欧　　　　　责任校对：郭　平
责任印制：孙晶莹　　　　　责任设计：侯　铮
排版设计：北京盟诺文化

出版发行：文化发展出版社（北京市翠微路 2 号　邮编：100036）
网　　址：www.wenhuafazhan.com
经　　销：各地新华书店
印　　刷：北京盛华达印刷有限公司
开　　本：710mm×1000mm　1/16
字　　数：268 千字
印　　张：15
印　　次：2016 年 12 月第 1 版　2016 年 12 月第 1 次印刷
定　　价：35.00 元
ＩＳＢＮ：978－7－5142－1384－3

◆ 如发现任何质量问题请与我社发行部联系。发行部电话：010-88275710

诗云：他人有心，予忖度之。

——《孟子·梁惠王上》

关于本书几点说明

一、本书所选古典诗歌35首,并涉及古典诗歌17首,只粗略地分为"词曲""绝句""律诗"和"古体诗"等几个部分。其中词曲部分不再细分。具体篇目不再按照讲课的时间进度,而以朝代与诗人年代的前后进行排列。至于诗作者,在每首诗歌讲析的前面都做一般性简介,重复的作者只显示前一次介绍。

二、每一讲基本分为"诗词品读""问题聚焦"和"读法链接"三个板块。讲析依然从诗歌的语言入手,按照诗歌的自然节律推进讲析进度,力求深入到诗歌语言的细节或为人所忽视的局部,并顾及诗歌内容的整体性;然后,再对涉及诗歌的有关问题进行简要的解答、提示或说明等。最后再作一些小的牵引,以"有关点评"的方式,搜索一些历史名籍、名家对相关文本与作家的评价等,列之于文稿之后。而相关的观点,则比较注意将一些相左的看法,或是与笔者看法较远的一些其他的看法摆列出来,以便读者思考及参照。

三、讲析注重诗歌结构技巧的分析,也注重关涉诗歌的用典等修辞手法,对于诗歌的意象、情景或意境,则尽力用现代文学性语言进行一定的情境性描述,而不作专业引证及烦琐的考证性讲解,其他的内容则纳入思想文化范畴进行简略的当下性揭示。

四、行文在逻辑上,以《周易》"言有物""言有序"为指引,讲析文字讲求逻辑性和舒展性。而在有限篇幅内,也尽量使有关观点附带一点证据并具备说服力。同时,追求"品其滋味,析其道理,得其圆释"的风格,使之成为这本古典诗词讲授的一根鲜明的主线。此外,在主体部分(四个单元的古典诗词讲析)之外,另附两节古典诗课录,亦作为"精细的文学感觉"之一部分,以增加对中国诗歌语言特性的认识与理解。

五、就文本解读来说，本书以"解读者对文本要素的感兴及对文本结构的把握程度"为解读的发生依据和弹性空间，遵守解读的共同规约性，兼顾解读的感性与理性层面，并加强文本解读的相关修炼；同时认为，理解本于心灵，努力抓住文本的蛛丝马迹，感知和领略意义世界之美，不断增益生命的底蕴和亮色。本书不遮掩自己的解读风格，相信不乏一些新的发现。

序 1

吴华宝

中国是诗国。中国的诗歌如江如海,如繁星闪闪烁烁。

与之相应,《诗大序》、《诗品》、杜甫诗论、元好问诗论以及各种诗话等可以说解诗之作如花如草,如森林莽莽苍苍。

遗憾的是,从《诗大序》起,迄《人间词话》止,种种精确、精彩、精致的解诗之作,皆不能被中学生直接汲取。

不过,令人欣慰的是,吴礼明老师的新作《中国醉美的古诗词》已经杀青,即将付梓。

吴老师品读诗词,能够深入浅出。词义、句意、典故、旨意、情感等,娓娓而谈,头头是道。对关键的词语,吴老师不厌其烦,词义不讲解清楚不肯罢休。句意概括的,具体之;句意具体的,概括之;句意抽象的,阐发之;句意含蓄的,明确之。吴老师抓住画面,把握格调,进而带领学生体味作品的意境。对于典故,不仅熟悉它,还要理解其作用、妙处。诗课很耐心,很细致,很从容,学生每节课都会有丰富的收获。

礼明君适当地进行深度鉴赏。对于重要的篇章或重要的段落,礼明广征博引,诗论、诗话、词话,凡可用者,皆信手拈来,质疑、印证、联系、剖析,各得其妙。把古今同类作品、近似作品、相反作品集中起来,比较、分析、斟酌及探究,从而是是非非,言之成理,持之有故。解铃还须系铃人,以子之矛攻子之盾,用原作者的作品、观点来说明问题,委实是巧妙的方法。礼明君还现身说法,以自己创作的诗歌来佐证。诗课精益求精,使学生口服心服、入脑入心,既知其然,又知其所以然,能收举一反三之效果。

诗课深中鹄的。学生阅读中可能产生的困惑,教师测试时可能设置的问题,往往是学生阅读诗歌的难点，也可能恰恰是诗歌作品的关键所在。不能回避问题，也不能就问题讲问题。礼明君结合诗歌实际，注重方法引领，传授诗歌知识、写诗技能，炼字、炼意、格律、修辞手法、表达方式、写作技巧及结构特征，都能适当地解说，通过点拨、引申与拓展，学生的困惑迎刃而解，问题涣然冰释。诗课的目的是使学生掌握诗歌的内容和技巧，而不单纯为了应试，但学生参加考试却能比较好地解难释疑，获得好成绩，这是诗歌教学的高境界。

其实，有《诗大序》以降，现当代解诗说词的佳作也可汗牛充栋，不胜枚举，但它们大都是专家的著作，在接地气方面存有缺憾。礼明君的不同之处和优势所在，是作为中学语文教师，他多年操作经营"生命课堂"，贴近学生、熟悉课堂；教学之余，他参与《汉书》《后汉书》的注译工作，有较深厚的古文功底；他的《散文阅读新路径》，更展现了开阔的视界。这部新著厚、实、新、宽、深，既把握宏观，又深究细部，既高屋建瓴，又脚踏实地，因此，这部新著既适合中学生阅读，又可供中学语文教师作重要参考。

收到礼明君的电子稿《中国醉美的古诗词》，先睹为快，一口气读完，兴奋之余，欣喜之后，写下自己的感想，不妥之处，敬请大家教正。

2016 年 3 月 31 日

吴华宝，著名学府中国科技大学附中特级教师、省作协会员、合肥学院硕导、全国语文教学与研究先进个人，安徽中学语文教师远程教育首席专家。著述 18 部（含与人合著）。

序 2

周美超

老实说，我是带着敬佩和感激之情读完吴礼明老师的这本书稿的。

在我的朋友圈中，甚至在整个教育界，可以说，吴老师都是个少见的有个性、有思想且有博大教育情怀的人。他真心做教育，痴迷于教学研究，几乎把所有的精力都献给了课堂、献给了自己心爱的学生。教书育人在他这里绝不是一句空话，而是他行为的准则和生活的全部。他爱自己的学生，与学生做朋友，蹲下来与学生沟通，把学生的快乐当作自己的快乐。在越来越功利的当下，老师们的教育热情也渐渐消减、冷却，而吴老师却依然故我，甚至有越来越热而至有熊熊大火之势。他说："教学要做好该做的事，就要有所思考。"思考什么？思考教学的内容，思考教学的方法，思考怎样打好学生的精神底子，思考怎样在巨大的应试压力下让学生们快乐学习、健康成长。他努力将自己的思考付诸实践，渗透到每一个课堂、每一个教学行为之中，几十年如一日，他以自己的行动践行着一个普通教育者的良知和责任，而他的这本《中国醉美的古诗词》正是他炙热教育情怀的一次鲜明的体现。

吴老师反对应试教育，一直走在教改的前沿，但他并不盲目跟随潮流，扎堆附和，人云亦云，而是冷静地对待每一波教改浪潮、层出不穷的教育思想、花样翻新的教学模式，更不屑于搞那些虚假的公开课、研讨课以及任务性的课堂研究。他把全部的精力投注于课堂，他从实际的课堂教学中，从每个学生的表情和精神状态中，寻找教育的真谛，发掘语文教学的规律。从他独自所做的课题——"课堂教学现场化"与他所积累的大量的教学案例、课堂教学录音中，都能清楚地发现，他所做的一切都立足于课堂，立足于学生的成长与发展，包括本书所提到的他在高三古诗词教学中采用的以"讲"为主的教学模式。吴老师既是个思想者，又是个长于行动者。实事求是，返璞归真，使他的课堂教学达到了自如、自由的真境。

对于一个真教育人，情怀不可少，个性也不可或缺，但更需要的是丰富的教育经验和智慧。吴老师就是个具有丰富教育经验和教育智慧的人。

我们都知道，古诗词教学一直是高中语文教学的软肋，学生怕学，老师也觉得难教，教学效果一直很差。究其原因，恐怕主要还在于老师的教学目标错位、方法缺席以及教师本人才识浅陋等方面。而吴老师却克服了这几个方面的缺陷，因而他的课堂显得自由、随意且效果颇佳。

所谓目标错位，是说当前很多老师的课堂教学还是以应试为目的，以接近"标准答案"为宗旨，带学生在题海中挣扎，妄图借助大量的训练，借助技巧、方法的总结，达到考高分的目的，却忽视了古诗词的本质，即古人思想、情怀、气质乃至生命状态的一种表达，是古人与自我、与社会、与宇宙自然的真诚对话，是活的生命体，而非一堆死的文字。也就是说，要想提高古典诗词教学的质量，让学生喜欢古诗词，热爱古诗词，教学中就应该引导学生走近古人，与先贤对话，理解他们的表情，触摸他们的心跳，甚至是血脉交融，进而让他们的深刻思想、丰富情感、高雅气质、高尚情操流入自己的身体，化作个性、化作精神、化作底气。当然，古今殊异，教师又必须允许学生站在当代的立场上，结合自身的经历和生活体验，去理解、评判古人的行事与思想。学习的目的是充实自己，是满足孩子们生命成长的需要，而非模仿、复制古人。因此，古诗词教学既要入乎其内，又要出乎其外，让学生在仔细地品味、理性的思考、激烈的论争和清晰的表达中，获得有关思维品质、阅读能力、意志品德等方面的培养与提升。而吴老师在古诗词教学中一直强调要"品其滋味，析其道理，得其圆释"，正体现着他对古诗词教学目标、教学内容的深刻理解与准确把握。

吴老师说，他教古典诗词，"除了要求学生掌握基本的识读与欣赏的方法，还要将对文学的一些精细的感觉传递给他们"。我认为，吴老师把握了古诗词教学乃至深中中学语文教学之肯綮。他所说的对文学的"精细感觉"，实际上就是一种敏锐的语感。朱作仁教授说："敏锐的语感既是学好语文的重要条件，也是一个人语文水平的重要标志。"可见，培养敏锐的语感对于语文学习的重要性。但"敏锐的语感"或者说"精细的感觉"的培养是离不开具体的语言实践的，离不开正确的思维方法和良好的思维品质的。吴老师"讲"古典诗词，都是从语言入手，"顺着语言的自然节律"，引导学生联想和想象，把握意象的内涵，进而深入诗歌的意境，同时对作品的主要意象，或者幽微深邃之处，或者"敏感的细节"，带学生做重点的探讨，反复揣摩品味。为此，常常要引入诗人的其他作品，或者用其他诗人的相关作品加以比照，或引述历史人物、典故传说来映证，或直接把当下的现实、自己的生活经验植入诗歌，帮助学生准确、深刻地把握诗歌的内涵，领悟文字背后丰富、幽微的情味。这样做，不仅让学生充分理解了具体的作品，而且能让他们在长期的思维训练中，最终形成对文学的"精细感觉"以及良好的语言表达能力。

对于语文教学而言，理念也好，目标也好，方法也好，我认为，都还是外在因素，真正起决定作用的是教师的专业素养与学识才华。没有过硬的专业素养与丰富的学识，是无法创造出独特而高效的课堂的，而别人的东西再好，也是学不到的。吴老师不仅是一位教师，也是位作家，更是一位"板凳能坐十年冷"的学者，他"每天都要读书，每天都要思考"，笔耕不辍、思考不止，日积月累，所以，他的每一节诗词课看上去朴拙、随意，却深藏机巧和用心。大巧若拙，没有过硬的功夫是根本做不到的，而于平常不读书的老师，更是望尘莫及的。

新一轮课改已经持续十几年了，应该说，新的课程理念已经深入每一位老师的心中，但老师们普遍很少读书却也还是不争的事实。高考的压力，功利的思想，使得很多老师心浮气躁，根本静不下心来去读教参、教辅以外的书籍，更谈不上作系统的阅读、深入的研究了。有的老师大学毕业，本身就底子薄，多年不读书，知识长期得不到有效更新与补充，以致视野越来越狭隘，对文字的感觉也逐渐钝化，到最后，即使他们想改变，想有所作为，也是悔之晚矣。

因此，多阅读、多思考，乃至会读书、会思考，是我们语文教师的当务之急。只有我们会读书、会思考，才能让学生会读书、会思考。老实说，这是我读吴老师这本书的最大感触，也是我在文章开头提到"感激"的主要原因。

说着这些，我的眼前又浮现出吴老师深夜读书、奋笔疾书的情形。

心有所感，手有所书，姑以为序。

2016年3月25日

周美超，安徽百年名校浮山中学语文名师、学科教研组长，中学高级教师，安庆市学科带头人，安庆市首届名师团成员。

序3　"慢慢走，欣赏啊！"——我的最美古典诗课梦
吴礼明

〔一〕我仍然还记得2012年6月8日那个高考结束的晚上的一个路遇，随即记在了新浪微博里。现在翻看，感觉还是那么温馨。当时写道："晚与妻轧了一截马路，遇到了刚刚结束考试的孩子，三三两两群过，高高兴兴地招呼了一通。不想这时就遇到了。不期而遇，遇而即散。人生其实就是这样。"就这样，我感觉很好。

〔二〕我也仍然记得高三班毕业课上的致辞，叫《文学：一种人生的修养方式》。

我说，我所能做到的，就是对你们说，做个文学的人。

你们应该像海德格尔理解大画家凡·高的《农鞋》那样理解一个人，将心灵引向善，以寻求更多的生活的本真，而不至于被生存的黯淡淹没了。像朱光潜先生那样对文学有一颗敏感而丰富的心灵，那么，即使在生活的最难处，也能找到一片鲜丽的诗魂。

也许你们中的一些人将来或为名人，或默默无闻，但无论身处何地、何时，都应该有一种诗性的生命审度。你可以像我们东方慧根所展示的对一朵花的情感，也可以将生活轻轻地点化。

〔三〕当然，我不会忘记答杂志记者问的《我的一份审美答卷》。

我说，读古典诗，很随意地读到言外之意、味外之旨，更不要说那些熟悉的意象、辞藻和韵脚等了。好诗是天才与时间共谋的结果。一方面，好诗出自天才的创造。当然，诗人可以是平凡之身，但在创造的那一刻，他须得天启。留传至今的每一首诗作，几乎都是天书，只不过以凡人能够看懂的方式书写着。

另一方面，读诗需要时间。这好比酿酒，时间越长，醇厚的滋味就越长。有高人说过，时间越长，应景性的或是机巧的小物件都会褪色，并且不再有新鲜的刺激，于是剩下的，全是触动我们灵魂的东西。古诗里那些纯粹的部分，在时间的长河里，就变成恒久的美和意象。

读这样的美与意象，是精粹的、感动心灵的。即使耳熟能详的诗句，每新一次

的品读，总有一番深切的滋味在心头。诗之所以感动人，是因为在根子上，它让人获得心灵的解放与自由，而诗意的栖居，就是让人寻得理想的精神家园。读诗，让我们获得生命里更深厚的存在。

〔四〕照理说，中学的文学教育最应当是分内的，而不是例外的。而浸润于数千年文化与诗文的中国，其少年和青年，应当含英咀华、芬芳吐纳才是。但现实则不然，极端低俗化和功利化，正不断地侵蚀着一代又一代孩子和年轻人的青春生命和价值观。

避免这种走势的，只有回到人文之路，回到文学之路。所以近十年来，我是越发感到文学教育的重要性。

〔五〕近代以来，面对弊病丛生的中国，先贤们或以"生活于趣味"说（梁启超），或以"以美育代宗教"说（蔡元培），凡此种种，都希望通过审美教育来培育现代人格。

至于我，则更服膺于乡贤朱光潜先生"人生的艺术化"。它是关于人生的理想化和情趣化，以及人生的生命自由和淡泊泰然。他在《文学与人生》里说："文学是一般人接近艺术的一条最直接简便的路……是一种与人生最密切相关的艺术。"又说，"文艺到了最高的境界，……对于人生世相必有深广的观照与彻底的了解，……一个对于文艺有修养的人绝不会感觉到世界的干枯或人生的苦闷。"

〔六〕而我的文学讲授之道，则取之于乡贤刘大櫆先生的"因声求气法"。

他在《论文偶记》里说："神气者，文之最精处也；音节者，文之稍粗处也；字句者，文之最粗处也……神气不可见，于音节见之；音节无可准，以字句准之。""积字成句，积句成章，积章成篇，合而读之，音节见矣；歌而咏之，神气出矣。"而乡贤姚鼐先生，在《古文辞类纂》里又说："所以为文者八，曰神理气味，格律声色。神理气味者，文之精也；格律声色者，文之粗也。然苟舍其粗，则精者亦胡以寓焉。学者之于古人，必始而遇其粗，中而遇其精，终而衔其精者而遗其粗者。"

我的诗词教学，正践行此理与此法。由字句到音节，由音节到神气，是一个由表及里的完整过程。今天的教学，已经淡化对音节的品咂，而强化由词到句以及句组、语篇的把摩与玩味。我的讲析从诗词语言入手，按照诗歌的自然节律推进讲析进度，并力求深入到语言的细节或为人所忽视的局部，同时顾及诗词内容的整体性。

〔七〕再回到特别的2012年，与学生们一起分享了我们的"最美古诗课"——

读刘孝绰《咏素蝶诗》，让人相信，这一首揭示生存的堪怜之作，足以击毁史书的捏造。而王维《田园乐·其六》诗，在闲美的风物背后，让人领略了自由生活的滋味。

向子諲的《减字木兰花·斜红叠翠》、王安石的《葛溪驿》、黄庭坚的《寄黄几复》、文天祥的《夜坐》等诗作，是柔弱中的坚强，让人看到风骨。而柳永的《甘草子·秋暮》、秦观的《浣溪沙·漠漠轻寒上小楼》、贺铸的《如梦令·莲叶初生南浦》和周密的《玉京秋》等词作，落寞又孤单，体己兼怀人，培养的是一份温细的心灵。

刘长卿的《余干旅舍》，让人感到庸常生活的某个场景，可以化为温馨。而读魏初的《鹧鸪天·去岁今辰却到家》，让人理解生活、理解人生。至于读杜甫的《岁暮》，慷慨悲歌，意绪深沉，而《日暮》一诗里，也有一片清辉、灯光与乡愁啊。

读周邦彦的《苏幕遮·燎沉香》，让人感到，青春何其风情万种，它也最能警醒和让人牵念。而读崔橹的《三月晦日送客》，总有一份温馨而浓厚的别情在心头。

……

〔八〕朱光潜先生在《谈美·十五》里说，"阿尔卑斯山谷中有一条大汽车路，两旁景物极美，路上插着一个标语牌劝告游人说：'慢慢走，欣赏啊！'许多人在这车如流水马如龙的世界过活，恰如在阿尔卑斯山谷中乘汽车兜风，匆匆忙忙地急驰而过，无暇回首流连风景，于是这丰富华丽的世界便成为一个了无生趣的囚牢。这是一件多么可惋惜的事啊！……朋友，'慢慢走，欣赏啊！'"

多好，"慢慢走，欣赏啊！"

〔九〕而现在，让我欣喜、激动的是，语文报社副社长、《语文教学通讯》高中刊主编姜联众先生，《语文报·青春阅读》主编、语文报社21世纪图书项目部主任路静文女士，都对即将出版的这册古典诗课小书呵护有加，并写下热情洋溢的推荐语，令人感动啊！

而此时，又荣幸得到著名学府中国科技大学、省内德高望重的语文前辈吴华宝先生的肯定并赐序，又有幸得到执教成都著名中学、中国最具艺术修养并思想兼美的语文明星教师夏昆仁兄的热情推荐，还得到我的大学同学、安徽百年名校浮山中学名师周美超仁兄的支持并赠序。同时，又荣幸得到出生于人才纷涌、将相辈出、深具中原气象的江淮名都合肥的著名出版人、首席策划董曦阳先生的善待，从书稿审读、提出修改意见到最后的完善等，为小书的出版付出了极大的心力，在此，均真诚地谢过！

  最后，感谢我敬重的文化发展出版社，将一个教师的又一个梦想变成了现实——而这本书也理所当然地成了作者的中国梦和教育梦的一部分！

2016 年 4 月 9 日

目　录

Ⅵ　序 1（吴华宝）

Ⅷ　序 2（周美超）

Ⅺ　序 3 "慢慢走，欣赏啊！"——我的最美古典诗课梦（吴礼明）

第一章　兰红波碧忆潇湘

002 /　　戴叔伦、韦应物《调笑令》

007 /　　孙光宪《浣溪沙・蓼岸风多橘柚香》

012 /　　柳永《甘草子・秋暮》

018 /　　秦观《浣溪沙・漠漠轻寒上小楼》

022 /　　贺铸《如梦令・莲叶初生南浦》

031 /　　周邦彦《苏幕遮・燎沉香》

040 /　　李清照《忆秦娥・咏桐》

045 /　　向子諲《减字木兰花・斜红叠翠》

049 /　　周密《玉京秋》

055 /　　魏初《鹧鸪天・去岁今辰却到家》

061 /　　陈草庵《山坡羊・晨鸡初叫》

068 /　　郭麐《菩萨蛮・北固题壁》

第二章　杨花落尽子规啼

074 /　　王维《田园乐・其六》

080 /　　崔橹《三月晦日送客》

088 /　　陆龟蒙《怀宛陵旧游》

092 /　　欧阳修《梦中作》

099 /　　王安石、方惟深《无灯欲闭门》

104 /　　晁端友《宿济州西门外旅馆》

108 /　　陆游《看梅绝句（五）》

112 /　　沈周《栀子花诗》

115 /　　李中《钟陵禁烟寄从弟》

118 /　　叶燮《客发苕溪》

第三章　归梦不知云水长

125 /　　杜审言《早春游望》

134 /　　李白《渡远荆门送别》

141 /　　刘长卿《余干旅舍》

147 /　　杜甫《岁暮》

153 /　　卢纶《晚次鄂州》

159 /　　韩愈《左迁至蓝关示侄孙湘》

166 /　　赵嘏《长安秋望》

177 /　　王安石《葛溪驿》

184 /　　黄庭坚《寄黄几复》

191 /　　文天祥《夜坐》

196 /　　顾文昱《白雁》

第四章　芙蓉泣露香兰笑

203 /　　刘孝绰《咏素蝶诗》

211 /　　李贺《李凭箜篌引》

后记

222 /　　一个纪念或是见证

第一章 兰红波碧忆潇湘

——词曲赏析

诗者，志之所之也。在心为志，发言为诗。

——毛诗大序

最壮丽的诗意之旅只能在不受拘束的距离之外进行，好比我们有时在黑夜寻找星星，不是从正面而是从一旁向它注视的方法。

——[美]惠特曼 摘自《西方诗论精华》第271页

当一首诗写好了的时候，它便结束，但并非完成了；它开始，它在它自身中，在作者那里，在读者那里，在沉默中找寻另一首诗。有许多时候，一首诗向它自己启示，很快地在它自己的内部发现一种料想不到的用意。辉煌，整个辉煌。

——[西]贝德罗·沙里纳思 摘自《戴望舒译诗集》第165页

一首小小的抒情诗能够唤起一种感情，这种感情又把其他感情汇集在自己周围，并和后者融合在一起成为一部伟大的史诗，最后，由于它变得越来越有力，它所需要的形体或象征也就越来越直率粗犷，而不必那样纤巧。此时，它就带着全部汇集的感情涌溢出来，置身并活动于日常生活盲目的本能出动之中，成为力量中的力量，就像人们在一棵老树的树干上看着年轮套着年轮一样。

——[爱尔兰]叶芝《诗歌的象征主义》

戴叔伦、韦应物《调笑令》

戴叔伦(732—789),唐代诗人,字幼公(一作次公),润州金坛(今属江苏)人。年轻时师事萧颖士。曾任新城令、抚州刺史等。贞元二年(786年)辞官还乡,四年出任容州刺史兼容管经略使,贞元五年,卒于任所。其诗有表现隐逸生活和闲适情调,也有反映人民生活艰苦之作。

韦应物(737—792),唐代著名诗人,京兆长安(今陕西西安)人。以恩荫补官,建中四年(783年)以后任滁州、江州、苏州刺史等,受封扶风县男。晚年寓居苏州,卒于官舍。韦系著名的山水田园派诗人,诗作感受深细、清新自然,后人每以王孟韦柳并称。韦诗各体俱长,尤以五古最高,风格冲淡闲远,语言简洁朴素,有"五言长城"之称。今传有《韦苏州集》等。

【诗词品读】

一

下面,我们先看看唐代诗人戴叔伦的《调笑令》。

边草,边草,边草尽来兵老。山南山北雪晴,千里万里月明。明月,明月,胡笳一声愁绝。

"边草,边草,边草尽来兵老。山南山北雪晴,千里万里月明……",此曲子采用了一种反复、回环复沓的方式,带有非常明显的民歌味道。我们试看第一句,草啊,草啊,到处都是草,除了草还是草,好不容易边草"尽"了,人也走"老"了。地域之大,行旅之艰难,顿时凸显了出来。不是吗?

"山南山北雪晴,千里万里月明",继续前一个白天的场景,夜晚的边地这个场景可能更浩大无边。雪晴之夜,明月在天,到处都是月辉,似乎更见苍茫。"明月,明月,胡笳一声愁绝",一连吟念两个"明月",赞叹它的皓皓通明之余,应该还有引人追思的念想,俗语不是有"明月千里寄相思"吗?所以月夜难寐,正在可以触发人的相思之念。而恰在此时,视觉转为听觉,诗人听到了极带边地风情的哀伤、凄婉的胡笳声,于是乡情一发而不可收拾,弥散在这千山万山之间了。

是啊,这个哀愁是如此的空旷,如此的浩大,塞满了山南山北,弥漫到千里万里,明月所到之处,那种迷愁哀愁也充塞着。当然,胡笳是北方的一种音乐,很哀切的音乐,汉末诗人蔡琰的《悲愤诗》写道:"胡笳动兮边马鸣,孤雁归兮声嘤嘤。"但在这里,从中原去边关的人们，其感受可能就很不一样。他们在丝竹声里长大，听惯了种种温柔细腻、圆润婉转的中和之音，或者还要时不时地浅唱低吟、起舞徘徊，哪里受得了这满腔倾泻、诉尽悲苦的曲调呢？何况，这悲咽的胡笳声里又可能还含着吹奏者刻骨的乡思、忍受骨肉分离的极端苦痛，以及滞留边地撕肝裂肠的伤悲呢！……所以，倾听此音，万端皆触，尤其是乡关之念，让人难以忍受。这就是所谓"胡笳一声愁绝"。

应当说，本词属于边塞词。它与绝域大漠、荒凉孤独的边关特有的风物（边草、山地、胡笳以及明月等）、情境是契合的，以空间的浩瀚和物什的单调，来体现边地戍守的老兵的寂寞、空虚和难以忍受的心理。而越是环境的单调和孤寂，越能催发人的思乡情结；越是胡笳的悲抑弥漫，越能起到渲染和强化情绪的作用。

二

我们再看第二首，是唐代另一位诗人韦应物的同题同调词《调笑令》。

胡马，胡马，远放燕支山下。跑沙跑雪独嘶，东望西望路迷。迷路，迷路，边草无穷日暮。

我们看，这两首词，一个是写傍晚（如"边草无穷日暮"）的情形，一个是写夜晚（如"千里万里月明"）的情形。如果让人比较一下这两首词在内容上的异同点，应该还是有很多可说的地方吧。拿不同点来讲，戴叔伦这首《调笑令》词反映的对象是士兵，对长期戍边的愁怨。以边草到处都是，没完没了，来写人的精神上的感受：从关内到边疆，单调弥散，它甚至耗尽人的青春和岁月，都无法穷尽和走出边地的孤独和种种精神的折磨。所谓走啊走，这个动作是个隐喻，反映的是人的一个思想动向。越是单调乏味，越想摆脱这种困境，于是越想不停地走下去；而不断地走下去时，又发现，这反倒越发增强人的从思想到心理的单调乏味感。由此显现边地的路途是何其漫长啊！而韦应物的这首《调笑令》小令呢，"东望西望路迷"，我们看，好像就是对前面戴叔伦《调笑令》的第一句词儿（"边草，边草，边草尽来兵老"）的注释。

我们接着刚才所讲，戴叔伦这首词反映士兵对长期戍边的愁怨；而韦应物的这首词，则通过刻画一匹焦躁不安的胡马来抒写士卒戍守边关的艰苦生活，以及思乡的情感。

为更好地理解诗词的思想与情感，先介绍一下词里提及的燕支山。它就在今天甘肃省的北部，在祁连山和龙首山之间，是古代汉人扼守北方胡人入侵的要地。自然，这片地域也是那些大漠胡人南下进入中原的一个很主要的踏板。据说，山坡上原有唐将修筑的寺庙，山下西北有霍城遗址，是汉将霍去病屯兵之处。它也是水草非常肥美的地方。我曾见过一个资料上讲，它既是优质的畜牧区，又是一块天然的林区。夏天冰雪融化，清流缓缓而下，成就了当地的两条河流。

再回来。这是一匹被放牧的边马，就散放在远远的燕支山下。本来是好好地吃草，但它这会儿却焦躁不安，奔来跑去，并时不时地用脚蹄子在沙上和雪上刨来挖去（这里的"跑"解释为"刨"，指畜兽等用蹄齿刨地），一刻也不得安歇；同时仰颈甩鬃，东张西望，似乎要找寻到来时的路径。诗人凭借丰富的边地经验，知道那匹胡马一定是迷路了。要知道，马是天地里辨识道路的灵物（不是有"老马识途"这个成语吗？），而现在，它竟然迷路了。山环水绕，它居然陷入了巨大的迷失之中，可见它吃草吃得太过痴迷，且跑得实在是太过遥远了——就像一个贪玩的野孩子，在外面玩疯了且沉迷既久，现在突然想起了什么，一抬头，忽然见到了苍茫的"日暮"，才一打紧，赶紧往回赶。但天色是晚了，光线变了，且来时边跑边吃并没有用心去记忆一下路径，现在想到该回去了，但怎么回去呢？于是一段焦躁在心理发作起来，无怪乎它是如此地烦躁不安，拼命地辨识来路和去路，兴奋地刨挖着草地，但可怜的马儿啊，使出了浑身解数，居然还是那么惘然！

我们看，"迷路，迷路，边草无穷日暮"，仿佛是远方看着它的诗人也不禁替它担忧起来，也竟然失声地叫了出来："迷路，迷路……"除此之外，诗人对此也是束手无策啊。要知道"边草无穷"这四个字的分量！到处都是肥美的野草，长势那么旺盛，密扎扎地长得那么深！这匹可怜的、失群的、孤独的胡马儿，眼看着暮色渐渐下沉，渐渐暗淡起来，诗人的忧心不禁也随之而加重。但除了替它担忧，实在没有什么其他的办法了。

这马儿的命运会怎么样？谁也不知道，诗人只告诉读者这么多。这首词只将一个焦躁的瞬间，像作画一样地印刻在纸上：它兴奋，焦躁，用力刨着地，不时地用鼻子嗅着土地（雪地和沙地）散发出的气味，并且也用它的大脑在思考着、判断着；同时它向天发出悲鸣，希望唤出同类或是戍守的兵士的注意——原来在诗人的笔下，这个特定情境下的马儿，也是如此地攫住人的眼球，如此地展现着它的生命的活力。相信，假如不能在傍晚找到马群或者回到宿营地，那么，在次日，当太阳再度升起，它辨识着它所吃过的草，再通过光线以及它脑海里所储存的记忆，它一定会回到它所熟悉的宿营地的。

尽管如此，这匹马还是会牵动人的关注点的。有一点是可知的，就是这是边关地带，这马不是北边胡人所属，就是唐军这边所辖，但一定不是诗人所知军队所属的支别。而从"放马燕支山"这一行为来看，其实还可以知道，这一定不是战争特别紧张的时候，而恰恰是一个和平的间歇里。想到这里，相信读者也会稍收焦虑之心。同时，我们再看，这安静的一大片场域，雪山、落晖、水草、沙地，还有溪流等，在这片如此广阔的肥美地带，突然因一匹失群、孤独而迷路的马儿的出现，以及它的嘶叫、它的乱跑，一下子打破了所有的沉静，给这壮阔的背景增添了异样的、鲜活的色调。这难道不令人惊讶吗？

三

当然，也可以这样理解，通过刻画一匹焦躁不安的胡马，表达一种迷茫和悲壮，这样一种复杂的心绪。所写虽为一匹胡马，但是写马实际上就是写人啊。这就是诗歌的复杂性，或者说叫形象的复杂性。而"诗无达诂"也就在这里（当然得要"自圆其说"）。说顺了，合乎一定的情境，你的解读都是合理的。

然而，词作中的那匹马儿的焦躁不安的动作、神情，特别是其"刨沙刨雪独嘶""东望西望路迷"等仍然强烈地吸引着我，让我思索。

有多少人，当他们处于青春勃发、活力四射的二十多岁时，他们一头扎进了五光十色、充满了种种诱惑力的风险与理想并存的世界，他们多像词作中的那匹吃迷了的马儿！也有多少人像韦应物《调笑令》里的那匹马儿，曾经焦躁、嘶嚎，激烈地挣扎，度尽了千难万险；他们也可能迷途，茫然，失落，痛苦，但经过了种种人生的历练，现在，他们渐渐走到社会生活的中心，现在正在努力挑起这个社会的大梁了。

如果我们把诗歌的阐释拉长些，就会像长篇叙事一样，可以囊括无数我们一般人所能想象的情节与故事。也许，无数壮阔的人生场景，就从这里起步。

当然，要知道阐释的空间还有很多，"胡马"这个意象，实在是太丰富、太美妙了。

【问题聚焦】

四

下面看看关于戴叔伦的《调笑令》中的一个问题。

戴诗运用了多种表现手法，试举其中的两例予以说明。比如说这则小令一开始有民歌的特点。而民歌的特点，则表现为一开始所运用的比兴的手法。所谓起兴，开头三句以边草起兴,感叹长期戍边的士兵的所见,这里说及边草,一连重复了三次,当然通过重复以言边草之多,多得无穷无尽了。对于所叙对象,当人的感情无法表达时,往往借用重复来加深(可见语言的表达,有时是多么的有限)。在望草叹老中,含着一种悲愁的况味(当然,具体地说是含着思乡与苦恨)。

另外还要告诉大家,那些远戍边疆的、耗尽了青春和热血的士卒们,他们是否在终老之前,都可以回到自己的家乡呢?答案可能是否定性的。这是非常残酷的事实。"秦时明月汉时关,万里长征人未还"(王昌龄语),"醉卧沙场君莫笑,古来征战几人回"(王翰语)……正因为如此,这首小令的篇幅虽短,然而,尺幅千里,因其所载,同样具有震慑人心的效果。

除了比兴之外,其次是采用了烘托的手法。通过边草、白雪、明月等,烘托了士兵静夜思归的心情。当然还有其他一些,比如采用了反复的手法、顶真的手法等,大家也可以举说一二。

【读法链接】
〔附〕前人有关点评

评戴叔伦《调笑令》:

陈廷焯(zhuō)云:爽朗。(《放歌集》卷一)

《古今词话》:笔意回环,音调宛转,与韦苏州一阕同妙。(《词林纪事》卷一引)

今人俞陛云云:唐代吐蕃回纥,迭起窥边,故唐人诗词,多言征戍之苦。当塞月孤明,角声哀奏,正征人十万碛(qì)中回首之时。李陵所谓胡笳夜动,只增忉怛(dāodá)。(《唐词选释》)

评韦应物《调笑令》:

曹锡彤云:燕支山在匈奴界。跑,足跑地也。此笑北胡难灭之词。(《唐诗析类集训》卷十)

日人近藤元粹云:圆活自在,可谓笔端有舌。(《韦柳诗集》卷十)

孙光宪《浣溪沙·蓼岸风多橘柚香》

孙光宪（901—968），字孟文，自号葆光子，出生在陵州贵平（今四川仁寿县），五代词人。仕南平（五代十国之一）三世，累官荆南节度副使、朝议郎、检校秘书少监等。入宋，为黄州刺史。《宋史》卷四八三、《十国春秋》卷一〇二有传。孙氏"性嗜经籍，聚书凡数千卷。或手自钞写，孜孜校雠（chóu），老而不废"。能填词，晚清著名词家陈廷焯谓其"词气甚遒，措辞亦多警练，然不及温韦处亦在此，坐少闲逸之致"。著有《北梦琐言》等传世。

【诗词品读】

一

关于这首小词（也就是小令）《浣溪沙》表达什么意思，读下来有何感觉，有同学讲思乡，有同学讲送别，或者兼而有之，都还是不错的初判。下面展开来看看。

蓼（liǎo）岸风多橘柚香，江边一望楚天长。片帆烟际闪孤光。目送征鸿飞杳杳，思随流水去茫茫。兰红波碧忆潇湘。（孙光宪《浣溪沙》）

先看首句"蓼岸风多橘柚香"。蓼是一种野草，过去一般作为厨房烧柴用草，庭院沟渠多的是，为红秆绿叶，开红白花，乍一看有点像荞麦，但叶片上有很多斑点，有点像非洲鬣狗身上的斑点。皮肤一旦碰上这种草，就会有被烧灼的火辣辣的痛感。但作为一种风景或背景还是很美的。蓼这种草成片生长，这时候长势也确实有看点。"风多橘柚香"，橘柚，橘子和柚子，都是橘一类，此时都已成熟，西风吹过，它们的香味送过来了。

橘也好，柚也好，蓼草也好，这些都极富有地域色彩。对于一个生长在江边这样环境里的人来说，眼见鼻嗅，即唤起一种强烈的温馨感。

次句"江边一望楚天长"，大家一定还记得我们讲过柳永的词"念去去，千里烟波，暮霭沉沉楚天阔"。快要分别的时候，想到了要去的辽远的南方，暮天沉沉，就感到是那么遥远和渺茫。这里也是一样，江边送别，极目而望，天长水阔啊……这"一望"之间，面对茫茫远天，究竟要生出多少慨叹来，却无法计算。景大人微，以阔大的景来压慑人情，以衬托人在特定情境下的渺小、卑微或无奈，这种写景方式在古典诗词里比较常见。比如杜甫的"无边落木萧萧下，不尽长江滚滚来""吴楚东南坼，乾坤日月浮"等，都在暗示人在艰难情势下，所遭受大景的威压而生出无言的伤悲。

再看第三句"片帆烟际闪孤光",当是送别之人站在江边,睹见在远方烟涛里出没的风帆,自然在心里充满了无限的担忧和牵念,也因此深情驻望,而表达出无限的惜别之情。烟际,是云烟迷茫之处;孤光,犹如孤影,指远方所见的孤零零地闪着光亮的片帆。航船越远,则影像越小,渐至最后只剩下在烟涛里出没的孤舟的亮点。随着行船的远去,而送别者,其在江边怅望,就变得格外地无助了。当然,要知道,这种视觉上的效果,是与前句"楚天长"联系在一起的。楚天越是空阔无尽,则航船越显得渺小,而其行途便越发令人担忧。

需要指出的是,对"片帆"一句,历来评价甚高。陈廷焯《云韶集》云:"'片帆'七字,压遍古今词人。""'闪孤光'三字警绝,无一字不秀炼,绝唱也。"王国维在《人间词话附录》里亦说:"昔黄玉林赏其'一庭疏雨湿春愁'为古今佳句,余以为不若'片帆烟际闪孤光',尤有境界也。"

再回溯以上句意。本来在这样一个瓜果飘香、果木收获的季节,我们可以分享种种收获的喜悦,可是这时候却要因出行而分别,到那茫茫的远天去;而且只身孤零一人,身处一只孤船,在烟涛微茫的江天里远航啊,这会给送行者多少的担忧和牵挂呢?……大家要知道,古代出行不像我们今天有种种物质条件上的便利,我们因充裕的物质和便捷的交通可以做得非常潇洒,而不必哭哭啼啼、悲悲戚戚;而在古人那里,每一次长距离的分别,都可能被当作生离死别,因而每一种思念都显得特别地忧伤和凄苦。越往古代,因为物质条件的低下,也因为无法预料的因素太多,而人生的不确定性便随着每一次的分别而陡然增加。行船简陋会致命,天长水阔也会造成生死之关,一旦离别的距离加大,则情感的维系和担负便显得愈发沉重起来。所以,每一次的分别,所产生的情感的强度和烈度,都是刻骨铭心的,甚至是永世难忘的。离开了这些具体的因素,乡愁就显得乏味,爱情的字眼里也不再含有深情,而分量很重的友情,也因为心机和利益而大打折扣。

接下来看看"目送征鸿飞杳杳,思随流水去茫茫"二句。

"目送"二字可以说是全词的关键。前三句皆是目见与目送;而第四句以下皆以此二字而生发。征鸿,是迁徙的雁,多指秋天南飞的雁。杳杳,犹渺茫,邈远。这两句说,目送行舟到水尽处,再送南飞的大雁直至看不见为止,希望借它传递自己的牵念之情,期望眼前那只飞向远天的飞鸟,寄托一份送别的情思。同时,又寄情于眼前的流水,希望流水也随其一道去那遥远的被送者的身边。但是,征鸿飞杳杳,流水去茫茫,都不会给她(送行者)一个确定性的答案,所以这岸边送别之苦,归于"杳杳",归于"茫茫";然而,即使如此,送行者并不会绝望。这就体现在本词的最后一句上。

"兰红波碧忆潇湘",兰红(即红兰,秋开红花)和波碧(即碧绿的波涛),系潇湘一带的典型风物,是送行者将视线投放在异域的虚拟所见,并以一段烂漫的历史想象来抒情言志。目送虽苦,但仍存相守的贞念。这种真诚的信义,穿越了空间,也穿越了历史,将情爱坐实,让人感慨唏嘘、击节赞叹。所谓潇湘,本来是指湖南洞庭湖一带,后来又有一种指代和象征的意义,在这个词里,寄托了某种忠贞不变的情感。因为,潇湘是舜妃娥皇和女英为爱情相守的地方。传说帝舜南巡时,其妃娥皇和女英未能同行,她们相守洞庭湖畔,后闻舜死讯,悲痛不已,溺水而亡。

二

再提一下,我们讲到"目送征鸿飞杳杳",所谓"杳杳",就是没有踪迹,看不见踪迹;而"思随流水去茫茫"之"茫茫",也是远望而模糊不清的意思。"兰红波碧忆潇湘",潇湘我们已经讲过,可能要注意的是所写景致虚拟性的特点。

这首词还有一个背景,作者当时做荆南节度副使,治所在今湖北省中部的荆州,而友人所去的地方潇湘正在其南方。顺流而下至于岳阳,便是洞庭湖,而潇湘在其南。因此,所谓"思随流水去茫茫","流水去"自然是自西往东南流。我们再回顾一下前面所说,"目送征鸿飞杳杳,思随流水去茫茫",就是说,把一切的情思都寄托在飞鸟上,寄托在流水上,然后又深情地对友人说,相信你会记得潇湘地区的兰花和那澄碧的波涛,还有那里的山山水水。潇湘的典故本来就是一种情结,就是娥皇和女英与舜所结下的一种结,很是缠绵悱恻,很是凄婉感人,那种对情感的忠贞和情爱的坚守,即使面对的是友人,也因约定而增加情谊的分量。

但这首小令写得比较巧妙,主打为写景,自始贯终,将含情之景做足。有人说:"整首词句句写景,又句句含情,充满诗情画意,堪称佳作。"诚然如此!王国维先生说"一切景语皆情语",写景在抒情,写景是非常好地表达我们情感的方式,当然也是我们把内心的情感投射到那些所系的事物上去的移情作用的一种有效的展示。

【问题聚焦】

三

下面再回顾一下全词的有关内容。

我们看从第一句"蓼岸风多橘柚香",所写的是家园的丰收之美,很是诱人,然而在此却要分别，在这样一个美好的情致之下，送行者与远行者的痛苦都难以自持。的确，秋天金黄背景下的绚丽色彩，种种诱人的成熟的香味儿，还有秋天特有的、弥漫在空气里的迷思、忧愁等，都混合汇兑成一种复杂的况味。

"江边一望楚天长，片帆烟际闪孤光"，有人把它和李白的《送孟浩然之广陵》联系起来，尤其是"孤帆远影碧空尽，唯见长江天际流"，虽然前者写片帆在日光照耀下闪着点点亮光，已经显得邈远了，但后者似乎更远，至于孤帆的完全消失；虽然前者见长天的远阔无边，而后者的"天际流"也是极尽目力，展现空间的邈远，不过，两者所表达的方式方法，即寄情于景，深情驻望，以及所表达的情感，其实都是一致的。当然，这里的"片帆烟际闪孤光"为历来传诵的名句，自然还有其独特的表现。我们看，在遥远的天边，烟涛混茫、水天相接的地方，还能看到一叶孤舟上的白帆在一闪一烁地反着日光，究竟是多么让人担忧和牵挂啊！又有人将其与范仲淹的《江上渔者》诗（"江上往来人，但爱鲈鱼美。君看一叶舟，出没风波里"）相比较，都收到异曲同工的效果。

至于"目送征鸿飞杳杳"，这个"征鸿"，有时也可以喻指友人，这里当然还是取其本意。这首小令很有意思，下片把情感的韧性（即所谓"顽强持久、坚韧不拔"）具体化了。词意说，已经看不见朋友了却还在目送，李白的诗至"唯见长江天际流"而止，但本词在"江边一望楚天长。片帆烟际闪孤光"之后，仍然要顽强地再把感情投射到飞鸟上去，再投寄到流水上去，希望它们传递讯息，真是精诚所至，无有已时！所以，诗词通过种种能够表达的情思、能够寄情的物象，来表达自己的深情，这点我们要注意。

作者孙光宪经历了三个时代，晚唐，中间的五代十国，后来又到北宋，一生经历了那么多复杂的时代，虽然"世积乱离，风衰俗怨"（引刘勰《文心雕龙·时序》语），却并没有让情致失措、人伦颠倒，其所叙事的情感还是那么深长，那么缠绵，超越了时间，也覆盖了沧桑。他通过文学，是不是也告诉我们，唯有真情才是寄世的真正良方呢？

【读法链接】

〔附〕前人和今人有关点评

王奕清《历代词话》引孙洙（zhū）："小词有绝无含蓄自尔入妙者，孙葆光之《浣溪沙》也。"

陈廷焯《云韶集》：（1）"'片帆'七字，压遍古今词人。"（2）"'闪孤光'三字警绝，无一字不秀炼，绝唱也。"

王国维《人间词话附录》："昔黄玉林赏其'一庭疏雨湿春愁'为古今佳句，余以为不若'片帆烟际闪孤光'，尤有境界也。"

俞陛云《五代词选释》："昔在湘江泛舟，澄波一碧，映似遥山，时见点点白帆，明灭于夕阳烟霭间，风景绝胜。词中'帆闪孤光'句足以状之。'兰红波碧'殊令人回忆潇湘也。"

李冰若《栩庄漫记》："'片帆'句妙矣。'兰红波碧'四字，惟潇湘足以当之，他处移用不得，可谓善于设色。"

柳永《甘草子·秋暮》

柳永（约987—1053），字耆卿，原名三变，字景庄，后改名永，排行第七，又称柳七。福建崇安（今福建武夷山）人，北宋著名词人，婉约派最具代表性的人物。仁宗朝进士，官至屯田员外郎，世称柳屯田。自称"奉旨填词柳三变"，以毕生精力作词，并以"白衣卿相"自诩。其词多描绘城市风光和歌妓生活，尤长于抒写羁旅行役之情。铺叙刻画，情景交融，语言通俗，音律谐婉，当时流传极广，有"凡有井水饮处，皆能歌柳词"之谓。

【诗词品读】

一

下面我们来看柳永的《甘草子》：

> 秋暮，乱洒衰荷，颗颗真珠雨。雨过月华生，冷彻鸳鸯浦。池上凭栏愁无侣，奈此个、单栖情绪！却傍金笼共鹦鹉，念粉郎言语。

"秋暮，乱洒衰荷，颗颗真珠雨"。秋暮，一个特定的时令，似乎含有愁思和惆怅。关于"暮"字，在古典文化里也是一个很带情绪性的词汇，概源于古人"日出而作，日落而息"的生活惯性。暮归、暮休、暮合等则祥，而暮不归、暮不休、暮不合等则不祥，于是愁思、悲苦因之而起。以前已经讲过很多了，不多说。乱洒衰荷，就是雨打秋荷。"乱洒"二字一用，整个下雨的画面就显得比较散乱。散乱，也会影响到人的心绪的。再看，雨还是那个雨，晶莹、透亮，但此时的荷已不是那四月的荷、六月的荷了，所以在画面上，这时的荷何其破旧、衰颓啊，于是相形之下，倒显得这秋雨"颗颗真珠"似的。

诸位，你们一定还记得南宋诗人杨万里的"接天莲叶无穷碧，映日荷花别样红"吧？那莲叶与荷花都蓬茂滋荣，都受了日光的充分沐浴，可以说花开六月是一年中最盛的时候了。你们稍作想象，比如那六月的荷，珍珠一般的好雨珠子打着，滚落着，又是什么样的情形呢？而眼下，这珍珠一般的好雨珠子打着、溅着，似乎未免有一丝可惜啊。光影变了，色彩变了，生命的姿势也变了，人心受感于外物，岂能不有所动？

再细味一下。你说"乱洒衰荷"中的"乱"字有什么作用？……就是写出了雨溅衰荷，散乱而破碎的声音，让人心惊。不知我们同学可曾听过那种破碎的声音，衰荷就是枯荷，是僵硬的，雨打在上面发出沙沙的碎裂声。如果没有体验，再举一例。住在你们家楼上的，应该有很多家都装了遮阳篷，或塑料材质，或铁皮质，特别是晚上雨点打出的声音就当如此，嘶嘶啦啦地会响一整宿，对上了年纪的人来说，自然有一种破碎惊心的感觉。当然，这一句又画出跳珠乱溅的景象，还暗示了主人公寂寞无聊、纷乱不平的内心。

诗歌里有时间变化，从"秋暮"开始，这不，"雨过月华生"，月华者月光也，过渡到雨过天晴，月亮出来了。与前面的"真珠雨"一样，"月华"也是个好词儿，它银亮、纯净，然而，它的光辉是冷色调的。我们看，"冷彻鸳鸯浦"，除了时令季节在秋季之外，可见这月亮出来，似乎更增加了悲凉的心绪。再看，所谓鸳鸯浦，当然是有野鸳鸯栖息的水边。关于鸳鸯浦，这里想多说几句。一是鸳鸯这种像鸭子一样的水鸟，它们很爱干净，它们有固定的觅食区，有固定的沐浴区，从来不相混淆。二是我们都知道的，鸳鸯这种禽鸟很奇怪，是相生相伴一对对不分离的那种。你如果是古人，一看到这种成双成对的水鸟，可能马上就会想到我们人类自身，如果你还是对月单望的主儿，那么，你见了这种水鸟可能就会生出一种情愫，这一点都不稀奇。大导演徐克执导的《倩女幽魂》大家看过没有？里面有一幅画，上面还题有一首诗："十里平湖霜满天，寸寸青丝愁华年。对月形单望相护，只羡鸳鸯不羡仙。"这就是单身汉羡慕双鸳鸯。不过，人类表达情感的时候，一般不会赤裸裸，而会指着他物说道，这叫触景生情。当然，早在唐代，卢照邻《长安古意》里就有这样的诗句："借问吹箫向紫烟，曾经学舞度芳年。得成比目何辞死，顾作鸳鸯不羡仙。"由此可见，鸳鸯这种美丽、多情、缠绵又忠贞的水鸟是何等让特定情境之中的人类艳羡了。

"冷彻鸳鸯浦"，我想，除了因为月辉的清冷，还有，就可能是与经这一场秋雨之后，鸳鸯浦上的鸳鸯都差不多消失得干干净净有关。这种鸟儿古灵精怪，它们怎么会让冷雨敲打呢？空空如也，一点让人牵动思念的引子都没有了，这也未免让人从心底里凉透，所以说是"冷彻"。

总之，经了秋雨之后的这样一个夜晚，词中主人公眼里的世界显得分外地寒凉，这个氛围又反过来冷彻了词人的心灵。于是，词中抒情主人公的惆怅、孤单、落寞就显得格外凸出而分明了。

词的上片写景，凄清落寞可见。现在看看下片。

"池上凭栏愁无侣"，池上凭栏，点明了词中主人公所在的位置，而前面涉及的鸳鸯浦，很可能就是与池子再相隔一个宽遥水面的彼岸。如此雨后鸳鸯浦，寂冷寒凉，触景生情，因为独自凭栏，让词人的心里产生了落单的感觉。凭栏，是凭栏而望；池上无侣，是指没有伴侣在池边相伴，当然，触景生情，无侣可能更指没有鸳鸯相伴的事实。她很难指望有人类伴侣的到来，已经落到靠对岸的鸳鸯为伴的地步，以至于现在竟如此无所聊赖，显得何等的孤凄了！

"奈此个、单栖情绪！"奈此个，当然是不奈、怎奈之意。这一句不啻从胸中呼出，是那么情不自禁，那么触目惊心。为什么这么说？无人与她做伴，现在连"慰情聊胜无"的水鸟鸳鸯们都不见了，于是她感到眼前的世界真的是百无聊赖啊。

"却傍金笼共鹦鹉，念粉郎言语"，金笼，当然是装饰得很精致的亮闪闪的鸟笼子。这个笼子因为关着鹦鹉，而使得本词的"情节"出现了波澜。傍，靠着、倚着、凑着，外面的世界无所寄托，那就转过身来，凑凑室内的鹦鹉金笼吧，可见真是落寞、无聊透顶了。玩什么呢？跟鹦鹉逗逗，可能是词中抒情主人公极为下意识的行为。不跟鹦鹉逗着玩，又会跟谁逗着玩呢？她不会去研究鹦鹉是否知道、懂得自己的内心，只求将刚才所见所感的孤凄情绪转移转移。不过，她竟然没有想到，学舌多嘴的鹦鹉，也不知道发了什么神经和癫狂，或者错乱到什么地步，竟然"念粉郎言语"，于是从傍晚开始被围裹起来的浓浓的愁障，终于透了一个小小的孔隙，可以让人呼吸一下。凝重的场景一经这错乱鹦鹉的一顿乱嘴瞎嚷嚷，而有了一丝滑稽的笑意。不是吗？

当然，有意思的是，"念粉郎言语"，也可作二解。既可以理解为，女孩子在单相思时所说的一些痴情的话，现在被鹦鹉复述了出来，它居然还喊着小情人的名字，并念叨着如何如何地想念。这就叫泄露抒情主人公的极为隐秘的内心。可以看出，她曾经叨念过多少次情郎的名字，经历过多少个孤栖难耐的日子。此外，这"言语"也还可以理解为，那个情郎与这闺室里的女子幽会时所说的种种情话。可能曾经一时，就是小伙子还寄情于词中主人公的时候，也是在这间绣楼，他许下多少诺言，发过多少誓言，当然，还有多少甜腻的温音软语，现在，除了主人公还深记于心外，似乎谁也不会当着一回事。谁知道这饶舌的鸟儿，居然懂得一点人心，居然想起了小伙子说过的话，于是脱口而出，一时让人错愕起来。但无论是哪种，都会打破眼前这烦闷而无聊的局面，算是一种意外的惊喜了。

借鹦鹉学舌，打破了无聊，也点破了眼前这僵冷的局面。现在，由鹦鹉所虚拟的情郎及其痴痴的情话，又将文学性的表达推进了一层。

需要说明的一点是，这首词完全可以视为词人柳永模仿相思中女子的口吻而写的精彩片断。借由女性来表达男性的心声，这也是中国古典诗歌里非常普遍的写作方式。绕到对方来抒情，来诉说，可以使表达效果成倍增加。另外，古人追求的是委婉、含蓄的文风，而借助于或模拟女人的心态来写作，使诗歌显现更为温柔的情绪，从而避免激烈、直接表达所致的伤害。这方面擅长的如柳永，还有如秦观，就是写《鹊桥仙》的那个人，其委婉而风情的表达之作也不少。他们似乎都采用了虚拟对方的情绪来曲折地表达自身的情绪，让情感绕了一个弯子，不断地回旋蕴蓄，于是显得更为含蓄而深沉了。因为，至少你知道，如果他所写的女子的心理是那么真实而生动，那说明他对情感的理解是何等的细腻而深刻了。而做一个心灵丰富的人，岂能寡情而薄义呢？

【问题聚焦】

二

现在再回照一下一些关键句。

有人评价说，"却傍金笼共鹦鹉，念粉郎言语"，别开生面，呈现新意，平时就在念叨了，今天又听到鹦鹉在重复自己的声音，像"录音机"播放。那这句有什么作用？不直接说女主人公如何思念她的情郎，即所谓"粉郎"，而是通过鹦鹉复述对方的话语，来表达女主人公的相思之苦，这样写显得非常含蓄。又因为是常人所不道，所以又有些新奇。同时，女主人公这种凄苦的相思，在读者看来，更增加了一份凄凉。

另外，这个"金笼"也很有意思，笼中关着鹦鹉，实际上也具有象征意味，象征谁？象征女主人公。过去的女子事实上是被囚禁，她们孤独，寂寞，并要在固定的小圈子内度过漫漫人生，所以我们看李清照《一剪梅》词里，那个抒情女主还是"独上兰舟"，而其行为已经很大胆了。古有"大门不出二门不进"之俗规，平时走的是偏门偏路，上的也只是翠楼或者叫西楼，最多露脸就是如这里所说的"池上凭栏"，所以对拘禁生活中的"她"来说，何尝不就是一只鹦鹉呢？通过这样一种描述，或者说通过这首词，看起来是表达相思之苦，事实上，还有一番对自由生活的渴望在其间。

至于说，那些生活在水里的野鸳鸯，为什么让高于它们的人类那么羡慕和向往？不就是它们生活得自由自在吗？双来双去都自在自由吗？诚然，对人来讲，尤其对当时的女人来讲，追求自由的生活、自由的爱情与婚姻，或许根本就无法做到。所谓美，就是"自由的呼吸"。明末四公子之一的冒襄（字辟疆），在《影梅庵忆语》谈及他到秦淮河，将绝世风尘女子董小宛娶来，然后沿江逆流而上，夹岸欢呼雷动，处于自由生活中的才子佳人，是何等的风光与快意！其实，苏轼《念奴娇·赤壁怀古》里周郎与小乔的绝配组合，也是极具自由感与风流感。所以，他们在解读上，总能深深引发读者的神往和垂羡之情。

古代对女子的禁锢是可怕的。在行为、思想意识以及物质待遇等很多方面，都有不少的限制及规训。不准自由恋爱，不准离婚，不准再嫁，从一而终，否则就要遭人非议乃至加惩。当然，愈至于明清，节烈与牺牲往往成正比例关系，而所谓女子的节烈事迹、贞节牌坊就越多，说明人间女子就越发悲惨。不过，宋时的女性究竟有多少自由呢？至少从这首词来看，其实是很少的。从这个角度看，它毋宁提供了一则历史社会学解读的资料。

最后，需要稍稍注意的是，本词中的物象间有比对性，某些意象有隐喻性，有兴趣的同学不妨细细地梳理一番。

【读法链接】

〔附〕前人与今人有关点评

清人彭孙遹（yù）《金粟词话》云："柳耆卿'却傍金笼教鹦鹉，念粉郎言语'，《花间》之丽句也。……少游'怎得香香深处，作个蜂儿抱'，亦近似柳七语矣。"

《宋词鉴赏大典》：上片写女主人公池上凭阑的孤寂情景。秋天本易触动寂寥之情，何况"秋暮"。"乱洒衰荷，颗颗真珠雨"，比喻贴切，句中"乱"字亦下得极好，它既写出雨洒衰荷历乱惊心的声响，又画出跳珠乱溅的景色，间接地，还显示了凭阑凝伫、寂寞无聊的女主人公的形象。紧接着，以顶真格写出"雨过月华生，冷彻鸳鸯浦"两句。词连而境移，可见女主人公在池上阑边移时未去，从雨打衰荷直到雨霁月升。雨来时池上已无鸳鸯，"冷彻鸳鸯浦"即有冷漠空寂感，不仅是雨后天气转冷而已，这对女主人公之所以愁闷是一有力的暗示。（吉林大学出版社 2009 年版）

曾大兴：发端三句，"秋暮，乱洒衰荷，颗颗真珠雨"。这是一幅晚秋的景致。满塘的荷叶枯萎了，稀稀疏疏地倒伏在秋凉的水面上，给人一种衰飒的感觉。但是，淅淅沥沥的秋雨洒落在上面，宛如一颗颗美丽的真珠在跳掷，敲打出一种清脆悦耳的秋声韵，又使人获得一种别致的美感。一个"乱"字，写出了雨点的错落有致。"雨过月华生，冷彻鸳鸯浦"。雨过天晴，夜幕降临了，一轮皎洁的月亮徐徐上升，把它的银辉洒向通体清寒的荷塘，洒向荷塘里并头而栖的鸳鸯。"冷彻"，即寒冷彻骨，这是写人的触觉感受。"鸳鸯"，实写鸟之温馨而虚写人之孤寂，为下片之"无侣""单栖"张本。如果说，"秋暮"三句推出的是一幅美妙的"荷塘秋雨"，那么，

"月华"二句便是一幅雅致的"荷塘月色"。两幅画,不仅通过人的视觉,更通过人的听觉和触觉,多侧面地写足了荷塘秋意,为下片描写主人公的独特的行为方式,创造了一个适宜的氛围。(《柳永和他的词》)

《词林纪事》卷四:

《独醒杂志》:柳耆卿风流俊迈,闻于一时。既死,葬于枣阳县花山。远近之人,每遇清明日,多载酒肴,饮于耆卿墓侧,谓之吊柳会。

《却扫编》:刘季高侍郎,宣和间尝饭于相国寺,因谈歌词,力诋柳耆卿,旁若无人者。有老宦者,闻之默然而起,徐取纸笔,跪于季高之前,请曰:"子以柳词为不佳者,盍自为一篇示我乎?"刘默然无以应。而后知稠人广众中,慎不可有所臧否也。

陈质斋云:柳词格不高,而音律谐婉,词意妥帖,承平气象,形容曲尽,尤工于羁旅行役。

彭美门云:柳七亦自有唐人妙境。今人但从浅俚处求之,遂使金荃兰畹之音,流入桂枝黄莺之调。此学柳之过也。

秦观《浣溪沙·漠漠轻寒上小楼》

秦观（1049—1100），字少游，一字太虚，号淮海居士，别号邗（hán）沟居士，扬州高邮（今属江苏）人。神宗元丰八年（1085年）进士，官至秘书省正，国史院编修官。新党执政受排挤，并一再遭贬，远徙郴州（chēnzhōu，在今湖南郴州市）、雷州（广东湛江），卒于藤州（治所在今广西藤县）。秦系北宋后期著名婉约派词人，"苏门四学士"之一。苏轼赞其"有屈、宋之才"，王安石称其"有鲍、谢清新之致"，《宋史》评其散文"文丽而思深"。其诗长于抒情，其词大多描写男女情爱和抒发仕途失意的哀怨，文字工巧精细，音律谐美，情韵兼胜，历来词誉甚高。代表有《淮海集》等。

【诗词品读】

一

这首《浣溪沙·漠漠轻寒上小楼》，是秦观的词。它马上让人想到一个现代诗人，他所写的诗作和这首词的意绪有点接近……对，正是现代诗人戴望舒，他所写的《雨巷》，也有一种朦胧而缥缈的意境。当然，我们还要更进一层，也像以前一样，将诗歌中的感觉攫住。

漠漠轻寒上小楼，晓阴无赖似穷秋。淡烟流水画屏幽。自在飞花轻似梦，无边丝雨细如愁。宝帘闲挂小银钩。

先看首句"漠漠轻寒上小楼，晓阴无赖似穷秋"。"漠漠"是寂静无声，写早晨的氛围。所谓"晓阴"，是说早晨的天气阴蒙蒙的。"无赖"即无所聊赖，指人的精神无所寄托。"穷"者，尽也，所谓"穷秋"，是说秋尽了，指深秋、晚秋。其实，这首词本来所反映的是何种季节，从词的下阕"自在飞花轻似梦"的"飞花"看，应该是春季。这里"似穷秋"，就并非真指到了什么深秋，词人只是取其那么一点相似之处。相似的点在哪儿？在清寒，在阴冷，在光线暧昧的早上。

这两句是说，晨起上到小楼，寂然无声，词中的抒情主人公被氛围也被情绪所笼罩，于是感受到了春晨深秋一般的清寒和阴冷。这是一个环境渲染与人的内心感受交互的过程。

"淡烟流水画屏幽"，是写屏风上的所见。"淡烟流水"是屏风上所画，"幽"字则说明，早晨天阴，光线较暗，所以屏风上的画面显得更加暗淡不明。当然，即使本来不是淡烟流水，因为光线的缘故，整个画面也就会显得朦胧和暗淡。需要说明的是，这里的描写非常细腻，景既暗淡，而词人的幽微的心绪便隐约可见。这就是以景写情之法。所以这个画面恰似心情，本来心情可以是"淡烟流水"，流水是明快的，淡烟是轻缓而清和的，现在一下子变得色调暗淡起来。也就是说，本来的心情还算不坏，但晨起后，待上到小楼，因为这寂然无声，因为这光线暧昧，于是心绪起了变化，感到今天早晨的哀愁和落寞。

这一句是写在小楼上的室内之感。正如词人描写的隐微，所表现出的意绪，则带着淡淡的美、轻轻的愁与幽幽的寂寞，从而恰切地表现出了一个心灵细腻丰富、情思婉转含蓄的贵族女子的即时情绪。

再看"自在飞花轻似梦"句。飞花前面加了"自在"，谁的自在？当然是飞花的自在。它可以自由自在地飞动，似乎是轻灵和曼妙的所在。但在词人的眼里，并非要表达一个轻盈的实体，实际上言在此而意在彼，我们仍然要着意于词中主人的意绪所向。与花的"自在"形成反衬的是，词中的女主恰恰身不由己，恰恰深感不自在，故而看到飞花，牵起了她内心深处缠绵的梦。她从卧室到阁楼，就那么孤零零的一个人，"孤家寡人"，除了卧室和阁楼，她似乎无法获得其他的行动上的自由，所以很是寂寞难耐。本来，所谓"漠漠"，本来就很寂寞很难耐（天气很不好，光线很暗淡，心情糟糕透了），现在此情此景，那么轻飘，那么自由自在的飞絮（"飞花"），让人向往。她肯定想到她所做的梦，在梦里，她是自由的，她的心中所想，都能够通过无拘无束的行动表现出来。但现实之中的她，形同拘禁，却要暗自伤神，她并无行动的自由权。所以，她只能空望眼前的飞花流动而无可奈何了。

除此之外，这时候词中女主还见到了什么、感受到了什么？"无边丝雨细如愁"，下起了小雨，像细丝，像牛毛，像花针一样。雨"细如愁"，很浓很密，像朱自清所说的"密密地斜织着"的。雨，似乎一直是心情暗淡、情绪低落的写照，"无边"写覆盖面之大，即写愁绪之深广。但是一个"细"字又很值得玩味，细是隐微的，有给人不易发觉的特性；因为细，这一切都无关生活，与物质生活相去甚远，这种细是属于有闲人的清闲——这一个字反映出了贵族女子内心极为细腻而矜持的特性。此外，细又有轻的意思，其"细如愁"即是典型的轻愁，是所谓发发呆的意思，以幽兰之气呼出的人生不足与惆怅之叹息。

当然，"自在飞花轻似梦，无边丝雨细如愁"，都是以典型的幽微之物，写幽微之情，可以视为前者反衬而后者正衬，也可以理解为一则互文，"自在飞花"与"无边丝雨"，虽然轻飘却具体可感，虽然隐微但可沾湿心情。再则，物虽轻盈，虽细小，却具有无穷的浸润之功,它们似乎初不经意,却无边无际、绵软深广,挥之不去,却之又再来。与这由阴及雨的天气相与共。

再看"宝帘闲挂小银钩"。"宝帘"是缀着宝石的帘子,所谓串珠的帘子,为何这小小银钩是"闲挂"呢?一般来讲,是要挽起帘纱和帘珠,不挽则垂下。而整个帘幕都拉下,这"小银钩"似乎并无用处,于是发着清闲,也有了一层空落落的感觉。这也从一个侧面说明了一切都是寂静的,无声的,唯有楼阁里的女主的心绪有暗暗的波动。而这种"闲",更衬托词中女主(实际上是"词人")内心的落寞和懒散,也更加衬托内心的百无聊赖。否则,她定会撩起珠帘,饶有兴致地把看一番这眼前的春色的。

当然,对于诗词里的物象比较敏感的同学,肯定会知道它们的暗示性和象征性。"宝帘闲挂",暗示女主由对外物的兴感而回到了她的严闭的内心。由飞絮和雨丝编织的愁绪,紧紧地围裹着她,她长时间地伫立于室内没有动静,或者仍然沉静在她的轻柔缠绵的往梦里,从而给读者以丰富的想象。

需要指出的是,这里所写的愁绪,它是通过人物的动作,通过人物的感受,以及人物的所见,还有旁边物件的映衬,来表达词人内心的孤独而浓深的愁绪。究竟这种愁是何种愁,我们无从得知。但是,词人恰切地表达出的愁感,也让几百年后的我们把握到,甚至是具体地感受到,确实要感激于作者高妙的诗词表达技巧了。

【问题聚焦】

二

下面问题,我们再回照一下本词有关要点的所在。

这首词表达词人什么样的情感,这种情感是如何表现出来的?这个我们刚才讲过。"自在飞花轻似梦"是比喻,今人沈祖棻(fén)在《宋词赏析》里称之为"奇喻",请说说"奇"在何处。"飞花似梦"以前有人用过吗?前人如若已经用过,那还叫"奇喻"吗?也就是说,前人并没有用过。但是,既然是比喻,我们首先要看看它的相似性。飞花很轻飘,而词中女主所幻显的梦,也很缥缈虚无,所以在这一点上,它们能够对接,从而构成一个比喻。所以这个比喻句并不奇怪。而让人感到奇怪的是什么呢?它奇在哪里?乃在于一实一虚,一真一幻,或者说似真似幻,似实似虚。在这一块,现实("自在飞花")与梦境("轻梦"),它们奇妙地对接起来,从而构成虚无缥缈,朦朦胧胧的意境。其"奇"就在这里。

当然，以上所说，应当还不算搔到痒处。真正的"奇"，究竟奇在何处？我们讲"飞花似梦"，一般讲喻体都是所谓"近取譬"，就是拿自己、拿身边比较熟悉的事物，也就是我们一般可证的寻常事物，来比喻那些未知的事物，于是让未知的事物的特性也变得具体可感起来。但这里并不是所谓"近取譬"（一般所谓比喻），而是所谓"远取譬"。

朱自清先生在《新诗的进步》中，将比喻分为"近取譬"和"远取譬"两类，所谓远近不指比喻的材料，而指比喻的方法，"远取譬"是作者"能在普通人以为不同的事物中间看出同来。他们发现事物的新关系，并且用最经济的方法将这些关系组织成诗，所谓'最经济的'就是将一些联络的字句省掉，让读者运用自己的想象力搭起桥来。没有看惯的只觉得一盘散沙，但实在不是沙，是有机体"。可能同学们还是感到不好理解，没关系，梦，虽然虚幻，难以放置到眼下，我们一般都能够感觉到一些。只是要具体明晰地进行一番描述，大概也会像李商隐所说的，"此情可待成追忆，只是当时已惘然"。"自在飞花轻似梦"中，"飞花"离我们的生活已经很远了（主要原因，在于学生都与生活与社会隔离了），而"梦"虽然很近，可是你却难以描摹；这两者的结合，是常人所难以察觉的地方，为词人所连接，建立起了朦胧轻妙的意境。真正的"奇"就奇在这里面。

【读法链接】
〔附〕前人和今人有关点评

今人沈祖棻说："（自在飞花轻似梦，无边丝雨细如愁）它的奇，可以分两层说。第一，'飞花'和'梦'，'丝雨'和'愁'，本来不相类似，无从类比。但词人却发现了它们之间有'轻'和'细'这两个共同点，就将四样原来毫不相干的东西联成两组，构成了既恰当又新奇的比喻。第二，一般的比喻，都是以具体的事物去形容抽象的事物，或者说，以容易捉摸的事物去比譬难以捉摸的事物。……但词人这里却反其道而行之。他不说梦似飞花，愁如丝雨，而说飞花似梦，丝雨如愁，也同样很新奇。"（《宋词赏析》）

卓人月云："自在"二语夺南唐席。

梁任公云：（"自在"二语）奇语。

《续编草堂诗余》曰："后叠精研，夺南唐席。"

张炎："秦少游词体制淡雅，气骨不衰，清丽中不断意脉，咀嚼无滓，久而知味。"（《词源》卷下）

陈廷焯：宛转幽怨，温韦嫡派。（《词则·大雅集》卷二）

贺铸《如梦令·莲叶初生南浦》

贺铸（1052—1125），字方回，号庆湖遗老，祖籍越州山阴（今浙江绍兴），生于卫州（今河南卫辉）。宋太祖贺皇后族孙，所娶亦宗室之女。不附权贵，喜论天下事。曾任泗州、太平州通判。晚年隐居苏州，能诗文，尤长于词，好以旧谱填新词而改易调名。其词风格多样，字句锤炼，常借用古乐府及唐人诗句入词。其词多涉艳情离思、人世功名及个人闲愁纵酒等。部分春花秋月之作，意境高旷，语言浓丽哀婉，近秦观、晏几道。其爱国忧时之作，悲壮激昂，又近苏轼。今存《东山词》等。

【诗词品读】

一

贺铸的一首小令《如梦令》，我们来读读。

莲叶初生南浦，两岸绿杨飞絮。向晚鲤鱼风，断送彩帆何处！凝伫，凝伫，楼外一江烟雨。

先看首句"莲叶初生南浦"。莲叶初生，应该是在初夏；南浦，自然是个地名，当然也可以代指南面某个水边送别的地方。这一句是简单的介绍，但如果要体会起来，可能也不简单。说简单，是说一种叫莲的植物，在南面一个水边刚刚生长出来，确实没有什么好奇的，因为它本来就是南生植物；说不简单，你看看，作为一种情爱之物的莲，在一个众人皆知的送别的水边刚刚冒出了尖尖，长出了小荷盖，可能在你我还有送别的男女的眼里，顿时有了某种异样的感觉。

一开始点明了具体的时令，还有地点南浦，我们知道，它自古以来都代指一种送别的地方。南北朝江淹《别赋》里所说"送君南浦，伤如之何"，古来情人抑或亲人送别，总伴有人世离别的伤感，也许山长水阔，再聚无期，多少伤痛在分别之后，所以一见"南浦"，便让人黯然神伤，而引起人们广泛而深沉的共鸣情感。这个，我们以后还能在更多诗词里见到它，一路传承下来，就积淀成了一种稳定的情感方式。

再看次句。从"绿杨飞絮"，也应该知道是春末夏初这样一个时间。现在，这送别的地方，两岸绿杨，飞絮纷纷，确有相当的感染性。这里的"两岸"，所谓围夹南浦的左右岸，呈喇叭状向两边张开，一下子拓宽了空间的纵深，使送别由点（"南浦"）向面延伸，增加了背景，也营造了氛围。本来古往今来，无数有情人在此送别，已经让人心生伤感，又加上这到处飘荡的飞絮，那一定格外会招惹人的感伤的情绪，同时使得眼前的情景错乱又迷茫。

以上两句，可谓环境描写。虽然没有怎么着色，但情调已暗暗生出。

第三句"向晚鲤鱼风"，向晚就是傍晚；鲤鱼风，这里有一个注释说是"九月的风"，这应该不对。从前面的词句可知，本词发生的时间在初夏，怎么可能变成"九月"呢？鲤鱼风，应该指春夏之交的风。所谓"九月的风"，尽管有《汉语大词典》为之提出解释支持，但对于有明显不合文本语境的语义解释，读者还应该再求证。其实，有不少学者已经指出，这个"鲤鱼风"有两种解释。第一种是指九月之风，就是秋风，也叫鲤风，像词典里所举的一些例子，比如唐代龚骞《九秋诗》"鲤鱼风紧芦花起，渔笛闲吹声不止"等就是。第二种是指春夏之交的风，比如明代吴充《渔歌子》"千顷蒹葭一钓翁，家居南浦小桥东。桃花水，鲤鱼风，短笛横吹细雨中"，以"桃花水"和"鲤鱼风"对举，氛围与意境都比较集中。而清人王琦注解李贺《江楼曲》"楼前流水江陵道，鲤鱼风起芙蓉老"说："梁简文帝诗：'尘散鲤鱼风。'《提要录》：'鲤鱼风，九月风也。'《岁时记》：'九月风曰鲤鱼风。'《石溪漫志》：'鲤鱼风，春夏之交。'观下文用'梅雨'事，则《漫志》之说为是。"所谓梅雨事，是说李贺此诗后面还有"笼吟浦口飞梅雨，竿头酒旗换青芋"的句子。所谓"鲤鱼风起芙蓉老"，芙蓉是指水芙蓉——荷花了，王琦注解说"老者，谓其花开已久"，并非是到夏秋之时。而贺铸《如梦令》的"鲤鱼风"，按照前面时间和季节来讲，它正好契合春夏之交。这种风，不像春风那样柔和，春季过后，随着气温升高，它已经有一些燥热的味道，而此时鲤鱼觅食活动增强，常常闹出动静，所以称之为鲤鱼风，也是记其典型特征罢了。

诗词接下来是写送别。再看"断送彩帆何处"。断送，就是打发和送行。彩帆，借代，指船只。过去也讲"画舫"，是指雕刻得很精美的或者彩绘得很精美的船只。古人精于彩绘，生活时见奢丽，有画梁雕栋之属，船用"彩帆"当然夸指船上布置考究，连风帆都色彩缤纷。远航的船只经过精心的打扮，所有的准备可谓一丝不苟，当然，这也见出出行的隆重和送行者的心思。不过，这只行船它要驶到哪里去？又表明送行人对出行人的牵挂与担忧。

现在，不妨小结一下。

包括前面提到的时令、分别的地点，把它们串联起来，那么整个儿表达什么意思呢？在莲叶初生的这样一个春末夏初的时节，啊，天气越来越燥热了，小荷从水里露了出来，充满了一种青春勃发的元素（记得再回顾一下前面所学周邦彦的名句"水面清圆，一一风荷举"的诠释）。不过，"莲叶初生"，可能还含着另外一层意思。在分别的这个地方，莲叶刚刚冒出来，让人产生一种怜爱之情，虽然是实写一种景物，睹物思情，也会使青年男女之间产生留恋的情愫。也就是说，"莲"之于"怜"，而蕴含着年轻人间互爱的情愫之被催发。原来的情感可能还比较含蓄，但现在临别，互爱的情愫则可能会产生骤变。触景生情，而增添更多的留恋之感。

当然，这种情感是一种初生的情感，也因此显得特别纯洁和珍贵。也许，原来的情愫含有一丝说不清道不明的元素。现在，互生情感的年轻人，一经分别，又经"两岸绿杨飞絮"的渲染烘托，此情此景，颇为感伤，而思绪纷飞，于是产生疾首蹙额的愁绪。"愁"本是看不见的，但是我们通过柳絮的飘散，通过它的纷飞，就会体会出一种凄迷或迷惘的情感。

前两句虽然是写景，但景中蕴含着离别的怜惜和伤情。后两句则表达的是一种牵挂和担忧。这里，一般来讲是送行者对出行者的一种担忧，是女孩子对小伙子的一种担忧。何况又是"向晚"时。傍晚，对中国古人来说是很致命的。很多古典诗词都写到傍晚时候的分别，傍晚时候的出行，但都给人简直就是"逆天而行"的感觉。因为傍晚，按照中国自古以来的习惯，我们都太适应于"日出而作，日落而息"的周而复始，我们都过惯了此类农耕社会生活，一旦与此种大节律有交错，都可能产生违时违己的痛苦感。

现在，这艘傍晚时分出行的航船，要在黑暗中行进，要驶向那不确定的未来，所以要引起送行人的种种担忧。而天色肯定会渐渐暗下来的，所以过不了多长时间，这种担忧就会愈益加深。如果我们把诗词的有关情节再延长一下，就越发感觉到，在南浦这地方送别的人，她的牵挂与担忧究竟有多深长。这样，也会让人的内心升起一股焦躁。而这些，都不显现在纸面之上。

二

词作写到这个地方，好像就是典型的离别情感。但是，有时候，比如我们读现代诗人卞之琳的诗歌《断章》（"你站在桥上看风景，看风景的人在楼上看你。明月装饰了你的窗子，你装饰了别人的梦"），在桥上看风景，而看风景的人在看你，所以大家都互成一种背景或风景。而这里恰恰是这样的。我们看后面三句。这词的精妙就在这里。

"凝伫，凝伫，楼外一江烟雨。"谁在看谁在干什么呢？楼上的人在看江边那一对送别的人，就像我们在教室里看楼下有人做什么，然后引起了我们灵魂深处一次触动。凝伫，就是长时间地站在那地方，也不知道站了多久。通过这样一个"凝固"的形象，实际上反向反映了人物内心很丰富、很复杂的心绪。在楼上深情凝望的这个人，肯定思绪翩跹。我们在王昌龄的《闺怨》诗里读过，在温庭筠的《梦江南》词里也读过，还在李白的"唯见长江天际流"、柳永的"误几回天际识归舟"里读过，人已远而情难收，于是无限深情尽在凝望之中。但"楼外一江烟雨"，烟雨阻隔了这个世界，让眼前的世界模糊、迷茫起来，又让感情蒙上了凄迷无着的色彩。诗词就在这样的情境中，不断增加其感伤、迷人的送别之情。

我们再看，楼下送别的双方正在离别，这种恋情正在经受考验；而楼上伫望者的恋情也正被重新触动，而对远方产生了浓烈的思情。这种铺垫和渲染，却不见痕迹，这正是词人高妙的地方。

【问题聚焦】

三

这首诗词很短小，但是很精致。我们在分析这首诗词的时候，要抓住一个个关键的点。

比如说"莲叶初生"，这个"莲"，我们古典诗词里往往把它和另外一个字"怜"连在一起，所谓暗示，这就是借了一个物来对对方表达一份怜爱之心。一般在古典诗词里，这叫谐音。当然，我们就是把它当作实写，或者所谓写景。再如"南浦"，看起来是个地名，但后来地名虚化了，虚指年轻男女有情人送别的地方，于是成了一个典型的行为暗示（意即送别）。在南京这个地方的江边相送，也可以叫南浦，到上海黄浦江边相送，也可以叫南浦，它已经无所限制，成了中国文化里一个典型的现象。

还有"两岸绿杨飞絮"里，要知道"绿杨""飞絮"，尤其要知道"飞絮"。这个飞絮，漫江、漫野、漫城飘飞，给人带来的也是一种非常古典的中国情绪。具备这种情绪，就说明在中国古代诗词里有大量的应用。而不像今天，近30年以来，天翻地覆，中国正经历一个深刻的巨变，所以曾经一切的古典，都变得荒落，变得残破。所以我们今人，似乎很难理解那一份份悠远的古典的情感，可能是与社会的深刻变化有关。想想看，地皮都翻了几层，全然是新式楼群，和新兴工业社会的气派，还有什么恒定的古典的维系呢？

后面的"向晚"是傍晚，还不仅仅是个时间概念，乃是中国古典诗歌里特有的一种典型的情结，我们叫它"傍晚情结"，或者"黄昏情结"。比如说鲁迅在《藤野先生》里提到："从东京出发，不久便到一处驿站，写道：日暮里。不知怎地，我到现在还记得这名目。其次却只记得水户了，这是明的遗民朱舜水先生客死的地方。"这里，一个是"日暮里"，一个是"朱舜水先生客死的地方"，"日暮里"就是三个很普通的字，何以让鲁迅刻骨铭心呢？就是这里蕴含着中国人很典型的思乡情结。每到傍晚这个特定时候，我们这一族群的人都要回家，假如因为种种原因而不能回家，则无一例外地，都会产生思乡之情，就要生出乡愁。所以，"向晚"，它也是一种很典型的文化现象，或者文化意象。课文里所学柳永的诗词《雨霖铃》，何以感人深心？也是与其具体的分别——"傍晚"的分别密切相关的。因为，感情在特定情境下，是很容易爆发的，也最能激起彼此的思想共鸣。而"傍晚"或"黄昏"，常常就是促成的触媒。

后面的"一江烟雨"，通常叫所谓的"融情于景"。所有的情感都蕴含或寄托在景物的描写之中。这种手法，又叫间接抒情。大凡讲"一江春水向东流"，"浩浩春江"，所表达的是诗人无限多的愁绪；那么这里也是一样，"楼外一江烟雨"，这是春末夏初，江水猛涨，也是浩浩一江水式的浓愁。这是无限的离愁，所以小令到最后，情感愈益显得深沉起来。

四

下面我们再看看与本词有关的几个问题。

第一，本词抒发了离别相思之情，写景有实有虚，"莲叶初生""绿杨飞絮"描写的是什么季节的景色，是虚景还是实写？是春末夏初，是虚景还是实写，其实都说得通。说实写是可以的，因为就是这个季节所有的，或许就是楼外江边真实发生的事情。而讲虚写也可以。我们依靠最后三句"凝伫，凝伫，楼外一江烟雨"，能否看得清？自然是看不清。从最后的角度看，以楼上作为观察点，前面所写为虚景，自然没有问题。当然，回答一个问题，要清楚从哪个角度，并一定要将道理讲述清楚。

其次，结合全词，赏析"凝伫，凝伫，楼外一江烟雨"。比如用了反复的修辞手法，形象突出地写出了楼上的主人公，深情凝望的失态，从而表现了楼上的主人公为眼前楼下送别的情形所触动，而深深陷入相思的情形。"楼外一江烟雨"，江水的浩大，烟雨的迷蒙，反衬了楼上主人公，她内心深处的孤寂、惆怅以及失意的意绪。虽然没有直接写相思之苦，但是字字皆蕴含了这种相思之情。总之，词作融情于景，含蓄蕴藉，手法精妙，读词品词，都不可轻忽它们。

【诗词品读】（续）

五

还有两首诗词，与贺铸这首小令《如梦令》有些关联，一同来赏析一下。

《如梦令》还有另外的名字，叫《忆仙姿》，从这个名字能够感觉到，它原是专写男女之情的。这里所抄录的小词为后唐庄宗李存勖（xù）所填写。李存勖，大家应该知道他，欧阳修的《伶官传序》专提到他，在音乐技艺上，他和唐玄宗均有出彩的表现，都是自己要扮演艺术家外加爱情的主，"智勇困于所溺"，结果把国家弄丢。可见政治与私情，江山与美人，常常难以兼得。

有同学疑惑，这里所抄写的不是《忆仙姿》而是《宴桃园》。其实，《宴桃园》就是《忆仙姿》，也就是《如梦令》。

曾宴桃园深洞，一曲舞鸾歌凤。长记别伊时，和泪出门相送。如梦，如梦，残月落花烟重。

"曾宴桃园深洞"，深洞，可能是一个打入山崖的石屋子，因为古代，人们专门在一个山崖凿出类似于窑洞的空间，在那里举办宴请，而其周围正是桃园，类似于李白在《春夜宴桃花园序》里所描绘的情形。时光好，季节好，有钱花，皇家举办这样一个歌舞盛会，其规模超宏大，气氛也一定是空前的。当然，出入规格则可能限制得很高。

"一曲舞鸾歌凤"，一曲下来是什么？鸾和凤，都是鸟类，鸾舞，凤歌，是说各式各样打扮的扮演形象，但是整个场面则华美而热烈。当然，从后面"长记别伊时，和泪出门相送"看，以及又为多情种子李存勖所写等情形看，鸾鸟则可能为李主人所扮演，他翩翩起舞，陶醉其间，而环绕他的，则是风情万种、婀娜多姿、动情歌唱的"歌凤"们。所以宴会的中心，是他们在表演，或者说成了他们的表演。当然，在舞蹈与歌唱情到深处，互生情愫，动了真情，就是再自然也不过的事。"长记别伊时"，伊，就是她；长记，就是好长时间都还回忆这事，说明那一幕深深地印在词人的脑海而难以忘怀。"和泪出门相送"，出门相送，含着眼泪，可见感情之深，用情之深，含着无限的珍重与惜别。当然，临别的眼泪从一个君王眼里流出来，又显得格外难得，此举足以说明对情感的珍视程度。毕竟，他也是凡人一个，也渴望真情，唯此举动，才让人读懂他刻骨的相思。

是啊，曾经在一场宴会上面，有那么用情至深的精彩表演，所以有一种刻骨铭心的记忆。词作最后一句，当然含着一种比较，因为后来再也没有出现过那一幕情形，所以作为君王的他，时时回忆起当年的情形。从词作所描写的内容看，既有歌舞的情形，又有送别的情形；送别肯定还有分别时的很多叮嘱，这些都是可以想象的。

"如梦，如梦"，话语重复，又像是感叹。特别是"残月落花烟重"，一句双成，自成一种环境的渲染。它既是写分别的那个晚上所见的情形，又是写别后词人当前（或当下）的所见。就后者来说，所谓花月烟气，是别后的多少个晚上，还让后主李存勖不断感伤的情景。我们再想想当时分别的细节，感伤的春季里，灿烂的桃花已经开谢，落英缤纷，天上是一钩残月，而雾气潮湿、朦胧，恰似无形的阻隔。而今天物是人非——物还在，还是那个残月，还是那样的落花，还是那种夜气深沉缭绕的样子，但歌声已歇，光影已空，于是感伤、思恋的氛围似乎更重了。

而从表达技法上看，所有的美景都转化为一种哀情的，这最后一句"残月落花烟重"，融情于景，间接抒情，显得含蓄蕴藉。这一句，当然也是前面"和泪出门相送"的送别环境。送别的时候就是那样，所以"如梦，如梦"，不断地叙说，今天的环境，人不在了，真是春梦一场啊。每每显现这个氛围的时候，看到眼前如此熟悉的景致时，尤其上有残月、下有落花，很容易引人追悔和情伤。特别是因为"落花"，有一种美的凋零的意绪，又格外让人痛惜和同情。也许，所钟情的那个女子已经不在人世间了吧，所以这种自我诉说，就显得更为凄伤了。

六

另一首和贺词题材或素材相关，比如说和"鲤鱼"有关，试作欣赏一二。

我们选取的是唐代诗人戴叔伦的《兰溪棹歌》。棹是船桨，这首诗当是船夫可以吟唱的曲调。这首仿拟民歌的诗作，虽然简单、朴素，但有情味，也蕴藉。

凉月如眉挂柳湾，越中山色镜中看。兰溪三日桃花雨，半夜鲤鱼来上滩。

先看"兰溪三日桃花雨"。何谓"桃花雨"？因为下雨，多少桃花都打落到地上，然后地上的落花又随着水流漂到水面上。"半夜鲤鱼来上滩"，写春末夏初这个特定的季节，鲤鱼成群结队，扑棱棱上水，朝水的上游跑去的欢闹的情形。这些鱼儿们要找食，要去产卵，春末夏初达到高潮，但现在，它们嬉戏于这红殷殷的桃花雨后，给人极为鲜明的印象。

再看"凉月如眉挂柳湾"。我们看，李存勖《忆仙姿》里是"残月落花"，而这里是"凉月如眉"，情感迥然不同。所写的月亮可能略为相像，但这里不再凄凉悲伤，月亮像美人弯弯的眉毛，柔媚而多情。"挂柳湾"，柳湾以柳命名，想来当是柳树成片，倩影婀娜。"弯弯的杨柳的稀疏的倩影"是朱自清先生《荷塘月色》里的名句，我们还可以知道，弯曲的柳树是美人的窈窕的身姿。这句是说，如眉的凉月是面容的柔媚，而柳湾柳树的倩影，又添加了身姿的风情。

"越中山色镜中看"，为了押韵，"看"念"堪"。山色美丽如镜，镜像之美，古人诗词里很是常见（如王羲之的"从山阴道上行，如在镜中游"，到李白的"两水夹明镜，双桥落彩虹"等俯拾皆是），怎么样的美，通过前面两句，我们已经知其大概。诗作所描绘的一切，无不构成女子美丽的画面，它像个多情的、风姿绰约的女子啊！就连月亮，都成了这个景物里面的非常美的一笔。

"兰溪三日桃花雨"，画面也很美，但诗人的重点不在美的勾画。就像苏东坡，兴奋地享受着大自然的所能馈赠，毫不拖欠地满足自己的口腹之欲，可能才感到是人生的快乐之事。而本诗中，引起诗人更多关注的，分明是"半夜鲤鱼来上滩"。夏季鲤鱼，因为繁殖与生长的需要，食量猛增，所以这一个半夜，它们仍然不愿意歇息，不会错过大自然这意外的馈赠而作及时的拼抢。当然，所谓"三日桃花雨"，我们一般地讲，落红无数，哀情一片，但这里绝非如此。整个画面里，地面、江面、水面，到处都是飘落的花瓣。由于它们，星月之夜，鲤鱼上滩抢夺，于是，画面一下子鲜活了。一般诗歌里感伤的情绪一扫而空，很活泼的、鲜活的元素便流了出来。我们看，夜那么深了，还来吃岸边的飘落到地上、水上的桃花，可见这一场桃花雨下得多么丰沛。可以想象，这忽碌碌的上滩抢夺，打破了沉静的夜，时时的喧响里，是不断跃动着的银亮的生命的光波，于是自然的动静，在诗人面前，就变得格外生新而富含生趣了。

本诗前面是静态的描写，后面是动态的描写，含有很鲜活的元素。而诗人的情感之色泽，也被我们读者所窥视、所领受了。

【读法链接】

〔附〕今人和前人有关点评

《宋词鉴赏辞典》：这首词写女子登楼望归舟，抒相思离别之情。全词仅三十三字，却通过几个不同的场景画面，将主人公的心理、情绪以及动作情态刻画得细致入微。作品采用以景衬情，寓情于景的手法，写得含而不露，委婉曲折。全首无一字提到离别相思、思夫望夫，但离别相思、思夫望夫之情却溢于词外。像"断送彩帆何处""楼外一江烟雨"等句，都是有问无答，意在景中，确实是含蓄蕴藉、耐人寻味，言有尽而意无穷。（燕山出版社1987年版）

苏门学士张耒为贺铸《东山词》序云："盛丽如游金、张之堂，而妖冶如揽嫱（qiáng）、施之袪（qū），幽洁如屈、宋，悲壮如苏、李。"

程俱《贺方回诗序》：极幽闲思怨之情。

近人俞陛云《唐五代两宋词选释》评道："表情处在叠用'凝伫'二字，传神句在'烟雨'句，离心无际，远在空濛江雨之中。小令固以融浑为佳。"

《词则别调集》卷一：景中带情，一结自足。

夏敬观批语："断送"字佳。

周邦彦《苏幕遮·燎沉香》

周邦彦（1056—1121），字美成，号清真居士，浙江钱塘（今杭州）人，北宋著名词人。曾任大晟（shèng）府提举，主管音乐，审订古调、讨论古音并创设许多音律，对后世影响很大。晚年知顺昌府（今安徽阜阳）和处州（今浙江丽水）、南京鸿庆宫提举，卒赠宣奉大夫。他精通音律，能自度曲，创制不少新词调。词风典雅含蓄，长于铺叙，富艳精工，善于熔铸古人诗句。周是大晟词人的代表，婉约派和格律派集大成者，开南宋姜夔（kuí）、张炎一派词风。著有《片玉词》。

【诗词品读】

一

周邦彦的词以富艳精工著称。他的《苏幕遮》表达思乡，但更在意于思人。全词写景写人抒情带梦，都极为精巧自然。

燎沉香,消溽暑。鸟雀呼晴,侵晓窥檐语。叶上初阳干宿雨,水面清圆,一一风荷举。故乡遥,何日去？家住吴门,久作长安旅。五月渔郎相忆否？小楫轻舟,梦入芙蓉浦。

先看首两句"燎沉香，消溽暑"。沉香，当然是一种香，有特殊香气，味苦。燃烧时有油渗出，香气浓烈，有清神、去邪气等功用。夏天闷湿异常，需要烧烧香来除潮，所以"燎沉香"就是用来"消溽暑"，即消除夏天闷湿的水汽。溽，就是湿润、潮湿。从这里可以看到，词人的心情实在不好，甚至有点烦躁，特别是在这样的夏天。当然，秋天相对要干爽一点，春天则更明快、温和一些，所以看一年四季，是春天和秋天比较美好一点，为一年中最好的时光。夏天气温高，湿气大，是南方的地狱、北方的炼狱，都难受得不行。从"消溽暑"来看，这个夏天不好过。

再看次两句"鸟雀呼晴，侵晓窥檐语"。"呼"字怎么说？"呼晴"何谓？当然在字面上，就是召唤、叫喊着天晴。"呼晴"暗示，"溽"字不仅仅是气候性特征（所谓"夏季湿热"），而且还是一个即时性的天气特征（说明"当前下着雨"）。同时"呼晴"二字，在描写上打破了单调，给沉闷的世界带来了声响和希望。而屋檐下的鸟雀，仿佛也通人性，特地跑到窗沿边向人通知。它们拼命地呼唤着："天晴了，晴天了！"湿热天气已使它们难受，而天一放晴它们又最先感知，于是放大了声贝，将这一好消息传递出去，以便让更多的人和物们知道。现在，这呼喊声总算被人听到，自然是利好的消息，心情之好也是可想而知的。

但有较真的人偏偏要问，怎么知道鸟雀这叫声是"呼晴"呢？这一方面是人在想，存一种盼头；另一方面，鸟雀的叫声在天晴和雨天应该不一样。它们虽是物类，却也是灵物，也有心情上的变化及情绪性反应。大诗人谢灵运的"池塘生春草，园柳变鸣禽"之"变"，就是一个敏感的察觉和捕捉。眼下，这鸟雀的叫声清脆、嘹亮而欢快，有一种响亮的婉转，很有穿透力，很容易被接受——于是，屋内为溽暑所苦的人真的听到，心头之惊喜可想而知。当然，这"呼"字，也可以看出雀声的力道不小。

接着看"侵晓窥檐语"。"侵晓"何意？……现在口语还讲"侵晨""侵早"，都是讲"早晨"的意思。侵，渐进；侵晓，即天快亮或者正在变亮起来。与"鸟雀呼晴"相对，"窥檐语"，是传神之语，它们是喁喁私语，温音软语，将鸟雀的另一番神态和情态写活。看，它们偷偷地朝屋内瞧，自然是靠得窗户很近。它们一定在想，"怎么窗户还是紧闭着？屋里的人还没有听到吗？"于是两只鸟儿对聊起来，又像是说着悄悄的情话，一副可爱的神情，成了早晨白白的窗纸上有趣的"皮影"。而此时，屋内人或许还在昏睡，甚至连窗户还没有打开。檐语，屋檐下的言语与对谈，自然有站位上的高度，也有声音传播上下切的力度。"看，门窗还是关着。""嗯，沉香味还飘了出来，他们居然不知外面已经放晴了。"……整个气氛，屋内屋外恰恰形成一个鲜明的对比："燎沉香，消溽暑"和"鸟雀呼晴，侵晓窥檐语"真是内外两重世界。

当然，屋内的人，可能刚从睡梦中醒来。他或许刚刚熬过了一个难耐的晚上，现在正是好睡的时候，却不期被外面的鸟雀吵醒，似乎有些恼恨；但精明的他一听"呼晴"，心头肯定为之一振。然后，他似乎并不急于要打开窗户，而是继续倾听鸟鸣，看着窗户纸上的皮影，于是恼恨获得了大大的补偿。然而窗户终究要打开的。他转而有些迫不及待了。就因为这鸟儿欢快的叫声，他实在受不住这屋檐外叫声的诱惑。随后，他悄悄地打开了窗户，并将头颅伸向外面……

这一看不得了。首先是清新空气扑面而来，令人舒惬。接着，迎接的是一束束略微刺眼的晴光，光里似乎还带着点灼热的气息。虽是六点多的光景，但东方的初阳已经升到了一定的高度。这时候，他清醒多了，待略微定神，终于看清了眼前的一些景。不过有微风，早晨的感觉还是相当满意的。等他还想将刚才所做的梦回顾一遍时，他却立即为眼前的景所吸引。

我们看"叶上初阳干宿雨,水面清圆,一一风荷举"这三句。看到眼前这样的情景,谁人能不激动?这叶,自然是荷叶了;初阳,就是刚升起不久的朝阳,光线虽有些灼热,但比之上午还是要柔和一些。但是,夏天毕竟是夏天,光线的热度毕竟厉害,"干宿雨",已经把叶面上昨宿的积水全晒干。这时候,荷叶减了一身的重量,不再耷拉、卷折,而是浮出了水面。这时候,叶上有阳光,叶面上干爽,荷叶仿佛从水里托出,叶子显现了神采。"叶上初阳干宿雨",是一个很鲜明的形象。

而"水面清圆",又是另一种神采。所谓清圆,清秀圆润,即荷叶在水面上显现出一个个清秀、光滑的圈圈,于是一个个美丽的圆形浮现了。当然,清,含有清澈或清朗的意思。我们看,水面上,这荷叶并非密实而排布,而是疏疏朗朗地分布着。于是微风过去,在每一片荷叶的周围,波光动荡,微波圆漾,而清澈的荡漾,正不断由小圈纹一层层廓开……好一幅轻妙的水面啊!风依旧吹着,此时,随着时间的推移,而阳光似乎又灼热了一点,空气也显得更为干燥,尚浸泡、蜷缩在宿雨中的高秆荷叶,终于吸饱了阳光,在风中托出,再托出,随后,竟然一片片随风飘舞了。再看远处,一叶叶,一片片,小小的荷叶,还带着些娇嫩,正被微热的风吹起来。"一一风荷举",这是个多么富有情态性的动作和场景啊!

"水面清圆,一一风荷举",向来是名句,写出了初夏雨后天晴,初阳微晒,微风吹送下晨荷的情态。它们是那么娇柔,那么袅娜多姿,那么有风情,那么有风仪,又那么有意态。

说到这里,还须提醒诸位,如果仅仅是以上这些,似乎又稍嫌不足。我们看词中所写的荷叶,并非老荷,更不是枯荷,也不是春天刚刚冒出头的尖尖新荷……它是已经开张的、露出水面、有的已经冒出水面一截的小荷。有的荷伞已经举起来,但还没有完全张举起来,所以微风吹来,是很有次第、一叶叶张开、一片片掀起,水面不再是我们所看到的静态的情形,也不再是我们所感到的无声的状况,它们是有生命、有情感、有情态而饱富鲜活的元素的——它们展现了雨后天晴极为活跃而又轻快的一面。甚至,简直就是青春而曼妙的旋律!王国维先生讲"一切景语皆情语也",我们讲借景抒情、融情于景,这种描写眼前的所见,正反映了词人丰富而蕴藉的内心。过了一个很烦闷的雨夜,现在眼前突然一下子敞亮了起来,心情也因之而一时大好起来。再看,这个时候,是荷叶特好看的一个时候,正如人在青春美妙时,虽然略带点青涩,却也是荷们的"雨季花季",是她们的"二八多娇季"。所以,在词人,在一个初夏的早晨,他感受到了一种活力,一种青春。他甚至还领略到了那个荷叶背后所隐藏的故事。不是吗？

二

再看本词的下一阕。

荷，是典型南方的植物，词人由眼前的荷叶，一下子想起了自己的故乡，是太自然不过了。"故乡遥，何日去？家住吴门，久作长安旅"，这里"长安"指当时的汴京，从这几句话可以看出，他离开家乡的日子已经很长，牵念之情油然而生。出门在外很不容易，一出门，就很容易引起故园的思念。但思念并非抽象，总是与特定的人和事相联系。在这种故园之思里，词人拈出特别最值得牵念的一段情愫，也是很自然的事。

需要提醒一下，我们刚才提及的，在未见到清晨明丽的阳光之前，词人蜷缩于室内，昏沉未醒，是晴鸟将其唤醒，而他则刚刚做了一个好梦（词作最后两句"小楫轻舟，梦入芙蓉浦"）呢。而这个梦恰恰又关涉一场男欢女爱的情事。由舟入"芙蓉浦"，一下子将人的视线牵到南方最为经典、最为生活化和社会化的、既是生产又是民俗的采莲场景。少女们乘着小舟出没于莲荡之中，采摘莲子，与少男们轻歌互答，或嬉游玩闹。诗词中比较著名的，如汉乐府《江南可采莲》、南朝乐府《西洲曲》、唐王昌龄《采莲曲》和李白《越女词》、宋欧阳修《蝶恋花》词等，都作了精彩的记述或描述。于是，也就难怪词中抒情主人公一醒来，就对眼前的所见，尤其是"叶上初阳干宿雨，水面清圆，一一风荷举"，最是动情了。

本来，"叶上初阳干宿雨，水面清圆，一一风荷举"，这是江南最常见不过的情形，是江南最具特征性的一种风物。什么荷叶，荷花，本来人在那里，身在那里，朝夕相见、晨昏相处，可能并无什么异样的感觉，但是，一俟分开，特别是现在身在异乡（"京城"），羁留日久，一种刻骨的思念就借着一个偶然所见之景（所谓"水面清圆，一一风荷举"），猛然流溢而出。

再回到词中，词人似乎也只是觉得为苦闷所缠，而近来，气候一日热似一日，"燎沉香，消溽暑"，日子就这样熬着过。单调，刻板，雨天里的烦闷，都被这潮湿的气息所包围，于是那点昏沉沉的恍然小睡，就显得异常的美丽了。梦境似乎还很美，也确实很美。不过恼人的是，如此清梦却被窗前叽叽喳喳的鸟雀吵醒；而还没等到恼火发作，就见窗前之天放晴，旋即又被眼前的风荷翻举所迷，而让他在这个晴日，一下子想得很远。由此一脱连阴天气里的懒散、昏沉，词人的思绪活跃了起来。可以说，正是眼前的景和心中的情，让词人摆脱了夏日的昏沉和无聊赖。

"五月渔郎相忆否？小楫轻舟，梦入芙蓉浦。"从语气上看，"五月渔郎相忆否"应该是模拟女子的语气，来幻想刚才梦中的相会与叮嘱，因而显得别样的动情和感人，也因此而增加了别一份的牵挂与思念。我们设想，一个是年轻的渔郎，另外一个姣美的采莲女，他们相会在"芙蓉浦"（芙蓉就是荷花，这里是指水莲，芙蓉浦就是采莲的水域）。没有什么比这更牵动人的青春的思念了。因为思念，也因为一段春情，划破了连日来的阴沉和沉闷，唯有牵念和相思，才是恒久而永新的主题。

当然，需要说明的是，并非说词作者周邦彦就是那个渔郎。读者可以将词作的环境设想为5年前、15年前或者20年前，回忆是没有时间限制的。反而，有时候，将回忆的时间拉得长久一些，可能会激发更多的情愫。北宋词人贺铸，写过著名的《青玉案·凌波不过横塘路》，其中"试问闲愁都几许？一川烟草，满城风絮，梅子黄时雨"，最为传诵。有故事说，词人五十多岁某日，见一少女从横塘对面走过来，让他蓦然想起当年和一个年轻女子之间的青春情爱，然后竟久久欲罢而不能，于是写道："凌波不过横塘路，但目送，芳尘去。锦瑟华年谁与度？月桥花院，琐窗朱户，只有春知处。"可谓刻骨铭心了。为什么？或许当年那个梦没有圆，故而心中一直留有遗憾，或许青春里发生的每一件事都因时间的酝酿而弥增岁月的酒香。可能正因为如此，而更渲染了人生情味的永恒的价值。

周邦彦的《苏幕遮》是否也是这样？至于是哪年的五月，读者也弄不清，也不便去弄清，反正是过去的某个"五月"就已经够了。不是吗？当年的情形，渔郎你还记得吗？这是借对方来写自己的思念的。不说自己思念对方，而讲对方的思恋，这是很巧妙的一种转换，所以显得更加地委婉而含蓄。中国的诗歌，不像西方的直接表达（钱钟书的《谈中国诗》一文已经谈得很多了），我们强调的是"温柔敦厚"。

【诗词品读】（续）

三

"小楫轻舟，梦入芙蓉浦"，也是一个很经典的场景。芙蓉浦，那个地方也有很多美妙的故事。下面看看这首汉乐府诗《江南》：

江南可采莲，莲叶何田田。中有双鲤鱼，相戏碧波间。鱼戏莲叶东，鱼戏莲叶南。莲叶深处谁家女，隔水笑抛一枝莲。江南可采莲，莲叶何田田。水覆空翠色，花开冷红颜。路人一何幸，相逢在此间。蒙君赠莲藕，藕心千丝繁。蒙君赠莲实，其心苦如煎。

田田，是荷叶长势茂盛的样子，"中有双鲤鱼，相嬉碧波间"，不说人在那里如何欢快，而是讲鲤鱼在那里怎么欢快，这也是委婉的说法。"鱼戏莲叶东，鱼戏莲叶南……"，游鱼非常自由自在，一会儿在这，一会儿在那，就将欢快具体化了。人最快乐的事，就是感到自由。"深处谁家女，隔水笑抛一枝莲"，隔着莲叶和清波，谁家的女孩子看不清，"笑抛一枝莲"，抛给谁？抛给那个男孩儿。……后面还有好长好长，由于时间关系，就讲这一点。当然，大家也能感觉到，当时采莲的情形，男孩儿、女孩儿实际上很快乐。……而周邦彦《苏幕遮》的"梦入芙蓉浦"，是不是就是这样的一个梦呢？都会引起我们很多的联想。特别是今天，已经没有什么游戏，已经没有自由的生活了，从幼儿园开始，就进了一所叫学校的监狱，连男孩女孩互相看一下，在校园好像都成了大不敬（下面哄笑）。人一旦不自由，便会感到痛苦和难耐。

下面再看另一首《西洲曲》：

忆梅下西洲，折梅寄江北。单衫杏子红，双鬓鸦雏色。西洲在何处？两桨桥头渡。日暮伯劳飞，风吹乌白树。树下即门前，门中露翠钿。开门郎不至，出门采红莲。采莲南塘秋，莲花过人头。低头弄莲子，莲子清如水。置莲怀袖中，莲心彻底红。忆郎郎不至，仰首望飞鸿。鸿飞满西洲，望郎上青楼。楼高望不见，尽日栏杆头。栏杆十二曲，垂手明如玉。卷帘天自高，海水摇空绿。海水梦悠悠，君愁我亦愁。南风知我意，吹梦到西洲。

这首诗后面也写到梦："南风知我意，吹梦到西洲。"也是一个女孩子对男孩子表达爱的深情，希望南风，从南边吹来的风，能够理解"我"的心情，哪怕圆一场幻梦也是好的。"忆梅下西洲，折梅寄江北"，说明西洲在江北某个地方，女孩子说，又想起梅，仍然还记得那年早春梅花开放之时，到西洲去见你的情形呢。现在，"我"就折枝梅花送给你，来表达情感，寄慰深情。

"单衫杏子红，双鬓鸦雏色"，这个是写女孩子的穿着和情态，穿着单衫，杏红色衣服，应当是到夏天了，当然，单衫或许还是春天，过去民谚说"七九六十三，逢人把衣单。""双鬓鸦雏色"，双鬓像漆染了一样，鸦雏色是黑色。年轻时不用化妆，都很漂亮，都有朝气，依靠的是天然的本色，就自有一种美丽；反而，再看人一老大，即使穿得大红大绿，依旧难掩老去的时光。

"西洲在何处？两桨桥头渡。"这个女孩不知道西洲在何处？当然并非如此，而是有意自问，以加强心情。她划船去寻，水路其实很近，几桨就到了。"日暮伯劳飞,风吹乌臼树。"伯劳,就是水鸟,江南江北到处都是。女主来到男伴的家门口,只看到了桥头渡口边的水鸟,趁着暮色双双飞回,它们很快乐地享受着卿卿我我的"夫妻"生活;除此之外,就是"风吹乌臼树"。在这个女孩子眼前,是静穆而略带凄凉的乌桕树,一任风吹着。乌桕树,也可能是他们当年送别的地方,现在物是人非也。

"树下即门前,门中露翠钿。"诗歌在这里转换了场景,重新回到女孩子的身边。翠钿就是头饰,这里是指那个女孩子,她的门口也有一棵乌桕树。"开门郎不至,出门采红莲",以前,每天开门看,常能看到心慕的那个男孩过来,而现在小伙子并没有见到,那只好先去工作(采莲)。这种思想,比绣花楼上的贵族小姐的沉溺于相思,显得健康些。

"采莲南塘秋,莲花过人头。"这两句我们都熟悉,秋字点时令,采莲当然是采摘莲蓬子了。如果再细味一下,采摘莲子,似乎还有一层意思。资料上说,莲子,中药名,常用于心悸失眠等,具有养心安神等功效。因为思念而劳神伤思,故而采摘莲子除了外卖之外,还可以兼作自疗之用。但此时,南塘里的莲花长得高大,抬头一看还在上头,只有那些长熟了的莲实弯折了身形,一低头可以摘到。"低头弄莲子",实际上只是一个人的动作和行为。不像汉乐府诗《江南》那里,"中有双鲤鱼,相戏碧波间",显得那么欢快,一会儿东西,一会儿南,而这里没有,环境里有一点点淡淡的忧愁,显出别一份的清冷。"莲子清如水","莲子"是谐音("莲"谐音"爱怜"之"怜"),爱情纯清如水。"置莲怀袖中,莲心彻底红",前面说采摘莲子,这里是摘下一朵"莲花",顾花自怜,借花表白,也有谐音,所谓爱你的心百分百啊。"忆郎郎不至,仰首望飞鸿",飞鸿就是大雁,它是季节性的动物。想念男孩子,结果不自觉远望,一望,大雁又南飞了,时光易逝、节序如流,似乎更增加了一层愁思。这一段写来,劳动亦不能禁住思念,且在劳动中有丰富细腻的情思和心理,真挚而感人。

"鸿飞满西洲,望郎上青楼",青楼就是过去女孩子的闺房,就是用青漆涂饰的精舍,采莲时不见男神的身形,然而思念却难以消歇,再到楼上去巴望啊。"鸿飞满西洲",是充满风情的精彩诗句。而现在正是深秋。诗歌从早春,写到夏天,再到秋季,接着又到了现在的深秋。这里季节有变化,而深情无变化:身外的世界的流转,与内心的恒守,显现出爱情的可贵。"楼高望不见,尽日栏杆头",楼头再高,女神也看不见男神的身影,太阳落山了,姑娘还在青楼的栏杆前痴痴巴望。

这是一个特写的镜头。"栏杆十二曲，垂手明如玉"，栏曲多，心曲自然也不少；垂手明如玉，也是一个情态，写这个女子很沮丧，又非常美丽的情态。"卷帘天自高"，人虽进屋，仍然卷帘怅望，然而只见天虚空阔，而人的内心的空虚自然更多了。"海水摇空绿"，海水是江水，到处都是碧绿一片，这种色调是忧郁色，没有看到其他任何东西，只有江水才能表达不尽的失落之情。

"海水梦悠悠，君愁我亦愁"，写夜幕下的思念，有环境的渲染，又兼有直接的抒情。即使失落，仍然不舍弃，其执着可见。"南风知我意，吹梦到西洲"，寄深情于南风，希望它能让焦渴的思念得遂。想来，真是深情之至啊！

【问题聚焦】

四

再回到《苏幕遮》来。……"五月渔郎相忆否"，我们补充了两个材料，大家了解一下当年那些青年男女的生活情形，也就知道了过去情爱所发生的一些底细，从而帮助我们理解眼下这首词的丰富的含义。

周邦彦的《苏幕遮》很短小，但是耐人寻味。特别是古今写荷的名句"叶上初阳干宿雨，水面清圆，一一风荷举"，这一处非常值得玩味，因为这里含有深情。这时的荷叶，对于词人来说，则别有一番情境与情趣。而"水面清圆，一一风荷举"，这样一个眼前的清丽的形象，打破了词中主人公沉闷的生活。生活时时需要被打破或唤醒。乡关再远，我们也要去思念，台湾诗人余光中讲，我们今天已经没有乡愁了。没有乡愁的时代，是多么可怕！因为乡愁就是人与人之间情感的维系。人如果没有情感的维系，可能就变得很恐怖，或许就是一个怪兽了。

【读法链接】

〔附〕前人有关点评

周济：上阕，若有意，若无意，使人神眩。（《宋四家词选》）

陈廷焯：不必以词胜而词自胜，风致绝佳，亦见先生胸襟恬淡。（《云韶集》）

王国维："叶上初阳干宿雨，水面清圆，一一风荷举"，此真能得荷之神理者，觉白石《念奴娇》、《惜红衣》二词，犹有隔雾看花之恨。（《人间词语》）

陈郁《话腴》：美成自号清真，二百年来，以乐府独步，贵人学士，市侬伎女，皆知美成词为可爱。

楼攻媿（kuì）云：清真乐府播传，风流自命，顾曲名堂，不能自已。

《贵耳录》：美成以词行，当时皆称之，不知美成文章，大有可观。可惜以词掩其文也。

强焕云：美成词，抚写物态，曲尽其妙。

刘潜夫云：美成颇偷古句。

陈质斋云：美成词，多用唐人诗，隐括入律，浑然天成，长调尤善铺叙，富艳精工，词人之甲乙也。

张叔夏云：美成词，浑厚和雅，善于融化诗句。

沈伯时云：作词当以清真为主，下字运意，皆有法度。

沈偶僧云：徽庙时，邦彦提举大晟乐府，每制一词，名流辄为赓和，东楚方千里，乐安杨泽民全和之，合为三英集行世。

彭羡门云：美成词如十三女子，玉艳珠鲜，政未可以其软媚而少之也。

贺黄公云：周清真有柳欹花軃（duǒ）之致，沁人肌骨，视淮海不徒娣姒（dì sì）而已。

李清照《忆秦娥·咏桐》

李清照（1084—1155），齐州章丘（今山东济南章丘）人，号易安居士，宋代女词人，婉约词派代表。早期生活优裕，金兵入据中原时，流寓南方，境遇孤苦。所作词，早期形式上善用白描手法，语言清丽，多写其悠闲生活，后期经历国破家亡，感情基调转为凄怆沉郁。有《易安居士文集》七卷、《易安词》八卷等。现有《漱玉词》辑本及《李清照集校注》。

【诗词品读】

一

"忆秦娥"这个词牌，最早出自黄升的《唐宋诸贤绝妙词选》，据说是来自于李白词作"秦娥梦断秦楼月"。"秦娥"是指秦国的弄玉，传她是秦穆公的女儿，爱吹箫，嫁给仙人萧史。但在李白的词中则指一秦女，写她所爱的人出了远门，夜夜不得宁歇，春秋怅望，音讯全无，即使眼前有美景也赏不得，而感到一派凄凉。

由此可见这一词牌的格调。《忆秦娥·咏桐》词作者是李清照。她的身世，我们都比较熟悉，大体前期过着贵族小姐和贵族妇女的生活，比较优游自在，而后期，由于受时局流转的影响，特别是南渡后的生活比较窘迫，常常是和泪而洗，或者是无言而悲，可以用"萧条冷落"来形容。南北朝时代著名文论家刘勰在《文心雕龙·时序》中说"文变染乎世情，兴废系于时序"，一点都不假。

下面我们就来看看李清照的这首词。

临高阁，乱山平野烟光薄。烟光薄，栖鸦归后，暮天闻角。断香残酒情怀恶，西风催衬梧桐落。梧桐落，又还秋色，又还寂寞。

"临高阁"，临是登临；高阁呢，我们在《滕王阁序》里已经知道它的高度，像楼房的建筑物，供远眺、游憩之用。登上了那个高处，视野便一下子开阔起来。可是，我们看后面，"乱山平野烟光薄"，为什么是"乱山"呢？一方面是说明山多，另外一方面也反映出人物内心的情感。从这"乱"字，可以看出此次词人登上高阁的心情并不怎么好。而平野又如何？太空旷，又太过单调，这反映出词人内心的厌倦。烟光薄，与"烟光凝"相对，是指云气、烟霭一类比较轻淡。秋天似乎都是天高云淡，如此，则更显示原野的空旷、空荡。而我们换个角度看，可能觉得非常开阔；而话语与心情可正可反，放在本词里，则是空荡荡、空落落的意思。于是词人内心的混乱、厌倦与空荡，就这样反观而显现了出来。

　　登高本为散心，结果反将内心的种种糟糕的情绪释放了出来，嫌来嫌去，似乎总是自己的"存心"在作祟。

　　"栖鸦归后，暮天闻角"，栖鸦，就是回巢归栖的乌鸦。诗词有隐显，试问一句：词人"回巢"了没？她没有。这首词是写她晚年的生活，其丈夫已经在南渡不久死去，于是完整意义上的家也就不存。而山河破碎，由北方的汴京南迁到南方的临安，这种复杂而隐微的心绪，最见不适，在诗词里也有体现。而在傍晚，我们一再讲，对于一般中国古人都是别有情怀、别有寄托。本来，一天的喧嚣在此时都会渐渐平歇下来，但在这里却并无安宁的意思，词人分明听到了号角声，就是"暮天闻角"——这个背影是苍茫的暮色，外加战争隐隐的阴影，这是多么让人颇感不安的声音。这究竟是一个多么糟糕的时代！不安的情绪，究竟会传递、传染开来，而听闻军队号角声，自然会让人的心绪产生波动。由此，词人彼时的心境也就可想而知。

　　当然，有人说，角声不是战伐声，而是报时声，诚然没问题。《李清照集注》里的注释说，"角，画角，形如竹筒，本细末大，以竹木或皮革制成，外施彩绘，故称。发声哀厉高亢，古时军中多用以警昏晓。"但无论如何，都会给词人所处的环境，起一层渲染的作用。

　　小结一下，前面是登高所见，还有所闻，以及写景等，景中寓含着诗人比较糟糕的心绪：诸如缭乱、单调、厌倦，甚至凄厉。

二

　　再看词的下片。

　　"断香残酒情怀恶"，这是直接抒情还是间接抒情？当然是前者，也可见词人的心境之糟糕。香烧断了，就应该添加些，但因为心情本来就很糟糕，所以面对"断香"的情形，心情居然更坏了。稍作一点说明，彼时的香和现在颇有不同，多为香丸子，就像诸位在食堂所吃的熟黄豆粒，而今天所见的香，则是一支一支呈细长柱状。残酒，就是酒喝了还剩下一点，酒气都散了，已经没有多少味道，看着剩酒，心里也很不高兴。一般来说，香没有了，添加就是；酒不多了，再换上一壶就可以，但因为心理作祟，甚至就像是做一件卜断，好像断香、残酒预示着什么，好像什么都专跟自己作对，于是一赌气，更加气愤起来。由此可见，词人此时的精神大成问题，很是萎靡。

　　本来，贵族们的生活是很雅致的，也很精细，不像我们今天爬山登高，几个人粗粗带点干粮和饮水，一齐上去指指点点、看看风景就觉得很开心。到了肚子闹饿，随便吃点喝点打发就能过去，哪里还有那么多的讲究呢？当然，今天一般人还没法体会到词人所处的时代，以及她自己的家境与身世之感，也难有他们出行时的准备，以及出行的讲究。比如，他们必得带着随从，备好酒席，这里还带着熏香，像过家一样。但这会儿待在阁子里的时间想必已经不短，香烧断了，酒也喝了不少；但焚香并不能使其静心，饮酒也难以消除愁绪，总之，就是不见心情有所好转。本来寄期望于登高壮观，结果无济于事，竟然还牵怒于一件件眼前的琐事。而所谓"断香残酒"，终不过是个障眼的借口。

当然，有人说，一定要说词人消费阁中并无凭证，而词中所写应当是回到家中的情形，那倒也无妨。那可能是将"栖鸦归后"，理解为"鸦栖而人归后"。

我们再看，"西风催衬梧桐落"，西风就是秋风；"催衬"，注家的说法是催促、使得的意思，是当时的口语，西风越是吹拂，梧桐叶落越是厉害，西风越是强劲，越发显得梧桐的凋零、枯萎，于是最后简直成了光秃秃的枯桐。想一想昔日梧桐是多么的繁盛滋荣，枝繁叶茂，而今叶片在西风无情的摧残之下，一片片地凋落，直至落光。需要说明的是，"西风"这一句，正好解释了上一句"情怀恶"；而这一句有具隐语性，这个树叶被打落直至孤零零的枯桐，简直就是词人自身的写照。这个备受摧残的形象，成了本词创作的中心意象。

"梧桐落，又还秋色，又还寂寞。"梧桐落，这三字再度重复，这种备受摧残的景象，给予词人何等深沉的感受，又引起她怎样强烈的反响！梧桐叶落，一枝枝光秃的形象，更显秋的肃杀，更让人的内心落寞无言。可见随着"梧桐叶落"，词人心中最后的灵魂之厦垮塌了，她深感徒劳、无用和极度的失落。词人说，"我"也许就是这个不幸的时代的一棵不幸的孤零的梧桐树。《李清照集注》说，"此词因内有'梧桐落'句，故收入'梧桐门'，实非咏梧桐"。这话没错，并非单纯咏物之作，而是托物言志，与词作前面所写外景究竟又有所不同，此处在"梧桐"上，应该寄托了词人很深的情感，所谓触景伤时和孀居孤寂，都似乎相当明显。

当然，单纯就梧桐来说，似乎也颇值得说说。它也是中国传统文化里比较重要的文化意象。关于梧桐，手头一资料是这样介绍的：

《诗经·卷阿（quán'ē）》云，"凤凰鸣矣，于彼高岗。梧桐生矣，于彼朝阳"。汉植桐官苑，魏晋始多。南朝谢朓（tiǎo）《游东堂咏桐》曰："孤桐北窗外，高枝百尺余；叶生既婀娜，落叶更扶疏。"晋傅成《梧桐赋》"郁株列而成行，夹二门以骈罗",则述门植招凤之盛观。北魏贾思勰《齐民要术》有梧桐"明年三月中,移植于厅斋之前,华净妍雅,极为可爱"论。唐宋普遍种植。李格非《洛阳名园记》载丛春园"桐梓桧(guì)柏,皆就行列"。

文学中常有多重寓意。一寓高洁。如《诗》所述,再如虞世南《蝉》"垂緌(ruí)饮清露,流响出疏桐。居高声自远,非是藉秋风"。二寓忠贞。传梧为雄桐为雌,同长同老,如汉乐府《孔雀东南飞》"东西植松柏,左右种梧桐。枝枝相覆盖,叶叶相交通"。三寓孤愁。如李煜《相见欢》"无言独上西楼,月如钩。寂寞梧桐深院锁清秋"。

回到本词里来,词人好像有所反思,有所反省。梧桐无论是寓意高洁品格,还是枝干挺拔、根深叶茂,以及寓意爱情忠贞,可能都非它的本来面目。你追寻了大半辈子,"沉浸醲郁,含英咀华",结果在一阵阵秋风里芳容纷谢、风华散尽,良善热烈的期待,最终还是落进了孤独忧愁的征象里。"梧桐落,又还秋色,又还寂寞",这绝非是她造语新奇的表示,而实在是人生看透了的一个小结。

梧桐落,从《诗经》到李煜,才见其"孤愁"的悲凉啊!

三

当然,这样的词,正处于青春妙龄的少年、青年来读,可能不甚确切。为什么?因为大家还未经世事,憧憬正多,希望正大,理想正美好,当此之时,猛刮起冷面的秋风,就像泼了一瓢冰水,给人一个激灵,人生还有那么长的路怎么走下去呢?所以有时候,真的不想就告诉大家这些所谓的真实与真相。读词,有时似乎读得有些忧郁。然而,对词人李清照来说,洗尽铅华,脱一脱出身富贵、生活安逸的外衣,也感受一下同此凉热的低俗与高雅的世界,将外在的浮华与艳丽清洗清洗,而将包藏的心机尽量显露出来,其实也别有一份清新脱俗、淡雅如兰的气息。如此说来,究竟也不全是坏事。

而人生,确实需要经验,需要经历,带着一份沧桑,一份淡泊,就会获得一份成熟,一份睿智。也许,繁华落幕了,而幕后所挂着的可能就是一份洞悉世事的平淡。看淡了,灵魂才会获得安顿,而悲欢起伏,才有另一份我们无法言说的平静。这一点,也许在庄子身上见到,在晚年贝多芬的身上见到,在那些高僧大德们的身上见到……非常遗憾,在李清照的身上,似乎灵光乍现,闪闪烁烁,她到底还是太在意她的北方世界,以及她的贵族式的生活与环境了,以至于沉浸其中,而难以自拔。

当然,这个话题已经说得很远了。就此打住。

【问题聚焦】

四

下面看看有关的两个问题。

一是你认为直接写作者情怀的是哪一句,试简析在词中的作用。首先是"断香残酒情怀恶",直写情怀,贯穿全篇。词的第二句"乱山平野烟光薄"等,以景写情,道尽了诸如缭乱、单调、厌倦,甚至凄厉等心绪。在哪里也能感受到词人的心绪呢?秋,黄昏,梧桐叶落里可见。特别是落叶啊,萧萧落叶,没有到过野外,或者没有多少生活经验的人怕是并不知道,风里哗哗落下,其实人物内心亦作如是观,凄凉萧索正在凋零里。另外,还有哪地方是直接抒情呢?"梧桐落,又还秋色,又还寂寞",这最后一句,也是直接抒情。突出词人南迁家国破碎、家人亡逝后,那种郁积的孤独和痛苦。他们曾经有过多少高贵而快乐的日子,家境殷实,家阶甚高,研究金石,填写诗词,评论文坛,过尽了风光无限的贵族生活。最后,随着时代的大逆转,繁华落尽,风烟散去,露出峥嵘,感慨系之矣。当然,这一句的抒情,也是统领全词,从乱山、烟光、栖鸦、暮色、落叶、秋风,都显现一种寂寞的情景。

第二个小问题是,叠句"梧桐落"有怎样的表现力,试谈理解。进一步强调落叶在词人精神上、感情上造成的影响,落叶片片像无边的愁绪,飘落在她的心上,风声一阵一阵,像锋利的钢针一样,扎入她孱弱的心灵。词人触景伤怀,引出后面的句子"又还秋色,又还寂寞",国破家亡的伤痛,背井离乡的乡愁,一下子都涌上了心头,使她体会到更加惨淡的时令与深广的社会内涵。

【读法链接】

〔附〕今人有关点评

杨恩成《读〈忆秦娥〉》:"烟光薄"一句,是个"联珠体"的句式。它是"忆秦娥"这个词牌限定的,但又不是形式上的简单重复。特定的形式是为内容服务的。这种重复,可以起承上启下、层层递进和渲染气氛的作用。词人正是借用这个重复的画面,把自己的临高阁时满腹惆怅的情怀再次渲染出来,使景物更富于浓厚的感情色彩,增强了抒情的艺术效果,并以这种情景为纽带,转入另一种境界(《李清照词鉴赏》)。

孙崇恩《李清照诗词选》:这应是李清照晚年经受国破家亡之痛,颠沛流离之苦后的词作。从内容上看,亦并非"咏桐"。上阕写景。起笔写远望,"乱山平野",景象不堪;再写近闻,栖鸦聒噪,暮天号角,隐然有山河荒残之痛,心怀凄凉之悲。下阕言情。先写室内,"断香残酒",已自心怀不好;再写室外,西风萧瑟,梧桐叶落,心怀更加悲凉。

向子諲《减字木兰花·斜红叠翠》

向子諲（1085—1152），字伯恭，号芗（xiāng）林居士，临江（今江西清江县）人，一曰开封人。哲宗元符三年（1100年）以荫补官。曾因与主战派大臣李纲友善而遭到权臣黄潜善排挤。曾在潭州（今湖南长沙）抗击金兵、率军民坚守。绍兴中，累官户部侍郎，知平江府，因反对秦桧议和，落职居临江，其诗以南渡为界，前期风格绮丽，南渡后多伤时忧国之作。有《酒边词》二卷。另著有《向芗林文集》，今已佚。

【诗词品读】

一

《减字木兰花·斜红叠翠》的作者向子諲（yīn），生活于宋代南北转换的复杂时运里，注定了他是一个经历颇为曲折的人。因反对主降派议和而被数次免官。在本词里，对当时社会的风气，亦能见出他的不平。

词作题目是《减字木兰花》，"木兰花"本来是一个曲牌的名字，以前的字数肯定很多，所以这里所谓"减字木兰花"，就是又弄一个调子，把以前很长的调子变短。

下面就来看看这首短词。

斜红叠翠，何许花神来献瑞。粲粲裳衣，割得天孙锦一机。真香妙质，不耐世间风与日。着意遮围，莫放春光造次归。

首先看前两句"斜红叠翠，何许花神来献瑞"。红是指什么、翠指什么，实际上就是借代，用色彩等特征指代事物本身，红为花，翠为叶。为什么是斜红呢？……有生活经验就会知道，送花给人，一枝两枝花时，花枝是直的，但里面假如要放上九百九十九朵，捆扎起来，形成一个硕大的花簇，这时的花朵就显得拥挤，花侧枝斜，就成了这样的"斜"状。斜红，就说明花多。同理，"叠翠"是指叶片繁多交叠，重重叠叠，说明长势很茂密。"何许"之"许"表"处所"，"何许"即"何处"之意，就是哪里，哪一处。"献瑞"，谓进献祥瑞。瑞，是指吉祥。花是那么繁密，叶是那么繁多，长势又是那么茂盛，那么喜人，这不是吉祥美好是什么？诗人想象人间种不出来，只有"花神"来展示神功，而眼前的"斜红叠翠"就是神话。这是赞叹之语。

再看"粲粲裳衣"句。粲粲，是指鲜明的样子。那些花与叶，像穿了各种鲜洁明艳的衣裳一样，都是那么鲜明、那么耀眼。接下来是"割得天孙锦一机"句。天孙，就是织女。《史记·天官书》说，"河鼓大星……其北织女。织女，天女孙也"。两句连接起来，是说这种美丽的花色，这种鲜亮的衣裳，是谁织得出？如此绚烂的锦缎服饰，只有天上的织女能够织得出。一机，全机，言其多。这里的描写和用典（甚至还有夸张），也是写眼前的花和叶，展示了它们格外的动人之处，也是人间所未有。这又是一种赞叹。

第五句"真香妙质"，是直接赞叹。真香，以"真"来形容"香"，显其"不假"的事实，是真，就一定香气馥郁；妙质，很美妙很奇妙的材质，真香妙质说出了花和叶含真的内质和外在娇美的情态，确实是一个顶级的香美人。接下来，却词风逆转，说出自天上花神之手而非人间的繁盛花木，居然"不耐世间风与日"，也就是受不了这人世间的风吹日晒。不能不令人震惊。由此可知这世间风气的恐怖程度。"世间风与日"，乍一看好像是纯环境叙述，但一般在文学作品之中，自然的环境往往暗涉所应对的社会环境。对于"真香妙质"的花木来说，这种世间狂风吹与烈日晒的恶劣环境，则指涉某种粗暴和邪恶的社会力量。至于词作者向子湮，《宋史》（第三百七十七卷）有传，有学者说"在南北宋之交的政坛上，子湮志大气刚，临事不惧，置生死于度外，可以称得上一时名臣"（王伟伟《南宋词坛的"尘外之音"——谈朱敦儒、向子湮、苏庠等人的隐逸词》）。他力主抗金，曾因与主战派大臣李纲友善而遭到权臣黄潜善排挤。李纲罢相，他也因此落职。高宗建炎二年（1128年），向子湮任职潭州（今长沙），率军民抗击金兵，坚守八日。后来官至户部侍郎，因坚决反对与金国议和，遭到秦桧（huì）等当权投降派的嫉恨，被罢官落职，于是闲居于临江（今江西清江县）直至去世。在他的身上，演绎了"一出英雄被毁灭的悲剧"。我们稍稍联系一下词人所处的社会时代，大体可知，所谓"世间风与日"，实是暗指朝中那些邪恶的权贵们，像权臣黄潜善、秦桧以及朝中和诗人作对的恶势力。

而从以上可知，所谓粲粲裳衣、真香妙质的"斜红叠翠"，与"世间风与日"相对，显然是词人心中的香草美人、堂上君子和社会柱石。他们美艳绝伦、纯洁高尚、忠君爱国。对于他们的赞美、牵念与担忧，体现了词人对社会、对国家的基本态度。词人对"斜红叠翠"的赞美和呵护，不仅表现了他的审美追求，他对美好生活的态度，同时也表现了他的价值取向、心灵趋向和人格理想追求。正是"斜红叠翠"们的出自天性的美质、真核，决定了他们的纯粹的善性。由此才让人们倍觉其美之值得珍惜。

词作最后两句,是词人面对恶劣的世风和时运,为挽真救美,维护社会纯粹的元气,所发出的心底的呼吁,及所献的解决问题的良策。

何谓"着意遮围"?谁着意遮围?这个"着意遮围",是针对词作第一句"斜红叠翠"。为什么堆叠得这么繁密呢?一般来讲,凡世间的物,都想获得独立的生存空间,而每一枝花儿也似乎都想做花魁吧?长在最高枝,接受最充足的阳光,让更多蜂蝶来光顾。但我们还是要再追问一下,为什么是"斜红叠翠"呢?这"着意"二字,是将花拟人化;"着意遮围"就是有意地、刻意地围成一圈、抱成一团。这是易受伤害的花木们为了不给破坏它们的恶势力以机会,自动地将单个的力量聚集在一起,以形成比较强大的能力状态的做法。于是"斜红叠翠",再次获得顺理成章的解释。

最后一句"莫放春光造次归"。"造次"指匆匆、匆忙;整句的意思是,不要让春光匆匆地就回去了,要永葆春光,永葆花繁叶茂的青春盛势,那也就不怕遭受世间的风吹日晒,以及种种残酷的摧残和打击了,则体现了词人的良善的愿望。而所谓"春光"指何,当然是指培育、涵养"斜红叠翠"的阳光雨露。至于说"莫放春光"有欲极力争取圣意眷顾之意,自然也应当是词人的题中之义。

【问题聚焦】

二

下面再对词作一下局部关注。

"斜红叠翠",红和斜,翠和叠,这样对春景的描写各有其妙。简要地分析一下,以"红"代花,以"翠"代叶,达到含蓄而不直露的效果;一个"斜"字,写出花朵娇柔多姿、毫不呆板之态,一个"叠"字,则强调了叶片争茂繁密的长势。

其次,本词隐含了怎样的感伤之情呢?首先我们看词中"不耐世间风与日",是写自然的风日对百花的摧残,让人倍感不快。事实上,这是词人对社会上那些饱经权贵摧残的像百花一样的君子的感伤。

【读法链接】

〔附〕今人有关点评

《宋词鉴赏辞典》:若沿袭自《诗经》《楚辞》以来的传统来看,词人显然是以香花喻君子,"真香妙质"之句可见;而摧残香花的"风""日"则隐喻朝中奸佞的权臣。这便给予该词以深刻的社会含义。据该篇后记文字"绍兴壬申春，芗林瑞香盛开，赋此词。是年三月十有六日辛亥，公下世。此词，公之绝笔也"，可知这首词写于南宋高宗绍兴二十二年（1152年）"瑞香盛开"的春天；因词人自号"芗林居士"，可见"芗林"系指其所居之处；是年三月十六日词人要执意挽留的"春光"尚未归去，而词人却辞世而长去了，这首留世词作，便成了他向世人向春光告别的绝笔了。（上海辞书出版社2003年版）

周密《玉京秋》

周密（1232—1298），字公谨，号草窗，又号霄斋、蘋洲、萧斋，晚年号四水潜夫、弁（biàn）阳老人、弁阳啸翁、华不注山人。宋末曾任义乌令等职；宋亡，入元不仕，隐居弁山（在今浙江湖州）。善诗词，能书画，雅好医药，尤好藏弃校书。诗词作品典雅浓丽、格律严谨，亦有时感之作。又善自度曲。周为南宋末年雅词词派领袖，与张炎、王沂孙和蒋捷并称宋末四大词家，与吴文英并称"二窗"，有词集《蘋洲渔笛谱》、词选《绝妙好词》流传于世。其笔记集有《齐东野语》《武林旧事》等。

【诗词品读】

一

《玉京秋》是南宋词人周密自编自创的一个曲调曲牌。词作用典很绵密，很巧妙。过去对它的评价很高。

下面就来看看。

烟水阔，高林弄残照，晚蜩凄切。碧砧度韵，银床飘叶。衣湿桐阴露冷，采凉花时赋秋雪。叹轻别，一襟幽事，砌蛩（qióng）能说。

客思吟商还怯，怨歌长、琼壶暗缺。翠扇恩疏，红衣香褪，翻成消歇。玉骨西风，恨最恨、闲却新凉时节。楚箫咽，谁倚西楼淡月。

"烟水阔"，写雾霭迷蒙的水面苍茫远阔，这是环境的点染。"高林弄残照，晚蜩凄切"，先看后一句，蜩者蝉也，晚蜩即秋蝉、寒蝉，还有傍晚寒蝉之意。我们看，傍晚时分，寒蝉叫得特别凄凉。再看"高林弄残照"，"弄"者何意？逗弄、游戏等，当然如果贴近词作环境，则"弄"字含有摇晃之意；所谓残照，指落日的余晖，与寒蝉一样，也是行将消逝的事物。整句意为高林晃动，落日渐收。

这三句联系起来，水面迷蒙苍茫，风吹高林、落日西沉，秋蝉发出最后的哀吟，整个场面既壮阔又悲咽，好像到了一种末世。当然景中虽然苍茫、悲咽，但还让人有那么一丝留恋感。开头这三句，远景起笔，并由远而近，渲染一种苍茫、悲咽的情调。

"碧砧度韵"，指在泛绿的石砧上有节奏地捶打，以制作寒衣（反复捶打，将质硬的丝麻织品捣打柔软，打匀和、打结实些）。此"砧"为捣衣砧。度韵，本是按韵律谱写的意思。"银床飘叶"，秋风声里，指梧桐叶下，散落于水井的周围。

飘叶,就是落叶,联系后面"桐阴露冷",所谓落叶指凋落的梧桐叶。银床何谓?所谓井栏也(也有指井栏上的辘轳架),即水井的围栏。整句的意思是,在水井的井栏周围,已经飘撒了不少梧桐的落叶。需要说明的是,也有将"碧砧度韵",解释为指在泛绿的洗衣砧上有节奏地捶打衣物,亦可。不过,将"砧"理解为洗衣砧,似乎可以与后面井栏(水井)取景更协调些;但难以解释的是,这一洗衣的形象与词作意旨的表达有多少关联。

小结一下,"碧砧度韵,银床飘叶",场景继续近移,来到水井旁边。听到砧板上急促的寒衣捶打声,又看到井栏边梧桐叶飘落,让人感到寒意阵阵,好一个渐趋寒冷而又悲意十足的时令!这是简笔勾勒的一个近景。而此时,应当由暮入夜。

"衣湿桐阴露冷",是说站在梧桐树荫下,寒露打在身上,浸湿了衣襟,颇有寒气侵人的味道。"采凉花时赋秋雪",凉花系秋花,指菊花、芦花等秋日之花,这里指芦花;句意是说秋日芦花,犹如秋天的白雪,洁白纯净,不觉吟赞,不禁采下。这两句,写的是一身受、一所见。然而,不禁要问:何以采凉花、赋秋雪呢?自然让人想到《诗经》里有名的诗句:"蒹葭苍苍,白露为霜。所谓伊人,在水一方……"蒹葭就是芦苇,深情所系全在水流那一方的"伊人"。由此可知,所谓采花,原来是为思念寄情以送远人。而所谓伊人究竟在哪里呢?而从后文"叹轻别"判断,这"衣湿"与"采凉"两句,当重现夏秋之交的两个场景,一个是有情人分别时依依难舍的情形,另一个则是别后对有情人强烈思慕的情形。

前五句在背景勾勒和烘托下,由写景让渡到写人。在景的烘托兼及叙事里,已经关涉到词作所要表现的人与事了。于是,一个有情人深情久立、互诉衷肠而难舍难分的情形,一个寄情幽邃、用情遥远的思慕者的形象,逐渐变得清晰起来。

再看"叹轻别,一襟幽事,砌蛩能说"句。"叹轻别",言离别容易而思念苦。"一襟幽事"两句,犹一腔幽情(郁结而隐秘的情感),无法倾诉,而阶缝里的蟋蟀,如泣如诉的哀吟,似乎借此正可表达出思慕者的款款心曲。这是借物传情,借蟋蟀悲凄的哀吟传达出词中抒情主人公的满腔幽怨,显得深情而含蓄。

二

这首《玉京秋》词,深情绵密,有必要再回顾、提点一下。

"烟水阔",气象苍茫。"高林弄残照",萧瑟惨淡。而"晚蜩凄切",则直接渲染了凄凉的环境。"碧砧度韵",说明天气越来越冷,季节变化越来越快;那一声声,一下下,都能够表达人物的内心:捣衣的心情可想而知,而听音人之心也是可想而知。"银床飘叶",给人的感觉是一片衰败,一片残败,也会引发心灵的痛楚。至于"衣湿桐阴露冷,采凉花时赋秋雪",则是追忆,通过人物隐微的行动,感受季节的寒意,以体会送别人的深情延宕,以及别后采花寄思、告慰远人的情状。

从"烟水阔"到"时赋秋雪",都是写景,而景中自然也兼夹一点叙事,描写了深秋时节,尤其是傍晚到夜幕降临这个时间段内,景致的变化和微妙的感受。当然,情境是苍茫、苍凉和悲咽的。后面的"叹轻别",则是直接点明离别之苦,"叹"字深含追悔之意。尽管时间一再延宕,以至于"衣湿桐阴露冷",但仍着意于"轻别"的申言,由此可见追悔之深、珍惜之重。当然,与柳永《雨霖铃·寒蝉凄切》所谓"执手相看泪眼"的直白表达不同,本词"叹轻别",显得更为含蓄而婉约。后面"一襟幽事",则表明那一段丰富而复杂的情感并不适宜于公开与陈诉,于是一段曲折、幽深而婉转的情感暗泉便缓缓地渗透于沙砾间。然后纤指"寒蛩",通过蟋蟀在墙根下的哀鸣,来婉转地表达抒情主人公幽眇而深邃的内心世界。

本词上阕,总括来看:由远及近,由景带人,再带出人物微淡的心迹,叙写"别后"无法言说的思念。前面通过写景、叙事来铺垫,后面又以秋蝉的哀鸣作渲染,将离别的氛围放在一个阔大苍茫的背景之下,显得那么凄迷,感伤,又迷茫。这种感受,当然又得之于作者所谓"前铺后染、回环复照"手法的运用,从而使其意韵不断重复,而情感也不断转深。

三

现在来看词作的下一阕。

"客思吟商还怯",所谓"客思",指客中游子的思绪。客思关涉"叹轻别",还关涉"衣湿桐阴露冷,采凉花时赋秋雪"。吟商,发出哀鸣、凄怨之声,指涉前面的"砌蛩",即在台阶缝隙里哀鸣的蟋蟀。商,古代七音(宫、商、角、徵、羽、变宫、变徵)之一,其音凄怆哀怨,在时序上与秋相配。《礼记·月令》云:"孟秋之月其音商。"而"怯"字,则表明一种心态,无论如何也不能表白的心迹。一般而言,要么是情爱还未到最为浓深时,要么就是与社会道德相悖离的某种隐秘而不能公开的私情。而后者似乎更为妥帖些。

这一"怯"字,在词作表达上,更显示了客思的含蓄、担心。这一整句,显示了词作抒情主人公,因为复杂的情事而显露出种种畏难和难言的隐痛。他不敢伸张,不敢坦诚地发出自己痛苦之声,他似乎非常顾忌因为自己的哀怨而影响到什么。因而他选择了一种淡退和隐忍,尽管他自己已经凄苦、伤痛得不行了。

"怨歌长、琼壶暗缺","怨歌长"则揭示了抒情主人公的真实的心绪，和真切的痛苦。"琼壶暗缺"，化用周邦彦《浪淘沙慢》"怨歌永、琼壶敲尽缺"，诉说离别之苦和对思恋者精神上的折磨之深。其用典，则来自东晋王敦之事。刘义庆《世说新语·豪爽》里说："王处仲（王敦）每酒后辄咏'老骥伏枥，志在千里。烈士暮年，壮心不已'。以如意打唾壶，壶口尽缺。"唾壶击缺，后来就形容心情忧愤或感情激昂。……这里的"暗"字怎么说？还是要与前面的"幽""怯"字联系在一起来理解，词人情绪激切、愤激，却幽而内潜，怕为人知。多少隐恨，越是怕为外知，越是积压难消而磨人越甚。显然，这"暗"字，乃是词人敲击玉壶（酒壶），因情激切而起，却因心怯怕而手捂以终。

"客思"和"怨歌"两句，一外在一内在，一隐一显，矛盾地揭示了抒情主人公对于情爱及与有情人分别之后的思念、痛苦、难耐与无助，以及畏惧和担心的复杂情状。

"翠扇恩疏，红衣香褪"，翠扇、红衣，即荷叶和莲花，可能是词人即景抒情，有感而发。唐人许浑《秋晚云阳驿西亭莲池》诗云："烟开翠扇清风晓，水泥红衣白露秋。"又有唐人羊士谔（è）《玩荷花》写道："红衣落尽暗香残，叶上秋光白露寒。"所谓翠扇恩疏，是很巧妙的说法，荷叶这时候已经僵枯，不再打着擎天盖，不再张扬着承接雨水和露水以及阳光的伞盖。所谓红衣香褪，是说莲花的花瓣已凋落。……这些，有感于季节和人事的纷谢，都很容易引起"美人迟暮"的伤感。而"翻成消歇"，意为都停了下来，一切都消逝了。一切的在春季、夏季的物象，蓬勃的生机，旺盛的长势，给人浮想联翩的种种美好，都消逝得无影无踪，此情此景颇能增加人的伤感。

以上两大句，六小句，词人痛于无法公开言说的某段幽情，并为某种青春的黯然消逝而感伤不已。

四

再看"玉骨西风，恨最恨、闲却新凉时节"三句。

向来解释本词本句，均引用谭献在《谭评词辨》"所谓'玉骨'二句，髀（bì）肉之叹也"的说法，即所用的典故与三国刘备有关。玉骨者，髀骨也。《三国志·蜀书·先主传》裴松之注引《九州春秋》曰："备住荆州数年，尝于表坐起至厕，见髀里肉生，慨然流涕。还坐，表怪问备，备曰：'吾常身不离鞍，髀肉皆消。今不复骑，髀里肉生。日月若驰，老将至矣，而功业不建，是以悲耳。'"刘备因为长时间没骑马，大腿肉横生，于是担忧光阴虚掷、无所作为。所谓髀肉之叹，正在光阴抛掷、功业荒然。

而紧承的"恨"与"闲却"云云，也是感叹岁月蹉跎，而功业未成。然而，玉骨作"髀骨"之解的问题是，从词的前面看，本词关节在"别情"，而这里功业之叹，似乎不甚谐调。难道因爱情不遂而事业坐空吗？

我以为，此三句暗引五代后蜀末帝孟昶《避暑摩诃池上作》诗。其诗云："冰肌玉骨清无汗，水殿风来暗香满。帘开明月独窥人，欹（yī）枕钗横云鬓乱。起来庭户寂无声，时见疏星渡河汉。屈指西风几时来，只恐流年暗中换。"颇有冰肌玉骨黯然神伤而辜负岁月的感慨。"恨"与"闲却"两句，也与此关联甚紧。这三句，借由对方的神伤无聊，来言说别后的落寞和荒掷，由此更增添了一层牵挂与伤感。

结尾仍然通过视觉和听觉来表达心迹，加强悲情的渲染。"楚箫咽"，箫声本来就有些低沉，有些悲咽，而在此良夜更是有如低声哭泣一般，让人情不能禁。"谁倚西楼淡月"，天上是一轮淡月，所谓淡月乃月形残缺或者外有云山遮蔽，显得有些阴沉和惨淡；而词人又痴痴地发问，是谁通过楚箫的呜咽之声，来向月色表白心迹呢？如此蕴含着情感的情景渲染，再度把词人内心的苦恨，非常含蓄而无限地表达了出来。

当然，词作最后一句，似化用于同为宋代的女词人李清照的《一剪梅·红藕香残玉簟（diàn）秋》，曰"云中谁寄锦书来？雁字回时，月满西楼"，仍然是借用对方，通过抒写月夜难眠，西楼怅望，来表达一个遥寄深情、苦盼音讯的闺妇之愁。其抒情的方式，也显得婉约、含蓄而典型。只不过，"淡月"比之"满月"，惨淡的氛围更贴切些。

五

再提点一下词作的小序。

这首词本来好理解，前面还有一小序，但是这个选文却将小序抽掉，确实影响到对词作整体的理解，并使解释变得复杂起来。小序如下：

长安独客，又见西风，素月、丹枫，凄然其为秋也，因调夹钟羽一解。

长安，当然不是西北的那个长安，而是指南宋的临安杭州。身触于西风即秋风，见到了天上斜挂的一轮明月，还有，就是看到了被秋霜打红的枫树在月夜里的暗影，于是触动很大，才骤然触动他的时间感和生命感——"凄然其为秋也"。于是按照夹钟羽曲调的音律要求编写了这个曲调。所谓"一解"就是一章（即本词）。……整个意思汇集起来，就是词人客居京城，触景伤怀，于是自度了一曲。

需要指出的是，由小序可知，词人极有可能是在秋风和明月下，盘桓于丹枫，寒凉之感，银白的世界，飘落的枫叶，都让词人进入"碧砧度韵，银床飘叶。衣湿桐阴露冷，采凉花时赋秋雪"的那个印象深刻的回忆世界。

这当然涉及创作的缘由，及有关创作的触动。

【问题聚焦】

六

最后再看两个小问题：

第一个小问题，词的上片描写了怎样的景色，第二个小问题，古人云本词"托辞微婉，寄兴遥深"，请以结尾为例赏析。遥深者，深远也。先看第一个问题，所描写的景色，再简单重复一下。引用一个说法，"'烟水阔'展现出辽阔苍茫的景象，高林、晚蜩、碧砧、银床，景物由远而近，四句色调冷淡，声响凄清，有层次地描绘出一幅湖天秋暮图"。它这里所讲还不是很明白，还没有我们课堂上讲得那么细腻，且有逻辑。诗词在赏析时，要依循理性和理路，也一定要讲逻辑，否则别人无法清晰知会，如此，就会产生错乱。

再看第二个小问题，主要是讨论结句，以景结情，以悠远而幽怨的箫声，来衬托人物的孤寂和无奈。是谁在西楼淡月中，吹奏着呜咽的洞箫呢？以问作结，令人回味，倍增了凄凉之感。

【读法链接】

〔附〕今人有关点评

《宋词鉴赏辞典》：词人独客杭州，西风又至，心绪黯然，遂琢此词，以写其悒郁之怀。上片以景起意。"烟水阔"三字，起得高健。将一派水天空阔、苍茫无际的寥廓景象，尽收笔底，为读者展示了一幅广阔的背景。接下"高林""晚蜩"二句，一写目见，一写耳闻。寓情于景，境殊依黯。"弄"字是拟人的笔法，将落日的余晖依偎着树梢缓缓西沉之情态，表现得十分生动。好像是在哀伤白昼的隐没和依恋这逝水的年华似的。物与我，审美的主体与客体，就这样交融在一起了。草窗词工于炼字，即此可见一端了。"蜩"即蝉。寒蝉凄切，哀音似诉，与烟水残阳相映衬，便觉秋意满纸、秋声欲活了。（燕山出版社1987年版）

唐圭璋《宋词三百首笺》：陈亦峰云，"此词精金百炼，既雄秀又婉雅，几欲空绝古今。一'暗'字，其恨在骨。"谭复堂云，"南渡词境，高处往往出于清真。'玉骨'二句，髒肉之难也。"（神州国光社民国37年版）

魏初《鹧鸪天·去岁今辰却到家》

魏初 (1226—1286),字太初,号青崖,金末元初弘州顺圣(今张家口阳原)人。幼好读书,尤长于春秋。为文简,而有法。少辟中书省掾吏,亲老告归,隐居教授。中统年(1260—1263)间起,为国史院编修,寻擢监察御史等。历官陕西、河东按察副使,行台扬州,终官江西按察使。其疏陈时政,多见赏纳。《元史》有传。著有《青崖集》十卷。

【诗词品读】

一

这首《鹧鸪天》词的作者是元代人,叫魏初。

去岁今辰却到家,今年相望又天涯。一春心事闲无处,两鬓秋霜细有华。山接水,水明霞。满林残照见归鸦。几时收拾田园了,儿女团圞(luán)夜煮茶。

先看开头两句"去岁今辰却到家,今年相望又天涯",去年这个时候才到家,今年这个时候又于天涯相望,也就是说,一年不到又是天各一方。这种聚少离多的苦恨,可谓先声夺人!一直是出门远行,寻寻觅觅,在路上,今年仍然在路上,似乎永远地在路上。两厢对比,相聚与分离,相聚显得何其珍贵,而到家的感觉当然很温馨了。今年在哪里?"又天涯","又"字说明已经不止一次,行途漂泊,浪迹天涯,于是生涯之叹,人生之无奈,于此一字见深刻矣。也因此,更显现出刻骨思念的纯度。

再看次两句"一春心事闲无处,两鬓秋霜细有华"。两鬓染霜,这是比喻,而与诗人的真实年龄相比起来,可能还有不小的差距。当然,两鬓霜花还不是很重,"细有华"说明花白的程度还很微细,只是有些微白而已。但白发的出现,对于任何一个上到四十的人来说,初一见之都是令人惊骇的事实。而这个"白",需要往前找因,除了"去岁"两句外,就是这"一春心事闲无处"了。大家不妨注意这个"闲"字,似乎人一旦忙碌的时候就会觉得充实,而一俟清闲下来,特别是精神没了支撑,要么无聊,要么生病,而精神似乎也散了架,便顿时委顿起来。这个体会,可能年龄越大则越多。所以,人不能闲着,一闲下来,常常要出问题,发愁,发闲愁,闲得发慌,闲得空落落;同时还要被某种愁绪所萦绕,以至于久久不得散去,所以辛弃疾说"闲愁最苦",而今人朱自清也说"这几天心里颇不宁静"云云。当然，闲愁何以最苦，就是因为空落落没抓手，总是说不清道不明，弄得人心神不宁，让人左右不是。而更具体地说，词人实则就是为思家所苦。整个春天，人都处于不能回家的空落的感觉里。此外，大家不要忘了，春天也是个特别的、感伤的季节，正如俄罗斯大作家屠格涅夫在《草原和树林》里所说，"在春天容易别离，在春天，幸福的人也会被吸引到远方去……"。

除此之外，一个"春"字也值得注意。它既点明了这首词的写作时间，又说明了词作的写作氛围。也就是说，是在这样一个特别感伤的时节，全词裹上了一层人生易逝而不得尽享的遗憾。另外，这一字也暗暗地关涉到后面的写景。

我们再看"山接水，水明霞"，这个"明"字作动词，与前面"接"字对应。山连着水，水面上映着霞光。这六字有景致，见长度。当然，这"霞"不是初阳而是夕照无疑。"满林残照见归鸦"，归鸦就是傍晚归巢的乌鸦，今天山村或野外已经很少见到。从历史看，大约到唐代还认为乌鸦是神鸟，还被视为吉祥，人们一般都不会去伤害它们。而人类在祭祀的时候，也一任这些神鸟们去抢食。这种鸟的智慧很高，后来因为喜食腐肉，特别是有人死了，乌鸦们就成片飞叫，让人厌恶，所以渐渐地被视为不祥。在这里，还是按照古典诗歌意象里的正面形象来理解。乌鸦于傍晚归巢的意象及其场景，在古典的天空里一直是个温馨的画面。马致远不也说"枯藤老树昏鸦，小桥流水人家"吗？山连着水，水倒映着霞光，满林都是低低长照的夕阳，归鸦点点，盘旋而来，一家老老小小，嘎嘎然要归巢。这是夕阳西下的特别温情的一幕。然而，读者须明白，乌鸦群体温情归来的旁侧，是形单影只的诗人内心的孤独和寂寞。我们在阅读古典诗词的时候，尤其要注意这些隐含之处。面对喧闹归巢的乌鸦们，再借朱自清先生在《荷塘月色》里的话，即"热闹是他们的，我什么也没有"。热闹的鸦归的场景，实际上是一种反衬。乌鸦归巢越是温馨和热闹，就越能反衬诗人流落天涯的孤寂和失意。

接着是"几时收拾田园了，儿女团圞夜煮茶"两句。团圞即团聚，这两句是词人从心底发出的声音。这两句的心声，由于有前面的铺垫，显得真挚而水到渠成。"几时"，表示心情何等迫切。是啊，团圆的场景是温馨的，他多么期盼回到家，回到妻子和儿女们的身边去！从用典方面看，这两句当然暗引了陶渊明，词人也想去官归园，不过，他不是像陶渊明在《归去来兮辞》所做的"携幼引壶""悦亲乐琴"，而是非常生活化的儿女团聚，夜煮香茶。此点颇像今日的福建人，在一种清淡而和乐的氛围中，不是寻找自我的快乐与沉醉，而是"与家偕乐"。这是多么美妙而温馨的时刻啊。一家人围坐在一起，和妻子和孩子们面对面，才能解了心中思念的渴。而"夜煮茶"也很耐嚼，试想，整个世界都安静下来了，围炉而坐，一个家庭的欢乐才真正开始。

当然，中原一带，或者江淮一带，或者江南一带，现在已经没有这个习惯，但是福建还有。他们甚至早晨起来也要喝一遍温茶（就是发酵的红茶），小酒杯大的杯里斟上茶，每次在桌前铺摆一溜。上午下午，家里或者朋友间还要再喝上一两遍；然后是晚上到家，夫妻间也还要做做喝茶的功课。于是，生活的节奏一下子慢了下来，感觉日子包括工作还是很有情调的，还是蛮有意思的。那么这里，一天忙完了，夜深人静，一家人一个不缺地都围坐在炉火旁，一起喝新煮的茶，边煮边喝，聊聊天，叙叙旧，说说分别时候的苦，互诉早就想倾吐的衷肠，于是时间的裕余，生活的滋味，就在这种边聊边饮中慢慢地沁透了出来。虽然寻常但亲切，朴拙但温厚，足以愉情，也足以消忧。

本词在最后所显现出的渴念，反映了词人刻骨的思家情感，对妻子儿女无限依恋的情感。当然，中间它还用了反衬，也用了对比，至于最后，除了渴念，还表达了一种希望。因为思念不是绝望，思念是可以期待的，通过努力是完全可以达成的，也因此表达了一种强烈的心愿。

二

另外，这首词还有一小序，也是必不可少的说明：

室人降日以此奉寄

所谓"室人降日"，就是妻子生日。室人，妻妾之称；降日，就是生日。这首词写在这一天，并寄给自己的妻子，似乎更耐人寻味。想想看，在这一天给妻子亲手奉寄这样一首词，是不是很珍贵，特别是在友情胜过妻妾情的所谓"朋友如手足，妻子如衣裳"的时代？南朝梁代钟嵘在《诗品·晋司空张华》里说："虽名高曩代（前代），而疏亮（豁达直爽）之士，犹恨其儿女情（指男女或家人之间的恩爱感情）多，风云气（犹言英雄气）少。"这个调子里，似乎对男欢女爱多而胸怀大局气概少表示不满，似乎出来混世，就是要表现丈夫豪情、男人气概。但鲁迅说得好："无情未必真豪杰，怜子如何不丈夫！"爱自己的妻子，还有自己的孩子，在妻子生日这样一个特殊的日子里，献上这样一份真挚的心情，已经很特别，很稀罕了。这是其一。

二是如果是今人，在此特殊的日子里，可能会对自己的妻子说些什么？一般不外是感动或感谢，以及还有遗憾之类。这是今人的情感。而元人魏初会怎么说呢？词人所谓感谢感动之类的话都没有说，也没有说什么夫妻两人间如何亲密相思，而只将自己最真实的情状作了带有温情的陈述，并以相距之远与春来无所事事的相思与无奈相禀告，以显示妻子在他这样一个男人精神上的重要性，颇有点像《三国演义》里的一个表述。第五十四回，刘备新失老妻，吕范做媒，说辞甚好："人若无妻，如屋无梁。"由此可见女人于国于家的兴亡之寄。词人魏初摆下了一个男人的大架子，掏出了内心窝子的真诚，将一腔柔情全部倾倒，所谓对家的思念，对儿女的牵挂，都可以叠加或置换成对妻子的思恋与牵挂。当然，在表达的时候，他还是显得那么羞羞答答，含蓄内敛，而并没有直白地说出来。今天我们完全可以理解，毕竟那还是一个性别权差异很大的时代，还是一个不会或者不需要喊爱的时代。即使是在今天，大而空荡的豪言壮语已经令人生厌，而言说身边的一些小事情反倒更真切、更亲切了。

当然，这首词，看似是言东而指西，看似很不经意，却处处用心，含蓄而深沉，将身在天涯不能由己，将一个人在春天强烈的孤独与痛苦，生命的黯淡与无着落的焦灼感，都非常真实地表露了出来。在今日，夫妻之间动辄欺骗、隐瞒，已经让人焦头烂额、狼狈窘迫、不知如何是好的时候，这种真实的、朴素的、接地气的表达，难道还不能打动人心吗？

第三，一个男人能够给予女人长久的幸福是什么？并不是官越做越大，不是钱赚得越来越多，也不是香车宝马，更不是百仆伺候。而对于一个真正理解生活、理解人生、理解丈夫的女人来说，"农耕民族"最为通行的做法，就是最为理想而正常的生活方式。它存在于"收拾田园""团圞煮茶"的朴素的生活之中。什么时候结束在外飘荡的日子，回到家乡，将田园好好整饬、经营一番，并日出而作、日落而息，那么什么时候幸福就会真正地到来。在这里，虽然回家自己也难以确定，也还没有具体的时间表，但心愿是确定的，方向也是确定的，词人对于田园有热情，但并非出于陶渊明式的热爱，也不是借由表达一份"性本爱丘山"的真性，他只求与"三亩地一头牛，老婆孩子热炕头"似的所在——所谓"几时收拾田园了，儿女团圞夜煮茶"而已。这，既为尽享与儿女团圆的天伦之乐，又为可以与妻子长相守的强烈依恋。

换而言之，儿女团聚、共享天伦，是归家耕田的理由，而儿女团聚又是与妻相守的最大的借口。我们看，爱恋的激情虽然随着时间的流逝而看似淡褪了颜色，但情感与生命的河流潜入了地下，代之而起的是对家的持守、牵念，是对时间的报慰，对季节的酬谢。还有，就是对最琐屑细小生活环节的温情与欢悦，围炉煮茶，闲聊玩笑，小天地的乐趣，会时不时地为情感画饼充饥一回，于是在这样反反复复的生活磨炼中、情感的拉锯中，一个男人（同时也给他的女人）才能倍感一种家庭的温暖，深受这一份亲情的慰藉。

当然，试想没有分别，没有牵念，所谓家所谓亲情究竟是什么，谁又能够说得清道得明呢？而对一个年轻人来说，生命成长成熟的另一个标志就是，"家"成了情感维系的所在，成了心性涵养的一种宗教，知道生活生命中有了闲无着落，并且知道"两鬓秋霜细有华"，岁月如何在身上打上印记，正如波兰作家伊瓦什凯维奇在《草莓》里所说，"……似水流年，彻底再造了我们的思想和情感。有所剥夺，也有所增添"啊。从这个角度来说，"几时收拾田园了，儿女团圞夜煮茶"，既是心愿，当然更是激动不宁之后的反复的思虑，是保证，也是信心。

【问题聚焦】

三

下面再回照一下全词有关问题点。

第一，纵观全词，"心事"具体指什么？这首词全都写心事，没有哪一点不是，这个心事就是想家，就是期盼和家人团聚，就是享受天伦之乐。这份天伦之乐，是任何力量都难以割裂的情感。夫妻之间的这种情感还不完全叫天伦之乐，当然，父母和儿女之间就有这样的情感。当然，为写这种心事，词人运用了一些手法，其一是对比，去年的团圆与今年的分别的对比，一痛苦一欢乐鲜明的对比。还有，以乌鸦归巢的温馨与孤单在外的词人的寂寞作一对比。其二是用了比喻，特别是"两鬓秋霜细有华"，具体写在外奔波而思家的愁绪。另外写景是动静结合，比如第三联，这是自然的律动，因而是正常的、合乎天性的。此外，还通过一些细节来表现温情，如最后一句"儿女团圞夜煮茶"。

第二，"山接水，水明霞。满林残照见归鸦"三句在写景上有什么特点？我们刚才已经讲到，山和水，霞和林，都是静景，而归鸦则是动态。此外写景，我们再看一些动词，接、明、见以及照和归，这些都很富有表现力：首先是有随着人的视线的变化而变化的特点，其次是展现了大自然内在的富有生机的生命节奏与律动，因而它不是死寂的，不是无情的。此外，写作还是有序的，由远及近，由面趋点，以面作为点的环境和渲染，使寻常的景描写中也见出中国表达笔法的有机而大气的一面。

【读法链接】
〔附〕今人有关点评

　　《元明清词鉴赏辞典》：鸦而曰"归"，一"归"字大可玩味。"鸦"能"归"，人反而不能"归"，竟是人不如鸦了，岂不可怜可悯可哀可叹？这种物与人之间的"反衬法"，在古诗词中早就层出不穷，这里的"满林残照见归鸦"自然算不得新发明，但它是在摹写旅途风光之际很自然地带出来的，又与上文"山接水，水明霞"的恬适相反相成，共同营造了一段聊骋望以消忧、反触目而更愁的沉郁顿挫，故仍有它独特的审美情趣。（上海辞书出版社2002年版）

　　《金元明清词鉴赏辞典》：当此春光明媚的大好时节，词人自然是有千种风情、万般话语要对妻子倾诉，但他却轻轻拈出一个"闲"字。"一春心事闲无处"句，貌似平淡，却内涵深蕴。满怀思念无从排遣，只好以"闲"待着。但这"一春心事"恰恰又因是闲暇中的孤寂而愈加缠绵。如此相思之苦，使词人早生华发，两鬓染霜。他倦于这种天涯羁旅的仕宦生活，渴望着早日致仕还家。（江苏古籍出版社1989年版）

陈草庵《山坡羊·晨鸡初叫》

陈草庵（1245～?），名英，字彦卿，号草庵，元代析津（今北京西南）人，元散曲家。沉毅有才略，至元二十九年（1292年）任山东肃政廉访副使。大德七年（1303年）为江西福建宣抚使，改浙东廉访使，十年迁甘肃行省参政。延祐元年（1314年），奉使河南经理钱粮，寻拜河南行省左丞。此外尚历任监察御史、沅州判官，河东、陕西、河北廉使，江南行台侍御史，泉州治中、雄州、孟州太守，平阳、潭州路总管，右司都事，大都路知事，兵马指挥使都目等职，终资善大夫、云南行中书省左丞。《全元曲》录存其小令26首。

【诗词品读】

一

一般来说，理解诗歌要抓一些关键字词，另外还要了解古人的行文偏向和用词习惯。行文偏向跟文化审美倾向有关，而用词习惯与作家的精神和气质有关。这些，我们都要知道。

而从类别上说，一般的诗歌无非表达离别的相思之苦，这个类别古代诗歌里太多；其次是表达友情，也占了很大比重；另外一个大类别，就是抒情写志。此外，就是社会同情与社会批判。似乎所有的问题都归结到社会问题，都由社会所引起，这一类几乎不关乎作家自身，因而被认为是体现其天道与良心的所在。

陈草庵的元曲《山坡羊·晨鸡初叫》就是这一类作品。

晨鸡初叫，昏鸦争噪。那个不去红尘闹？路遥遥，水迢迢，功名尽在长安道。今日少年明日老。山，依旧好；人，憔悴了。

"晨鸡初叫"，并非要凸显哪一只雄鸡晨叫之早，而是要突出这一"初叫"本身的时间之早。有过乡村生活经验的人一定知道，清晨鸡叫，其实凌晨三点左右就开始，渐渐而此起彼伏，好不热闹。"昏鸦争噪"，是指傍晚乌鸦归巢，可能是争巢，也可能是群鸦相见的兴奋，而争相发出呱呱聒噪声。但也有人说，乌鸦其实清晨也叫得比较早，如此说来，本曲开头两句之间当为互文的关系。也就是说，自早至晚，鸡禽、乌鸦等叽喳吵闹，互相争持，喋喋不休，一直聒噪不停，尽在闹腾里，颇让人心烦。

当然，从古典诗歌的惯常表达看，这两句并非纯粹客观的赋物描写，应该喻有所指。从曲作后文可知，曲作者以这两种让人生厌的禽鸟作喻，实是隐射、嘲弄那些没有风仪、争吵失态的科举士子。

"那个不去红尘闹"，"那"通"哪"字，"红尘"，闹市的飞尘，借指追逐名利的世俗社会；整句言下之意，谁都会去世俗里奔忙、闹腾。对一般人来说，名利不去争取，它绝不会主动送上门；除非识高才巨，引得傲慢的王朝或大官主动降尊来请，但芸芸众辈，只好多自尊重、自求多福、好自为之了。所以奔忙于红尘，追求于名利富贵，并对某些稀缺资源的争夺使尽手段，都是一般的世相。后面说"功名尽在长安道"，则显示了闹腾的目的所在——赴京城参加科考求取功名。为了攫取功名，士子们都赶赴在那黑压压的拥挤得水泄不通的繁华之地长安的路上。"尽"字说明人多，也说明科考的利益引诱之大。

当然，对无数士子来说，追取功名利禄，以国家的名义，已经不显得有多少耻辱感了。而在科考的独木桥上，大家为争一条路，互以对方为敌人，"那个不去红尘闹"，好像并没有什么意外。值得注意的是，曲作者在这里用了一个很扎眼的字，就是"闹"字。这就是所谓"一字见褒贬"。再联系曲作开头的两句话，一不小心，芸芸士子其实又与那些整天里从早到晚叽叽喳喳、争吵不休、不让人清静的鸡、鸦们并无任何区别。这在修辞上，叫拟物化，在表达上叫扁平化。可以说，曲作者以漫画式的笔调，为那些为着自己的名利，在应试的道上奔忙着、追逐着、竞争着的人们勾勒出了一幅独特的丑形劣态图。我们看，天还没亮，还正是最好睡的三四点光景，他们就开始为着那点功名在闹腾；而到了该休息的时候，却折腾得动静更大了——何等一个混乱不堪的名利世界！

【问题聚焦】（一）

二

诗歌下面有一个问题：王国维评价宋祁"红杏枝头春意闹"一句中的"闹"字时说"一'闹'字卓绝千古"，这首元曲中的"闹"字用得也很有特色，请对这两个"闹"字分别作简要分析。王评宋词的"闹"字，把春天热烈的一面挑出了纸面。春天，在早春时，气温还低，草木才刚刚萌发，还显得很寂静；但对于敏感的诗人来说，在他善于发现的眼里，春天里已经不再寂静，而是早有生机。这一"闹"字，把一个沉静的早春的早晨激活了。通过成群蜜蜂采摘花蜜的行为，当然还有我们看得见的其他的小生物，特别是通过它们发出的声音，闻其声猜其形，可听可感，让人觉到了热闹的春心。这一"闹"字，可谓是对冬天封锁与局促的蜗居生活的一个"过激"的反动。同时，它也让人们知道，春天无须等待，其实早已到来；也无须观望，已经可以伸展腰臂；春天不再蜷伏，而可以舒张、舒惬："闹"字就是一个春信。而陈草庵的《山坡羊·晨鸡初叫》这首元曲里的"闹"字，前面已经分析过，显然与宋祁词里"闹"字迥乎其异。"那个不去红尘闹"，吵闹，喧嚣，为了功名利禄，士子们都无所忌惮，都甚嚣尘上。再看看今天那些名利暴得者，哪一个不闹得满城风雨？

【诗词品读】（续）

三

再看"路遥遥，水迢迢"。前一句好理解，"迢迢"也是路远的意思：这两句所谓山长水阔也。为了所谓科考，路再远程再长，都不怕。追求功名的勇气，让一个个科举士子显得那么富有精神和毅力。当然，换成另一侧面，似乎可以解读为，为了所谓科举成功，一个个即使很柔弱、懦弱的士子，也变得很冲动、很疯狂。这究竟是正态，还是变态呢？"功名尽在长安道"，长安，当然是古代很有名的都城，几朝几代都以为都城；而这里借指京城。大家都到京城去考试，都赶往京城去，密密麻麻占满大路，直让人感慨啊！

"今日少年明日老"，今天都是年轻人，但到明天就苍老，当然是夸张。别看今天的年轻人，在科举的路上，个个都显得雄心勃勃，意气风发，但是，全力以赴地赶考，注定会成为一个只有极少数人成功的悲壮与耗费之举。因为科举之路，本身就是专制帝国精心设计的一座"我通过、你下水"的独木桥式游戏，同时也是一场旷日持久的马拉松式比赛，就是要将年轻人全部的热血、精力和智慧，不断地耗费在起点、折废在路上和累倒在应试的终点，等到最后为数可点的士子获得了成功，作为最大赢家的帝国，也一并收获另外一场巨大的喜悦，就是无数不能成为国家如意囊中的士子，都在各种折腾里耗尽了所有，他们非废即疯，从而不会在体力和智力上对统治构成什么威胁，也从而可以一代代永保江山不失。失意的士子，自然只能做国家贴心的顺民。而那些侥幸科考成功的士子，尽管当时可以春风得意，但一旦步入社会，接触到真实的现实，很多效献国家美好未来的美梦都会瞬间蒸发，在越来越世故的官场酱缸熏陶里，个个差不多都变成了功成名就的老油条。而那些仍然抱持着理想和美梦的耿介之辈，非潦倒即失意；总之，都是要被排挤出污浊的官场。

小令中所谓"明日老"之"老"，应该不出这些情因。

一旦看清了科举考试不过是帝王所投掷的一个诱饵，或精心设置的一场骗局，有一小部分读书人还是会清醒过来的。我们看，这则小令的结末句说"山，依旧好；人，憔悴了"，正是清醒人的痛悟语。青山因为不为所动，岿然静立；又由于自身宽厚仁慈，能孕万物，而显得繁盛蓬茂而富有生机。而且，它独立自持，生活在自己的世界里，多像那些耿介自守的仁人君子，显得那么富有内涵和风度。它静持、长久，但是人呢，折腾、短视，难经诱惑，常常深陷而不能自拔。现在，山还是那个山，但人已经不是那个人。在这里，冷不丁地，诗人抛出一个"参照系"——山就是一面"镜子"，你们自己照照好了，看看到头来值不值得。这里，主要是对沉迷于科考的应试批判。对士子们拼命追于功名利禄，奔走于势利之途，曲作者不经意地说，回头看看青山吧，就知道应试之路也是在玩命，充满了十足的风险。以青山作比鉴，这就是后来鲁迅所常常使用的冷峻的逼视法。又像后来《三国演义》之《临江仙》所吟唱的那样："滚滚长江东逝水，浪花淘尽英雄。是非成败转头空，青山依旧在，几度夕阳红？白发渔樵江渚上，惯看秋月春风。一壶浊酒喜相逢：古今多少事，都付笑谈中。"这一回人未老，已经由汲汲于功名路，到退隐江湖，做起了渔夫和樵夫，为良辰美景而高兴，为偶然相逢而欣喜。在摆脱了世间的种种名利之后，在看尽人间的一切深沉的物欲之后，反而有一种轻松和超脱，并且日日都有会心的欢笑，何其逍遥自在啊。小令里一句"人，憔悴了"，何其痛惜，何其悔恨，又何其无奈！

四

读了这首小令，一定还要知道它另外一层更奇妙的解读。

传统社会里的那些士子，晨鸡初叫就起床用功，到了傍晚乌鸦归栖仍不停歇，还在聒噪，还在争持，这是我们已知的。科举考试还有一点，颇与今天工业化色彩很浓的全日制教育不同，士子们除了早起读书，正常接受进课教育外，还要另寻时间，约好同好，三五成群地在一起交流、讨论、切磋，甚至还要办数场辩论会，颇类似于今天所举办的小型聚会或小群体沙龙之类。常常，他们为了一篇文章的优劣，还要吵得面红耳赤、青筋暴起，这也是所谓"争噪"。但从局外说，其中蕴含着什么意义可能就鲜矣寡乎。针对科举考试，唐太宗有一次很不小心地暴露了统治者的目的，而颇为骄傲地说："天下英雄尽入吾彀中！"都装在"我"预先设定的笼子里。也就是说，所谓科举科考，不过是"入吾彀中"、为"我"所控和为"我"所用的工具罢了。科考、应试之类，如果看不透其工具性，是很可怕的。对于传统社会的科考，说得冠冕堂皇一点叫"国家选拔人才"，而说得直接一点就叫"顺昌逆亡"。适应、顺从"我"这个规则的，给机会给名利，所谓"为官一任造福一家"。假如不适应或不屑于科举制度，那就得滚到一边，被边缘化和被贫困化。为了那一点点科考的社会"红利"，明知只有极少数所谓人才能够获选，居然可以让全天下的士子们陪侍而不悔。其实，在科举考试的路上，淹没了、残害了天下多少真正的人才！到家具工场去看看，就知道像鲁迅笔下的孔乙己式的废材废料多得实在无法计数。

【问题聚焦】（二）

五

下面我们再回照一下这支曲子的两个小问题。

第一，就是刚才我们已经讲过，这两个"闹"字它是否一样？显然不同。"红杏枝头春意闹"的"闹"字，用了拟人手法，化静为动，有人说"将鲜花盛开、蜂飞蝶舞的盎然春意，写得活灵活现"，对不对？应该有问题。毕竟还只是早春，所以只能就"春意"而"闹"，假如要展开陈述，切不可乱点鸳鸯谱。什么叫"春意"？"春意"就是真正的春天快要到来但还没有很正式地开始。而这首小令中的"闹"字，也很生动传神，一方面刻画了人们追名逐利的丑态，另一方面也表达了诗人很厌弃的心理。不是一般的排斥，而是极为厌恶。

第二，联系全曲，分析作者在曲中所流露的思想感情。这一题其实刚才讲过。作者通过比喻，对当时社会上那些追名逐利的行为进行了嘲讽，同时使用对比的手法，用大自然的永恒和美好，与人生的短暂和追求名利的荒唐作了对比，让人明其是非、了然其得失。这首小令同时也流露出作者极为淡泊的思想。

【问题聚焦】（三）

六

当然，对这个元曲小令文字，假如拿它作为作文材料，应当如何看待？

初看起来没什么，但一细想则似乎很要命。前面的诗歌解析，就成了当然的作文审题的一个备课。所谓要命，是因为很多人不按规程操作（第一步进行诗歌解读，第二步确立作文的立意与构思），而是急不可耐，在诗歌里挑选一两个以为是关键所在，或者随便寻找几个词语，就匆匆应付起作文来。

当然，还须申言一点，即使是按照操作规程办事，这一道小令作为作文材料，还有其棘手之处，需要小心处理。稍不谨慎，可能都中了命题者所下的"套子"。问题在哪里？当下高考如果如前面科考所批那样，在行动逻辑上难免会让考生尴尬。因为既如此，为什么还要参加呢？而从今天的情实看，参加高考并不全部都出于自愿，还有不少胁迫、非常被动参加的情形。尽管如此，在拿起批判的武器时，还是要慎重。因为按照存在主义的某些观点，即使是被胁迫（一般是被家长所胁迫），那也是出于"你"自己的一个清醒的选择，代表"你"是发自本人的意愿。本来，针对这个意愿性的可选（选或不选），一旦"你"放弃了不选的自由，就说明"你"潜在地接受了高考应试的要求。于是，"你"的批判可能就有所保留，而不会抡起大棒、下手毫不吝情。这是命题者希望看到的。

另一方面，假如不计后果，猛烈批判，而很多人确会不假思索地批判，则会被视为思考简单或不够成熟，理性能力有限。所谓"一触即发"，可能是不少人的反应，而这正中了应试性作文批阅的选拔与排斥的需要。另外，阅卷组还可能根据现场试改的统计，作出有利于判分的选择，而批判用力过猛，极有可能遭到排斥。安徽就遇到过这种情形。

比如说2010年，材料作文选了一道诗歌，是清代阮元的《吴兴杂诗》（"交流四水抱城斜，散作千溪遍万家。深处种菱浅种稻，不深不浅种荷花"），让考生对这首诗歌进行审题，然后下笔写作文。但据现场的情况看，很多考生在审题逻辑上就出现了问题。阮诗的第一、二句好理解，一般都不会出什么问题。四水交汇、环城，被分散为千万更小的溪水以供人使用，最后水流出城，流入更下游的地方。难处在第三、四句。很多考生误以为是清人深谙立体农业种植，好像立体养殖。但此思考严重违背了事实。诗歌中所说的种植，只能是平面意义上的"合理间种"或"套种"，不可能在水的深度垂直截面上，出现深水处栽种菱角，中间浮养荷花，靠近水面的浅层栽种水稻，如此，只是考生的一面痴想。因为无论是菱角、荷花，还是水稻，都需要着土，依靠根部在泥土里吸取营养元素。只有现代农业，根据不同作物的营养需要，而可以调配水剂，无须使用泥土。不过，也几乎没有办法在深度垂直截面上，从下到上，让这三种作物一同生长，除非这三者所需要的养分大体一致；同时，还要它们在光合作用上，有强弱不同的需求。而事实上，这种可能性几乎不存在，仅仅光合作用上，三种作物都渴求阳光，如果进行立体种植，只会三种俱亏，而不可能获得充足生长。所以，那些考生一读到最后两句，一激动，就以为是"立体农业"

云云，是要吃大亏的。除非命题人在命题意识上出现重大失误，而可以避免这种"大亏"。不过，我并没有参加这一年高考作文阅卷，详情不得而知，不便在这里发论。

而现在以这首小令《山坡羊•晨鸡初叫》，作为作文阅读材料，让"你"来审题，如上所述，要认真考虑，以绕过颇为棘手的问题。即使是对材料有所质疑，甚至是否定，可能都要遭遇应试系统的怀疑，并经受理性的拷问。

第一，极端追求功名利禄，蒙昧了良心，这种行为当然是错误的。"你"的人生不可能都倚仗于它，而且为此所花费的一切都是不值得。可以举很多例子，来说明此类问题。

第二，就是对科考功名这样一种利禄，仍然要正面看待，同时既要承认科举考试有成功者，另外还要承认科举考试有失败者，并要坦然地接受其事实。并不是说，科考失败人生就没有希望，就陷入了绝境。这里，可以找很多人，虽然在科考路上失败了，但人生其他地方仍然取得了辉煌的成就。所以要看淡一些这种科考。假如能够理性认清科考的选拔性及适应与否的偶然性，心态可能就会坦然很多。

第三点，要分析科举考试，尤其是思虑"我"为什么要参加科举考试。是为了功名利禄，还是为了效献社会等？有人说通过科考参与，"我"获得一个有利的社会性平台，就拥有了一个把一腔才智奉献给社会的基础。很多时候，假如不具备一定的条件则无法成事。另外，还可以这样考虑，在这一平台或这个位置上，如果不是"我"而是他人，可能会让民生福祉出现难以预料的后果，那么如何"正确"看待科举，就是一个有意义的话题了。

【读法链接】

〔附〕今人有关点评

《元曲鉴赏辞典》：以汲汲追逐功名者为讽刺对象，在唐宋两代诗词中就已习见。陈草庵这首小令，除了传统的主题意义外，还应包含有一层时代的特殊意义。元代士人求仕，本来就难于唐宋。自延祐年间正式设科取士，直到元末，开科十六次，取士人数仅占文官总人数的百分之四。南人要想入仕，尤其困难。何况即使做了官，还要受到歧视与猜忌，地位随时岌岌可危。政治社会如此黑暗，仍然有人热衷于功名，这岂不是深可嗟叹的吗？（上海出版社1990年版）

郭麐《菩萨蛮·北固题壁》

郭麐（1767—1831），字祥伯，号频迦，因右眉全白，又号白眉生，吴江（今苏州吴江区）人，清诸生。少有神童之誉，举止不凡，是姚鼐门生，为阮元所赏。家贫客游，负才不遇，其愤郁无聊之感，时寓于歌咏。嘉庆九年（1804年）讲学蕺山书院，喜交游，与袁枚友好。晚岁，侨居嘉善（在今浙江嘉兴）以终。工诗词古文，所作皆清婉颖异。《清史列传》有传。著有《灵芬馆诗初集》等。

【诗词品读】

一

下面是清代诗人郭麐（lín）的《菩萨蛮·北固题壁》。

青天欲放江流去，青山欲截江流住。侬也替江愁，山山不到头。片帆如鸟落，江住侬船泊。毕竟笑山孤，能留侬住么？

这一首词所表达的思想情感，能让很多人都生发出感慨。在讲解完这首词之后，我们再结合另外一首诗歌谈谈。我想说的是，两个时代隔得很远的人，也可以写相近题材与大致内容的诗作。

先看首句"青天欲放江流去，青山欲截江流住"。青天想放开江流而青山却想拦截，似乎青山总想与青天作对，于是天的通透事理和山的愚顽不化之间，其高下立分。而此"江流"，依其人生的路径和理想，最终是要奔赴或回到大海里去的。既如此，你拦截它干什么？青山的做法似乎与事理、情理都相悖，甚至是蛮横不讲理。有过社会经验的人都知道，或许青山无意，但词人指物说事，因事说理，从平常的自然现象里借来作譬、比拟为某种社会阻力，却颇为生动、贴切。而开篇的拟人化一俟运用，诗词立然之间便有了性格和情绪。

再看"侬也替江愁，山山不到头"两句。这两句仍然继续了开篇通俗浅显的风格，使诗词充分口语化、民歌化，同时也给人不少亲切感。侬，有时指"你"有时指"我"，这里指"我"。"我"也替江流发愁，山山相连而没有到头的时候，江流似乎因拦截而没有出路，确实令人发愁啊。人生找不到出路的时候大抵如此，到处都有拦截，甚至被围追堵截。面对连绵青山的阻隔和遮拦，词人禁不住也跳了起来，替江流着急，由此可见江流所遇青山所给阻力之大实在超出了想象。

小结一下。本词前四句是叙述，但语浅如话、表达生动，物象性格鲜明，而叙中含景，景有情境，共同营造了一种天云激荡、青山阻隔、江流受阻的愁人氛围。我们看，高天流云，澎湃激荡，行住无碍，且云天、江流遥遥相接，浑然一体。故而青天理解江流，"青天欲放江流去"，它支持江流奔流无碍、直至大海。在这里，青天，一个呵护者和仁德长者的形象跃然纸上。它理解人，并放手让年轻的力量依靠自身去找寻自己的理想和归宿。但与此相对，高山相连，连绵不绝，使江流曲折迂回于其间。比之于天，山则扮演了巨大阻力的角色。它脾性暴躁，不近人情，层层阻截，横加干涉，极力破坏江流去实现自己的人生和理想。为了阻截江流，它甚至动用了家族乃至亲族之力，其"山山不到头"让人悲愁，让人悲愤欲泪。

　　再看词作第五、六两句。

　　"片帆如鸟落，江住侬船泊"。江流居然以急流之身冲破了青山的重重阻拦，穿过了险滩，一路来到了极为开阔的江面。此时，行船也好，江流也好，都可以作一次短暂的休息了，也顺带欣赏一下经过惊涛骇浪之后的超然和平顺。片帆，字典的解释是"孤舟，一只船"；如鸟落，是写行船收帆，停泊在平静的江面上。前句以行船上的风帆，像鸟儿收起张开的双翼，缓缓地落停在水面上，写其轻盈和惬意。后句是写江流平缓、江面的平静的情形。行船与江流，它们可谓生死与共，历尽艰辛险阻，突破难关无数，一起见证了智慧、胆识和自身强大的力，现在，也一起分享着彼此的快乐。它们是在共同的前进中，结下了这一段青春的情谊的。

　　这两句是陡然转折。词作并没有以多少笔墨交代江流突破青山阻隔的艰难过程，将这其间的想象交给了读者，而只写了一个结果，用江流的胜利和超然的平静，来形成一种突兀，形成一种波澜，与开头构成强烈对比，以引人深思。并因此而让读者去感受江流内敛、浑厚、深沉的自然伟力。

　　最后两句"毕竟笑山孤，能留侬住么"，诗词又以拟人化的笔触，勾勒了胜利者履险之后的轻松和快意。这是渲染之笔。山，刚才还是一座座阻拦在前，现在呢，也只能孤零零地落在身后，而"江流"则可以继续前行，去探寻属于它自己的人生和理想。"笑"字，点染情态，极富有表现力。当然，"孤"字还可以作很多解释，诗无达诂，自圆皆可，说"孤独，寂寞"自然没问题，说"孤立"，说"背弃恩义"也没有问题。反正，别看你青山一开始摆出庞然的架势，当然也确实让人历尽艰险、备受折磨，但我江流不怕，一切不都过去了吗？我江流的归宿在大海，沿途再长，最终都要达成安身立命的"万汇归一"。你怎么能把我留住呢？你是挽留不住的。

最后这两句,既强化了青山的形象,又强化了青山做法所蕴含的哲理。不是吗?对于有理想、愿意奋力前行的新生力,它具有无限的前途,它不可阻挡。任何阻碍,都注定了失败的结局。

【问题聚焦】

二

下面是问题的一点提示。

我们看问题一,试析"片帆如鸟落,江住侬船泊"中"住"的含义。"住"字写出了因为看不见江水的流动而产生的错觉,它也形象地表现了水流的平缓。这是一种理解。另外,第二种理解就是,这个"住"字也说明看透了山的阻隔的有限性,所以这种住,含有"安适"的心绪。

问题二,词的上阕说,"侬也替江愁",下阕说"毕竟笑山孤",愁与笑是否矛盾?当然一般都说不矛盾。从愁到笑,表现了江流的变化,也表现了词人心绪的变化。先在群山包围里,江流要迂回曲折,要突破重重险阻,确实让人发愁;而最后,江流找到突破口,来到开阔地带,江面趋缓,又让人感到无比的畅快。这个"愁"与"笑",所反映的是江流流动过程中出现的两种不同的情状。

江流,当然还有行船等,关于这个体验,好像是经历过人生与人世的一段一样,年轻的时候看不破,看不透,有畏难情绪,还不知道未来到底是什么,所以愁苦。这是一种正常的反应。而人到中年或者年老之时,沧桑已渡,甚至饱经风霜,看透看淡了人生,所以表现出了冲淡和平和。看透了江流是挡不住的,所以发出了笑声,从心底里发出,当然是嘲笑万万千千阻隔的群山了,也是欣慰者的会心的微笑。

【诗词品读】(续)

三

再看另外一首很有名的诗《桂源铺》,是宋代著名诗人杨万里的七言绝句。

万山不许一溪奔,拦得溪声日夜喧。到得前头山脚尽,堂堂溪水出前村。

20世纪50～60年代,当时在台湾有很多文人学者,因为发表言论自由和民主政治主张,被蒋氏党国政权关押,其中有一个很著名的人物叫雷震,当今在两岸比较活跃的李敖也被抓,还有写过《丑陋的中国人》的柏杨等也被抓起来坐牢,总之,很多有志者都见证了那个思想黑暗的时代。雷震坐牢后，1961年65岁生日，著名的自由主义者胡适特为好友抄录杨万里诗《桂源铺》一首，算是给朋友的祝寿礼，激励的用意很明显。希望老友以远目看待眼前所遭受的灾难、苦难，一切都是暂时的，总会有出头的那一天，所以一定要坚忍、坚持下去。

"万山不许一溪奔"，与郭麐的《菩萨蛮·北固题壁》"青山欲截江流住"意思相近，不过，"不许"一词似乎更加蛮横些。"拦得溪声日夜喧"，直白的解释是，万山拦截溪流，让它左冲右突都找不到出路，逼得它日夜号喊，叫苦连天。喧，通"咺"，言痛，言哀泣而不止也。当然，"喧"亦可照本字解释。溪流被万山拦截得拐弯抹角，水流受阻而激发出各种喧腾的响声。日夜喧，特别是峡谷地段，激流澎湃，撞击山岸，阻激起浪花，发出巨大的声响。这些巨大的声响，仿佛痛苦、愤怒、呐喊和控诉。而不像是在平稳的平原上，江流很平缓，略无阻碍，虽有暗流和漩涡，总体趋归平静无声。总之，重山所阻，前行不顺，溪流倍感痛苦，被折腾得极不舒服，所以发出种种痛苦和抗议之声。

然而溪流的前行是大自然的设置，是重山所无法阻挡的。"到得前头山脚尽"，这句是语锋转折，到了山脚都消失的地方，一旦万山消灭，也就无任何阻力可以拦挡了。时间和过程证明了一切。这句是事实陈述，也是溪流命运的转折点。"堂堂溪水出前村"，堂堂，庄严、盛大的意思；整句是说，溪流终于可以意气昂扬，昂头做人了，不用再低眉顺耳，或者幽咽悲戚。当然，也可庄严大方地做人，而是堂堂正正、浩浩荡荡地做人。这一句就显示了溪流突破万千阻隔之后，水势盛大而壮观的情形。

诗句结尾的这个结果，非常好。这诗很有名，就是在这个地方，它富于哲理，又具备激励人的眼界，同时还给人以增强与困难抗争的勇气。它与前面的诗句"毕竟笑山孤，能留侬住么"，所表达的意思差不多。虽然，这中间相隔了几百年，这两个异代诗人所表达的情感和主题都是一致的。都是因为时代和社会，都有感而发，都能催人奋进、激励前行。尽管对于原作者杨万里来说，也许他只是即景叙事，只是描写一下家乡的景色而已，但是，由于诗人在诗作里注入了自己的思想情感，自己的人生态度，以及自己的赋予事物以相关联的意义，于是这首诗便有了另外的味道，另外的存在价值。

而对于胡适先生来说，他也想借由这首诗，告诉蒋等独裁者：搞暴力压制和思想钳制，不得人心，注定不会长久的。一旦暴政气数尽了，事实上，暴政气数肯定会尽,那么,肯定就是"堂堂溪水出前村"。当然,对于普通人来说,任何一个人的人生之路,都不能说是永远平直和顺畅的,随时都有可能遇到激流险阻;然而,一个人遭人陷害,遭遇恶势力拦截,甚至是面对灭顶之灾,到时,拯救他的可能就是他不屈的精神和意志力。

【读法链接】

〔附〕今人有关点评

《元明清词鉴赏辞典》:(这首)词的内涵戏又不仅于此(指山对水千方拦截,最终还是徒劳,颇自不量力)。先开去,在人类历史上,不论是作者以前、作者当代,还是作者之后,像这样妄想阻挡合理、正义的事业的发展,逆潮流而行者,大有人在,又何止于山!故所可议、所可嘲者,也绝非一个"山"。从这层意义上看,这首词堪称为哲理词。

另外,全词只有人、江、山、帆数物,流、留二事,而使用了两个"青",两个"欲",两个"江流",两个"江",四个"山",三个"住",三个"侬",这些字不避重复,从而使词笔在相同的时、事及字眼上腾跃跳跃,轻盈、灵活、圆转、流动,别具声调谐婉之美。(上海辞书出版社2002年版)

第二章　杨花落尽子规啼
——绝句赏析

诗者，吟咏性情也。

——严羽《沧浪诗话》

诗是最快乐最良善的心灵中最快乐最良善的瞬间的记录。

——[英]雪莱《诗辩》

诗歌是生命意识的最高点，具有伟大的生命力和对生命的最敏锐的感觉。

——[英]艾略特《诗歌的作用》

然而，诗的节奏当然完全没有必要为了愉悦我们而富有戏剧性或变得繁复不堪。它以响亮的浮言美语到平易朴素的口语，无所不包。诗人们自己的现代审美趣味体现在技巧的精妙入微的独创上。抒情诗应当凝练而强烈，它的每一个技巧上的创新必须是先进的，无懈可击的，于是，这无疑把写作技巧的水准推得很高。然而，抒情诗最终的评判，却是它必须离开地面，腾飞起来，必须摆脱使它不能展翅的技巧上的羁绊。

——[英]伊丽莎白·朱《当代英美诗歌鉴赏指南·声音模式》

写诗并不是一个完全成形的灵魂在寻觅一个躯体：它是一个未完成的灵魂寄寓在未完成的躯体之中，这躯体也许只有两三个模糊的观念，以及一些零散的短语。这种躯体把它的身量长足，使它的形状完美，也就是构思的逐渐自我确定的过程，此所以这类诗篇是以创造而不是以制作来打动我们的，并具有单是修饰所不能产生的魅力了。这也是为什么，假如我们一定要探讨这样一首诗的意义，我们只能得到这样的回答，"它的意义就在它本身"。

——[英]安·塞·布拉德雷《为诗而诗》

王维《田园乐·其六》

王维（699—761），字摩诘，祖籍山西祁县，生于蒲州（今山西永济），唐代著名山水田园诗人。开元九年（721年）进士。安史之乱后，任太子中允，加集贤殿学士，后转给事中、尚书右丞，世称"王右丞"。晚年居辋（wǎng）川，过着亦官亦隐的优游生活。诗书画都很有名，精通佛学，音乐也很精通。他描写自然，着墨无多，意境高远，诗情与画意浑然融合，苏轼赞曰"味摩诘之诗，诗中有画，观摩诘之画，画中有诗"。与孟浩然并称"王孟"。

【诗词品读】

一

王维曾经在陕西的渭南蓝田辋川，就是在今天蓝田县内，买了一块别墅地（别墅也叫别业，又称行窝），这里成了他晚年退隐生活的重要场所之一，很多的诗作都创作于其间。王维的诗歌里有很多悠闲的成分，有很多禅意，所以我们在领略他的诗歌之美时，也别忘了要品味一下诗歌的背后所体现出的宁静、闲适的情趣。

下面是他的诗歌《田园乐·其六》：

桃红复含宿雨，柳绿更带朝烟。花落家童未扫，莺啼山客犹眠。

先看首句"桃红复含宿雨"。红，动词，桃花变得更红艳了；复，是还、又的意思；复含宿雨，还含纳着昨晚所下的雨水，开放的桃花上还含有水珠。反过来说，从桃花上所含的水珠，也应该推知，昨夜这里下了一场雨。这雨下得好，春天，最稀罕的就是雨水，所谓"春雨贵如油"啊。所以大地焦渴的时候，而正好下了场及时雨，可谓万物"得时"，其天顺人意的如愿与满足感就暗暗地显现了出来。虽然昨晚雨下的情形诗人没有写，但是从"桃红""花含宿雨"可以想象得出。

这首诗像一幅画，一开头就将一个特写镜头展现在读者目前。还有，"柳绿更带朝烟"也是。诗人捕捉到眼前所能看到的情景，除桃花更红艳外，还有柳树也变得更葱绿，可能昨天柳枝开始抽芽还是鹅黄色，一转眼，它现在就变深了。"柳绿"与"桃红"一样，都给人耳目一新、令人称奇的感觉。这，都是前一个晚上下了一场不大不小的春雨缘故。变化就是这么奇特，而欣喜也总是这么及时。

再看"柳绿更带朝烟"，因为昨晚下了雨，所以空气里还弥漫着一层水雾气，又因为在山里，多的是雾霭，这水雾就显得更浓厚。就在远处，还能看到水汽成片地沿着山坡升腾而起呢。可能有时还有一阵风什么的，于是风过处，烟霭便有层次地飘动起来。这就是所谓"朝烟"。当然，你若说是"炊烟"，可能还不确切，因为谁会那么一早就起来弄炊做饭呢？要知道，甚至连家童们都还没起来，或起来都还没有动静呢。不过，有人可能并不认同以上看法。在他看来，这"朝烟"有如宋人宋祁《木兰花》词"绿杨烟外晓寒轻"中的"绿杨烟"，是指绿杨枝叶纷披，连缀成片，笼聚着雾气如淡烟，远看如绿烟氤氲。如果联系本诗首句，则这第三层解释似更为贴切。

我们看，柳树获得了雨水，也变得更加地滋润，所以长势旺盛，用"绿"字来体现，直观、显眼。有桃红，有柳绿，颜色既鲜艳又养眼。而且，因为雨水，桃花更含着娇羞的情态，更楚楚动人；而柳树，也因为这春雨，可能也因为山里地理环境，而变得丰姿绰约，氤氲缥缈。——在这里，花柳的美丽，都因为雨水的辅衬，正是有了雨水这一个介质，由它催生出了如此迷人的景象。可以说"宿雨"二字，正是诗歌解读的一个特别需要关注的点。有了帮衬、有了烘托，也有了或明或暗、或浓或淡、或远或近的景致，因而在这一层上，诗歌取得了绘画的效果。当然，诗要成画，画要入诗，还要着意于主客体的视界的相融，也就是情与意，象与心，要在最富饱蕴的那一个点上、那一刹那上相遇。诗人将时间浓缩为一瞬，而画家将空间变化里的那一瞬的时段进行定格，诗和画各让一步，各获得了突破，于是才有了这多情含羞而朦胧的"桃柳春晨图"。

在这样一幅桃柳春晨图里，诗人只是印象主义地展示了一两件风物，其余的都没有说，像花香、柳枝、莺燕、晨曦等诉诸我们听觉、触觉和味觉，还有其他的很多内容，都隐括而去，这些都是读者可充分调动想象力去设想的。你说春深似海，或者柳暗花明，都无妨；我们看，蓝图已描绘，你根据你的体验，就可以尽情地展开了。这就是好诗的妙处。当然，千万要注意的是，莫忘了这取景背后的那个作诗作画的人。当然，你不妨就是那个角色。

二

我们再看"花落家童未扫"。何谓"花落"？承接前面，应当是（昨夜雨下）桃花落了一地。"花落"自然又是另一个景致，它并非动态，而是静物，是偶尔能看到的而平时不会注意却一直在发生的微妙的自然现象，当然也是间隔一定的时间再起身一看就感到惊骇的已然存在的美妙物象。我们看，有些花瓣落了下来，满地都是落英，可谓缤纷绚烂，画面着实很美。而且，假如眼前是一片桃林，花海应该颇为壮观，那么地上的"落红"就铺成一片桃红色的海洋了。而三百多年前，大诗人陶渊明《桃花源记》所描绘的情形，"夹岸数百步，中无杂树，芳草鲜美，落英缤纷"，想必诸位还有印象吧？对于落花，两年前三月份的一个见花的境遇，于我而言也是一次极为奇特的邂逅：

看到了花，纯白色的，大朵大朵地开在树上。/我呆呆地看了半时，没有挪动一下。/而我的脚下，已经积了厚厚的一层瓣儿。/她们飘落于何时，我并不知道。/我的周围都是白色，很纯净的白色，并带着淡淡的清香。/我知道，我是享受着一种清福了。/然而，我颇感踌躇，随后轻轻地走开。/我无意中闯入了一个世界，是不是显得鲁莽？

想必，诗作中未扫落花的"家童"的心态，亦与我彼时的心境一般无二？

再回来看王维的诗。"家童未扫"，为什么？作为童仆，本来是要早起进行清扫的，但是这里不比山下，而且主人似乎也不计较，估计小童们都贪睡，这雨后山里的春光，使得空气更清新，也更潮润，负离子多，含氧量大，睡觉迟起，正是山里生活里必不可少的一顿享用呢。何况"莺啼山客犹眠"，不打扰就好。当然，贪睡的小童是有的，但贪睡对于他们来说可能没有充足的理由。所谓"家童未扫"，在我看来，这家童应该是一个不俗的孩子。我们想象诗人的身后一定站着一个同样早起的家童。他耳濡目染，也有很高的鉴赏力，他现在也是一个爱花人，他知道眼前那一片纯美的世界，最好先欣赏一番，错过了太过可惜，而动扫寻清扫掉却是严重的糟蹋。所以主人站在那里未动，他也未曾挪身。这时候，他们主仆都沉浸在大自然为他们铺就的一层绝艳的绯红之中。他也觉得，现在任何举动，都是鲁莽的，不近人情的和残忍的。"不闯入那个世界"，是他也是他的主人一个明智的选择。

确实，美要靠人去领悟，去呵护，越是精细，越是情境化，那么所获得的感受就越是丰富。

现在，再看最后一句"莺啼山客犹眠"。这"莺啼"二字精妙，这是诗歌里唯一有声响的地方，它打破了晨间的宁静，它清脆、宛转而悠扬，呼朋引伴，雌雄互答，做足了山间夫妻的自由与快意，更是给这清丽的清晨增添了和悦的亮色。再看，家童的行为，或者暗示山庄主人的行为，恰恰与"山客"的酣睡形成一个鲜明的比照。眼前的这个世界，到处都是美，不过"犹眠"二字，则表达了对山客的些微遗憾。是啊，如此大好春光，他竟然在睡梦中度过而浑然不知！不过，再细细思来，诗人好像并非错怪，而是取他入景，将其酣睡作为黄莺欢啼的一个反衬，这一动一静，也恰似自然律动的一部分。当然,"犹眠"即还是睡眠中也不坏啊,一个习惯于晨起的人,他呼吸到了清新的空气,感受到了山里雨后崭新的春景,他有耳鼻身受之福;而这山里的懒人亦有懒福,这晨间嗜睡者亦有睡福。不是吗?他沉浸在这一片山光朝霭里,他也呼吸着山间的桃柳散发的清新,他同样也享受着夜雨所带来的万象滋润,他酣睡在那里,正养足精神,莺啼叫不醒,颇有些"万物皆备于我"的风度呢。

如此说来,诗情,就是诗人的情绪,诗歌的情绪,在诗歌文字的背后委婉地、曲折地流着,顺着你的指尖幽幽地流着,随着你的意识流或静观默察,或欢鸣奔跃,或隐伏潜行,或哗然喧闹,凡所到之处,皆轻灵光滑,舒适自在,于是在这样的环境里,心灵经受了沐浴,心底里浮躁、郁闷,甚至猥琐,都会被这股情绪流悄然带走,于是你感到了一身的干净清爽。

三

《田园乐》是王维一组六言绝句,是诗人退隐辋川时所作,集中表现了诗人的自然山水田园的情趣。尽管他的身份还是官员,但在这山中,已经可以不需要那些繁文缛礼,还有那些人事上的种种交接应酬。在这里感受风日、感受朴野、感受宁静,同时更多的时间因为留给了自己,于是内在的精神生活的提修就不再是一句空话。

在《田园乐·其六》诗以及其他的诗作里,诗人不慌不忙,一句一景,简淡勾勒,然后连缀成画,悠悠然表现辋川风光和自己生活其间的安闲自在。难怪宋人绩溪胡仔在《苕(tiáo)溪渔隐丛话后集》里非常感叹地说:

"桃红复含宿雨,柳绿更带朝烟。花落家童未扫,鸟啼山客犹眠。"每哦此句,令人坐想辋川春日之胜,此老傲睨(nì)、闲适于其间也。

傲睨,词典里的解释是"傲慢斜视、骄傲"的意思。当然这里不是妄自尊大,目空一切,但有那么点扬扬得意的意思,有那么点凛然不可侵犯的意思,于是我们看到了王维的自得与自恃,不将他人与世间的荣华富贵放在眼里,确实很见个性。闲适,就是"清闲安逸、优游自在"的意思。就是淡看世界,该放的要放下,关键在心有不急,从容而舒缓。静下心来,让心清闲,然后就能知道世界的宽旷。

胡仔将这两个词"傲睨"与"闲适",如一枚硬币的两面一齐用在王维身上,也是用意卓深。有了清闲,才能有时间默察冷清、僻静的寂然之处,也因此才能真正地感受到简淡物欲基础之上不被物役的纯净欢快,诗人取景、优游于辋川山庄,时随友朋一道唱和,原始的自然护育着他不会受伤、受辱的心灵,于是尊贵的元素获得了生长，睥（pì）睨天下，颉颃（xiéháng）王侯，乡野宁静自在的生活，除了赋予人以简淡的处世作派，还一并赋予人以自由、尊贵与美德的精神种子。

或许，有人还纠缠于"山客"的字义，那也无妨。我们来看，字典里主要有这么两个意思，一是"隐士"，二是"居住在山中的人"。不少诗评诗注家都将这里的山客理解为隐士，这没有问题。但山客还可以指到山里来拜访王维的客人。王维是不是山客？自然也可以是。但我以为，早醒的诗人，才更有欣赏的先机。黄莺啼叫，声段婉转，大家都没有感觉，只有一个人感觉到，原来大家都还没有醒，就"我"醒着。这是诗人的先机独占，唯有知时会者，才不失天赐的机会。这点一定要注意。

另外，王维这首诗，还要注意是一首六言诗。六言也是旧诗的一种，不像五言、七言诗那样繁荣和普及，不太流行。当然，这首诗歌对仗很工整，四句两两对应，所以这样的诗歌很锤炼，很雅致，富有闲稳的劲头。

【问题聚焦】

四

下面看看涉及诗歌比较的问题。

第一，王维的《田园乐·其六》，构成了一幅美丽的画面。当然，这里面写到春眠、莺啼、宿雨等，与孟浩然的《春晓》（"春眠不觉晓，处处闻啼鸟。夜来风雨声，花落知多少"）所描写的颇有相似之处，试比较两诗的特色。应当说，孟诗更富有时间感，而王诗则更富有空间感，空间的画面感。从意境上看，王维的诗歌诗中有画，重在描绘春天的美的情境，这种情境里有鲜明的色调，还有人物静观默察的风神。

第二，王维这首诗歌对仗很工整，音韵很和谐，恰切地表明了诗人恬静、闲散、宁静的内心。不同点在于，孟浩然的《春晓》里，写诗人被欢快的鸟声所吵醒，然后是诗人对花的牵挂，含有惋惜、珍爱的情感，以及一丝丝惆怅，含有"惜春"之意。总而言之，珍惜、留恋之感很明显。而王维的《田园乐》，所表达的是享受春天的怡情。所以，这两首诗歌表达的情绪颇不一样。

【读法链接】

〔附〕前人和今人有关点评

《唐诗鉴赏辞典》：第一个特点是绘形绘色，诗中有画。……不但有大的构图，而且有具体鲜明的设色和细节描画，使读者先见画，后会意。写桃花、柳丝、莺啼、捕捉住春天富于特征的景物，这里，桃、柳、莺都是确指，容易唤起直观印象。通过"宿雨""朝烟"来写"夜来风雨"，也显然有同样艺术效果。在勾勒景物基础上，进而有着色，"红""绿"两个颜色字的运用，使景物鲜明怡目。读者眼前会展现一派柳暗花明的图画。"桃之夭夭，灼灼其华"，加上"杨柳依依"，景物宜人。着色之后还有进一层渲染：深红浅红的花瓣上略带隔夜的雨滴，色泽更柔和可爱，雨后空气澄鲜，弥散着冉冉花香，使人心醉；碧绿的柳丝笼在一片若有若无的水烟中，更袅娜迷人。经过层层渲染、细致描绘，诗境自成一幅工笔重彩的图画妙在有色，在入境后才见到人。因为有"宿雨"，所以有"花落"。花落就该打扫，然而"家童未扫"。未扫非不扫，乃是因为清晨人尚未起的缘故。这无人过问满地落花的情景，不是别有一番清幽的意趣么。这正是王维所偏爱的境界。"未扫"二字有意无意得之，毫不着力，浑然无迹。末了写到"莺啼"，莺啼却不惊梦，山客犹自酣睡，这正是一幅"春眠不觉晓"的入神图画。此诗最后才写到春眠，人睡得酣恬安稳，于身外之境一无所知。花落莺啼虽有动静有声响，只衬托得"山客"的居处与心境越见宁静，所以其意境主在"静"字上。王维之"乐"也就在这里。人们说他的诗有禅味，并没有错。崇尚静寂的思想固有消极的一面，然而，王维诗难能可贵在它的静境与寂灭到底有不同。他能通过动静相成，写出静中的生趣，给人的感觉仍是清新明朗的，美的。唐诗有意境浑成的特点，但具体表现时仍有两类，一种偏于意，让人间接感到境；另一种偏于境，让人从境中悟到作者之意，如此诗就是。而由境生情，诗中有画。是此诗最显著优点。

《唐诗选脉会通评林》：周珽曰：摩诘《田园乐》诸篇，眼前口头自多灵机，铁鞋踏破、远觅千里者便觉多事。

《诗人玉屑》：每哦此句，令人坐想辋川春日之胜，此老傲睨闲适于其间也。（评其六）

《唐诗选脉会通评林》：周珽曰：上联景媚句亦媚，下联居逸趣亦逸。（评其六）

《玉林诗话》：六言绝句，如王摩诘"桃红复含宿雨"及王荆公"杨柳鸣蜩绿暗"二诗，最为警绝，后难继者。

《养一斋诗话》：或问六言诗法，予曰：王右丞"花落家僮未扫，鸟啼山客犹眠"，康伯可"啼鸟一声春晚，落花满地人归"，此六言之式也。必如此自在谐协方妙。若稍有安排，只是减字七言绝耳，不如无作也。

崔橹《三月晦日送客》

崔橹（生卒年不详），又作崔鲁，荆南（今湖北荆州）人，唐代诗人，宣宗大中时进士（一作僖宗广明中进士），曾任棣州（dìzhōu，今山东惠民）司马。他工于诗，效法杜牧，"才情丽而近荡""尤能咏物"，诗风清丽，画面鲜艳，托物言志，意境深远。诗作以绝句成就最高，今存诗十六首。亦善于撰写杂文，文笔颇为华丽恣肆。然嗜酒如命，醉酒则骂人。著有《无机集》四卷。

【诗词品读】

一

晦，《说文》解释为"月尽也"，月亮隐而不显，是所谓每月的最后一天。三月晦，三月最后的一天，也是古代送春的一个时节（节日）。三月当然是风光最迷人的时候，当三月过完，春光也就难再，往往会引起人们的伤感（还有惜别）之情。

今天要讲的诗歌，为唐五代时期诗人崔橹的《三月晦日送客》。

野酌乱无巡，送君兼送春。明年春色至，莫作未归人。

先看首句"野酌乱无巡"。巡是轮次的意思，一般喝酒要一轮一轮地喝，酒过三巡酒过五巡，意即酒过三轮酒过五轮，"无巡"意味着喝了很多轮，已经搞不清了。为什么要喝这么多的酒呢？后面讲了原因："送君兼送春"。为你送别，在野外饯行，这种情感一定很深，也一定很特别。稍稍解析一下这种情感，就会发现其间带着很多的不舍情，还有很多的牵挂与祝愿。就像王维的《送元二使安西》诗所说"劝君更尽一杯酒，西出阳关无故人"，所以喝了一巡又一巡，不知道喝了多少巡，以至于都搞不清，当然说明喝酒、劝酒都非常殷勤。假如感情不深，何以至此？感情太深了，又很容易受伤，分别即是双方情感的利刃，对此，送行者和远行人都经受不了。而酒本是催性之物，原本要借酒消愁，结果却愁上加愁，于是悲愁、感伤的情绪反倒更加浓厚。这是第一层：就是感伤，惜别，兼表达浓浓的友情。

至于说因送春而伤春，这种情感确实存在，但在诗作中并不凸显。反而，送春是诗人在结构上所做的一个关纽和线索。送春是为迎春。

再看后面两句"明年春色至，莫作未归人"。看字面的意思是今年的春色虽然已经没有了,但明年还有春色呢,明年的春色回来时,你也一定还要回来;而"我"还在这地方等你,不要不回来,你一定要回来。这后面两句与诗作前两句不同,第三句一转,甚见精妙!突然逆转语意和语势,由送春而转换到迎春,由离别而想到重聚。时间拉长了,节奏也趋向了缓和,于是送别的悲伤之情减却了很多,而渐渐地有了喜色和期待,既宽慰了别人,也安慰了自己。尤其,这后两句表达了希望,在感伤之外,表达了一份积极的情感,给悲伤的底子打上了一层温暖的亮色。这是第二层。所以,这首送别诗,虽然有感伤惜别的意思,但仍然带有温情、期待和希望。

总之,崔橹这首诗与寻常分别诗不同之处,就在于:朋友之间还是要豁达为上,既要珍惜眼前,留取眼前人,还要着眼于未来,眼光要长远,这样,既给了别人回旋的余地,又给了自己增添新的亮色。的确,"风物长宜放眼量"(毛泽东《赠柳亚子先生》诗句),要放开眼界来看待这人世间的万事万物。这是有人生经验的人所说的话,也是很善于劝说和宽慰人。因而,这首诗显得有点别致。

【问题聚焦】

二

下面看看有关问题,以回照一下本诗有关内容。

问题一,分析诗中"兼"字在表情达意上的作用。"兼"字将送客与送春难舍难分的双重惆怅自然巧妙地糅合在一起,以伤春之情强化了离别之情。

问题二,作者的感情在第三、第四两小句发生了变化,变化中又流露出另外一种感情,增加了感情的浓度,试作分析。所谓感情在后两句发生了变化,就是指由送春联想到迎春,由离别而想到了重聚,所以感伤里又带着一种温暖兼有希望的色调。

这里补充一点古代文法。我们说古典诗歌,律诗是四大句,绝句是四小句,语意转折一般从第三句开始。崔橹的《三月晦日送客》就是非常典型的第三句转折。当然也有例外,像李白的《越中览古》("越王勾践破吴归,义士还家尽锦衣。宫女如花满春殿,只今惟有鹧鸪飞"),却在最后一句转折并结束,达到意外和崭截的效果。前面我们也曾讲过,古典诗文,包括前面所讲的散文(最为典型的就是苏洵的《六国论》),它在结构上,一般都强调"起承转合"四个字,所以文章也好诗歌也罢,都显得曲折生动,摇曳多姿。

【诗词品读】（续）

三

下面，我们将共同感受一下色彩缤纷的"送别"情感。

先看李白的《闻王昌龄左迁龙标遥有此寄》诗。它写送别也较别致，当然是"遥寄"式的送别，精神上的相送。

杨花落尽子规啼，闻道龙标过五溪。我寄愁心与明月，随风直到夜郎西。

李白这首诗遥寄的对象是王昌龄。当时王昌龄正跌落进人生的一个低坎儿，所谓左迁，就是遭贬谪。诗题说王昌龄要贬去做龙标尉，龙标就是今天的湖南省黔阳县，属于很边远、很偏僻的山区，从中国唐代自然地理关系来看，是所谓山水险恶的地带。而从历史看，任何官员的每一次贬谪，伴随的都是一次精神上的打击和挫折，同时还伴随着亲朋好友的眼泪和担忧。尤其是后者的存在，让每一次遭贬的灰暗星空，都有一盏被点亮的心灵明灯。这是多么伟大的精神力啊！

当李白听到他的好朋友王昌龄被贬，且又是贬到极为偏远的龙标，心里感到很难过。他说"杨花落尽子规啼"，正好是在这个春季节被贬，又在春末，看，纷飞杨花，旋即便飘落殆尽，接着又是让人愁绪翻飞的子规（即"杜鹃"）在悲啼，这春天在消逝而伤感之事不断——这时令、这环境，总给人一种"愁煞"不尽之感啊。一开始，诗作即通过环境的渲染，营造一份特别的悲情，让人置身其中，即所谓此情此景，事未明而情已浓。由此可知，王昌龄遭遇贬谪，在大诗人李白看来是天下多么大的悲剧了。

再看"闻道龙标过五溪"。闻道，就是听说，他没有亲自送别，但是听说了。真正的朋友是什么样子？就是只要知道对方的音讯，无论自己身在何处，都一定会对他遭遇不幸表达关切。英国思想家培根说"如果你把快乐告诉一个朋友，你将得到两个快乐；而如果你把忧愁向一个朋友倾吐，你将被分掉一半忧愁"（《论友谊》）。斯言诚哉！虽然八九百年前的李白并未明确地说过类似的话，但他一样深知此情和此理。尤令人感动的是，王昌龄并未将忧愁告诉他的朋友李白，而李白也并未等到他的朋友主动告诉他，他一闻而伤悲，既悲而牵挂：这就是李白炽烈的心怀。

龙标，刚才已经讲过，在今天的湖南省黔阳县；五溪，就是陶渊明《桃花源记》里所说的武陵一带。我们学过地理应该都知道，五溪是沅水的上游，湘水、沅水都注入洞庭；而龙标，还在五溪的西南面，更加地偏远，那么路途的艰难也就可想而知。

所以听到这些以后，一般人都会表达牵挂和担忧，何况，山穷水恶呢！特别是北方人，中原一带人，要到达那些边远的山区，水土之不服、旅途之艰难，就非常人所能想象。这句诗，并没有直白地说对朋友多么牵挂多么担忧，而是说龙标在五溪的另外一边，这就更深切地而含蓄而具体地表达了深切的担忧。

接下来是"我寄愁心与明月"。李白这首诗当然不是写白天而是晚上了，甚至可以说是即景记事，溥天之下明月与共，相思寄月又是通常的表达方式，而李白所用明月于诗歌又是其中的圣手，所以他一见明月，因月就寄，显得那么真诚、自然而特别。大诗人说，将愁心与明月一道寄过去，实际上是寄愁心给明月，通过明月来表达他的忧愁和牵挂。这一手，显得非常直接。试想，没有比这种最直白的叙述方式更能够表达他心中的意思了。这就是李白，从不遮遮掩掩，即使是深怀忧愁，也要充满面容，并且还要将其夸张、放大。其实，读他的诗文就都知道，他的爱恨情仇，从来都不会婆婆妈妈，从来也不会藏着掖着，他一定要说出来叫出来甚至是喊出来，一定要弄得全天下人都知道。他爱憎分明，快意江湖。他的方式是大侠式的。是啊，愁心本看不见，而明月一抬头人人能见。那如果你知道千里之外，还有一个很特别的朋友在牵挂着，是不是对这眼前的明月有了一份别样的感动呢？

最后，"随风直到夜郎西"也是李白式的。李白希望浩荡春风能够吹月，让月亮更快些，一气吹送到目的地，将他的担忧快快地送到好友那里去。此时李白是多么焦急，就生怕自己的好友在异乡的天空下黯然神伤。这是一片多么单纯的情感！他牵念于遥远的那一方，他只希望王昌龄知道，即使远在天涯海角，仍然有朋友关注，仍然有朋友牵挂，而你王昌龄不是一个人，你并不孤单，你有欣喜我们一道欣喜，你有忧愁则我们一道忧愁：忧喜与共，永不离弃。你看，有人主动牵挂，有了这层感情的维系，你的确就不会孤单，你就会感到很多人与你站在一起，于是内心温暖了，信心也倍增起来，即使面对再大的困难，相信也会克服的。民间有贴护身符的做法，和这道理差不多。在某人出门，家人会让佩带，表示其人不会孤单，也不用怕，而背后有神力和家人的心力一起相助呢。

当然，有人说这里的"随风"是"随君"的意思，亦可理解。可能，对于王昌龄的左迁，也有人弹冠相庆，那肯定不是朋友所为。而通过这首诗，李白要表达他的情感，几乎不用拐弯抹角，最直白的心也是最炽烈的心，你难过我也难过，你忧愁我亦忧愁，非常的单纯真挚，几乎在所有人的眼里，仍然纯粹得像个赤子。

四

下面再看晚唐诗人郑谷所写的《淮上与友人别》诗。

淮是指淮河，古代的淮河地区地域很广，长江北岸，一直到淮河沿岸，如此广大地带一直东拉到扬州一带，都属于淮上地区。长江北岸也叫淮上，如南宋诗人杨万里反映长江风情的《舟过大通镇》诗中"淮上云垂岸，江中浪拍天"之"淮上"即指此。而这里，郑诗所谓"淮上"，当然不是指那么一大片地区，也非指江北，而是指原淮上地区首府或治所所在地扬州。诗题的意思是，在扬州和友人分别。

扬子江头杨柳春，杨花愁杀渡江人。数声风笛离亭晚，君向潇湘我向秦。

看首句"扬子江头杨柳春"。扬子江，就是长江；杨柳春，就是春天，春天最显著的标志就是杨柳发芽抽枝变绿，从柳枝上就可以看出春天，以及可以看出不同春天的色彩，杨柳成了春天非常显著的表征。但杨柳在传统文学意象里，喻意离别或挽留等，因而这里还一层渲染之意。开头点明时令，也暗含一层离别之意。

"杨花愁杀渡江人"，即到处都是飘飞的杨絮，让人眼前倍感凄迷，使离别的心情愈发缭乱、心神愈发不宁。本来，大好春光里，江风微送，柳色青青，美好而宜人，但是，却因为人心人情的改变，美丽的景致反成了触目惊心的所在。所谓杨絮就是柳絮，杨花可以分为两种，一种是江南的柳絮，它多得漫天飞舞；还有一种是北方的白杨，到了它吐花吐絮的时节，也是漫天飞舞，颇像层雪纷下，显得有厚度。"愁杀"，也作"愁煞"，言使人极为忧愁。杀，表示程度深。杨花何以让渡江之人如此愁绪弥漫呢？就是因为脱落于杨柳树身的杨花花絮，到处飞舞，满世界弥散，给人一种情境的渲染。而杨柳自身柔弱的特性，兼而远古以来就有折柳赠别或寄情的习惯，所以柳枝、柳絮，都会增加离别、惜别感伤的情绪。在一种典型的文化环境下，无论是送别的主人，还是送客的客人，大家都被浓浓的别愁所苦。何况，长江水面，浩阔无边，烟波动荡，也极容易给人前程邈远之忧，而引起人的情绪上的变化。

诗作前两句，即景就情，为离别渲染了非常浓深的愁绪。

再看"数声风笛离亭晚"。风笛，是风中的笛声；离亭就是驿亭，古时人们常在此类地方举行告别宴。是谁吹起了这凄婉的离别的哀笛呢？诗作说是风里送来的笛声，所以称"风笛"，笛音哀愁，似乎有一种人不催促天自催的味道，当然也是一个凄凉环境的渲染。"离亭晚"这三字，既点明了送别的地点，也暗示了送别的时间之久和最后分别的具体时间，是"到了傍晚"与"还在傍晚"。当然，一提到"傍晚"二字，仍然要触动中国人心灵深处的黄昏情结。傍晚的离别，是很浓很黯的色调、是感伤失落的色彩。

"君向潇湘我向秦"，是现场的道别。这场分别与一般分别略有不同，它不是主人对客人的送别，而是一个客人对另一个客人的送别。是啊，现在不要说谁送别谁，两个人都是客人，"我"送你，你送"我"；或者，不为主人而互为主人，你送"我""我"送你而已，于是诗歌的意涵一下子就变得忧郁和深沉了。这是一层。再看，前途茫茫，后会无期。两人所要赶赴的地方，要么在烟波浩渺之外大西南（"潇湘"），要么山水兼程还在千山外的大西北（"秦"）。潇湘，在湖南洞庭湖之南；秦，当然是指陕西关中一带，对于繁华富庶、生活宜人的扬州来说，大西南和大西北的旅途生活都充满了艰辛。因此还是道声珍重，相互支持、相互鼓劲吧。在悲抑之中还是有那么一丝慰藉。这是第二层。

但是，诗歌里这一"君"字，还是颇为耐人寻味的。诗人到底还是强客为主，他带着双重身份，既送友人又被友人所送，但最后还是送了朋友。所以，"君向潇湘我向秦"，到底是在忧郁的背景上，硬朗地打上了慷慨、豪放的底色。不过，他的感情虽然格外真挚，但"君向潇湘"仍然难掩诗人的担忧和牵挂。"我向秦"，"我"也要穿过淮河以及茫茫中原，此外，还有黄河，还要翻山越岭，才能及达关中地区，这条路也是征途漫漫、风险重重。但诗人将自己征程的艰难咽进自己的心中，并没有露出任何难色。那么，如此分别，都互相道一声尊重吧。所以浓浓的友情，就是在一点一滴的春色里，在这惨淡的夕阳里，在这漫漫的路程里，渐渐地增加了长度、深度和厚度。这是第三层。

故而，这首送别诗也特别能打动人心。

五

下面再来看看诗人王令（王逢原）的《送春》：

三月残花落更开，小檐日日燕飞来。子规夜半犹啼血，不信东风唤不回。

"三月残花落更开"，花到三月开得差不多了，所以说是"残花"；"更"是"又"的意思，又开了，这似乎给人一种错觉，好像这花儿也恋春，开了又落，落了又开。"小檐日日燕飞来"，小檐，指低矮的小茅屋；每天都有燕子飞来飞去，春天好像才真正开始，不断有新燕飞进来。你看，燕子衔泥筑巢或抚育幼子，来来往往，给人春天还在的感觉，可能也会产生一种错觉。当然，对于热爱春天的人来说，这自然是好事啊。

借错觉来表达爱春、恋春，就好像写论文要先做一个立论，有了这个立论的根基，那就可以纵横捭阖、洋洋洒洒地开讲了。

后两句是"子规夜半犹啼血，不信东风唤不回"。子规就是杜鹃，在神话传说里，它不愿意待在深山老林，总是痛苦叫喊着"不如归去，不如归去"，以至于"啼血"，其伤悲的程度可想而知。但这一回，在诗作里，杜鹃不是为自己而啼叫，这里说是要呼唤东风回来，为东风的重回而日夜啼叫。这在修辞上叫反典。此情此景，确实感人。诗人不说他是多么希望将春留住，多么希望在呼唤声里将春天唤回来，而是借助三月花、新燕子，还有整日里不停地啼叫的杜鹃，来表达他对于春天的强烈的爱情。

值得一提的是，诗作巧妙地改造了一个古老的传说。诗人将"子规啼"作了改造。本来古老传说是以所谓怨愤惆怅，来表达人生的幽怨和痛苦，现在居然成了呼唤东风的热烈而多情的呼唤者。在理智上，诗人当然是知道春天是要回去的，但是，就像我们有些人做论文一样，巧妙地来了个偷梁换柱，你看，春天还在呢，比如花啊、燕子啊，都还像春天里的时候一样呢。再看，杜鹃也在深情呼唤呢。就是春天真的不在，我们一往情深，用情唤回吧。要知道，"精诚所至，金石为开"，肯定会感天动地的。当然，最后一句是在这个基础上，再表达出一层信念，"不信东风唤不回"，东风者春风也，坚信可以将春天再度地呼唤回来。

题目叫"送春"，目的却是想留春、恋春。要将春天留住，"送"只是一个借口，"送"反而成了一个机会，这似乎颇有无理取闹的意思；但在这闹腾的背后，却见出了一个执着的留春者和恋春者。这首诗要表达的，就是诗人对于时光、岁月的别一份珍惜。

这里的问题是，春天会不会再度回来呢？凭借生活经验，自然会说那不会用问。争辩死理的人会说，它是会回来的，但要到第二年，你无须呼唤，它自会回来的。如果是这样想，那诗歌还有什么意思，还有什么趣味呢？自然的春天，季节轮回里的春天，当然无须我们多操闲心，但是，你要知道，在隐喻意义上，又有多少美妙的"春天"是会回头呢？生活中，可能你年年看起来都没有变化，但又有多少东西都是一去不复返的。自然的眷顾，或者天赐的良机，或许会不经意地与你相遇，但是，要永葆一份心源性春天，除了我们全力以赴，深情以待，还能有其他的办法吗？

理解诗歌需要"别会",而教条或者是枯燥的道理可能会阻隔阐释之路,所以凭了经验与逻辑生活的人,可能难以理会这样的诗趣。严羽在《沧浪诗话》里说得好:"诗有别材,非关理也;诗有别趣,非关书也。"

【读法链接】
〔附〕有关点评

　　《唐诗鉴赏辞典》:就此诗的结构而言,三句、四句与一句、二句之间的跳跃,由送春想到迎春,由别离想到重聚,亦能切合情景,脉络分明。清人徐增在《而庵说唐诗》里说:"作诗用意用字,须要一时兴会凑泊得好,此作虽浅,然却有致。"说此诗浅露,未必妥当,但指出其"有致",信是如此。(上海辞书出版社2004年版)

陆龟蒙《怀宛陵旧游》

陆龟蒙（？—881），字鲁望，别号天随子、江湖散人等，长洲（今江苏吴县）人，唐文学家。进士不第，曾在湖州、苏州刺史从事幕僚，后回松江甫里（今江苏吴县东南）隐居耕读。编著有《甫里先生文集》等。与皮日休为友，互有唱和，世称"皮陆"。诗以写景咏物为多。政论小品集有《笠泽丛书》四卷。

【诗词品读】

一

宣城，汉代叫宛陵，是一个很有历史的地方。陆龟蒙是晚唐诗人，他的诗所《怀宛陵旧游》，即与宣域有关。

说起宣城，自然让人想起南北朝时著名的诗人谢朓，他曾经在宣城做太守。谢朓彼时怀才不遇，反映在诗歌里，所以也引发了后代尤其是唐代大诗人李白的感伤。李白曾经也在宣城写了很多诗，抒发了诸如"抽刀断水水更流，举杯消愁愁更愁"的无穷愁绪的诗作。想想看，古人何以愁深怨大？当一种愁浩大得无法扫除时，多半都超出了自我，而指向更深广的社会和历史内容。譬如李白《将进酒》一诗，其所谓"万古愁"，容含着自古以来多少贤人志士无法伸屈的报国怨恨和才子愁闷。

在讲这首诗之前，还是将诗人简要地介绍一下。陆龟蒙，自号江湖散人，苏州人，当初考进士不第，后来就不再应进士，曾任过苏州、湖州刺史的幕僚，再后来隐居，到最后他的两个朋友在朝中做了大官，延请他出来为官，有关文件还没有送达时，他却已经去世。他由科举不第到隐居，中间做过别人的幕僚，所以他的生活也隐含了很多悲苦。这一次，他到宣城，算是故地重游，满目所见，又当如何？下面就来看这首诗。

陵阳佳地昔年游，谢朓青山李白楼。唯有日斜溪上思，酒旗风影落春流。

先看首句"陵阳佳地昔年游"。"陵阳"即宣城，宣城是三面环山（有所谓陵阳三峰），前面临溪，名曰句溪、宛溪，就是前面有两条溪流，可以说是山环水绕。"佳地"，通俗地说就是好地方，既有自然风光，当然是所谓自然山水秀美了；还有人文风光，特别是中国这样的非常讲究历史文化内涵的国度，非常注重人文遗踪，流风余韵等，由此构成了文化意义上的美。这个"人文风光"，当然包括后面所提到的"谢朓青山李白楼"，从谢朓到李白，于是地域的时间性一下子就获得了延伸。当然，说青山说李白楼,不是说这一带的人文风情只有这两处,它们只不过是诗人最在意的典型罢了。"昔年游",过去曾经游玩过,而现在又重游(当然,也不一定就是重游,如果只是回忆也可以),感受和人生的况味又增加了一层。当年的闻见和所想,今日当如何审视,今日再游览该地,怕是对过去的理解和领悟又深了一层。

再看次句"谢朓青山李白楼"。谢朓,出身高门士族,参与政治比较早,初任竟陵王萧子良功曹、文学[1],为"竟陵八友"之一,曾与沈约等共创"永明体"。其诗诗风清丽,圆美流转,开启唐代律绝先河。曾任宣城太守(495年),当到尚书吏部郎。后因王室内争受诬下狱而死,葬在宣城青山。而宣城人为纪念他,特地在陵阳山建造了"谢朓楼"(因位于郡址之北,取名"北楼")。大诗人李白仰慕谢朓,"一生低首谢宣城"(清人王士禛语),后人根据他的遗愿,也将其葬在青山。而李白楼,亦即谢朓楼。

正如前所述,陵阳城佳地,更多仰赖的并非其自然风光,而是谢朓和李白。"谢朓青山李白楼",谢朓的青山、李白的楼?当然不能这么简单地看待,"青山"与"楼"之于"谢朓"和"李白",是双重关联,是互文。当然,谢朓也好李白也好,都是当时的名贤大才,都是怀才不遇的典型人物,都有不少人生的屈志与幽怨。而无论是谢朓还是李白,在宣城都抒发了人生的悲愁。所以诗人还记得"昔年游",念念不忘的就是"谢朓青山李白楼"。这种在文化意识上,对于前代名贤的瞻仰,至少在精神上获得了不少认识、思想上获得了不少共鸣。正如杜甫在《咏怀古迹五首·其二》诗所咏:"摇落深知宋玉悲,风流儒雅亦吾师。怅望千秋一洒泪,萧条异代不同时。"晚唐诗人陆龟蒙也在这里低吟、徘徊,想象当年这些大诗人们的生活,他们所抒发的旷世悲情,以及他们所处的环境与时代。他也会渐渐地理解他自己的遭遇,以及他自己的时代和环境。让贤能旁落,让无数的才子志士边缘化,只会使一个国家的政治智商严重低弱化,必然会出现重大的社会问题。但是,自我社会责任意识的存在,是会让每一个贤能和志士不舒服的。

对于诗人陆龟蒙来说,他的身上的确也有浓浓的愁,但他言说甚为含蓄。《怀宛陵旧游》这首诗,将无限的忧愁和哀思都寄托在山上、水上、楼上,从而引发人们丰富的联想。其实又有什么好说呢?其时整个帝国都已经倒塌,已经是晚唐了,气数也差不多尽了,还有什么希望呢?但是,在山上、水里、酒旗上面、风里、江流上和季节里,都还有诗人那么多的深情和用心呢。这就是人和人性的复杂性。

---

[1] 文学:古代官名。汉唐州郡及王国所置官职。三国魏置太子文学,南朝置太子文学、皇子文学等。

再看"唯有日斜溪上思"。日斜，日落西斜，或斜阳的残照，情景惨淡而凄凉，常常让人联想到时运国势衰颓的现实。在中国古典诗歌中，诗人们还喜欢用日斜、日落来象征韶光已逝的隐恨。思，古代去声，即今第四声，指伤悲、哀愁。从诗作整体看，到这里是一个巨大的转折。从写作角度看，这是所谓从"人文风光"回到"自然风光"，但感情与言志都显得含蓄而隐蔽。这一句大意是说，今天谢朓没有了，而李白也已逝去，他们往日的音容与愁叹，也都随着岁月而隐去，他们为之悲愁的那些时代也已经隐退；但是，在句溪上，夕阳西下，在落日楼头，我们都能够感受那份浓浓的愁绪，以及在水流上，在酒旗上，在所有我们所能看得到的风物上。是啊，高人们虽已不在，但其历史遗迹还在，种种传说还在，一经产生了，便会印刻在后世一代代的记忆里，即使没有实物留证，即使没有书籍遗存，都会口耳相传，不绝如流水，所以我们仿佛还能感受到他们当年的悲愁，以及那些叹息。

最后一句，"酒旗风影落春流"。酒旗，即酒帘，酒店的标帜。酒旗风影，即"风中酒旗影"，指在风的吹送下的酒旗飘荡的影子。本句是说，晚风吹拂，酒旗动荡，微波荡漾，酒旗飘动的影子，倒映在缓缓东去的春流里。这一句，诗人的情感更加含蓄而隐蔽，将含不尽之情都寄托在风中、春流上。末句以动显静，含无限的深情于景色之中。一切都在默默的、不断升涨的、水势增大的水流上。"一江春水向东流"，诗人将无言的哀愁都寄托在这股"春流"上，这是诗歌结尾给人深沉念想的地方。

【问题聚焦】

二

下面看看关于本诗的两个问题：

问题一，诗人将"谢朓青山李白楼"的几个意象组合成一个新的意象，这样写有何表达效果？主要是以虚写实，山与楼互现，既可以理解为谢朓欣赏过的青山、李白登过的楼，也可以理解为以谢朓而著名的青山、以李白而著名的楼，或者是为谢朓所建的楼、为李白所欣赏的青山，等等。但最好理解为青山和酒楼，都是谢朓和李白曾经游玩的、曾经宴饮的地方。那么无论是青山也好，还是酒楼也好，都留下了他们当年的身影。这叫互文。"谢朓青山李白楼"错综交织，融汇成一片，将山水和人物融合在一起，给人极大的联想的余地，扩大了诗歌的内容和意境。

而在诗歌的写法上，这种方法叫"名词组合"，或者叫"名词集句"。此类手法，其实比较常见，像林升的"山外青山楼外楼"（《题临安邸》），大抵算是；还有杜牧的"水村山郭酒旗风"（《江南春》），水村、山郭、酒旗、风，这是很典型的一种组合。另外，马致远的散曲小令里的"枯藤老树昏鸦，小桥流水人家，古道西风瘦马……"（《天净沙·秋思》），显现了故乡的温柔、行途的荒凉和行旅的疲惫，以及物象的安详与人物的焦灼，似乎最为典型。这些组合，颇像今天电影电视里"蒙太奇"（Montage）的手法，就是用剪切的手段，根据要表达的意思，将很多看似不关联的事物重新组合在一起，一个个画面，或比对，或映衬，或互补，或渲染烘托，从而构成新的意义关系。这种手法给人以极大的想象余地，从而扩大了诗歌的意境。

问题二，前人十分欣赏诗的末二句，称之为"诗中画本"，诗人是如何描绘这画境的？诗人用细腻的线条勾勒出美丽的图画，西斜的落日，流动的春水，晚风中飘荡的酒旗，流水中动荡的酒旗的倒影……这些形象鲜明，堪称画本。

【读法链接】

〔附〕今人和前人有关点评

《唐诗鉴赏大典》：清人沈德潜很欣赏这诗的末句，评曰："佳句，诗中画本。"（《唐诗别裁》）此评不为无见，但其佳不止在描摹山水如画，更在于溶化着诗人深厚的感慨。通观全诗，前二句是平叙宛陵旧游的怀念，说自己从前曾到陵阳山的那个好地方游历，那里有谢朓、李白的游踪遗迹。后二句是回忆当年留下的最深的印象：傍晚，在句溪、宛溪旁缓步独行，夕阳斜照水面，那叠嶂楼的倒影映在水中，它那酒旗仿佛飘落在春天流水中。那情景，最惹人思绪了。为什么惹起思绪？惹起了什么思绪？诗人没有说，也无须说明。前二句即已点出了诗人敬慕的谢朓、李白，后二句描摹的这帧山水图所蕴含的思绪感慨，不言而喻，是与他们的事迹相联系的。

《唐诗绝句类选》："三四佳，情景融会，句复俊逸。"

《唐诗别裁》："佳句，诗中画本。"

《诗法易简录》："通首以'佳地'二字贯下，第三句点入'怀'字，末句写景，可作画本。"

《历代诗法》："掷地有金石声。"

《诗式》："题有'怀'字，处处须从'怀'字著想。首句'昔年游'三字，便从'怀'字含咀而起。次句但写宛陵名胜，而'怀'字之神自在。以下言有一种风景最系人思，如溪上日斜之际酒旗风动，影照春流。三句变换，四句发之，十四字作一句读，神韵最胜。神韵。"

《诗境浅说续编二》（俞陛云）："宛陵为濒江胜地，诗吟澄练，楼倚谪仙，更得'风影''酒旗'佳句。客过陵阳，益彰名迹，犹之'桃花流水'，遂传西塞之名，'杨柳晓风'，争唱井华之句也。"

欧阳修《梦中作》

欧阳修（1007—1073），字永叔，号醉翁，又号六一居士，吉州庐陵（今江西吉安）人。谥号文忠，北宋卓越的文学家、史学家，"唐宋八大家"之一。历仕仁宗、英宗、神宗三朝，官至翰林学士、枢密副使、参知政事。曾参与范仲淹庆历新政。文学成就斐然，为当时文坛领袖，是韩柳宗元古文运动的继承者及推动者。其诗词散文皆为一时之冠，作品风格平易自然，韵味深美。其散文说理畅达，抒情委婉；诗风重气势而能流畅自然；其词深婉清丽，承袭南唐余风。著有《欧阳文忠公文集》等。

【诗词品读】

一

不远处的枞阳县境内，有座名山叫浮山，今存摩崖石刻四百多块。其中有一处非常著名，曰"因碁（qí）说法"，与欧阳修有关。欧氏喜下棋，围棋是他生活中的重要内容，棋琴书酒等是他的精神寄托。《五灯会元》（卷十二）记述了欧阳修与浮山高僧法远禅师的一则交往逸事。尤其是倾听了禅师的讲道，他深为信服，然后对同僚说："修初疑禅语为虚诞，今日见此老机缘，所得所造，非悟明于心地，安能有此妙旨哉！"

欧阳修的诗作《梦中作》也说棋局。此诗约为仁宗皇祐元年（1049年）所作，其时他因支持范仲淹主政的庆历新政而被贬颍州。下面就来看看这首诗。

夜凉吹笛千山月，路暗迷人百种花。棋罢不知人换世，酒阑无奈客思家。

先看首句"夜凉吹笛千山月"。夜，点明时间，夜凉，与"夜寒"同，说明夜里气温下降、万物趋于寂然的特点，而夜的世界将会变得更为空旷。吹笛，其笛声要么很悠扬，要么很凄婉，或者兼而有之。千山月，想象一下，月华如昼，照遍千山，笛声悠扬而凄婉，如此安静的凉夜，美妙的笛音传递得很远，好像千万片山峦之外都能感受到。起句极富意境，简笔勾画了一个阔大的夜月背景，不眠的人借助笛声，倾诉深情，将思绪柔化为凄美的音符，夜凉如水，寒沁人心，又不断将思绪净化，而高挂夜空的明月，则用其深情的光抚照着沉浸在乐音里的一切人和一切事。

再看次句，"路暗迷人百种花"，路暗似承前句的"夜月"，但所写的情境与首句又颇为不同。这句意思比较显豁，并不难描述。大意是，路途显得幽暗，夹道都被鲜花占满，而一路的繁花盛开，竟有上百种之多。一路走啊，一路欣赏风景，一路时时为繁花迷住。我们往往被大自然所吸引，常常在人生的旅途上被很多意外的美所迷惑，所蛊惑，于是灵魂便不知不觉地被勾走。也许，首先是为月夜的凄婉和悠扬的笛声所牵引，既而又迷失在百种繁花的浓艳之中，而一时迷失了魂灵。迷人的事既多，便常常让人放下手中的事，忘了心中重要的目标。这就是情迷而意乱。

前两句写景，首句境界阔大，让人沉浸其中，也有一种招引。次句扑朔迷离，花繁路暗，意境迷蒙，竟至于让人自失。两句虽然都是写景，但诗人有意以景致的差异予人以疏离，从而将诗作的连续意象链打断；另外，又以笛声和繁花扭结新的意象关联，赋予诗作一定的理性，从而让每一句鲜明的形象性，都朝向其说理的虚化，从而（即目的是）要引出诗作的最后两句。由此，开头两句，都不过是诗人表现某种理性的幻象。就这点而言，它与宗教和某些神怪梦幻等言说教理的手段都极为相似。

第三句是借一个传说故事以表达世事变迁的道理，实则比喻人生迷失的情状，以及所应当吸取的教训。

诗作所引故事，当为梁代任昉（fǎng）所编著的《述异记》。讲晋朝有一个打柴人（所谓采樵的樵夫）叫王质，有一天进山却看到两个老人在下棋，他就放下斧头一旁观看。两个老人有争执，他则在一旁劝架。后来两人又给王质一个枣核似的东西，他含在嘴里竟不觉有饿。后来，棋完人散，王质才想到回家，结果发现他所携带的斧头柄早已朽烂。赶紧回家，沿途所见不断变幻，等到他跑到家时，亲故早已去世，人间换了几回。原来几个世纪竟已经过去了……

这个传说并不复杂，它与前面两句有一个共同之处，就是故事里的樵夫也是为他物所迷，他无法自控地沉溺于其中，最后他发现一切都成虚化，原来所有迷人的世界都不过是幻象。包括他在进山观棋之前的所有真实的生活，还有他回家后所发现的一切，都不过是一个个美丽的泡影。再回溯前一句"路暗迷人百种花"，当然也是有所指，就是人生难免会有迷途；而"棋罢不知人换世"，也是一场迷局。

诗的最后一句，却出现重大转折，与前三句截然不同。"酒阑无奈客思家"，酒阑，酒尽，所谓酒筵将尽、酒筵散了以及酒醒人醒，这些都是比喻，都是指涉一些人被外力推挪，终于被动地走出曾经所痴迷的、被别人设局的情形。然而，再仔细推敲，又感觉"无奈"二字颇有妙意，仍然写出迷局之人所陷之深，即使是因"酒阑"而出局，仍存"可惜"而留恋的心理。而"客思家"，无疑是迷途知返的表示了。

这首绝句，像寺庙里供人求签卜问吉凶的签诗，揭示出了一个不以人的意愿为转移的宿命论。这个宿命论里，没有"亡羊补牢"的机会，也没有可以重新再来的机会。也许，时间和空间，真的都具有不可逆性。

二

我们再看，诗作的题目叫"梦中作"，当然所写的情形都是梦中之事，是梦中所经所历及其变化，以及一些感慨。这个系列梦确实很奇妙。

这个梦（系列梦）无疑揭示了人的存在状态，以及人的心理状态。这个梦最为真实的地方，一方面是因为它真实地再现了人性的一些弱点，比如易受外物和环境的影响，易受美的情境诱惑，以及爱好游玩、喜欢猎奇等，另一方面，对于已然确知的设局，仍然一往情深，除非被排除到局外，否则仍然深陷其中。这也是人性的弱点，是所谓执迷不悟，有着严重的"幻象依赖症"。

确实，从诗作的描述看，这里有很多人生之事被他物所牵绊，还有很复杂的人世的沧桑巨变，但是，一切的一切，最后都会在当事人面前幻灭。诗作中尤其是"观棋烂柯"的结局，最让人难以接受。所以尽管最后无奈回家，尽管这"客思家"作为最后的风筝线非常牢固，尽管"远方路上再好，路花再好，外面的花再好，也没有家里的花好"，可能最合惯常的心理事实；但是，"回家"就是最好的选择吗？面对世界各种复杂的变化，以及像波涛颠簸的人生经历，难道真的只有回到自己的家，才有安宁感；而在家里，就不会出现那种你受不了的沧桑剧变吗？然而，家又在哪里呢？一如进山观棋的樵夫，他真的回到他的"家"了吗？

我们试着再将"观棋烂柯"故事的结尾再复述一下：沿途的景色在变幻，他跑到家，亲故早已去世，几个世纪已经过去……迷局虽然破了，但结局仍要毁灭。深陷迷局，不会自拔。除非有超强的意志力，坚忍不拔的毅力，否则，陷局之人仍然会陷入上天为他所设的人性的弱点之中。

【问题聚焦】

三

下面我们看看诗歌所涉及的问题：

问题一，这首诗表现了作者什么样的心情？欧阳修是因范仲淹政治而被贬到颍州，内心很是郁闷，这首诗作，应该反映了他的一些人生经历。比如"夜凉吹笛千山月"，"路暗迷人百种花"，可能反映了他当年参与范仲淹的改革新政，感觉"受蛊"的一面。而"棋罢不知人换世"，说明遭斥遭贬而外放的一面。最后，"酒阑无奈客思家",算是被人警醒。但遭遇贬谪,难免有失落的情绪,所以作者说像梦一样,毕竟很多变化太过蹊跷。还有,诗人因为仕途失意而对前途担忧,而表现出无可奈何的心情,同时也希望自己摆脱沉浮的官场,回到宁静初始的心情。但是,这种心理又深感如此乏力,让他想回到初始显得力不从心。毕竟风云变幻,宦海沉浮啊。

下面看问题二,你认为这首诗歌,在写作上有什么特色?有一个参考答案说,"一句一个场景,以景写情,情景交融",这些都是《宋诗鉴赏辞典》引述明人杨慎所说的意思,也不一定就是唯一标准。该参考答案又说,"对仗十分工巧",比如"夜凉吹笛千山月,路暗迷人百种花"。这两点可以参考。此外,在结构上诗句最后出现语意转折,诗作富于一定的哲理性等,都可以备参。

需要再说一点。有读者感到非常困惑,绝句首联也可以用对仗?其实没有问题。仔细看看这首诗,前两句工整,后两句也不差,这四句都很工整。补充一点知识,我们讲律诗,律诗有八小句(a1, a2, b1, b2, c1, c2, d1, d2)共四大句(a1a2, b1b2, c1c2, d1d2)之说,每两小句一组合,两两一合成绝句。绝句又称截句,是所谓截取律诗里的四句进行组合而成。至于绝句的组合,有时是a1a2,有时是b1b2,而律诗中间两联一般是对仗的,如果截取这两联,就成了这里欧阳修《梦中作》的样式。绝句对律诗截料的重组,可以按照数学排列组合法,其实并不复杂。

【诗词品读】(续)

四

欧阳修《梦中作》有"千山月"(或"关山月"),一出现即会让人触及一种缠绵的思乡之情,显示了这三个字在文学和文化上的张力。下面再讲一点小专题,使之更充裕一些。

唐代有一个也很著名的诗人叫高适,他是边塞诗派的知名人物,写过一首绝句叫《塞上听吹笛》:

雪净胡天牧马还,月明羌笛戍楼间。借问梅花何处落?风吹一夜满关山。

"雪净胡天牧马还",胡天,这是指在西北边关,主要是指西部北部,今天所谓的新疆、内外蒙古一带,冰雪融化,大概四五月的时候(初夏)。冰天雪地总不太令人舒服,所以化雪是很愉快的。而现在,冰雪化得差不多,草长出来了,水草很肥美，所以牧马的时节很愉快。这时节，无须过问，放马在山就可以了，让它们自由吃去。胡天，晴天，此时的西北天空也显得格外辽远。当然，远山还有一点点云色，而整个儿的空气也显得特别清新。牧场上的水草自然是粉嫩而多汁，马儿吃得欢。

傍晚了，放马归来，此情此景，心情的舒惬是不言而喻的。当然，一时间忘记了战场，忘记了边关，都沉浸在胡天壮美而瑰丽的晚霞里，所以归途肯定也伴随着愉快的歌声。

"月明羌笛戍楼间"，回来的时候，暮色已苍茫，不久，西天已沉，而半空显现一轮明月，升于戍楼之间。所谓戍楼，像碉堡一类，为警戒、防守之用。诗人听到楼上有人吹起羌笛，羌管幽幽而凄凉，苍凉而辽远，调子是边地特有的风情，鲜明的胡天特色，它与内地人所吹奏的丝竹迥乎其异。

再看"借问梅花何处落"。借问，就是请问。梅花落，指《梅花落》，一个曲调的名字，这里将这个名称拆开，反复吹奏这支羌笛，里面好像有一片片梅花飘出，散落，又随风飘荡到远方。好的音乐都令人沉醉，也催人想象。这支曲调引人一种美的联想。梅花开放在冬天，也开放在春天——开放在冬天的是红梅，当然，开放在冬天早期的叫腊梅，但无论如何，"梅花飘落"给人的都是充分的视觉美。在这里，羌笛美妙的乐音诉诸我们的听觉，一经感觉的转化，仿佛就能感受无数纷散的梅花。我们再看，一片片，一小片梅花散落，像玉女散花一样，轻柔，飘逸，妩媚。又有风的催助，于是九天里散落的梅花，飘向了更远的地方，最后，"风吹一夜满关山"。于是漫山遍野，无处不有梅花，无处的梅花不在散落啊。然而，也无处不在地弥漫着游子无言的忧伤啊！夜愈深，花愈多，场景愈宏大而情愈浓烈。

是啊，白日里的兴奋是一时忘我的存在，也只有这静静的夜月下，这浩瀚而高远的天空才是我们的，这广袤、绵延而深沉的大地才属于我们的，还有那皎皎明月才是我们可以直接倾诉的对象。当然，这夜是宁静的，思绪是不受干扰的，可以尽情地倾诉自我的情感而不被嘲笑，可以深情地向往家乡而不受打扰。在此幽幽笛声里，多少人驻足而听，静卧而听，望月而听，于是多少心流渐渐流淌着，又渐渐地汇成了洪流，最后，浩浩荡荡向东方奔去。这不可阻挡的笛声，即使停息，仿佛仍然绕满关山，彻夜不散。

确实，高高明月照在边关之上，夜晚显得那么宁静又澄澈，每一个战士的心绪沉静下来，有多少老兵都想到了很远。而诗人，在这里把美妙的听觉转化为美丽的视觉，让人体察到了戍边的游子们思绪的纷披，思恋的繁密。"风吹一夜满关山"，这一夜，多少心潮起伏，多少归念激烈，又有多少记忆被点燃，还有多少美梦被唤醒：他们不是杀戮的机器，他们是人，他们也多情、温柔。他们本是人之子、人之父。这一夜，武器在手而化为墨笔，所抒写的不是仇恨和泄愤，相反地，是幽思、缠绵和泪水。

当然，另外一方面，这种悲情与倾诉，其实也表达一种不满。在边关很苦，单调、乏味，且还要经受孤独和寂寞，另外，还要与时间比拼耐心和耐力。有的士兵，就是从十几岁出征，一直从军而至于六十，可以说一生都在边关。这究竟是幸也悲乎？可以说，诗人高适的《塞上听吹笛》，它替天下那些不幸的人们，发出了这样一种情满关山的诉怨强声。

真是盛世悲音！

【读法链接】

〔附〕今人和前人有关点评

《宋诗鉴赏辞典》：明代杨慎在《升庵诗话》中曾对此诗作过分析。他认为古人绝句诗一般有两种不同特点：一种是一句一绝，四句诗是四个不同的独立意境，如古时的《四时咏》："春水满四泽，夏云多奇峰。秋月扬明辉，冬岭秀孤松"；杜甫《绝句》："两个黄鹂鸣翠柳，一行白鹭上青天。窗含西岭千秋雪，门泊东吴万里船"；以及欧阳修这诗都属此类。另一种是"意连句圆"，四句意思前后相承，紧密相关，如金昌绪的《春怨》即是。这首《梦中作》，确如升庵所说，写的乃是秋夜、春宵、棋罢、酒阑等四个不同的意境，但又是浑然天成，所以陈衍在《宋诗精华录》中说："此诗当真是梦中作，如有神助。"（上海辞书出版社1987年版）

石林云："欧公矫昆体，专以气格为主。"

刘后村云："欧公诗如昌黎，不当以诗论。"

《诗话》云："欧阳永叔诗，如春服既成，春酒既酾，登山临水，竟日忘归。"

胡苕溪云："《石林诗话》云：欧公一日被酒，语其子棐曰：'吾诗《庐山高》，今人莫能为，惟太白能之。《明妃曲》后篇，太白不能为，惟杜子美能之。至于前篇，则子美亦不能为，惟吾能之也。'"近观《本朝名臣传》乃云："欧阳其为诗，谓人曰：'《庐山高》惟韩愈可及。《琵琶前引》韩愈不可及，杜甫可及。《后引》李白可及，杜甫不可及。'其自负如此，则与《石林》所纪全不同。《琵琶引》即《明妃曲》也。"

（以上，《诗林广记》12卷一）

《雪浪斋日记》云："或疑六一居士诗，以为未尽妙，以质于子和。子和曰：'六一诗只欲平易耳，"西风酒旗市，细雨菊花天"，岂不佳？"晚烟寒橘柚，秋色老梧桐"，岂不似少陵？'"

《优古堂诗话》："韩子苍言：欧阳文忠寄荆公诗云'翰林风月三千首，吏部文章二百年。'吏部盖谓《南史》谢朓于宋明帝时为尚书吏部郎，长五言诗，沈约尝云：'二百年来无此作也。'文忠公意，直使谢朓事。而荆公答之曰：'他日若能窥孟子，终身安敢望韩公。'则荆公之意，竟指吏部为退之矣。"

（吴案：陈鹄《西塘集耆旧续闻》：中书待制公翌新仲尝言：后学读书未博，观人文字，不可轻诋。且如欧阳公与王荆公诗云："翰林风月三千首，吏部文章二百年。"荆公答云："他日若能窥孟子，终身安敢望韩公。"欧公笑曰："介甫错认某意，所用事，乃谢朓为吏部尚书郎，沈约与之书云'二百年来无此作也'。若韩文公，迨今何止二百年邪？"前后名公诗话，至今博洽之士，莫不以欧公之言为信，而荆公之诗为误。不知荆公所用之事，乃见孙樵《上韩退之吏部书》："二百年来无此文也。"欧公知其一，而不知其二，故介甫尝曰："欧公坐读书未博耳。"）

王安石、方惟深《无灯欲闭门》

王安石（1021—1086），字介甫，号半山，北宋抚州临川（今江西抚州市内）人，政治家和文学家，唐宋八大家之一。熙宁二年（1069年）初，拜参知政事、同平章事，主导变法。熙宁八年再任相职，封为舒国公。元丰三年（1080年），改封荆国公，后人称王荆公。哲宗即位，加司空。元祐元年（1086年），卒赠太傅，谥文。文学成就突出，诗文各体兼擅。其文长于说理，笔力雄健，见识超群；其诗擅长于说理与修辞，善于用典，风格遒劲，警辟精绝。晚年诗风闲澹，精巧。文集有《王临川集》《临川集拾遗》等。

方惟深（1040—1122），字子通，莆田（在今福建）人，幼随父亲，居住长洲（今江苏苏州）。早年便通经学，尤工于诗，后举进士不第，与弟躬耕。崇宁五年（1106年）特奏名授兴化军助教。其诗精谐警绝，深受王安石赏识。著有《方秘校集》十卷。

【诗词品读】

一

王安石的《江宁夹口三首·其三》，还有其同时代方惟深的《舟下建溪》，两首小诗只是个别的字眼不同，却是比较鉴别的一对好材料。朱光潜先生讲，咬文嚼字就是在推敲我们的思想和情感。不妨以此，咬嚼一番。

先看王安石的诗歌：

落帆江口月黄昏，小店无灯欲闭门。侧出岸沙枫半死，系船应有去年痕。

先看首句"落帆江口月黄昏"。落帆，就是下帆停船；其地点就在江口，亦即题目所讲的"江宁夹口"。"月黄昏"，即是所见之景，既表明时间，又烘托环境，所谓月色昏暗，光影朦胧，颇有一丝昏惨惨的气象。次句"小店无灯欲闭门"，小店当然在江口岸边，无灯说明其更昏暗，"欲"字极富有动作性和暗示性，快要关门了却还没有关门，说明还有人活动，只是人数极少。与环境背景一样，小店也是昏昏没有精神，也像要收货睡觉去。

开头两句，写出了江口环境的惨淡与寂冷。不过在写法上，这两句还比较有特点。首句本来是个动态的景，但看起来像个静态的景；次句是个静态的景，看起来又像是动态的景，而这一切的关钮，皆在一个"欲"字的化静为动。这都是诗人眼看的世界。当然，这前两句像白描，将船只停靠以及所在江岸环境，都作了简要的勾勒，用笔非常简练。

再看后面两句。"侧出岸沙枫半死"，突然笔法有变，好像是一个特写镜头。这句"枫树"为施动主语，第三句实际上是"枫侧出岸沙，枫半死"，这是两个事态的描述加判断，前者描述了枫树快倒还未倒的状态；后者实际上是一个判断。"枫半死"，说明还活着，但"半死"又是如何作出判断的呢？怎么知道就是"半死"呢？另外，既是黄昏甚至是在夜晚了，凭借着模糊的影像，又怎能出手判断呢？难道说王安石写诗有毛病不成？看到这第三句，有推理癖的人可能还要继续追问下去，就像拳击手打密集组合拳一样。

不慌，我们看最后一句，"系船应有去年痕"，原来这棵树是用来系船的，是船夫用绳索捆绑于树，以便将船固定在岸边。再看这一句，系船，说明还是在那棵倒伏的枫树上；应有，是表示心理活动，含有意识的判断。"应有去年痕"，说明去年行船确切地在这棵枫树上拴系过，至于今年当然不用多说；去年枫树被勒出痕迹，说明小船拴系的时间较长，而现在光线昏暗是看不见的，所以这一句"应有"二字是推理。老王有推理癖，此公的冷峻犀利，我们应该是有见识的。他"游褒禅山"，以及他读《史记》里的《孟尝君传》的翻案文论，就是和别人不一样。

再回到前面第三句"侧出岸沙枫半死"，怎么知道是"枫半死"呢？仅仅从"枫侧出岸沙"是无法得出"枫半死"的结论的，但"枫侧出岸沙"应该是个事实。现在的问题是，这个事实（即"枫侧出岸沙"）是去年就有的事实，还是今年才出现的事实呢？根据最后一句"去年痕"，可知这枫树去年可能还未完全倒伏，但被系船的绳索拉割得很厉害，痕迹很深，却是事实。而今年这棵枫树已经侧倒，如果这江口是一个荒凉的所在，其他行船出入极少（这一点，其实在开头两句已经作出了环境的暗示），那么可以断定，在今年这只行船还未对枫树有多少拉扯的作用力时，一定是去年的绳索发生了作用，致使后来枫树倒伏。由于这棵枫树是扎根于沙岸，既已倒伏（"枫侧出岸沙"还可以理解为一半树根露出沙土），大半应死去，所以诗人作出了"枫半死"这样一个保守的判断。

而作出这判断的一切依据，都是在最后一句"去年痕"里（至于第三句里的"枫半死"，其实只是诗人作诗吸引读者的一个噱头），正因为有它而盘活了一盘棋。如此小诗，竟然蕴含巨大的信息含量，确实要令人惊叹于诗人政治家王安石构思的精深和巧妙了。

本来，日进黄昏甚至是夜晚，光线愈发暗淡，是无法对眼前的世界进行什么判断，但并非说明除了眼睛之外，其他的身体器官就不能发挥作用。诗人饶有兴趣地发挥想象和推理的思维力，使一个本来非常暗淡、无趣的黄昏（或夜晚）变得生机盎然、噱头甚多起来。看似一个昏惨惨的黄昏气象，却原来并不减有趣味之人的趣味之机。无论在哪里，只要有发现，似乎都能寻得另一番新鲜的滋味。

二

再看方惟深的《舟下建溪》。在讲析这首诗歌之前，我们先看一个资料：

长洲近江宁，方惟深久仰王安石诗名，常登门呈诗求教。方有首《谒荆公不遇》诗写道："春江渺渺抱樯流，烟草茸茸一片愁。吹尽柳花人不见，春旗催日下城头。"此诗熔情入景，通过春江、归帆、烟草、柳花、春旗、落日等来渲染和衬托访人不遇的怅惘之情，全诗情景交融，深得唐人风致。据《中吴纪闻》载："此诗荆公亲书方册间，因误载《临川集》（王安石文集）。"可见王对此诗的喜爱。

方还有一诗《舟下建溪》，亦得"荆公爱之，尝书坐右，后人误入荆公集中"（郑岳《莆阳文献》）。其诗云："客航收浦月黄昏，野店无灯欲闭门。倒出岸沙枫半死，系舟犹有去年痕。"诗写旅途夜泊，选用最有特征的景物，写出荒村月夜泊舟的静谧境界。诗首"客航收浦月黄昏"化用林逋《山园小梅》"暗香浮动月黄昏"，"野店无灯欲闭门"则化用韦应物《滁州西涧》"野渡无人舟自横"，皆不露痕迹，另出新意，隽永可爱。

从以上这个介绍来看，好像是方惟深的这首《舟下建溪》诗写在前面，写得还很不错，因而让王安石深玩不已，于是翻空出奇，动了几个字，竟然成了另外一种风景。如果此说当真，那么被苏东坡叹称"此老乃野狐精也"的王安石果然深得诗理，非同凡响。建溪，是闽江的北源，在今福建省，与王安石所说的"江宁夹口"确实不是一地。关于这两首诗歌之间的关系，我们不作过多推究，不妨也理解为文人诗友之间的一种文学沙龙式互动。要知道，"点铁成金""夺胎换骨"等，本来就是宋人创作的通行作法，意在强调在既有精华的基础上，主张将学力和才力相结合，以创造升华出更新的样式。这对宋代诗歌创作产生了深远的影响。

下面就来看看方惟深这首《舟下建溪》诗：

客航收浦月黄昏，野店无灯欲闭门。倒出岸沙枫半死，系舟犹有去年痕。

首句"客航收浦月黄昏",浦,过去说是送别行人的水边或渡口;客航,就是在外的行船,已经到了某个渡口,这时候月亮出来,天色也暗了下来。"野店无灯欲闭门",不讲"小店"是"野店",在野外。一个"野"字,不是见出什么有野性的魅力(原始的狂野),而呈现出一种活力;而是见出野外和荒凉,后面说"无灯",又助长了环境的黑暗。与王安石所写的是稍远的景一样,方氏似乎更突出荒凉而昏暗的特点。当然,细细计较起来,也未必就是荒凉,诗作开头两句,所作为客观的描述。

再看后面两句,"倒出岸沙枫半死,系舟犹有去年痕"。这好像是跟王安石作对,颇不一样。倒出岸沙,"倒出"说明树偏倒得更厉害,不是"侧出",侧出还能够支撑一点,"倒出"完全失去支撑。"枫半死",说明倒出的时间不是太长,但快没劲了。"系舟犹有去年痕",还能够看得见去年系索留下的痕迹。这些也都是客观性的陈述和说明,与王氏诗作颇不一样。"犹有去年痕",说明走近看得比较仔细,是一个准确的认知判断和陈述。由于有最后一句的近前察看,虽然是夜色昏暗的背景,但还是能够做出比较清晰的判断。所以,"枫半死",也是比较清晰的认知判断,没有半点含糊的意思。

诗作从逻辑上来说,因为在黄昏时分行船靠岸停泊,发现了岸边一棵倒伏的枫树,继而又发现了去年的行船系痕,从而引发想象,给读者留下了新空间。这点,与王安石的诗作大体相当。其不同点,与王氏诗作比较起来,本诗实写的成分较多,虽然也有一定的判断和推理,但大体上还是凸显客航的清冷和寂寞。

【问题聚焦】

三

刚才就两首小诗谈了它们的意涵,下面看看有关问题:

问题一,"两首诗的首句均用了'月黄昏'三个字,且用意基本相同。请问,两诗借此营造的是一种什么氛围?表达的又是什么样的心绪?请结合诗的具体内容简要赏析。"这两首诗里所写的都是航船野外停泊所见的荒凉景象,但是谁的荒凉更多一些?应该是第二首诗人方惟深的笔下多一些。其凄迷的、萧索的更多一点。相反,王安石的诗作里倒是要少一点,虽然也表达了一种荒凉与沉寂,但更多的是体现在推理与判断的理性上较劲。另外,王安石的诗歌里有诗人的心理活动,但这种心理活动比较潜隐,不露诗人的"心痕"(就是心理的、心灵的痕迹)。而方惟深这首诗，大体可以看到他的"心痕"，心灵的表达要浅露一些。至于王安石，则表达得要深沉一些。

问题二，"两首诗的末句，一用'应有'，一用'犹有'，哪个更好？为什么？请简要赏析。""应有"是诗人的揣测与判断，"犹有"就是"还有"的意思，是实写。当然也可以讲"应有"更好或者"犹有"更好。可以讲"应有"更好，比如某个参考答案是这样说的："'应有'二字含蓄丰富，传达了诗人在孤寂之中力寻旧影时的复杂心情，其中既有希冀与自信，也有失意和怅惘，更有寻而未见的不甘心，可谓传神之笔。"这个答案颇为"想当然"。关于第二点，某招考资料上说："'犹有'更好。'犹有'二字自然道出却出人意料，去年系舟的痕迹还保存到现在，说明在此停留的旅客不多，进一步传达出了诗人那种孤寂怅惘的心绪。"与我们刚才讲过的，出入太多。

当然，需要告诉大家的是，这两首小诗，我们既要谈其精妙，还要进行细致的比较。但两首诗不存在优劣的问题，只存在风格上的不同，思想情感上的不同。所以谈论"应有""犹有"哪个更好，究竟有些为难人了。

【读法链接】

〔附〕今人有关点评

《宋诗鉴赏辞典》评王诗：客舟、孤帆、江水、月色、小店无灯，枯树倾侧，这一切构成了一个凄迷寂寞的境界。第四句笔锋忽然一转，正面写出诗人的感想；既为曾经之地、旧识之物，那么，为什么不能找到我去年停泊时的系船之痕？"应有"二字，十分武断，看似无理，实则表达了诗人在孤寂愁苦中力求开拓的一种心情。同时，又告诉了读者：大江日夜奔流，过去的一切早被冲刷得干干净净。所云"应有"，其实正是"必无"。因为从反面落笔，诗中的感慨才更深一层，回味才更为隽永。

《宋诗鉴赏辞典》评方诗：这里是"野店"，不是大的集镇，人家不多；而且为了方便行旅，必定临溪而设，所以极易望见。"无灯"，并不是说没有置备灯火，而是说没有点灯，野店固然简陋，但既是客店，也不至于连一盏灯也不置备。这里有两层含意：一是表明这个夜晚还没有客人，可见这里平常客人稀少；二是表明入夜已久，主人以为不可能再有客至，所以并未点灯，正准备关门睡觉。"欲"字下得很妙，它表明门将闭而未闭。如果已经闭门，则敲门叫门，会给投宿者带来许多麻烦；正是在这欲闭未闭之际，才使投宿者感到欣喜。（上海辞书出版社1987年版）

晁端友《宿济州西门外旅馆》

晁端友（1029—1075），宋代诗人，一作端有，字君成，济州钜野（今山东巨野）人。仁宗皇祐五年（1053年）进士，知上虞。熙宁年（1068—1077年）间为新城（今富阳新登）县令，有善政。工诗词，为人淳朴耿介，见官府有不便民之处，辄上书论列。深得苏轼和黄庭坚称赞。从仕二十三年，改著作佐郎以没。其子晁补之，为"苏门四学士"之一。

【诗词品读】

一

宋代诗人晁端友的《宿济州西门外旅馆》，诗虽短小，却很耐咀嚼。

寒林残日欲栖乌，壁里青灯乍有无。小雨愔愔（yīn）人假寐，卧听疲马龁（hé）残刍。

先看首句"寒林残日欲栖乌"。寒林，应该是秋冬时候，林子冷，环境很清冷。从诗题看，作者所投宿的是一个小旅馆，在"济州西门外"，应算是在郊区，几乎还是荒野；当然不像今天的城市郊区，大体"人烟阜盛"。在诗作里，诗人路边偶遇这一两个旅馆，却被寒林包围，环境很是凄冷。残日，不讲落日，是因为太阳西沉，还剩下那么一点点，且渐行渐消，令人愈感惨淡和寒冷。欲栖乌，这个"乌"一般是指乌鸦，欲是要的意思，栖乌，就是归巢栖息的乌鸦，本来是"乌欲栖"，为了压韵或为平仄的需要，改变了一下位置。整句意思说，在天气如此清冷的时节，残阳渐渐西沉，乌鸦们要回巢穴栖息了，而人呢？也终于在这深林里寻得了这么一家低矮的小旅社。

"壁里青灯乍有无"。这个"壁"是指旅馆房舍的四壁，言"壁"则说明旅馆简陋到什么都没有，唯有清寒的"四壁"立着。青灯，就是油灯，光线青荧的油灯，在前现代社会意识里，像"青灯""黄卷"等都是富有古典味的意象；当然，要明白，青灯是很凄冷而荒凉的意象，往往借指孤寂、清苦的生活。特别是在一些古典小说里，破庙里，青灯下，夜读发黄的书卷，格外有一层黯淡凄凉的况味。

可能还有同学不甚理解，关于青灯再说一点。所谓青灯一般讲，灯火的光色发红，但这个光亮很小，光线很暗，原因是灯头很小，与火炬有天壤之别，其光色线很淡，所以叫青灯。青，当然含有冷色调的意思。古代的小油灯都很暗，从远处看灯光，灯火昏昏，呈青白色。而在这样的小旅馆里，一灯如豆，灯影幢幢，加上馆舍徒壁，又兼诗人孤身一人，如此环境，如此情境，可谓萧条惨淡。

所谓"乍有无"，乍是猛然的意思，有无指灯火闪闪烁烁，好像一会儿有一会儿没有，大概因馆舍条件差，门窗封闭不好，夜晚有冷风吹进。所以，在这样的一个环境里面，诗人的内心当然好不起来。本来，傍晚的路是回家的路，可是羁旅在外的诗人却要奔走天涯，并忍受着与亲人分离的痛苦。你看，傍晚时分，连乌鸦等禽鸟都知道归巢栖息，何况是人呢！现在，诗人羁旅在外，仍然一如既往地只身于乡野的一个破旧的小旅馆内。而客居如此，残破何堪？当然，还要知道，即使是这样一个残破的旅馆，也还可能是诗人经受了种种旅程的艰难才到达的栖止之所呢。所以这惨淡的夜色外，还有一份隐忍不显的艰辛在。对此，又让人情何以堪？

前两句以景抒情，渲染一种孤凄的羁旅环境。

再看，"小雨愔愔人假寐"。所谓小雨，当然不是春雨，而是深秋或是冬日的冷雨。在此寒冷的时节下起来更糟糕。这是什么时候的小雨？从前面"残日"看，应该是夜里所新下，环境明显更趋恶化，正是：人生的遭遇，没有最坏只有更坏。这次小雨是指向次日的，暗示了未来的行程将更加艰难。今日有太过先进的人工化柏油马路、水泥路，但是在古代，你走在泥泞的马路上，身上是湿漉漉的气息，甚至全身都潮透、凉透，然而还要艰难前行，甚至有可能还要赤着脚，其旅途的艰辛，现在可能都难以想象了。所以，有时候我们阅读古代的诗卷或是文卷，往往恍若隔世。愔愔，幽深、悄寂的样子。雨虽然下得小，细细无声，但发生在夜里的这场小雨，起初诗人并无所知，可读者是全知者，不禁暗暗地担忧起来。

这秋冬的"小雨"，别看它小，淅淅沥沥地下不完。一旦下起来，有时候真是"淫雨霏霏，连月不开"，多让人牵肠挂肚啊。而诗人（或者说诗中的抒情主人公）呢？他正和衣而睡，即所谓"假寐"。假寐，不是睡，是打个盹儿，或眯一会儿眼。何以如此？有过生活经验的人都知道，人在疲乏太过的时候，并非想睡就能睡，脱衣上床睡觉倒适得其反——这是人到中年时，经常出现的情况——于是只得"和衣而睡"。

第三句的环境渲染，更让人增添了对行旅艰难的体认和对未来的担忧。

第四句，"卧听疲马龁残刍"。卧听，前面是"假寐"这里是"卧听"，肯定是打盹儿醒过来后，诗人担忧着未来的行程，再也无法入睡，但还是将身子放下，躺卧着。这夜寂静极了，只有淅淅沥沥冷雨的轻微声，还有隔壁所传来的坐骑吃草、反刍声。龁,是咬的意思;刍,喂牲畜的草料,残刍指还剩下的一点草料。行旅之中,"人"既困而"马"免不了也是疲乏。这马也是走了一天的路,且还是背人驮物,当然比人累得多,现在是又饥又饿又乏,但饥饿驱使着它要不断地吃下去,可吃草料又太少,一点残渣都不放过,不过毕竟是太过疲惫了,所以"有一搭没一搭"地吃两口,间歇一下,再吃一点,然后又睡着了。等过一会儿醒来,又来几下子。而不像平时吃草料时,很有节奏,很有咬力,即使在反刍,也很清晰、有顿挫。而在此荒郊野外,夜寂无声,这个细碎的声响,反而闹得动静不小,又让诗人更加难以入睡。这行旅之窘迫,真是无以复加。

这首诗,所写的是诗人在旅馆里独特的感受。他将所见所闻,融入他的凄苦生活和漂泊的羁旅。通过反复渲染,诗人将"艰难"二字作了非常具体的诠释:行程艰难,路途茫茫,归家无期,孤苦清寒,破馆夜雨,人困马乏,愁苦不眠。至于明天如何行动,还有多少路程要走,艰难几何,诗人都没有说,但在读者都是可以想象的。

【问题聚焦】

二

下面看看相关的一些小问题:

问题一,诗中的"乌"和"马"两个意象有何作用?"乌"和"马"倾注着诗人的感情。乌鸦暮投林,而诗人却暂时无家可归,只得寄身旅馆,这是反衬。而马呢,和诗人一样,疲惫不堪,这是正面衬托,这是正衬托诗人奔波劳顿、疲惫不堪。所谓一正一反,都为强化抒情的主体服务。

问题二,叶梦得是诗人晁端友的外甥,他在《石林诗话》里把他舅舅诗作的三、四两句做了改动,第三句作"小雨愔愔人不寐",也就是将"假寐"改成"不寐",这样改动好不好?我以为改动相当不妥,这一改就改掉了原来诗作主体("人")极度疲乏的状态。人极度疲乏,太累了要打盹儿,一改则将原来诗歌真实的描写也改掉了;再则,这样一改,似乎是将诗歌虚化,这是"为作诗而作诗"。原作第四句"卧听疲马龁残刍"也变成"卧听羸马啮残蔬"。羸马是瘦弱的马,瘦弱的马和疲惫的马,很显然不一样。还有后面,叶还将晁的"龁残刍"变成了"啮残蔬",龁是咬的意思,啮当然也是咬,差别似乎不大,可能只有平仄上的区别。至于"残刍"与"残蔬"之间的变动,前者可能更见草料的稀少,而后者却见不出,而且还让人产生何以是用"菜蔬"来喂马的疑问。总之,这三处改动都有问题。

<h2 style="text-align:center">三</h2>

关于"青灯"意象,再补充一点。

"青灯"在这里,似乎有气无力,说明环境很糟糕,但是,陆游有一首诗写"青灯"就很有意思。有两句话,如下:

白发无情侵老境,青灯有味似儿时(《秋夜读书每以二鼓尽为节》)

这里关于青灯的意象,它要根据特定的语言环境作出相应的解释,不能刻板地照抄字典。其实字典的解释一般有不少条目,至于哪一条恰当,还需要读者作精细的选择。陆游这首诗里说,人老了,头发也染白了,似乎回忆就成了人生的常态,于是很自然地想起儿时的情形。似乎越老,而回忆儿时的情景就越真切。

这里的青灯,灯火不大;而灯火,烧到一定时,灯心里就结了疙瘩,必须把疙瘩挑掉,这就叫挑灯。这里是说,面对青灯觉得很有意思,就想起小时候的情形。人在小时候一般都很好奇,顽皮,好动手动脚。对于诗人来讲,面对青灯,想起了儿时的很多有趣味的事情,他觉得有味道,不再像现在这么凄苦疲乏,以及无力了。

【读法链接】
〔附〕今人和前人有关点评

《宋诗鉴赏辞典》:这首诗写诗人羁旅之中感到漂泊无定、前路茫然的感情,寓情于景,颇具功力。以物寓意,自然贴切。诗中的"乌"与"马"既是实景,又倾注着诗人的感情。诗人将这两物摄入诗篇,是有含义的。乌鸦暮投林,而人却无家可归,只得暂栖旅馆。疲马夜不眠,犹如人夜深仍然难寐。以景明情,含蓄蕴藉。诗人以残日的余晖,青灯的微光,小雨的细声,疲马的啮刍等自然之景,形成一种幽寂、空漠的意境,从而烘托出他的心情。(上海辞书出版社1987年版)

苏轼评晁诗:温厚静深,如其为人。(《晁君成诗集引》,《东坡集》卷二十四)

陆游《看梅绝句（五）》

陆游（1125—1210），字务观，号放翁，越州山阴（今浙江绍兴）人，南宋著名诗人。少年时即受爱国思想熏陶，高宗时应礼部试，为秦桧所黜，孝宗赐进士出身。中年入蜀，投身军旅生活，官至宝章阁待制。晚年退居家乡，但收复中原信念始终不渝。诗歌今存九千多首（为现留诗作最多的诗人），内容极为丰富，后人以陆游为南宋诗人之冠。诗风雄浑豪放，有"小李白"之称。著有《剑南诗稿》《渭南文集》《老学庵笔记》等。

【诗词品读】

一

陆游的《看梅绝句》是一个系列，一共有5首，是诗人在绍兴二十四年（1154年）冬，在山阴所写。从诗作来看，它并无描形赋物的痕迹，也无直接的托寄之意。那么，究竟要表达什么呢？

陆游，我们知道他是爱国词人，一生都存报国、抗敌志愿。最为典型的，莫过于他晚年的《示儿诗》"王师北定中原日，家祭无忘告乃翁"，可谓至死不忘故土的收复。但我们知道，陆游还有很多面，比如他也多情，也忧愤，也有轻狂的一面，等等。以这轻狂为例，可能与其为人豪爽，以及所谓排遣自身抑郁不得志有关。当然，人老了，看得开了，因而可以为人嬉戏一回吧。

下面就看看陆游的《看梅绝句》之五。

老子舞时不须拍，梅花乱插乌巾香。尊前作剧莫相笑，我死诸君思此狂。

先看首句"老子舞时不须拍"。老子，老年人自称，唐宋人中较常使用，犹老夫；但这里总觉得有点倚老卖老的感觉，大概古人比较直爽，也很有情趣，虽然言语粗俗了些。另外，陆游为人豪放，人年龄大了，仍然可以跳舞，居然像今天的一些少数民族老人一样，跳舞时不需要打拍子，也可以跳得很好，令人称奇，而他自己似乎也颇为得意。拍，是指节拍，打拍子。

"梅花乱插乌巾香"。乌巾是一种帽子，关于插花，唐宋时代男子头上比较常见。比如杜牧《九日齐山登高》诗就有"尘世难逢开口笑，菊花须插满头归"之句，又如邵雍《插花吟》诗也有"头上花枝照酒卮，酒卮中有好花枝"等句。而本诗次句所插"梅花"，则又兼而点明了诗作的具体时间，冬季。乱插，可能因为跳舞者多，喜欢的人多吧。当然，"乱"字也说明诗人的随性。

"尊前作剧莫相笑"。尊就是酒杯，作剧就是嬉戏，莫相笑就是莫笑相，即"不要笑话我"之意。相，兼指代，这里是自称。这句是说，喝喝酒，做做游戏，嬉戏一番，你们不要笑话"我"，不要讲"我"老头子很失态，甚至有点老不正经啊。或者酒喝多了，真的失态，像个醉翁一样，但意志力还是可以控制的，所以说你们也"不要笑话我"。"我死诸君思此狂"，在座的各位，到时候你们可能要想我的，就因为当年还有那么一个小老头，醉狂舞蹈，应该是很突出的。"狂"是什么意思？一则玩得尽兴，"疯"的意思；二则不拘世俗，比较放纵情性；三则虽然老了，但舞姿依旧刚猛，气势猛烈；第四，确实有那么点癫狂，超出一般。

当然，这个"狂"字，还有其政治学上的意义。何谓狂？孔子在《论语·子路》里说："不得中行而与之，必也狂狷乎。狂者进取，狷者有所不为也。"所谓狂者，就是情绪很愤激、很激昂的人，很激进甚至有点偏执（像"疯子"）的人。后来何晏在《集解》引包咸的话说，"狂者进取于善道，狷者守节无为"，邢昺再进一步解释道，"狂者进取于善道，知进而不知退；狷者守节无为，应进而退也"。后来，朱熹讲得最明白，他在《集注》里说："狂者志极高而行不掩，狷者知未及而守有余"。通俗地讲，狂者就是刚猛激进者，狷者就是洁身自好之人。前者往往是一个理想主义者，而后者则是一个淡泊主义者。这两种人，都很可贵难得。

再看陆游的"狂"。即使人老了，他仍然还是年轻的劲头，不要欺负他老，老了还是那么有激情。我们看他跳舞，有一种自动的节律，不需要别人打拍子，仍然跳得那么好。另外，也像年轻人一样赶时髦，头上也插了很多花，也与大家喝酒时一道开玩笑，这些都说明他还是那么激情旺盛啊。

当然，将这首诗作，解读为诗人借酒"放浪形骸"，以发泄其壮志未酬、报国无门的郁闷，亦无不可。而这，也是一个"狂者"题中应有之意。

【诗词品读】（续）

二

当然，酒是感情的催化剂，也是人际放胆的解压包。日常生活中不能或不便表现的，在数杯酒下肚之后，就可以借着酒精的作用力，而将自己灵魂深处遭受严重压抑的憋屈尽皆释放出来。作为一个激进的爱国者来说，陆游似乎更需要这种酒力的作用，从而将他苦痛的心魂从备受煎熬的摧折中恢复过来。这时候，叫喊几声是没有问题的，谁都不会在此时计较什么。正因为如此，诗人获得了短暂的遗忘和快意。

他晚年闲居在家,还有一首《醉歌》诗:

百骑河滩猎盛秋,至今血渍短貂裘。谁知老卧江湖上,犹枕当年虎髑髅(dú lóu)。

写他酒醉时,将当年带人打猎所获的猎物——老虎的头骨当枕头用。那次打猎是在深秋,围捕的对象居然是兽王老虎。战士们将老虎逼迫到河滩,兽王被迫背水一战,但诗人没有退缩,双方经过惨烈的较量,最后是血溅貂裘,杀死了猛虎。想必上面除了老虎的血汁,一定还有自己的鲜血。这个围猎的行动,足以说明诗人不是脓包,不是那种手无缚鸡之力、一遇危急即抱头鼠窜之辈,而是完全可以冲锋陷阵、格杀顽敌的。

现在,头枕着虎头骷髅,情形颇有些令人恐惧,然而,稍稍知道的人都会理解,都会对英雄报以深深的同情的。无论一个英雄有多大的臂力,也无论他多么豪勇,只要他投闲置散,被排挤到权力和决策的边缘,就是最冰冷的"江湖"之现实,纵使他再有勇毅和谋略与忠心,都不会在当权者的视线之内。如此现实,自然是对一个爱国者的深深的伤害。他的失意,他的哀愁,无不说明一个国家极度不正常。而那只虎头骷髅,也不过是一个死的玩物,并无实际的任何用途,只是不过老英雄聊以自慰的玩具而已。

整个的情形,一看一想之间,似乎觉得颇有那么点儿滑稽,连同"老卧江湖"四字,其背后,则是浓深的荒诞。这就是一个国家的低智力和小胆识的现状。而现在,最不能忍受的,是日复一日的虚耗,"老卧"二字则揭示了多少的摧折、叹息与悲哀。

但是,尽管如此,既然蹉跎岁月在所难免,面对爱国贼们的打击,爱国者们还是要活下去。那就按剑以当阵,枕虎以砺志吧。就将后半生的人生舞台设置在这"江湖"吧,将过去的豪勇的、已经虚化为道具的证物与纪念品拿出来,时时过目,经常演绎,在烈酒和记忆的作用下,保持着心中那一份不灭的壮志,并时时用这猛虎的头骷髅来寄托豪情、提醒自己吧。

虽然,经历了人生战斗生活的虚实大颠倒,但是一位老战士的豪情仍在,他还是那么虎虎有生气,还是那么令人精神振奋。这是读者读罢最深刻的印象。

【问题聚焦】

三

下面看看陆游《看梅绝句》之五的有关问题:

问题一，本诗最后一句"我死诸君思此狂"，在另一个版本中是"我死诸君思此生"，这两个字有何差异？就全诗理解来说差不多，但具体理解起来，还是有一点小小的差别。"狂"与"香"，前者在诗歌中可能更压韵一些，更加铿锵有力，更加自信，更加有激情，也有自负感，也更加直截了当，所谓活得轰轰烈烈。从形象上看，可以是诸如目光如炬，精神健朗矍铄之类，颇能揭示一个人的精神生命力的。

问题二，在《示儿》《书愤》中，陆游是什么样的形象，在本诗中他又是什么形象？这两种形象是否矛盾？如此发问，其实就暗示了这两个形象有所差别，略微有所不同而已。当然，也可以回答一样，自然也没有问题。《示儿》《书愤》中的陆游，是一个报国无门的凝重的爱国者形象，诗歌显得悲情。而在本诗中，"陆游是一个打破规则，放浪形骸，一个狂者形象"，有旺盛精神生命力的形象。当然，另外，有人说也可以将他"视为一个很疯的老顽童"。这种理解可能不好。还是将他理解为一个进取的狂者形象比较好些。人要活着，在世间要有所寄托、有所追求才是。这两种形象是否矛盾，应该说，两种形象看起来矛盾，实际上并不矛盾。强烈的爱国情感是陆游精神生命的支撑，而陆游看似放浪的举动，一方面表现了他积极乐观的一面，另一方面，却也是他排遣其不得志的表示。

【读法链接】
〔附〕前人有关点评

《词林纪事》卷十一：

《剑南集题跋》：孝宗一日问周益公曰："今代诗人，亦有如唐李白者？"益公以放翁对。由是人竟呼为小李白。

《宋史》本传：游常自称为龟堂老子。

《耆旧续闻》：陆放翁官南昌日，代还，有赠别词云，"雨断西山晚照明，悄无人、幽梦自惊，说道无多时也，到如今、真个阔行。远山已是无心画，小楼空，斜掩绣屏。你嚎早收心呵，趁刘郎、双鬓未星。"又闲居三山日，方务得侍郎携伎访之。公有词云："三山山下闲居士，巾履萧然，小醉闲眠，引风飞花落钓船。"并不载于集。

刘潜夫云：放翁稼轩，一扫纤艳，不事斧凿，但时时掉书袋，要是一癖。

黄花庵云：范致能为蜀帅，务观在幕府，主宾唱和，短章大篇，人争传诵之。

蒿芦师云：南渡后，唯放翁为诗家大宗，词亦扫尽纤淫，超然拔俗。

沈周《栀子花诗》

沈周（1427—1509），明代杰出书画家，字启南，号石田、白石翁等，长洲（今江苏苏州）人。一生家居读书，吟诗作画，优游林泉，不应科举，专事诗文书画，是明代中期文人画"吴派"的开创者。与文徵明、唐寅、仇英并称"明四家"。其人平和近人，"贩夫牧竖"向他求画，亦从不拒绝。文徵明称之飘然世外之"神仙中人"。传世作品有《庐山高图》等。

【诗词品读】

一

栀子花，花形很大，花浓郁芳香，过去妇女常常采摘来戴在头上，显得很香美。在黑色的发髻上，白色的栀子花也很显眼。

《栀子花诗》，作者沈周，明代画家，被称为吴门画派的领袖人物。沈周这首诗歌作得很精巧。

雪魄冰花凉气清，曲栏深处艳精神。一钩新月风牵影，暗送娇香入画庭。

首句"雪魄冰花凉气清"。栀子花洁白色，像冰像玉，所以这里将其比喻为"雪魄""冰花"，显其玉洁冰清。凉气清，因为它开在天气渐热的5～7月份，其冷色调让人感到一丝凉气；又，从诗作第三句可知时间在夜晚，所以会让人感觉到它的清凉之气。另外，晚上所散发的香气与白天所散发的也不一样，它幽香、沁凉。

再看次句"曲栏深处艳精神"。曲栏，古代的建筑，家庭的庭院都是曲折幽深的。曲栏深处，就是在曲栏很幽深的地方，光线很暗，因为这种花树本身就是喜阴植物，这里点出栀子花生长的地点。"艳精神"，艳，色彩鲜明，因为栀子花开起来很多，而且花型很大，在幽深暗淡的背景下，它的洁白显得很突出，所以给人很鲜明的感觉。"艳"字后面带了"精神"两个字，说明栀子花的长势很好，花数花形以及个头都很丰硕，在曲栏深处暗淡的背景里似乎像明亮的星星。

开头两句从形色及内在方面，正面凸显了栀子花的气质和精神。而后面两句是设置一定的情境来表现栀子花的风神。

第三句是"一钩新月风牵影"。新月用钩，描摹其弯。这时天上的月亮还是小月牙，在绘画上富有画面感。而一钩新月，光影也显得比较朦胧。风牵影，风怎么会牵动影子呢？这当然是拟人化的说法，风吹过，会物晃影动，而风停则影止。再说，一钩新月，夜色朦胧，微风过处，栀摇影动，姗姗可爱。于是，一钩新月下的栀子花的情态，就是画家画框内的一幅缥缈神秘的画景。

当然，假如栀子花说"我要上画，我要上画"，如此说法不是太过俗白，就是太过小孩子耍赖的习气，诗人是不做的。而此时，作为画家的诗人正在画庭里作画，他所绘出的品类多了，他会在意幽暗角落里的那丛栀子花吗？作为颇具影响力的大画家，他不可能随意作草以赚取什么利润，越是有名气，越会珍惜名声。此时，他可能更仰仗于灵感，需要偶然因素的催发，所以要入得了画家的法眼，得有非常的情境才行。而此时的栀子花似乎很有情味，也很人情化。然而，画家也许不知道，此时的栀子花也像多情的女子，就像《聊斋志异》里的那些多情的妖狐鬼魅，它们会有很多的手段和身姿来吸引画家注意的。要知道，大画家很挑剔，明手勾引一定不够奏效。而对栀子花来说，它也不愿做卖弄风情的女子，但它仰慕画家。它丰姿绰约、含情脉脉，但又有点开放，所以又有点做作而不甚夸张，它尽量将做作隐于含羞。

有一天，就是这一天晚上，当天气有些微热，一弯新月在天，诗人注意到了。他还看到了，在曲栏深处那一丛长势精神的栀子花，并且还点头赞许了一番。就在这一瞬，给了仰慕画家的栀子花一个惊喜，它终于迎来了一个机会，它不失时机地"推销"了自己。我们看，"暗送娇香入画庭"，暗送，是偷偷地、悄悄地，将那么一缕微香送过去，过一会儿，再送去一缕，假如还不行，再送一丝。它感到，香气不能过于浓艳，一浓艳就俗气了。假如用"熏"香袭人，不符合它行事的风格，太过放肆，太过霸道，也太吓人。它想着，还是借助于这夜晚的微风吧，由风儿时不时地送来一款幽微别致的花气。

结果大家知道了，它是挠到了画家的痒处。似有似无，似近而悠远，于是，终于引起正在作画的大画家强烈的迷恋。也许，可能就是那一阵暗香飘来，那种清香，冲淡了夏日的热气，沁人心脾，醒人耳目，让是诗人的画家深感舒惬。"嗯，我得瞧瞧。"于是诗人放下了手中的画笔，他嗅着闻着微香，顺着香线一点点地捋着，终于，他在朦胧的月色下，窥见了在"曲栏深处"颗颗像天上星星的栀子花的神韵了。

在那么一个宁静的夜晚，就是因为有一缕清香飘了过去，显现了风骨与多情，还有婉约与含蓄的风情，从而引起了诗人的注意，他终于重新审视眼前这丛栀子花，他不得不赞叹它丰姿绰约、冰肌玉骨的神韵，就像庄子《逍遥游》里那个藐姑射之山上"不食五谷，吸风饮露"的神人，她"肌肤若冰雪，淖约若处子"，有精神，显高雅，但同时又是绝世艳极。

这就是画家兼诗人的沈周先生一次精神的艳遇，这首诗也可以说是一首艳诗。但本诗写得很巧妙，还很含蓄。这是读者要注意的。

【问题聚焦】

二

下面看看关于本诗的有关问题：

问题一，栀子花为常绿灌木，夏季开花，首句为什么会有冰雪之喻？主要是由于栀子花的花型、花色，所以将其魂魄比喻为冰雪所铸，突出栀子花给人带来的印象与感觉。

问题二，诗的后两句尤为奇妙，历来颇得诗歌评家的青睐，试作简要赏析。有人说，"诗歌运用了拟人的手法，形象地写出了栀子花的在夜晚的风情，一牵一送，夏月微风的情态可掬，说影说香，栀子花的魂魄大有飞动之态"。说"飞动之态"可能失当。这首诗是抓住"精神"二字来理解，应该更妥当些。另外，我们看，最后两句构成了一幅美妙的画面，一钩新月，暗香浮动，视觉嗅觉相结合，营造了一个幽美恬静的意境。

【读法链接】
〔附〕今人有关点评

《元明清诗鉴赏辞典》：诗的后两句尤为奇妙，因栀子花冰雪形质，故当一钩新月初上之际，这花魂便展开了轻盈的双翅，飞离了曲栏，要把自己的娇香，附在自己的俏影上，传向诗人所坐的如画的华庭。此时，夜风也知情识趣了，它眼见花魂欲飞不能的娇态，便悄悄伸出无形的手，把那新月下淡淡的花影轻轻牵住，送向它想去的地方，让它的香气、凉气，弥漫于曲栏、庭院，弥漫于整个夏夜。这两句意境极幽美，措词亦清新优雅，一"牵"一"送"，夏月微风的情态可掬；言"影"言"香"，栀子花的精魂大有飞动之态。不过，"画庭"二字，还觉可再斟酌，盖与全诗的氛围不协。（上海辞书出版社 1994 年版）

李中《钟陵禁烟寄从弟》

李中（生卒年不详），字有中。唐五代南唐陇西（今甘肃东南）人，一说九江（今属江西）人。南唐昇元六年（942年）与刘钧等读书卢山国学。显德年（954—960年）间，周世宗征南唐，被俘获，接受新命。显德六年（959年），获允弃官归南唐。北宋乾德初（963年）任吉水（今江西省吉水县）县尉，历官新喻（在今江西新余）等县令。开宝五年（972年）官淦阳（在今河南安阳）宰。工于诗，人称其诗如方干、贾岛。著有《碧云集》三卷，《全唐诗》录其诗四卷。

【诗词品读】

一

下面看看李中的《钟陵禁烟寄从弟》诗。

首先解题：钟陵，在今江西进贤县西北，即南昌一带。从弟，就是堂弟。禁烟，犹禁火，指在寒食节禁止烟火。烟是烟火，寒食节那一天不生火烧饭，吃冷食，所以又叫寒食。今天寒食节几乎和清明节合二为一。这个节日极为古老，与远古时人类对火的崇拜有关，但春秋时期晋文公重耳纪念曾与他流亡的贤臣介子推的故事，在寒食节最著名。后世，寒食节逐渐演化出丰富的习俗，诸如春祭、上坟、郊游（踏青）、斗鸡子、荡秋千、打毬、牵钩（拔河）等，成了民间春季一个重要节日。

从这个介绍可知，一则寒食节以春祭有关，来寄托一份悠远思念的情感，表达一份慎终追远的思想；二则以可能与春祭相关，演化为民间家庭、亲族春季聚会娱乐的一个大型活动，对于敦睦亲族、协调人情较有作用。《钟陵禁烟寄从弟》这首诗，可谓兼而有之，写出了诗人内心的愁苦和对亲人无限的思念。下面就来解读它：

落絮飞花日又西，踏青无侣草萋萋。交亲书断竟不到，忍听黄昏杜鹃啼。

看首句"落絮飞花日又西"。落絮，所落为柳絮；飞花，所飞为杨花，其实两者基本是一个东西，就是像小棉絮样的絮状物，它们从树上飘落下来，又被风吹走，飘散得到处都是。古人有感春天匆匆，而柳絮又在烟景最盛的春三月，盛极而衰，于是纷飞的柳絮就成了伤春寄情的一个典型物象。眼下，这种落絮飞花，又让我们感觉到春天已经差不多完了。春天是美好的，但美好的所在又很快将逝去。于是，落絮飞花，我们所看到的，满眼好像都是厚厚的一层愁思。还有，"日又西"，太阳又西斜了，太阳落山，总会引起我们心中很落寞、很感伤的乡关情绪。而"日又西"这一"又"字,其孤寂难耐之情便更加凸显,甚至可以用"煎熬"两字来形容。首句情景渲染,显得极为感伤。

再看次句"踏青无侣草萋萋"。侣,伴侣;无侣,一个人踏青,显得有些落寞。本来,踏青是一个群体性的户外迎春活动,既与祭祀、农耕又与婚姻还与人际交流等密切相关,带有相当的凝聚性和娱乐性。而此次一人出游,确实显得较为落单。而"草萋萋",草长得很茂盛,则显示了大好春光,但在此恰恰形成了一个反衬,一个醒目的刺激,也就是春草的长势与人的精神的黯淡形成了强烈的反差。草越盛则越刺激人,而人越萎则越不愿意待见草势的旺盛。这是一种最为典型的,也是最为常见的复杂心绪。当然,"草萋萋"还有别解。我们看,青色的草,绿色的草,相对于黄色、红色来说,系一种冷色调,显现忧郁的一面,所以满眼所见,心头的抑郁之情就难免会油然而生。

小结一下前两句。诗人内心的孤独和愁苦与乡关之思,就通过两层物事的渲染而表达了出来。

再看第三句"交亲书断竟不到"。交亲,谓亲戚朋友,亦谓相互亲近、友好交往;书,是指家书。这句潜在的意思,家书好像理应可以送达,而竟然无法交付出去,这恐怕是与当时的战乱关系甚大。南北连年战乱,亲人离散,朋友远别,生活上极不如意,在此情形下,除了震惊也许只有无奈。这一句诗与其余三句不同,是诗人唯一直指情事、凸露峥嵘的地方,如此用笔,用意集中而情感深沉痛苦。《唐才子传》说李中的诗"工吟",有不少好句,都是"惊人泣鬼之语也",可以说他在作诗修辞上是很用心的。

末句"忍听黄昏杜鹃啼"。忍听,就是怎忍心听、不忍听到的意思。杜鹃啼,古人古诗里提得最多的古典意象之一,那一句句从深山老林里传出来的杜鹃的"不如归去,不如归去",曾经让古往今来的多少代人都为之感伤、为之落泪!一定要回去,不能再待在那备受煎熬的深山老林里,那种强烈思家的激烈的情感,几千年下来,还是那么触目惊心!这一句,诗人没有直接抒发归思的强烈情感,而是融情于典,或借景抒情(就当着是野外实有发生的杜鹃啼,而此时也确实有这种啼鸟的鸣叫),含蓄深沉地表达出了诗人强烈的归思。

今天,虽然已经消失了一部分古典的环境,也许"杜鹃啼"我们很多人已经无法理解,但是,只要离别还存在,只要亲人、亲友之间的感情还存在,那么,归思之情就不可避免地要发生。是啊,只要你离开家乡了,千丝万缕的、牵肠挂肚的思念就一定会产生。何况，在这样一个暮春时节，此情此景，已让人心里感伤；又何况"交亲书断"，在期望与失望交替中不断增加的无法言说的痛苦呢！

【问题聚焦】

二

下面看看有关的问题：

第一，"一切景语皆情语"是王国维所说，试对诗歌的"落絮飞花"和"日又西"加以分析。落絮飞花，描绘了柳絮漫天飞舞、飘忽不定的情景，实际上就是诗人自己漂泊无定的写照，由此寄托了诗人远离亲人的飘零之感。再看"日又西"，中国人向来强调"日出而作，日落而息"，陶渊明说"云无心以出岫""鸟倦飞而知还"，早出晚归合乎自然循环的次序。"日又西"着一"又"字，其孤寂、难耐，甚至是煎熬之情，便更加凸显。

第二，试分析诗歌结句是怎样表达作者思想情感的。结句，就是最后一句，杜鹃就是杜宇，古人都用杜鹃的哀啼来表达强烈的思乡。而黄昏时分，杜鹃哀啼，自然引发诗人和读者的哀感共鸣。它渲染了一种环境，含蓄而自然地表达了诗人思乡、难归的情绪。

【读法链接】

〔附〕前人有关点评

《唐才子传》卷十：中，字有中，九江人也。唐末尝第进士，为新涂、淦阳、吉水三县令，仕终水部郎中。孟宾于赏其工吟，绝似方干、贾岛，时复过之。如"暖风医病草，甘雨洗荒村"，又"贫来卖书剑，病起忆江湖"，又"闲花半落处，幽鸟未来时"，又"千里梦随残月断，一声蝉送早秋来"，又"残阳影里水东注，芳草烟中人独行"，又"闲寻野寺听秋水，寄睡僧窗到夕阳"，又"香入肌肤花洞酒，冷浸魂梦石床云"，又"西园雨过好花尽，南陌人稀芳草深"等句，惊人泣鬼之语也。有《碧云集》，今传。

[宋]晁公武《郡斋读书志》卷十八：《李有中诗》二卷。伪唐李有中（著）。尝为新涂令，与水部郎中孟宾於善。宾於称其诗如方干、贾岛之徒。宾於，晋天福中进士也。有《中集》，中有赠韩、张、徐三舍人诗，韩乃熙载，张乃洎，徐乃铉也。《春日诗》云"乾坤一夕雨，草木万方春"，颇佳。他皆称是。

叶燮《客发苕溪》

叶燮（1627—1703），字星期，号已畦，嘉兴（今属浙江）人，清初诗论家。晚年定居江苏吴江之横山，世称横山先生。康熙九年（1670年）进士。初授宝应知县，性耿直不附，十四年，因得罪长官遭罢职，遍游四方。晚年定居吴江横山，世称横山先生，有弟子沈德潜。著有诗论专著《原诗》四卷、《已畦诗文集》二十一卷等。

【诗词品读】

一

《客发苕溪》诗作者叶燮（xiè），是清初诗论家，是当时一位有名的诗人，也是个文学评论家。至于苕溪，诗歌下面有一个注释，说是流经诗人家乡吴兴的一条河流。"客发苕溪"，从全诗看，是写诗人乘舟回家归途所见所闻的一些感人的情形。

人一涉及归乡，无论是大孩还是小孩，无论是老人还是年轻人，特别是快要到家的时候，都有一种急切的心理。刘邦曾经在打击黥（qíng）布叛乱后顺道回到故乡，对他的父老乡亲说："游子悲故乡。吾虽都关中，万岁之后吾魂魄犹思沛。"故乡的情感，非得游子不能体会。

客心如水水如愁，容易归舟趁疾流。忽讶船窗送吴语，故山月已挂船头。

"客心如水水如愁"，要抒发的当然是诗人一种很深的离愁。从后面我们知道，这是一种远行在外的人，对家乡强烈思念的离愁。有人说，这里只要说"客心如愁"不就行了吗？为什么中间还要加一个"如水"字呢？对此，有的诗歌解读说它是讲间接抒情，含蓄蕴藉。但是这样的解释还稍嫌勉强。其实"如水"二字有固定的说法。

关于"如水"的说法及运用，应当说它是古代比较常见的一种语用现象。这里先抄引三个用例，一个是"有如河水"，一个是"有如大江"，一个是"如江水"，看看它们分别各表达什么意思，再稍稍归纳一下即知大致的意思所在。

第一个"有如河水"。《左传·僖公二十四年》里说："及河，子犯以璧授公子，曰：'臣负羁绁从君巡于天下，臣之罪甚多矣。臣犹知之，而况君乎？请由此亡。'公子曰：'所不与舅氏同心者，有如白水。'投其璧于河。"这段文字所记述的事件，颇为生动传神。19年前，晋文公重耳作为花花公子，因国内储君间争斗激烈，被迫出外流亡，其舅子犯等人众一道随行。现在,在秦国武力的扶持之下回国执政,他们就要开回晋国,最后准备渡过黄河时,《东周列国志》记述,重耳把跟了多年的日用器物丢弃掉。在一旁的狐偃,就是子犯很不满,私叹说"未得富贵,先忘贫贱,他日怜新弃旧,把我等同守忠难之人,看作残敝器物一般,可不枉了这十九年辛苦!乘今日尚未济河,不如辞之,异时还有相念之日"。可共患难、难共富贵,似乎是自古以来落难崛起的君臣们的常数。子犯是敏感的人,见重耳抛弃旧物,马上就想到将来的处境,于是将前面秦公所赠白璧送给重耳,并求归退。但重耳已经不是十九年前的那个花花公子,他已经为一位饱经忧患、深谋远虑的政治家。好生安抚之后,说:"所不与舅氏同心者,有如白水。"意思说,"我"与你同心,不可能异心。然后将白璧投河祭神,还发了狠誓并以黄河水作证。"有如白水"不好翻译,但意思就是让滔滔河水来作证吧。

　　第二个"有如大江",见《晋书·祖逖传》:"时帝方拓定江南,未遑北伐,逖进说曰……帝乃以逖为奋威将军,使自招募。仍将本流徙部曲百余家渡江。中流击楫而誓曰:'祖逖不能清中原而复济者,有如大江!'辞色壮烈,众皆慨叹。"祖逖,就是闻鸡起舞的那个人,心怀壮志,自请北伐。时当东晋,他对自己的属众也是慷慨陈词,并发了狠誓说:"如果不能让中原肃清,如果复国不能成功,那就大江作证吧。"这中间也有很多话,意思是"我"决心很大,如果不成功,"我"不会有脸再见"江东父老"。

　　第三个用例"如江水",见苏轼的《游金山寺》诗:"我家江水初发源,宦游直送江入海。……江山如此不归山,江神见怪惊我顽。我谢江神岂得已,有田不归如江水。"苏轼当年所游金山寺,就是镇江的金山寺,该寺过去还是长江的江心岛,现在镇江与金山洲之间已没有阻隔。诗说游金山寺那一天傍晚,诗人看到江心有怪物出现,有火炬燃烧,让他惊心动魄,就认为是江神向他发出警告。于是他向江神致歉并发誓、保证说,"我现在也想归隐,只是迫不得已才出来混迹。如果有一天,我能买得田地,肯定会求退归隐的。江水可以作证!"

　　这三例,都是以水起誓,当然主要都是对水神的发誓和保证。这实际上也是人际的信力的公开宣誓和再三强化。古代诗文中,通过向山水发誓、让山水作证的用例很多,都是用来加强语势和情感,以达到让人信服的目的。

　　再回到叶燮的诗上。"客心如水水如愁",客,当然是诗人自称;客心,是诗人的归思之心。这句诗的意思是说,"我"作为游子的归思是真诚的,不信"我"

可以向苕溪水发誓！还有，"我"心同苕溪，水愁"我"亦愁。当然，最主要的，诗人还是抒发他作为游子的浓厚的乡愁。

二

再看"容易归舟趁疾流"。

这"容易"两个字，放到后面去，其语义才是完整的，亦即"趁疾流归舟容易"。把"容易"提到前面，当然有突出强调，另外还有诗歌句式平仄的需要。从"归舟"两个字可以知道，这是诗人乘舟回家。整句的意思是说，很容易很方便趁着急流回家。其言下之意就是，因为回家的路是顺流而下，且还有急流相送，纵使有些危险，但可以更快地回家。回家与危险相比，诗人归心似箭，即使危险也甘冒，由此可见游子在外滞留之久和对家乡的思念了。

另外，从后面诗句可知，此次返乡的时间是在夜里，行船"容易"是一种感觉。坐在船里，外面罩着船篷，行船突然加快，似乎也轻快起来，于是就有马上可以到家的感觉。而从这个意义上说，"容易"亦有"轻松自在、流畅"的字典词义。于是可以说，因为回乡，心情颇为轻松；而与此相应的是，归舟也是急流而下，毫无滞碍。当然，"容易"一词也是相对于"如愁"而言。客心如愁，心情当然非常凝重；而现在，"归舟趁疾流"，一下子化解了愁思，于是心情的轻松就可想而知了。由此可知，前两句正反相成，写归家及归家的两种变化的心情。

而到诗作第三句"忽讶船窗送吴语"，颇有奇峰突起的意思。

忽，表示意外；讶，惊讶。惊讶什么？可能一开始大家互不认识，有些拘谨；而上了船，各人似乎都只顾着沉浸在快点回家的心境之中，又因为是在黑夜，且在船上休息，所以这一船乘客大体沉默。现在，行船窗外，居然有人对着舱里说起了吴语——家乡话，一下子感到了亲切，船上可能即有一阵不小的"骚动"。乡音最亲最切，一句乡音，一下子就打通了与语言相系的整个的世界。人言为信，语言是最好的交际方式，所以"惊讶"之举是可以理解的。"忽讶"，既是诗人自己的敏感，想来还应该是一船人的敏感，一船可能都是苕溪人吧。本来，大家都还有一搭没一搭地说着官腔拖着官调，陌生的面孔上丝毫看不出有什么变化，虽然一同乘船，而彼此也不会多说什么。没想到，这夜晚，还是船夫忍受不了，到了家乡的地界，结果一哆嗦、一激动，还是情不自禁地冒出了方言。结果可想而知，效应即刻爆发：一听方言随即莫名激动起来，啊，到家乡了？什么，到苕溪了？于是一船乡音，顿时热闹了起来。

方言，有意思，很亲切。不像今天为了宣传和推广普通话，而有意将方言丑化。方言不应该"享受"这种待遇。在相当意义上说，方言才是真正的母语。因为它从语言、心理、习俗、思想及文化等很多方面传递着交流信息，并塑造着思想个性。而方言乃是某一地的密码，一接触自己熟悉的方言，就可以即刻洞悉全部密码。你掌握了方言，那么这个族群的各个方面，都很清楚地展现在眼前。同样，方言也会唤起一种记忆，也很容易、很自动地就和这个语言族群或是部落系统进行心照不宣的交流。所以这里一声吴语，诗人激动了，使平顺的回家情节里陡然出现了波澜。这是一个意外，也是一个有意思的插曲。

　　但是"骚动"会很快停歇下来，犹如传递过一阵心灵的电波。毕竟船上彼此还没有熟悉到可以闲嗑的地步，何况每人都各有思绪、各有打算。但可以相信，很多人都将自己的头颅伸出了窗外，于是眼前最熟悉的一幕看见了——"故山月已挂船头"。这是乡音"骚动"之后的一种极富意味的安静。轻快的行船已经游走在家乡的河道，家乡的月亮已经挂在船头上了！啊，这月，这月色，是再也熟悉不过了！于是激动于心，旋又沉静于景，而含不尽的情也都融进了眼前的月色之中。故山，家乡的山，借指家乡；挂船头，月亮升到船头高，指月亮才刚刚升起。

　　自古以来，诗词写月夜之作汗牛充栋，无法计数，但有一点，月色露头，最能撩人。古人说"露从今夜白，月是故乡明"（杜甫《月夜忆舍弟》），又说"举头望明月，低头思故乡"（李白《静夜思》）；而流传于网络，原明朝属国琉球王庭乐曲《纱窗外》，也唱道："纱呀纱窗外，月呀月影斜，映照梁上，哪得睡着，寂然独坐呀，相思相思，道呀子哟。"这些都充分说明，月色颇能牵动人的情感。现在，家乡的月亮也已露头，回乡各人，心中自有一股激情暗暗涌动。虽然只是银辉初洒，但已足以激动人心了。不是吗？

　　再复述一遍。从发誓，到顺流而下的畅快、惊险与共，再到听到乡音吴语，心头的惊喜；再到月亮初升，激动罩在心头……就这样，诗作一步一步地，将归乡的复杂心情一一激活。这首《客发苕溪》让我们真切地感受到了诗人回乡的一段段心情。

　　这首诗歌抒发的是归家的乡愁，归家的心切，还有归家的愉快与激动之情。归家的乡愁之真，归心之切，迫近之欣喜以及激动，都历历于读者的眼前。正如我们感受到陶渊明回乡的真切一样，"乃瞻衡宇，载欣载奔"，他像个纯真的孩子；而在这里，清初的叶燮，其归乡的心情，也显得那么真切可触。所谓大诗人者，唯其有赤子之心也。

【问题聚焦】

三

下面看看有关问题：

第一，诗歌首句"客心如水水如愁"是如何表现愁的？按照我们来讲，第一个就是用起誓的方式，说明乡愁之真，也就是说，"我"的愁不假，是真诚的。第二，"水如愁"，苕溪水也好像含着愁思，以拟人之笔写出了诗人含愁之深，间接地抒发了诗人作为游子浓厚的乡愁。另外，也可以理解为，人愁同溪愁，水势浩大而其愁幽深而长。

第二，诗歌的下联表现了诗人怎样的心情？下联是写诗人所乘船到家乡溪流的那一段感受，先是听到了方言乡音，连诗人都感到很惊讶，此举说明船行之快，更说明家乡已到，回家在望。因而可以见出，那种激动都还未及做好准备，所以是惊讶。后面，"故山月已挂船头"，这是诗人所见之月，关键是自己熟悉的家乡之月，因而更是充满了激动和喜悦，因此回家的期待更显强烈了。而月在船头，既是温馨又亲切，更是一种乡关的保证。

【读法链接】

〔附〕今人有关点评

《元明清诗鉴赏辞典》："客心如水水如愁，容易归舟趁疾流。"写出一种特殊的旅况，即行者归心似箭，而行程又一帆风顺，不是"三朝三暮，黄牛如故"，自豪杌只是一个"快"字。首句两个"如"字写出两个比喻，有顶针之妙，还有回文之妙：客心就是客愁。"客心如水水如愁"便是客愁如水，水如客愁。两个比喻中，本体、喻体互换，大有不知愁多还是水多，不知愁长还是水长的意味。这就把"问君能有几多愁，恰似一江春水向东流"（李煜）、"无边丝雨细如愁"（秦观）两种意思熔融一句之中。读下句，读者还会发现上句的取喻，还有不知客心与水孰快一义："容易归舟趁疾流。"客子归心似箭，本来迅快，而苕溪水流似更迅快，所以"归舟趁疾流"大有顺利之感。真"乘奔驭风不以疾也"（郦道元）。

《清诗鉴赏辞典》：诗一开始，没有用浓墨重彩去渲染、描写"客心愁"，而是连用两个比喻将"愁"字托出。"客心"是什么"心"呢？即愁心。据此，"客心"与"愁"，似乎可浓缩为"客愁"。诗人为什么不直写"客愁"，而要曲曲折折，绕个弯子呢？句中以"水"作比，"水"字两出，道尽了客愁悠悠，不尽长江滚滚流之悲，这就将看不见摸不着的抽象事物，具体化、形象化了，从而产生出强烈的艺术效果。诗人官卑职小，有志难伸，已是抑郁不平，又因得罪了上司，两个宝应县令也丢掉了，东奔西走，徒增马齿，怎能不愁？愁，何以排遣？这就为下句"归舟趁疾流"做好了铺垫。（重庆出版社1992年版）

第三章　归梦不知云水长

——律诗赏析

守法度曰诗。

——姜夔《白石道人诗说》

诗不是别的，而是写得合乎韵律、讲究修辞的虚构故事。

——[意]但丁《论俗语》

诗歌是一种最集中地反映社会生活的文学体裁，它饱含着丰富的想象和情感，常常以直接抒情的方式来表现，语言精练，音调和谐，有鲜明的节奏和韵律。

——何其芳于1953年11月北图演讲会

诗通常就像是有节奏的感情的表达。感情就像体内升起的冲动。这种感情起于胃的底部，经过胸部，从口、耳出来，就成了浅唱、呻吟和叹息。只要你的感受表达出来就是了，就这么简单。最好的情况是，你的身体感觉到一种特定的节奏，而这种节奏没有确定的字眼，或只有一两个关键的字眼，然后，把它写下来，靠着联想的过程，把相关的东西凑在一起。一部分是靠单纯的联想，同时也有某种节奏的冲动。在写作过程中，如果每一步、每一字、每一个形容词都是自然涌现的话，我有时不知道这句话有没有意义。如果这句话确实能表达出完整的意思，我会禁不住落泪，因为我知道自己击中了某个绝对真实的领域，也就是说，能够放诸四海，传诸后世，多少世纪后，有人读到这首诗时，能同声一哭。诗能写成这样，就成了预言，因为它拨动了世人心底的那根弦……预言并不是说你知道炸弹将在1942年爆炸，而是百年之后人类所知道的、所感受的，你现在就先知道、先感受，而且先暗示了出来，让后人去领会。

——[美]艾伦·金斯堡：转摘自《英美名作家谈访录》

杜审言《早春游望》

杜审言（约645—708），字必简，祖籍襄州襄阳（今湖北襄阳），洛州巩县（今河南巩义）人，大诗人杜甫之祖。曾任隰城（在今山西汾阳西）尉、洛阳丞等小官，恃才高，以傲世见疾。后因勾结张易之兄弟，流放峰州（治所在今越南国富寿省越池东南）。不久，召回任国子监主簿、修文馆直学士。中宗景龙二年（708年）卒，赠著作郎。少与李峤、崔融、苏味道齐名，称"文章四友"。杜审言诗作多为写景、唱和及应制之作，以浑厚见长。工于五律，格律谨严。对近体诗之形成与发展颇有贡献。被后人评论为中国五言律诗的奠基人。

【诗词品读】

一

杜审言，洛州巩县人，大诗人杜甫的祖父，唐高宗和武后及中宗时期著名的宫廷文人，中国近体诗形成期间的一个很重要的人物。他做了一些小官，一直怀才不遇，是一个很孤傲的人；当时很多文人都不在他的眼中，可见也是一个极具个性的人。

杜氏为高宗咸亨元年（670年）进士，初授隰（xí）城尉。武后永昌元年（689年）前后在常州江阴做县丞之类的小官，后转任洛阳丞。圣历元年（698年）因冒犯武氏权贵，被贬吉州（江西吉安）。后被召回，授著作佐郎，旋迁膳部员外郎。中宗神龙元年（705年）因"交通"武后宠男张易之兄弟，被放峰州，次年召还，授国子监主簿。景龙二年（708年）加修文馆直学士，不久去世，年六十余。

这首《和晋陵陆丞早春游望》诗，写作的时间据说即在诗人常州任职时。因为与同僚兼好友陆丞同游，后者有感而发、赋诗一首，杜氏便同调而和，大体抒发自己宦游江南的感慨和归思之情。

为什么一宦游江南，就有这么深的感慨呢？

首先古代中国政治和经济文明主要集中在黄河流域地区，只是到了南宋以后，政治重心位移至南方后，江南地区的社会经济、文化才真正发达起来。到了明清，江南地区居然成了帝国政治、文化、经济和物质的依赖。当然，在唐朝，在安史之乱还没有发作，特别是处在王朝还比较稳定的时期，士人的思想观念还是以黄河区域所在为主，其文化重心始终在黄河、汉水和中原地区。至于当时的江南，虽然也不乏迷人的风景，经济发展经过六朝开发有较大的发展，但经济、文化等仍处在积蓄力量和期待更大规模的投入之中。

其次是，从这首诗以及作者的文化背景可以看出一些区别。一般而言，古代士子、士大夫们所谓自己的"家"有三层意义。一是政治意义上的家，实际上就是朝廷，像"身在江湖，心悬魏阙"的事发生在传统士大夫身上再自然也不过了，其贬黜京城的感慨最为常见、也最为典型。像诗人杜审言长期宦游地方，难以入朝，便难免心生伤感。《新唐书·文艺上》里记载过的一件事似乎很能说明问题："坐事贬吉州司户参军。……后武后召审言，将用之，问曰：'卿喜否？'审言蹈舞谢。后令赋《欢喜诗》，叹重其文，授著作佐郎，迁膳部员外郎。"用手舞足蹈的方式表达激动和感谢之情，应当说古今都比较罕有。这就是一个心灵敏感而脆弱的士大夫的行为。

再次是宗族伦理意义上的家，像杜氏，其祖籍在襄州襄阳，位于今湖北省西北部，汉江中游平原腹地，历来为兵家必争之地，也是中国传统政治、文化板块上的重要地带。虽然在纬度上，与诗人所任职的常州几乎相当，但一个深处内陆，一个濒江临海，在文化板块的站位选择上，诗人无疑是倾向于自己的祖籍地，内陆性人和海边人，生活习性应该有很大的差别，其不适感可能还是比较强烈。有研究说，从文学家的占籍来看，籍贯为北方者居多，这些文人更重视自身所在地区的整体文化认知，并常常将其作为一个重要的参照。尤其是北方普遍的政治和文化意识的崛起，使文学呈现了新的态势。从初唐开始，北方文坛注重南朝文学化，北方之人有不少积极推行江左之风，于是北人中出现了不少"南土文学"的高手。杜审言、沈佺（quán）期、宋之问等即是。

最后是具体地理意义上的家。诗人出生在洛州巩县，就是今天的河南巩义市，在今洛阳和郑州之间，从纬度来说，远远高出常州，并且也处于内陆地区。北方人、南方人的差异，概因于南北方气候、生活习性的差异，当然，更为主要的是，可能还是文化和经济上的差异。另外，南方文化发展不均衡，即使江浙等原六朝政治文化以及人才资源中心仍然有极为强劲的势头，但因为南北方的文化与政治差异，而并不能获得凸显。所以在濒江临海的常州，诗人仍然视自己为不幸。而在过去，很难想象，一个北方的作家，尤重刚贞、厚重的文风，反倒缠绵纤弱起来。

二

下面就看这首《和晋陵陆丞早春游望》诗。

这是一首唱和诗，估计是根据陆丞原作的韵脚、韵律而作。先解一下题。"和晋陵陆丞早春游望"，晋陵就是常州；陆丞，也许是晋陵县陆姓官员的名字，也许是这个人的"陆姓+职衔"，丞，属于县的副职。早春游望，点明了时间以及具体的事件。其实，今天从诗作的内容上看，诗歌唱和的性质已经淡化，而完全可以视为杜审言自己的游春抒情之作——《早春游望》。

独有宦游人，偏惊物候新。云霞出海曙，梅柳渡江春。淑气催黄鸟，晴光转绿蘋（pín）。忽闻歌古调，归思欲沾襟。

先看首两句"独有宦游人，偏惊物候新"。独，唯独，独自；宦游，就是在外为官。唯独有那么一个在外做官的人，谁啊？当然是杜审言说自己。这一句看似平淡，其实还是颇有内涵。起句凸显自己的孤独，将自己在外为官同别人外地为官进行了颇具情绪性的区分。前面已经介绍过杜审言的思想个性，有思想、有个性的人，他往往感觉到自己的存在，同时也往往特别感到自己的孤独。物候，事物随节候变化所表露出的现象，如冰雪解冻、柳枝抽芽及桃李开花等都是。偏惊物候新，从春到夏，再从秋至于冬，完成一个时序过程，当冬天过尽而重新来到春天，或者说突然有一天，春天又回来了，眼前万物又崭新一片，重新焕发生机，让诗人感到眼前一亮，这既是一个"新"字，又是一个"惊"字。因为"新"而"惊"，或者因为"惊"一下子发现了"新"。"春天就这样来了？过去的一年就这么过去了？"这是"惊"字的背后所出现的一般心理反应。当然，本来物候翻新，年年如是，周而复始，不应该惊怪才是，或者说一般都不会惊怪；然而，诗人突然像发现一个新大陆一样地发现了他自己的极为奇怪的心理——"偏惊"，唯独他有这样的心理。这起始两句，颇有峥嵘之感。诗人像是受到了什么刺激，对于早春时节的花开、柳绿，以及万物疯狂地生长，一天一个样儿，有一种奇怪的讶异。

偏，还可以理解为"偏偏"。偏偏这么一个人，偏偏这时候对于环境，对于气象的变化是如此的敏感。是不是诗人都有神经质，都特别地敏感呢？本来是不必为此早春的春色而惊讶的，而且诗人向来颇为自负，即使有多所惊讶，也完全可以放在心内而不必声张，除非这种环境与气象的感受实在超出了诗人的预期，或者因为某种特别的人事而一时感从中来，不能自已。这两种情形从诗歌内还难以找寻，暂且放在一边。

当然，这也写出了一种矛盾。游子异地做官，远离了自己的家乡，看到异地的节候，焕然一新，眼前一亮，忽然来了身世之感："我是谁？我在哪里？""我来自哪里？我将向何处去？"这怕是很多人都有的心理反应。本来春天来到，大好春光正是尽情沉浸和享受一番的时候，内心产生的不是惊讶而是惊喜。然而，诗人一再发现了自己面对一个陌生的"自己"，也只有这时，也就是季节回头重新开始的时候，他才有可能将自己的思绪梳理一遍,在路上,再回顾自己的来路;也只有在这个时候,诗人才发现自己异地为官,远离妻儿,身影孤独。还有,就是他宦游江南,在灵魂深处,他与这块土地的疏远感。这时候,他发现,他是一个特别孤独的人,好像自己和这个世界很难融合在一起。当然,春天到来,喜悦之情是有的,但异地为官之孤独也是非常鲜明的:这究竟是一种极为复杂的人生况味了。

总之,开头两句所给人的,总有一种突兀,一个孤独者的、异地者的对于春天奇怪的印象。

三

再看,"云霞出海曙"。曙,晨光刚亮。海,云霞从海面显现出来吗?好像从不太遥远的东海冉冉升起。但云霞从东边的江面上升起,似乎更确切一些;这里的"海"应该是"江"的意思。整句是说,诗人感觉到早晨的云霞都和太阳一道从江面上升起来。这是很奇幻而壮观的景象。尤其这色彩之绚丽、场景之浩大,是人工所无法形容。正如李白在《春夜宴从弟桃李园序》所颂"阳春召我以烟景,大块假我以文章"。这烟景,就是云霭、烟雾缭绕的景色,就是江海上灿烂绚丽的云霞。有过南北生活经验的人知道,冬天在北方,太阳像鸭蛋,即使应时而升起,仍然只像一块小红饼,而此时,大地只显露一些微光,仍然还很浑浊而模糊。不像到了南方,到了春天,整个的场面一下子如绘画的泼墨恣睢,云霞是如此壮观,五彩斑斓而耀人眼目。这云霞,就是早春时节(这是"北方的时间")大自然所开的无比壮丽、姹紫嫣红、香气正浓的大花。所以其惊奇就显得情在理中。

而接下来的"梅柳渡江春"怎么讲?梅柳,春天里当然不只是梅柳二物,但它们——一个是梅花傲然开放,一个是柳树抽芽披绿——无疑是春天里特别典型的物象。至于"渡"字,难道说春天里梅树和柳树都渡江了吗?当然并非此意。整句是说,春到江南,然后再向较高纬度的江北延伸,江南江北连成一片,春景不断地由江南过渡、延伸到江北。这个"渡"字,极为生动形象,显示了物候变化和转移的动态情势。我们看,春天物候的变化,本来是微妙而静态的物象,但诗人用了一个"渡"字,马上就使诗歌变得极富动感,极富形象感。当然,如果细细体味,似乎还着一点拟人化的色彩。江南江北的梅花都绽放了,那不是雪,是云、是海,有白梅,也有红梅;当然,柳树呢,我们知道一般有杨柳、有垂柳,但到了春天,它们在晋陵,长势旺盛,也如烟似雾。应当说,自然的这种变化,首先在它们身上体现出来了,于是让诗人眼前豁然敞亮起来,壮丽的画面让诗人充满了激动。梅柳渡江,这些花色,这些绿色,由江南延续到江北，这种空间上的铺排，面积之大，所及之广，都让诗人产生了深深的震撼啊！要知道，北方此时，像诗人的家乡在洛阳附近的巩县，可能还处于寒冷包围之中，要迟上一个月才能有一些瑟瑟的春色呢。

下面是"淑气催黄鸟"句。所谓淑气，就是晴暖之气。春天到了，大地阳气上升，带来了和暖之气。黄鸟，就是黄莺，又叫仓庚鸟，能发出婉转悠扬的叫声。大诗人谢灵运曾说"池塘生春草，园柳变鸣禽"（《登池上楼》），春天的到来，除了诉诸视觉之外，在听觉上，最明显的变化是鸟鸣声的变化，它们是越来越欢悦，越来越婉转和动听了。确实，春天到了，地气里都含着一种温暖，不再是扎骨的寒冷。在本诗里，黄莺似乎比其他物象多了一份敏感，我们看，"淑气催黄鸟"之"催"，一方面显示了地气积蓄之充沛，另一方面也将自然拟人化，它不断地以其看不见的手催使黄莺动情欢唱、卖力高歌。是啊，天气一天暖似一天，一天美似一天，食物资源呈爆炸状呈现在这崭新世界里，生命的乳汁到处流淌，创伤获得了恢复，大家彼此又结识了无数新朋友，爱情在这时候也超时空地加速成熟起来，所以这黄莺一天比一天叫得卖力，一天比一天叫得响亮，你听到这种声音都充满了一种喜庆的色彩。多少事都赶着来，春天喜人啊！这也从一个侧面说明江南春天的迅速。

再看"晴光转绿蘋"。晴光，是晴好之光，即所谓温煦的阳光；转绿蘋，就是使蘋草变绿。蘋，不是今天所讲"浮萍"之"萍"，而是民间所谓"田字草"（十字草），就是花丛旁边、路边、水边随处可见的十字草，因为常见，极能体现春天的物候特征。春天相对于冬天来讲，因为光照更加充足，水肥气热都极为适宜，所以其长势一天比一天长喜人：原来哆嗦的小叶面，灰惨惨的暗色，现在都变得有精神，不断地变绿，颜色不断地加深。此情此景，不由得人不惊喜、不感动了。可以看出，诗人也沉浸在如此美好的春光之中而"自失起来"。如此美好的春光怎么不让人沉醉呢？

我们看，这晋陵的春色，如果说"云霞出海曙，梅柳渡江春"，所写景界较大，那么，"淑气催黄鸟，晴光转绿蘋"的身边之景，就显得精致而可爱了。

从"云霞出海曙"到"晴光转绿蘋"，展现了江南地区尤其是常州的大好春光。诗人说，"我且沉浸"其中。我们再看开头，"偏惊物候新"，且不说政治、文化及心理，主要是感受于时令给他带来的冲击，因为在中原地区并不能这么早就感受到如此灿烂的春光。所以他讲，唯独他才有这样一个触目惊心的感受。

四

"忽闻歌古调，归思欲沾襟"，诗歌又变得非常突兀。突兀，就意味着转折和变化，从"惊春"到"赞春"（绘春），诗歌的意涵再由此转入对"伤春"的诉说。

我们看，诗作前半句说，忽然听到有人唱起古调。古调，过去的注家包括词典家的解释，都认为是指陆丞的《早春游望》，意为赞叹其诗作，但从杜审言这首诗的内容与情感来说，显然并非指此，而另有所指。在我看来，这古调，是触发诗人情感的一个重要的媒介。从诗作的内容和结构上来说，要完成从"赞春"到"伤春"的转变，必须给读者一个合理的解释，而这个依据就在"古调"。所谓古调，当然是古代的乐调，是异于当下的情调、趣味的格调，可能还带有高远意韵甚至内容朴素而情味清新的意思。也就是说，是与当下保持较远距离而今人并不怎么知晓。唯有它，才能使正沉溺于灿烂春光、且个性孤傲的诗人幡然警醒，回到一个政治、文化或地理的本位上来。

其实，从另一个方面来说，诗人之所以有感于古调，说明在他的内心深处，仍然有一份无法掩盖的、悠远的情感的存在。这在初唐诗人身上并不陌生，他们怀古、思古，对于他们所生活着的现实世界并未简单地附和、盲从，甚至并不缺少像陈子昂那样的"五百年一转运"的家族入世、运作之念，他们对于世界的看法，都有一整套家族的观念和思想。基于此种家族和文化的站位，再去思索他所面对的人事和整个世界，诗作中出现的一切似乎都可以获得合理的解释了。这个春天，尤其是在江南晋陵（常州）的春天，让诗人强烈地感受到了勃发强劲的、铺天盖地的浩荡春色，同时也让诗人幡然醒悟自身的所寄和其精神的旨向。应当说，在情理上，这并不矛盾。春色容易催人奋进，但也会引发匆匆易老的感慨，总有一种情感让他们与时俗或当下保持一定的距离。他们面对繁华而不沉溺，面对灿烂而有一份沧桑。

诗作的结尾说"归思欲沾襟"，古调的一经触发，将诗人拉回到时间的远处，并将诗人从铺天盖地的空间里拯救出来，让他想念起他的北方的家，于是牵动了他强烈的回家之念，甚至一时情绪失控，眼泪都快要流了出来。可以说，诗人非常感动，也非常感慨。而触动诗人致使"归思欲沾襟"的地步，一定是触及了诗人心灵深处的某个柔软的部分，那就是他心灵深处的一份高古的情感，对历史认知的一种悠远的情怀。

【问题聚焦】

五

下面再对全诗稍作简单回顾。

诗人杜审言这个春季,在常州,被大自然的美所惊慑,所以他情不自禁地将自己融进去。一时间,那个"独有宦游人"的"独"不存在了,只有面对如此春光的错愕,只有感受无处不在的春光的喜悦和激动。然而,有一个与时格格不入的声音,那一腔古调、高亢、悠远,仿佛来自另外一个世界,冷静地、幽幽地介入到眼前的这个世界,让诗人一下子惊醒,让他魂悸魄动、恍惊长嗟(引自李白《梦游天姥吟留别》"忽魂悸以魄动,恍惊起而长嗟"),还了他一个独立身,又还他一个孤独的身影,让他自知身在何处,又知处于何境,而至于生出一段悲凉和悲慨来。于是身处异地的他,深知一个游子,需要对自己的家乡做点什么了。

异地风光虽好,但"胡马依北风,越鸟巢南枝"(《古诗十九首·行行重行行》),每一种物,都有一种本色的、天然的对故土的依恋。胡马是北方的马,即使天气再寒冷,它仍然对凌厉的北风有种天然的依恋。而越鸟是南方的鸟,即使做窝,也要将巢安放在靠南的枝上,这也是一种依恋。至于古调,所引吭高唱的究竟为何,其实也并不重要,重要的是,越悠远、越高古的调子,越让人一下子从眼前的有限里摆脱出来,然后回到自身,回到丰富的人性和人情上来,做一个不做作的人。

另外,有注家说,"诗人受张易之之累,流放安南都护府峰州,遇赦归来,滞留江南。神龙三年(707年)春陆丞邀请诗人同游江阴观赏东海日出。陆丞作《早春游望》,表达枯木逢春快意。而诗人感时光匆促而前途未卜,于是益加伤心。"但与古调的触发,明显不出入,可能还并非诗人"即时性情感"被触发的具体情由。不过,即使没有陆丞古调之歌,面对如此春光,可能也会因为春光之盛而反思自身,于是伤感可能也就在所难免。

六

其实,如果细细地研究一下本诗的结构,就会发现,诗歌的大意只说了四句,即:

独有宦游人,偏惊物候新。忽闻歌古调,归思欲沾襟。

至于"云霞出海曙,梅柳渡江春。淑气催黄鸟,晴光转绿蘋"只不过是前面第二句"物候新"的一个注释。这样看来,"伤春思归"的主题实在是再显著不过了。

除此之外，诗歌也有了曲折，波澜，这就是"云霞"以下四句所显现的功用，于是诗情的情姿也摇曳起来。

我们说过，诗人感发，各自有特殊的触动，这是属于生命里非常隐微的部分。异地为官，坎坷人生，都有可能是触媒，这些在解读诗歌的时候，都有可能对诗人的生命情感产生作用力。对于今人来说，1300多年前的这首诗歌，何以还能感动我们，诗人的人生经历，其精神禀赋，以及其独特的气质，可能才是我们一直要关注并加深感悟的。

七

关于本诗的结构与用典，再说一点。

我们说"起承转合"，几乎是古典诗文可以套用的基本结构。元人范德玑在《诗格》里说："作诗有四法：起要平直（平实，不曲折），承要舂容（舒缓从容），转要变化，合要渊水（深潭，喻蕴蓄）。"这其实是一般性的要求，但具体到每一首诗歌，可能情况又有差别。早期的格律诗，恐怕多为A型（首联—起、颔联—承、颈联—承、尾联—转合），与后来的B型（首联—起、颔联—承、颈联—转、尾联—合），并不一样。就杜审言这首诗来说，无疑属于A型。第一、第二小句是"起"；第三、第四小句，第五、六小句，都是"承"，承接"物候新"；到最后一联，才是"转""结"一气。转得急切，忽显突兀，情势直转直下，并戛然而止。此外，我们还要注意，中间两联属对精工，"云霞出海曙，梅柳渡江春""淑气催黄鸟，晴光转绿蘋"，可谓古今名对。今在书法、楹联及春联上多有书写，可见后人对它们的喜爱的程度。

当然，文化的张力，继承、学习前贤是其重要的因素。杜审言能写出如此名诗佳句，也并非凭空捏造，同样来源于对前代文人所写诗句的创造性转换，即再润色、再转化等再创作。这就是中国古代文化继承方面很重要的特色——所谓"用典"，一方面体现文化的继承性，另一方面，也使当下作者的言说不走空、不失调，显得厚实而有理性。比如，"淑气催黄鸟"，即化用于晋代诗人陆机在《悲哉行》的诗句"蕙草饶淑气，时鸟多好音"；而"晴光转绿蘋"，则是化用了梁代诗人江淹的《咏美人春游》里的诗句"江南二月春，东风转绿蘋"。这就是当下文学理论所谓"互文性"。它体现了后代本文对前代文本或自己本文的吸收和转化之功。由此，文本之间形成相互参照、彼此牵连的关系，并在时间流里形成连续不断的扭结的方式。

最后，我们再看看明人王世贞从语言（华藻，即华丽文辞）与结构（整栗，即谨严）以及格调（高逸，即高雅脱俗）诸方面，对杜审言诗歌的评价：

"杜审言华藻整栗,小让沈宋,而气度高逸,神情圆畅,自是中兴之祖,宜其矜率乃尔。"(《艺苑卮言·卷四》第9则)

【读法链接】
〔附〕今人和前人有关点评

《唐诗鉴赏大典》:中间这两联在细致生动的景物描写中融注了诗人对江南春光的无比惊慕、喜悦之情。江南春景越美,但在"宦游人"眼中,越容易引起令人触景伤情的"归思"。因为更容易引起对故乡春色的回忆,从而也就更能加重身在异乡的客游感。从诗的总体上加以考察,这两联铺衬"归思"宛然而生,有了它的渲染,才使尾联的"归思"水到渠成,顺理成章。四句诗20个字已穷形尽意地绘制出一张江南早春游望图,图中的远景近景层次分明,大景小景相映衬,格局匀称优美,着色明丽和谐。宋人范晞文在《对床夜语》中说过:"诗在意远,固不以词语丰约为拘。……状景物,则曰'云霞出海曙,梅柳渡江春'。似此之类,词贵多乎哉?"他所称赞杜审言的是能"以少少许,胜多多许",词约而意丰。这也正是中间两联诗的精彩所在。

《诗薮》:初唐五言律,杜审言《早春游望》《秋宴临津》《登襄阳城》,陈子昂《次乐乡》,沈佺期《宿七盘》,宋之问《扈从登封》,李峤《侍宴甘露殿》,苏颋(tǐng)《骊山应制》,孙逖《宿云门寺》,皆气象冠裳,句格鸿丽。初学必从此入门,庶不落小家窠臼。

《唐诗镜》:三、四如精金百炼。"云霞出海曙,梅柳渡江春","曙""春"一字句,古人琢意之妙,起结意势冲盈。

《唐诗选脉会通评林》:周敬曰:"独""偏""忽""惊""闻""欲"等虚字,机括甚圆妙。

《唐律消夏录》:中四句说物候,偏是四句合写,具见本领。"出海""渡江",便想到故乡矣。岑嘉州诗"春风触处到,忆得故园时"即此意,但此一句深厚不觉耳。

《近体秋阳》:"忽闻"字下得突绽,使末句精神透出。此诗起结老成警洁,中间调高思丽。

《唐宋诗举要》:吴北江云:起句惊矫不群。高步瀛(yíng)云:此等诗当玩其兴象超妙处。

《诗境浅说》:此诗为游览之体,实写当时景物。而中四句"出"字、"渡"字、"催"字、"转"字,用字之妙,可为诗眼。春光自江南而北,用"渡"字尤精确。

李白《渡远荆门送别》

李白（701—762），字太白，号青莲居士，剑南道绵州昌隆县（今四川江油）人，自言祖籍陇西成纪（今甘肃天水市秦安县），历史学家郭沫若谓其出生于西域碎叶城（今吉尔吉斯斯坦国托克马克城），时属唐朝安西都护府（治所在今吉国托克马克市）。有"诗仙""谪仙人"等称呼，是盛唐最杰出的诗人，也是中国历史最伟大的浪漫主义诗人。与杜甫合称"李杜"。5岁随父迁至剑南道绵州昌隆县，年轻时喜好道教，曾短暂任职玄宗翰林供奉，后长期散游各地，写下数千雄奇奔放的诗篇。今存诗文千余篇，有《李太白集》传世。

【诗词品读】

一

关于李白的《渡远荆门送别》诗，清人沈德潜说：

诗中无送别意，题中二字可删。（《唐诗别裁》）

既然没有送别的含义，而题目却挂了一个"送别"，岂不是挂羊头卖狗肉？当然，沈氏的看法是否就是评诗的标准？有无道理？能够挑出大诗人诗作的问题，固然是好事，但读者细读诗歌，鉴于沈说，而有自己的看法，自然也是好事。而这首诗，真不是送别诗吗？

关于"送别"，在古典诗词里，比较一般的判别，看看有无送别的特定地点，比如南浦、离亭等；再有，看看有无送别的具体场景，无论是折杨柳，还是都门帐饮、执手相看，或是长亭连短亭、十八里相送等。此外，就是所谓送别的环境及渲染，比如残月、柳絮、寒蝉、秋雨、黄叶天等惨淡的景色等。而这几种都没有，最最不能缺少的元素，比如至少要有送别双方中的一方，比如游子或者闺妇。假如这些都没有，甚至也不出现阁楼思妇的相思、空守，也没有明明如昼的月光的陪伴，也缺乏做寒衣的典型情节，或者连一点牵挂与误会都见不到，那么，照一般的情形，从创作角度来看，确实难以给出主题送别与否的判断。

确实，就李白这首题中有"送别"二字诗来说，这里面的送别确实比较模糊，而送别的人是谁、被送别的是谁，以及从哪里开始送别，为什么要送别等，都含糊不清。当然，"送别"对我们来讲最难把握的，还是古典诗歌里送别的情感。比如非常潇洒地挥手道别，一般人可能就感到不可理喻，因为常人的送别几乎都含着一些伤感或者是悲戚，而表现得依依不舍，款款相送，无有止息……

不过，要说明的是，我们在作上属判断时，只是照顾了普遍的情形。但要知道，个性是文学灵魂的呼吸，离开了文学的个性，很难谈文学的特质、价值和存在。对于李白这样的大诗人，同样也是在《唐诗别裁》里，沈氏又说："（李白）逸气凌云，天然秀丽，随举一联，知非老杜诗，非王摩诘、孟襄阳诗也。"其中，"逸气凌云"是李白的个性特质，"天然秀丽"是他的写作风格，都是别人不具有或者不完全具有。以这样的眼光来看李氏的《渡远荆门送别》诗，可能我们还是同沈德潜一样，了无发现；或者攫取了李诗的一些特质，而认同了"送别"说。

如果我们抓住了李氏"逸气凌云"的特质，就知道，李白的告别与送别，与常人的方式根本就不在一个平面上。李白是豪士，对朋友间的情感是真挚如见骨。比如与朋友吴指南，同游楚地，结下生死之交。吴病重期间，李白一直陪伴。吴死后，李白因事暂把他埋在洞庭边。几年后，李白特意来到洞庭，取出骨殖并清洗干净，背了很远，为其重新选择了安葬地。

如果讲友情，讲送别，大诗人这种超乎世俗的痴情与侠情，事实上已经是远超普通人的所为。即使讲分别，李白除了情感真挚而外，像"挥手自兹去，萧萧班马鸣"（《送友人》），是一种几近侠骨豪迈式的表达，而让别情显得轰烈而苍凉。又如，"孤帆远影碧空尽，唯见长江天际流"（《送孟浩然之广陵》），所送者为长他12岁的风流孟夫子，李白是那么一往情深，凝神伫望，恭送到影失，遂使送情如流向天际的浩浩江水。友情的深浅，如此可鉴。

李白是一个激情式的人物，他有他自己表达情感的方式呢。

二

现在就来看看李白的《渡远荆门送别》诗。

渡远荆门外，来从楚国游。山随平野尽，江入大荒流。月下飞天镜，云生结海楼。仍怜故乡水，万里送行舟。

先看首句"渡远荆门外"。李白的家乡是在巴蜀地带的青莲县境内，跑了很远的路程，终于出了荆门。荆门，即荆门山，位于今湖北宜都县西北，在长江南岸，与北岸虎牙山对峙，形势险要，自古就有楚蜀咽喉之称。从巴山蜀水一出来，即到湖北地界，再顺江而下，就可以到达湖北、湖南以下的楚国地区，最后，沿着江流，可以一直延伸到大海边。

楚国，当然不是指战国时的楚国，这里只涉及其地理地域概念。当年楚国的地盘广大，占了全国三分之二，它北向延伸到今天的河南商丘，东到大海。"来从楚国游"这一句，气魄浩大，又充满了好奇，跑了那么远的路，并且远离了自己的家乡，只为这"楚国游"，于是李白的痴玩也一下子获得了凸显。至于从谁楚国游，诗人没有直说，不过，如果将楚国理解为一种人格，那么，将江水理解为一个痴玩的引领者，则完全合乎语境和诗意。

再看开头这两句。首句比较平淡，还看不出很深的情感，但至少来讲，它没有悲伤的调子。次句显示了走出蜀国的目的，就是到广大的楚国到处游玩。这一句有波澜，但还有待进一步揭示和掀起。

当然，可附带再说一点，权作一个背景资料吧。本来，他是西域出生，结果又随家人潜回到四川青莲县，后来，李白终其一生，大部分时间都"安排"在"楚国玩游"上，尤其是从九江一直到南京一带，并于最后终老在此，而这一带人时至今日还在深情纪念，显示了他在诗坛历史和文化历史上恒久的影响。这是后话。此外，还要知道，李白是个很神秘的人。他游历于江汉，并娶妻生子，后来虽然有过北方大山以及山东、河南诸地修仙访道的生活，但大体大部分时间，几乎都是沿着长江这条巨大的动脉来回游动。而他的继娶妻室、妻族的势力、他的家族以及族亲等，差不多都绵延在从南京、南陵到九江以及襄樊等地带。而今天安徽的宣城、当涂、南陵和江苏的南京等，更似乎与他的家族或宗族之间，也存在着某种接应的关系。

仅此端倪，实可见"来从楚国游"，绝对不是一句简单的闲话。

再引一则材料：

这首诗是诗人于开元十三年（725年）辞亲远游，出蜀至荆门时赠别家乡而作。诗人从"五岁诵六甲"起，直至25岁远渡荆门，一向在四川生活，读书于戴天山，游览峨眉，隐居青城，对蜀中的山山水水怀有深挚的感情，这次是诗人第一次离开故乡开始漫游全国。

"来从楚国游"，是25岁的诗人漫游的开始，充满了一种兴奋，和一种好奇：一切都是新鲜的，都是未曾经历的。即使遭遇了很多，都仍然还要打上这个年轻的诗人过去的种种痕迹。也就是说，诗人25岁以前的行经，在以后的岁月和生活中总能显现它们的影子。比如他对山的兴趣，对水的兴趣，对一切自然的兴趣，都会对未来产生影响。

另外，刚才说到李白的好奇、兴奋等心绪，其实，对于大文豪们似乎都适用。再如，英国的拜伦、济慈，他们其实都是孟子所谓"大人者，不失其赤子之心者也"，都有一颗不灭的童心和永葆纯良的率真之心。他们既为赤子，为天真、痴玩、好奇所引诱，他们青春朝气，又活力无限，即使所谓追求名利，又都率性而为，玩后即丢，不搁于心。他们都是些来到人世间玩心很大的孩子，耽于疯玩，而不愿回家。好奇是他们终身的天性，他们有快乐，也有悲愁，但是都纯净、明亮如玻璃。也许正因为如此，天赋、天真与游戏，才成就其天才式的大。

三

接着看次联："山随平野尽，江入大荒流"。

"山随平野尽"，不过是一句简单的交代。交代虽然平淡，但也不可或缺。好的作品，并非全是花团锦簇，它得有花架、有藤萝牵引，还得有疏朗的空间。总之，好的作品都善于经营。当然，就兼带叙事的作品来说，讲线索，讲埋伏，穿针引线，必不可少，做起来甚至有点冗烦拖沓，有些令人生厌，但是，一旦叙说进入一个新的情境，或是转入一个新的画面，陡然振起，让人随即感到前面那一大截交代，其实都是在暗暗地使劲。这句除了交代，还点明了出蜀之后，眼前的江汉平原，顿时使眼界开阔。

相比较而言，这后一句的"江入大荒流"，写得有气势，也充满了强烈的动力感。山势随着平野消逝了，四川往下进入湖北之后，荒野无限，江流深沉而平缓，水面更加壮阔。的确，在广阔无边的原野里，长江似乎一下子平静了下来，不再是在崇山峻岭间来回穿梭、激流奔涌的情形。虽然长江从四川到湖北有几个险滩，其中以巫峡为最，杜甫曾经描述说"故凭锦水将双泪，好过瞿塘滟滪堆"，讲险滩之厉害。一旦真正走进平原地带，沿江中下游地带不可能再使江水湍急；而静下来有静的好处，即可以有时间细细、慢慢地观察乃至欣赏了。江流铺得更宽，水力更加潜卷，而在视觉上，更是平野开阔，江流无限。于是，一下子有了视力特别生新、视野特别开阔的感觉。

再看，"月下飞天镜"，这是写令人心动的月夜。本句实际上是"月下天镜飞"，月下，并非月亮西沉，而是夜气、云气升腾所产生的错觉，于是月亮化静为动，在天空里大距离地向下滑动；而夜月大而浑圆，又是那么明亮和美丽，被诗人赞誉为"天镜"，就像美丽的神话所说，它正在仙人的驾驭下，在天空飞行。可以想象，诗人乘坐的航船还在快速地前行，气浪呼呼地向身后跑去，再看额头上方的那轮明月，同航船一样，也正迅速地向前方下切着飞去。当然，如果看看江面，也会发现，月光照在水面上，倒映在水里，夜航船飞速前行，于是水中的那一轮天上的明镜也迅速穿云过雾呢。这是痴玩者眼里的景象。料想，这是诗人过去所未曾见过的奇观了。

所谓"云生结海楼"，也究竟与江面上的水汽、雾气有关。我们再重复一遍前面之所说，江流来到江汉平原后，江面水平如镜，这种宁静的江面，远非出蜀前后的激流奔涌，以及产生让人惊心动魄的恐惧所能比拟。但由于江面是如此浩瀚，大面积蒸腾而起的汽雾，在高空降温夜气的作用下，遂形成绵延数十里甚至横过江面的雾障，形成各种奇怪的云气团。而这些，都是诗人在巴蜀所未曾经历的。面对如此奇幻的景象，诗人心生幻象，将堆积起来种种云气，幻想成楼宇、宫殿和房舍。那些云气所积，确实有些海市蜃楼的感觉，仿佛仙境，让人浮想联翩。

这当然是山区所没有的。平原地区，特别是江面上水汽蒸腾起来，可谓真真幻幻；而满目所及，既可能是天空云层移动的情形，又可能是江面汽雾不断变化的结果。于是，对于好玩、好奇、天真的诗人来说，这一趟刚刚开始的"来从楚国游"，是如此的奇迷，如此的不可思议。

当然，对于诗人来说，对月亮和天上楼台的想象，可能又是诗人幼时一个无法割舍的美好的童年记忆、想象与憧憬。作于玄宗天宝末年安史之乱之前的《古朗月行》诗云：

小时不识月，呼作白玉盘。又疑瑶台镜，飞在青云端。仙人垂两足，桂树何团团。白兔捣药成，问言与谁餐？蟾蜍蚀圆影，大明夜已残。羿昔落九乌，天人清且安。

而对于青年诗人来说，寻仙求道的着意，更是他现在一往情深的课业。是啊，夜月由水汽所幻化出的楼台，也给了诗人一个错觉，在这里，求仙得道可能要容易于戴天山、峨眉山和青城山——在那里，崇山峻岭、天高云远，玉宇琼楼遥不可及。而这里，天空是如此低近，只在眼前斜上方并不很遥远的地方，由水汽升腾而至于影影绰绰的云中月宫，让人看到丝丝缕缕的、可以及达的路径；而由水面上月光照出的一条银亮色的光路，正是通向月宫的必由之路。于是，诗人竟至于喜不自胜了。

小结一下。中间两联具体而精彩地描绘了诗人"楚国游"的情状，给人留下了极为生动而鲜明的、烂漫而奇幻的印象。应当说，这都是李白以前所没有见过的情形，这是一个走出家庭，刚出门的孩子对外面世界的欣喜的感觉。而这个印象可能是如此的强烈，求仙登月之道实在是太过迷人，以至于诗人终生孜孜为之，最终在采石矶头醉中捉月而去。所谓其来有自，岂非天意！

四

现在，我们再将前后两联连缀起来，则诗中"送别"之意，便一览无余了。

渡远荆门外，来从楚国游。仍怜故乡水，万里送行舟。

出蜀游楚的这一切能够获得实现，实在都由于一个"水"字。故乡巴蜀的江水滋养了他，送出诗人，远游他乡，让他得以历览荆楚大地的山川风貌。也正是因为这江水，迤逦万里，凝汽结云，让诗人体会到平生未曾有过的仙境奇观。诗人说"仍怜故乡水，万里送行舟"，说明一个年轻人虽然痴游贪玩，追奇求幻，却并非忘情绝俗之辈，而有意将自己的立身与来路刻意地消抹掉。这其实也显示了李白对于过去，对于历史的一种真诚而坦白的态度。

送别，当然是这"故乡水"对诗人的送别了；而送别，也还含有诗人对过去生活的一个告别。这可能是一次有计划的远别，也可能是一次永远无法回到故乡的诀别，但无论如何，来自故乡的江水，仍然情深如故，一路上撞开险滩，冲出峡口，历经千辛万苦，将诗人安全、平顺地送出蜀国，并陪伴着诗人游历广袤的楚国，让年轻的诗人领略大好江山的种种奇幻。然而，万里相送不辞远，即使"江入大荒流"，这"故乡水"仍然深情相伴，这是何等的依依难舍之情啊！当然，对于诗人来说，别以为他好奇心重，玩心大，他说"我仍然永远深爱着故乡的水"，尽管他有沉浸在"月下飞天镜，云生结海楼"奇幻美景里的时候，但在他灵魂的深处，不用伸张，无须呼喊，一直将一个游子对故土的情怀深藏着。

当然，在诗歌技巧上，有一点，李白运用得比较巧妙。就是借对方来迂回地表达、加深某个意涵的手法。不说自己多么依恋故乡的水，而说它相伴、相送而舍不得诗人。其效果是，诗人不说自己如何留恋、思念自己的故乡，而却说"故乡水"怎样不舍而一路送他远行万里，如此写来越发显出自己的故乡深情。确实，正如有人说"诗以浓重的怀念惜别之情结尾，言有尽而情无穷"。

【问题聚焦】

五

下面看看关于本诗的两个问题：

第一，本诗并非送别诗，是否同意沈德潜的说法？当然，可以同意，也可以不同意。不过，不同意的理由可能更充分些。因为送别的情感本来就是很复杂的。不是说一送别就得哭哭啼啼，显得很悲伤，很悲切。这一点，李白这首诗里并没有。这里有一个认同沈氏看法的所谓"参考"说，因为这首诗前六句都是写路途景物，表现的是作者外出的喜悦，最后两句所写，也只是告别故乡，全诗没有一字写到朋友送别，自然也没有送别朋友的离愁别绪的感伤。我们看，这个"答案"仅仅把送别限定在朋友一类，限定过于狭隘。详细解释，在我们前面的品读里，不再赘述。

第二，比较颔联"山随平野尽，江入大荒流"与杜甫《旅夜书怀》中的"星垂平野阔，月涌大江流"，在意境上和表达情感上有何不同？在意境上，李杜两人的诗句，都展现了原野的广阔，大江的奔涌，诗歌的境界都非常壮阔。这是所谓"同"。就"异"来说，李白的诗，壮阔的背景里是诗人的喜悦、欢乐，是自由和奔放，以及天真和好奇。而杜诗呢，在壮阔的背景里，寓含的是诗人的寂寞和孤独，反衬的是诗人内心的渺小及飘零的凄苦等。

【读法链接】

〔附〕古人和今人有关点评

《升庵诗话》：太白《渡荆门》诗："仍怜故乡水，万里送行舟。"寓怀乡之意。

《唐诗选脉会通评林》：周敬曰：三四雄壮，好形胜。

《李太白全集》王琦注：丁龙友曰：胡元瑞谓"山随平野尽，江入大荒流"，此太白壮语也；子美诗"星随平野阔，月涌大江流"二语，骨力过之。予谓李是昼景，杜是夜景；李是行舟暂视，杜是停舟细观：未可概论。

《精选五七言律耐吟集》：包举宇宙气象。

《闻鹤轩初盛唐近体读本》：三、四写形势，确不可易，复尔苍亮。五、六亦是平旷所见，语复警异。观此结，太白允是蜀人，语亦有情，未经人道。

《诗境浅说》：太白天才超绝，用笔若风樯阵马，一片神行。……此诗首二句，言送客之地。中二联，写荆门空阔之景。惟收句见送别本意。图穷匕首见，一语到题。昔人诗文，每有此格。次联气象壮阔，楚蜀山脉，至荆州始断；大江自万山中来，至此千里平原，江流初纵，故山随野尽，在荆门最切。四句虽江行皆见之景，而壮健与上句相埒。后顾则群山渐远，前望则一片混茫也。五、六句写江中所见：以"天镜"喻月之光明，以"海楼"喻云之奇特。惟江天高旷，故所见如此；若在院宇中观云月，无此状也。末二句叙别意，言客踪所至，江水与之俱远，送行者心亦随之矣。

乾隆御评：颔联与杜甫"星垂平野阔，月涌大江流"句法相类，亦气势均敌。胡震亨以杜为胜，亦故为低昂耳。（《唐宋诗醇》）

刘长卿《余干旅舍》

刘长卿（约726—786），字文房，祖籍宣城（今属安徽），郡望河间（今属河北）。唐代著名诗人，擅五律。玄宗开元进士，官至监察御史，长洲县尉，贬岭南南巴（今广东电白县）尉，后返，旅居江浙。代宗时历任转运使判官，知淮西、鄂岳转运留后。大历年间，被诬再贬睦州（今浙江淳安）司马。终官随州（今湖北随县）刺史，世称"刘随州"。晚年流寓江州。刘擅长五言近体诗，其诗大多发抒政治失意，内容多荒村水乡、幽寒孤寂之境，反映社会离乱及政治失意。风格温雅流畅，冠绝于当世，自称"五言长城"。《新唐书·艺文志》著录其集10卷，《全唐诗》编录其诗5卷。明有《唐刘随州诗集》流行。

【诗词品读】

一

刘长卿，唐代著名的诗人，现在我们要读读他的《余干旅舍》诗。

余干，以境处余水之干（岸边）而得名，今属于江西上饶，隋时是县城，而唐时县城被废，所以诗中出现"孤城"的说法。然与范仲淹词里"千嶂里，长烟落日孤城闭"的"孤城"，则意有不同，后者意指"地处边远孤零零的城寨"，并非被废弃的荒城。

这首诗系唐肃宗上元二年（761年），诗人从岭南潘州南巴（今广东茂名一带）贬所北归，途经废弃之城余干时所写。而当初南下是被贬到岭南，但无论南下与北归，这一趟漫漫长路连同生死，都显得异常艰难。走出长安，云横千里，崇山峻岭，荒道废墟，都会给行人增加行旅的难度。历经南下磨难的诗人，此时又要北上，现在，又要经过这样一座废弃的城池，他的内心一定非常复杂。但诗人没有说，一切都蕴含在他的诗作之中。

摇落暮天迥，清风霜叶稀。孤城向水闭，独鸟背人飞。渡口月初上，邻家渔未归。乡心正欲绝，何处捣寒衣？

首句"摇落暮天迥"。迥者，远也；摇落指草木零落，"摇落"二字就见出感情。暮天迥，暮色苍茫，清旷高远，也就是远天渐远，天色渐暗，此情此景，也写出了诗人远在天涯的感受。次句"清风霜叶稀"，清风说明秋风此时力度不大，从前句"摇落"可知，秋已至深至晚，虽然只是微弱的风力，却也可以将树上经霜的枯叶扫落下来，不禁让人感慨起时令节候的残酷和无情。是啊，特别是眼前这枫叶，本来是郁郁苍青，满树婆娑，然经过霜打，一变再变而成了血色的惨红。现在，寒冬将至，严寒加深，红叶枯萎，不经凛冽的朔风而自己在些许秋风下纷纷飘落，于是残留在树上的叶片竟至于稀稀拉拉，变得惨不忍睹。

前两句，诗人感受秋气，颇有肃杀萧然之感。而此情此景，令人情何以堪！人啊，他本来昨天还处于青春美好的韶光华年，但转眼之间，经历了磨难摧折，现在竟而至于双鬓飘零，头发染白，无须再经历什么风霜刀剑，而兀自在时间之流里，凋零得七零八落。诗人流落到岭南究竟经历了人生怎样的波折，又如何从岭外贬所奔波而回，不消读者悬想，只要见此秋风，见此落叶和枯枝，大概就不难明白其十之七八。这其间的种种沧桑，不禁令人唏嘘再三。

再则，在余干的旅馆外，诗人孤独地伫立凝望，由于草木摇落，苍茫的暮色，悠远的高天，尤其是"清风霜叶稀"的越来越严峻的空气所围裹起来的悲肃环境，令人备感凄清寂冷，都让诗人有强烈的身世何寄之感。因此，那股浓郁的乡关之思，那种隐隐的未来之忧，都渐渐地显现了出来。

下面看第三句。"孤城向水闭"，眼前这座孤零零的旧城，向着水边一面的城门已经关闭，昔日水路交通的繁华，永成消歇。要知道，水路一直是中国古代交通运输与生活的重要枢纽，此地原有余水、汗水（自秦朝建县之后，就有"余干""余汗"等县名）流经，水利便利，水力运输发达，物资流转量大而便捷，这也是它建城的重要依据。而现在，城池废除了，而对外交通主要方式联系的水路，生机业已黯淡，往日的繁华与热闹都已不复存在，一股无言之悲，就会自然生发出来。而水路一断，各种荒凉也会随之产生。一个"闭"字，好像是孤城自求消亡，自断生路，诗人显然是感受到了这座被人格化的荒城的难以诉说的现状，以及其无法言说的隐痛。但孤城没有细说，而诗人也没有进一步言明。其巨大的孤独感，莫大而无形的压力，一种被迫与不得不，就这样愣愣地刺破了纸面。

再看，"独鸟背人飞"。前面说"孤城"，这里又说"独鸟"，空气中弥散着浓烈的孤独和荒凉之味。诗人的眼前出现的一只孤零零的鸟，正背对着人飞去，渐飞渐远，它要飞向哪里？这只在傍晚时分背离它的栖息所的孤独之鸟，它会消失在无法预知的黑暗之中，从而牵挂着诗人，也冲撞着诗人的心灵。不是吗？陶渊明说"山气日夕佳，飞鸟相与还"，环境日夕佳好，群鸟结伴而回，何其自然、快乐与自在！的确，群鸟日出而飞出巢穴，日落而回，群去群来，整个环境，整个画面都显得那么安详而平和：一种恬静的笑意，显现在陶大诗人的脸上。而这里，在残破的余干废城这里，只有苦痛，暗暗的内心的撕裂。是什么让鸟儿显得那么孤独？难道是它仅仅经此地，感觉并非其栖止之所在，而仍然毅然、决意于黄昏以孤独远行？它如此深刻地嵌入了诗人的诗歌，一定是给诗人留下了极为深沉的印象。而我们也毋宁视为诗人的一个化身——他孤苦而背时，无依而苦度。诗人的宦途坎坷，都隐藏于那只黄昏背向、独自远飞的飞鸟。

在这里，流水默默地呜咽着，城门自戕式地紧闭着，这座废弃的荒城显得更加孤单而冷落。而一只独鸟背人远去，扑棱棱的翅膀抖动空气的声音，看似打破了这荒城的空冷的沉寂，却徒然增添了一层荒冷和萧疏，于是愈发让诗人难以承受了。

二

下面是"渡口月初上，邻家渔未归"。

"渡口"和上一联的"水"字相对应。这个废城是过去水上的交通要道，现在渡口已经沉寂下来，昨日的喧腾和嘈杂，行旅和商船，以及商铺和高楼，都已走进了历史的帷幕。"月初上"，此时的世界更显安静。但月光会逼视人间，它也会对人撩拨，而让人焦躁不安。"邻家渔未归"，唯有本地的打鱼人，每天还是按照既有的节奏，日出而出，日落而还，但今天有些意外。现在，他们本该早已回来，对于诗人来说，当然并非为了巴望和购买当日的时鲜，他只是想换换这一城的沉闷。毕竟，晚舟归来，这荒冷的地域可以显现一丝活气、一丝人气。巨大的荒凉与落寞，快让诗人消受不了。所以他本能地期待着一场喧闹，就像盛唐的潇洒诗人孟浩然诗里所描绘的"山寺钟鸣昼已昏，渔梁渡头争渡喧"，那一"争"字，无论如何，也是每天该有的动人时刻啊！带着这样的期待，盼望着打鱼人家的归来，就像他们的家人一样急迫，虽然不甚伦类，其实也是情非得已啊！而那些水上人家，出则悄然，而归则齐整，这归渔的喧闹，算是存一点节日似的念想，至少也会给这荒寂的渡口以日日的清洗，以免这荒城长上苔藓、漫上老斑。要知道，红尘滚滚，追名逐利，闹得太狠，噪得太过，诚然可恶；不过，假如骨立清冷过度，怕也有损于玉人娉婷与袅娜的风情。

再看这两句，写时间不等人，实际上已过了很久，以至于让在此滞留的诗人，颇为不适，他似乎已经习惯了每日傍晚的与一众渔夫的"期会"——虽然这不过是诗人一厢情愿的设定而已。纵使如此，倒也可以解一解久渴的俗世与乡情呢。不是吗？生活就是这样，日日重复，每人每天做着属于自己的一份事，虽然烦琐，可能有时也会磕磕碰碰，但人际的情感与维系，其实就在这鸡毛蒜皮里。生活因浅近而厮磨，也因贴近而纠缠，或温馨或烦恼，或相仇而结情——这就是群居动物们必需的日课。而人作为这种社会性动物，是常怕被孤立，也怕心自闭。而孤独如黑暗，但在诗人，在昼犹昏，所以听听那些归来的喧闹，看看那些争吵的场景，也会让人感觉是在地上的人间，而非地下的非人间。

特别是，来自社会基层的每个人，都活在自己的世界里，他们的爱恨情仇，不带一点躲闪，也不带半点欺骗，都是那么直接而分明。哪像这贬谪、流放与南下北上的奔波，舍弃家小，忍受孤独，预防算计……总之，自从"食君俸禄"之后，为君行事或许还是未知，却早已在波涛汹涌的宦海呛得鼻腔胀痛。这条完全充满了风险与折磨的路，并不让人牵念。反之，平淡、简陋的乡间生活，才是需要追想并须珍惜的所在。但今天出船的打鱼人，此时仍然未归，事出反常，令人等待得焦躁又间杂着无聊了。当然，为着那一群人而默默地担着一份忧心，也会潜滋暗长起来。随着时间的推移，这种忧心更重，现在，快有点逼疯人的意思了。

"乡心正欲绝"这一句可以说是上属情感的一个高度的概括。何谓乡心？思乡之心？不，要远远大于这个所谓。诗人说，此时正乡心大作，而在现实里，这座荒城依旧冷落和荒凉，以至于让人快要绝望了。但正是此时，恰恰此时，正当诗人的情感痛苦到极点时，"何处捣寒衣"，他忽然听到了谁家制作寒衣时发出的捶打声，清脆，有力，又温柔，像透进地狱的一束束亮光，让他备感激动，也让他内心获得了一丝丝温情和慰藉。于是巨大的荒芜像一只气泡，瞬间被戳破，诗歌在这里获得了骤然性的情感的释放，所有的紧张与压力，都获得了释放。不过，诗作到这里便戛然而止，诗人只截取了这一生活的断面，给人以不尽的想象。

三

我们再简单地回顾一下。诗人面对如此荒城，心里涌出无限的荒凉之感。而这无声的寂然，又让诗人生出多少期待。第三联是煎熬，又兼无聊，还有期待——而经了情感考验的这一番期待显得更真切。末联是典型的转结式。正当诗人掉进了情感的深渊，还是那一阵阵敲者无心而听者有意的捣衣声，却让诗人深受慰藉。

我们再看，前三联所描绘的凄凉悲愁的情景，被结尾的直击诗人心灵的谁家妇为远方游子赶制寒衣的捶捣声所扭转，于是诗歌的情感获得了推进和飙升，由此让诗人又产生新的浮想。不出意外，这眼前之景、眼前之声，又使他越发思念起家庭和亲人了。当然，如果不是，这捣衣的女子，以及正给远方游子做寒衣的种种经典动作，其每一温馨而极富细节性的情节，都会让诗人空落的心灵有了抓手。诗人尽管有些自作多情，但这一举动无疑对他自己做了拯救。

【问题聚焦】

四

刘长卿善于写五言诗，自称"五言长城"。五言诗比较典雅，一直被认为是中国古典诗歌的比较正宗的一种。刘氏这首五言诗写得古劲、苍凉，又比较蕴蓄而耐读。而诗人正是带着自己的人生经历与感慨，深情倾注，遂成就这一杰作佳篇。

有人认为诗的尾联"言有尽而意无穷"，确实，这最后一联让人玩味的地方很多。比如，一则乡愁得以慰藉，二则又引发新的愁思。

但是，如果着眼于诗歌整体的情绪流动，那么尾联的"乡心正欲绝，何处捣寒衣"，可能就是诗人情感的必然归结了。我们看，诗人从岭南这个被贬谪的地方，再返回京都，路过江西上饶的余干，当然心情或许很好，或许很糟糕，关键要看人的气质和人生遭遇的严重程度而定。对于诗人来说，起起落落，宦海沉浮不定，一生不得志，政治失意的时候居多。在被人诬陷、下姑苏监狱而随后贬为潘州南巴尉之前，也曾经有过遭贬而出的经历，人生哪能经受得起这样几番折腾呢？经历的事一多，很多时候挫折感也与日俱增。所以这次返途经过余干，其心情孤寂与复杂就可想而知。

何况日暮时分，眼前的余干荒城是如此的残破、锁闭与清冷，而时令节候的凄冷，行途的孤单，羁旅在外的无助，以及对行踪不定的、未来无法掌握的忧虑，也让诗人感到格外的寒凉与荒冷，于是情绪的失意就变得无法收拾。诗人甚至显得极为脆弱而难以自持，即使对于渡口的喧闹声也有了期待，这在寻常境遇下是不可思议的。而明月朗照，其无处不在、死死纠缠而不散的夜光，又在夜晚折磨、冲撞着已经疲惫万分的心灵，可以说，这夜晚的境遇更是诗人所难以承受的。

我们再看，诗人自来余干荒城后，所见所感，异常死寂的环境弥漫着令人窒息的味道，心绪不断失落，意态更加慌乱，本能的乡愁空落落无法抓持、无法着实，情绪几近失控，甚至生出变态的期待，这究竟是怎样的一个心灵经受的事实啊！而恰恰在此时，不知从何处传来的一阵捣衣声，是那么清亮，那么真切，那么缠绵，于是诗人情不自禁地寻找起来。所以与其说"捣衣的砧声简直把诗人的心都快捣碎了"，还不如说，是这打破沉寂的"捣衣声"拯救了诗人，让诗人抓到了情感的把手，终于让他从极度绝望的失态中恢复了过来。

有了这一声声的捣衣声,思乡与归思也变得清晰起来,有温度了,有人气了,也有情节了,当然,也更加深厚绵长了。即使是再荒疏凄冷的世界,即使是再摇曳不定的未来,我们相信诗人也会有勇气、有信心去独立面对。——理想,当它走向深渊,大概唯有庸常的情理,可以去拯救吧。

【读法链接】

〔附〕今人和前人有关点评

《唐诗鉴赏辞典》:尾联翻出新境,把诗情又推进一层。诗人凭眺已久,乡情愁思正不断侵袭着他的心灵,不知从哪里又传来一阵捣衣的砧声。是谁家少妇正在闺中为远方的亲人赶制寒衣?在阒寂的夜空中,那砧声显得分外清亮,一声声简直把诗人的心都快捣碎了。这一画外音的巧妙运用,更加真切感人地抒写出诗人满怀的悲愁痛苦。家中亲人此时又在做什么呢?兴念及此,能不回肠荡气,五脏欲摧?诗虽然结束了,那凄清的乡思,那缠绵的苦情,却还像无处不在的月光,拂之下去,剪之不断,久久萦绕,困搅扰着诗人不平静的心,真可说是言有尽而意无穷。

《南濠诗话》:刘长卿《余干旅舍》……张籍《宿江上馆》……二诗皆奇,而偶似次韵,尤可喜也。

《唐诗选脉会通评林》:周珽曰:咏客邸秋夜萧索、孤寂情景,极凄极韵。

《唐风定》:清忱中神骨苍苍。

《围炉诗话》:刘长卿五律胜于钱起,《穆陵关》《吴公台》《漂母墓》皆言外有远神。《余干旅舍》前六句叙尽寂寥之景,结以情收之,亦"吹笛关山"之体。

张戒云:随州诗,韵度不能如韦苏州之高简,意味不能如王摩诘、孟浩然之胜绝,然其笔力豪赡,气格老成,则皆过之。与杜子美并时,其得意吃,子美之匹亚也。"长城"之目,盖不徒然。(《岁寒堂诗话》)

高仲武云:长卿自称"五言长城",诗体虽不新奇,甚能炼饰。大抵十首已上,语意稍同,落句尤甚,思锐才窄也。其"得罪风霜苦,全生天地仁",可谓伤而不怨,足以发挥风雅。(转引自《唐音癸签》)

杜甫《岁暮》

杜甫（712—770），字子美，自号少陵野老，一号杜陵野客、杜陵布衣，巩县（今河南巩义）人，盛唐伟大现实主义诗人，被后世尊称为"诗圣"。因其曾任左拾遗、检校工部员外郎，后世称杜拾遗、杜工部。又称杜少陵、杜草堂。与李白齐名，合称"李杜"，也常称为"老杜"。杜氏自小好学，七岁能诗；青年时代数次漫游，奔放自负；天宝六载（747年）始十年长安应试，郁郁不得志；十四载，得授小官；安史之乱发，流落四川，艰辛备尝，后漂泊湖北、湖南，贫病交加，濒临绝境。大历五年（770年）冬，病死湘江舟中。杜氏著作以社会写实著称，忧国忧民，诗艺精湛，诗风沉郁顿挫，诗作称"诗史"。作品集为《杜工部集》。

【诗词品读】

一

杜甫的《岁暮》诗，大概作于广德元年（763年）年底。

这个时期有点特别，虽然安史之乱（755—763年）已经结束，但由战乱所导致的山河破碎、百姓流离的惨状还没有遏止，全国性的灾乱仍然在持续发生。现在，杜甫准备从阆州（今阆中市）乘舟沿嘉陵江南下。诗歌所写充满了忧乱之思。

岁暮远为客，边隅还用兵。烟尘犯雪岭，鼓角动江城。天地日流血，朝廷谁请缨？济时敢爱死，寂寞壮心惊。

先看首句"岁暮远为客"。"岁暮"即一年到头，自古以来都是回家团聚、积闲休息庆贺的时日，然而，诗人仍要流落飘零，万里他乡，孤身栖居。这个反常的情形，可以反映当时社会的基本状况。安史之乱后，唐帝国根基受到摇晃，紧接着是一系列的社会波荡。而此时段内，吐蕃也对唐帝国有了更多的野心。"边隅还用兵"，"用兵"是指作战，"隅"本是角落，"边隅"就是边疆一带，指被吐蕃扰袭的陇蜀一带；而"还"字，显示了边地无休止的、令人难以接受的并不安宁的事实。这年年底，吐蕃内犯，攻陷了数州，西川节度使高适抵御，不力。

下面两句渲染激烈的战事。"烟尘犯雪岭，鼓角动江城"，是写敌人不断进犯而边地一片紧张的情形。雪岭，即是西山，在成都西北边，即今松潘县境内，因终年积雪得名。烟尘，本指烽烟和战场上扬起的尘土，旧称战火。动，声音震响，或惊扰。江城，指作者暂避身的梓州城，在今四川三台县；梓州滨临涪江，故称江城。鼓角，当然指战斗所擂的鼓，还有吹的号角，整句是说战场上激烈的战斗的场况，震动了整个江城。这是写战斗及波及的情形。

　　第二联续首联"用兵"二字，极写年终反常的情形。在显示战事激烈与紧张的同时，还一并凸显这场由外敌发起的争战的野蛮和非人道性。

　　第三联承上启下，"天地日流血"继续写出边地争战的惨状，而"朝廷谁请缨"则显示了诗歌意旨强烈的反弹。"天地日流血"，"天地"二字极写战场空间所及之广，显示的是战争破坏面之大；"日"并非作副词"一天天地"之意，而是作名词，"日流血"则写出了战争尤其是我唐军民抵抗的惨烈程度，可谓天昏地暗，日月惨淡，让人想起屈原《九歌·国殇》里的战斗场景——"操吴戈兮披犀甲，车错毂兮短兵接。旌蔽日兮敌若云，矢交坠兮士争先。"这一句环境的渲染，既含着悲壮，又以血性催人奋起。"朝廷谁请缨"，就是一个向天的质问。面对外敌的惨无人道，他们进犯、掠夺，滥杀无数，唐朝军民虽处劣势，然而并不惧怕，他们从当初的恐惧中平静了下来，面对残酷的厮杀，他们勇敢地奉献了自身的生命。而这一句"朝廷谁请缨"，也是忧心忡忡的诗人拍案而起的吼声。在这紧要的关头，他是多么希望有壮士或勇士挺身而出，向朝廷请缨，将贼首捉拿归案。诗人已经老矣，老弱病残一家，只能无望地哀叹着这时局的恶化；但他又心有不甘，希望有真正的志士能够站起来，承担义责，扭转局势。请缨，用了汉朝终军的典故。终军是一个文才武略兼具的少年，他向汉武帝请求一根长缨（拘系人犯的绳索），立誓要将尚未归附的南越王捆缚到京城来复命，可谓少年心事，壮志凌云。呼唤少年终军，当然是诗人心底的呼唤了。

　　最后一联"济时敢爱死，寂寞壮心惊"，则揭示报国无门、英雄寂寞的苦闷与无奈。所谓济时，就是济世，救时，拯救时代，拯救时难。敢，是谁敢；爱，不是热爱而是吝惜、吝啬之意。前半联整句的意思是，为了拯救眼前这颓败的时局，谁还会吝惜一死呢？谁都不会畏葸不前，因为这是大是大非的问题：敌人来犯，就要誓死保卫。这一句也可以说是诗人的心声。后半联"寂寞壮心惊"，又是逆转，是回应现实的一个沉重的惊醒。这句应该是"壮心寂寞惊"，豪壮的志向已空虚无物，到这个时候才让人幡然警醒。要不是这边地的漫天遍地的流血，要不是这染红边地惨红的血色，包括诗人在内，似乎都要变成一个盲目的庸人了。还好，终于意识到了消磨消沉的事实，所以警然心惊。

　　这是一层意思，是诗人将自责之板打向了自己。其实，稍稍想想，诗人内心忧愤异常，常恨壮志难酬，英雄无用武之地，报国无门，再自告奋勇，再积极献策，以及上书言救，都不被接纳，好像国家的治乱与杜甫这些边缘人无任何关系。还有，"奸佞蹑高位，英俊沉下僚"（改左思《咏史》诗句），眼见贤能一个个受屈压、排挤、外放，甚至遭遇横杀，国家的肌体一天天地坏死下去，雀燕堂处，而不知祸之将至。朝已无人，遑对国难，无论是安史之乱，还是藩镇阴谋，还是无数边民的流血牺牲，已经没有谁自告奋勇，或者毁家纾难，来解救这种困局。我们说，一个国家，如果整体政治治理出了问题，视人民如草芥，而关键时刻居然没有谁有勇气站出来，其智仁勇尽失，那么，该国家危在旦夕矣！面对如此寂寞的、无声的世道，身为壮士、每每摇旗呐喊的诗人，如何不心惊，如何不惊骇呢？而如此现实，只能寂寞消沉，到底又让人万感无奈和长叹——此所谓从寂寞中来，再回寂寞中去。

诗歌于最后，慷慨悲歌，旋即潜气内转，悲视现实，抖落出一腔苍凉，可谓沉郁顿挫，意绪深沉。需要说明一点的是，也是在这一年，杜甫先在梓州，听说官军大胜叛军，激动欣喜地写下了《闻官军收河南河北》，并作了回乡的规划。但也是在这里，现在，他听到了吐蕃进犯的消息，于是忧心忡忡地写下了这首《岁暮》诗，颇有感慨时局、自陈心迹的意思。

【诗词品读】（续）

二

读罢杜甫的《岁暮》，再看他的《日暮》诗。

这首诗写在安史之乱后的第四个年头，即大历二年（767 年）秋，诗人杜甫仍然流寓于夔州（治所在今重庆市奉节县）一带。一般而言，杜甫流落，充满了江山沧桑之感，除了艰难苦恨而外，亦多有清新可喜的一面——然而亦有转瞬即逝的危险。因为人是时间的中间物，他是两次踏进同一条由时间编织和连接起来的河里。于是，他属于现在，但更属于过去。

牛羊下来久，各已闭柴门。风月自清夜，江山非故园。石泉流暗壁，草露滴秋根。头白灯明里，何须花烬（jìn）繁。

我们看首联"牛羊下来久，各已闭柴门"。牛羊从草场、山坡上回家，一阵阵纷乱杂沓的喧闹之后，一个"久"字显示了四野的格外空静。后半联，写的是日出活动的人，此时都已经回到了家，唯一"闭"字，显示了每家主人机警的用心。此时，整个山村显得异样的寂静。

而此时，"风月自清夜"，已经是月色皎洁，清风徐徐，小山村被一个清静的夜笼罩着。可以想见，诗人在这样的清夜，他感受到了夜的静寂，仿佛整个世界都是如此。诗人享受着一方的静夜，却不知怎么地，就很警觉地感到"江山非故园"，一种游子孤身在外的内心不宁的情形一下子凸显在读者面前。他乡再好，也非故乡；此夜再静，难保永宁，短短五字，含着流落一方的诗人多少悲抑难言的心情。风月、江山，都是大自然真实的存在，它们只要有适合的条件，都会按照造化所赋予的规律，展示各自的生命的存在。一"自"字，显示了它们与人不一样的地方。而一"非"字，又显示了人与自然风月不一样的地方，物无是非，只要条件改变或具备，昨日的冷月寒风一样可以变成今夜的清风明月；而人不行，他有是非，有记忆，特别是他带着自己的经历与体会，也许眼睛可以给人暂时的遮蔽，但心灵不行，它依旧会倔强地坚持着一个不变的信念。当人因为战争而背井离乡，流落四方，因为战乱而亲族离散，即使有良辰美景，以及所谓赏心乐事之类的娱乐，而"人非草木""岂能无情"？

我们看到，诗人在此安静的夜，他感受于一个静寂的小山村，感受着凉风和清白的月色，却禁不住对远在千里、万里的家园，存着一份无法割舍的思念。现在，他怀着一腔惆怅了。

"石泉流暗壁，草露滴秋根"两句，颇具画面感，然而，"流暗壁"的石泉是看不见的，"滴秋根"的草露在夜色里也难以分辨，而它们的共同之所在，都是诉诸诗人的听觉，石泉在此寂静的夜里，发出的是幽咽声，草露则是轻微的滴滴声。前者可能比较细节而急促，但后者则显得幽缓而混沌。如此深夜，这种两处的景致的描写，它们似乎身怀忧戚，默默地陪伴着诗人，悲抑而克制，虽流丽而幽暗，非常好地将诗人的心境展示了出来。而这，正是诗人值此清夜，惆怅之后，景随情迁、物我重合的结果。

诗作最后一个场景，是灯光下的写实："头白灯明里，何须花烬繁"。在明亮的灯光下，诗人满头银发，显示了苍老的游子的凄凉。要知道，此时，杜甫在四川流落了将近十年，正如他在《登高》诗里所描述的"万里悲秋常作客，百年多病独登台"。明亮的灯光，使雪白的头发显得更苍白，又暗暗地说明诗人心中远离故乡的背忍之情是何其煎熬，而回乡仍然是那么遥遥无期！何须，就是不须；花烬，即是灯花。整句是说，不必再强迫自己每晚归思痛苦之时，就倒弄起一些占卜的小把戏安慰一下自己长久以来苦涩的内心。即使灯花再漂亮，花结再繁多，也改变不了过早白头的事实，也无法改变命运一直"艰难苦恨"的事实。当然，包括这两句在内的诗意，清人仇兆鳌在《杜诗详注》里说："上二，日暮之事。三四，思故乡也。五六，日暮之景。末二，感衰年也。本是'暗泉流石壁，秋露滴草根'，却用颠倒出之，觉声谐而句警。《杜臆》：风月一联，意极悲凉。结意尤为凄惋。公志在济时，而伤于头白，反怪灯烬花繁，与'待尔嗔乌鹊'同意。"亦可备一参考。

可以说，愈至最后，诗人的内心愈益沉重起来。刚刚在傍晚所获得的短暂的宁静与快意，就在一个猛然警醒的、来自故乡的思念里被揉碎了，于是内心从宁静的夜色里逃逸，在一时明亮的灯光下获得了倾诉。一个浅静的傍晚，就这样走向了乡愁的深夜。

这夜啊，何处是一个尽头呢？

【问题聚焦】

三

再回照一下杜甫《岁暮》的有关内容。

这首诗歌使用了多种表达技巧，最显著的一点就是运用典故。用典比如说"请缨"，来自《汉书》"终军传"，放在这里是暗示国家已经寡缺像终军那样的年轻有为的智谋、智勇之士。说明一点，在汉武帝之前，特别是经历了文景之治，已为国家积累了大量的人才，所以到了汉武帝时代，人才像雨后春笋，不断涌冒而出。人才是国家的基石和至宝，一个时代只要有人才，那么它一定会繁荣昌盛。汉武帝时代，甚至是有汉以来，到了人才全面开花的时代，士子表现出智仁勇诸行，这既是才华的表征，也是时代的气象。而从中国历史看，愈是末世，气象愈弱，甚至整个朝廷，俱是燕雀之辈，离其覆亡，不会有太长的时间。杜诗引纳这个典故，忧世与救世的意图非常明显。

其次，这首诗歌还运用了其他很多表达手段，比如借代，如"烟尘""鼓角"诉说战争；再如反问，如"朝廷谁请缨，济时敢爱死"；还有对偶对仗等。至于有人说，本诗还运用了"双关"，说"如'岁暮'表面指的是时序岁末，深层指作者已进入人生暮年，还指唐帝国由盛而衰进入晚唐"，你同意这样的看法吗？此类说法，几乎都是后来者的曲意羼入。诗作为及时及事之作，并且对于家国，诗人仍然存有深厚的情感和期待，不可能做出帝国"衰晚"的判断。

【读法链接】

〔附〕今人和前人有关点评

《唐诗鉴赏辞典》：这首诗，前四句主要陈时事，后四句主要抒怀抱，层次清楚，结构井然，语无虚设，字字中包含着诗人对时局的殷忧和关注，对国家的热爱，对庸懦无能的文武大员的失望和谴责，也抒发了他不被朝廷重用、壮志难酬的苦闷。全诗出语浑朴，感情挚厚；语言精简，音韵律工谐。

方回《瀛奎律髓汇评》载，纪昀：沈郁顿挫，后半首中有海立云垂之势。中四句俱承"用兵"说下，末句仍暗激首句"为客"意，运法最密。

仇占鳌《杜诗详注》："烟尘"、"鼓角"，蒙上"用兵"。当此"流血"不已，"请缨"无人，安忍惜死不救哉？故虽"寂寞"之中，而壮心忽觉惊起。可见公济时之志，至老犹存也。

浦起龙《读杜心解》：虽还梓州，亦客也。中四，两申用兵，两起壮心。

杨伦《杜诗镜铨》：沉着。

卢纶《晚次鄂州》

卢纶（约737—799），字允言，出自范阳卢氏，祖籍范阳涿县（今河北涿州），河中蒲（今山西永济）人，大历十才子之一。本天宝末中进士，受安史之乱影响，大历间屡试不中，被荐出任集贤学士、秘书省校书郎，后升任监察御史。出为陕府户曹、河南密县令。德宗建中元年（780年），任昭应县令，贞元年间入河中节度使浑瑊幕，任检校户部郎中，后世称"卢户部"。其诗以五七言近体为主，多唱和赠答之作。卢诗工于写景，形象鲜明，语言简练，其中一些边塞诗气势不凡，尚有盛唐气象，历来为人传诵。因避乱寓居各地，体验社会生活真实生动，感慨深长。今存《卢户部诗集》。

【诗词品读】

一

唐代诗人群是一个群星灿烂的群体，顶峰中的顶峰自然是李杜，最耀眼、也最具巨范形象。而卢纶，他在唐代的诗人当中虽然不算顶峰的诗人，但也是很有名的诗人。他是"大历十才子"之一，写过一些气势刚健的边塞诗和描写自然风光的景物诗，在中唐算是突出的一位。

此外，还应知道，诗人本人是河中蒲县人，是个典型的北方汉子，并不是个纯粹的南方人。至于他为什么跑到长江的行船上，这里有一个资料注释，说是"作于安史之乱前期"，多少说明诗人不是为了游玩，而是流浪以躲避战乱，或者做其他与战争有关的事。《晚次鄂州》诗，反映了乱时人的心态。

下面再将卢纶《晚次鄂州》诗里几个词汇包括地名简单解释一下。

一是"鄂州"，治所在今湖北武汉市武昌。二是"汉阳"，城在汉水北岸，鄂州之西。三是"三湘"，是指湘江流域和洞庭湖所在的区域。在具体的方位上，溯江而上，在鄂州、汉阳西南方较远的地方。四是"估客"，指行商、商贾。五是"晚次"，就是晚上驻扎、停驻。

现在就来解读这首诗。

云开远见汉阳城，犹是孤帆一日程。估客昼眠知浪静，舟人夜语觉潮生。三湘愁鬓逢秋色，万里归心对月明。旧业已随征战尽，更堪江上鼓鼙声。

首联既是即景所见，又是心情之显。"云开远见汉阳城"，云开，云层散开，江天晴朗；见，当指远望的结果，远见，远远地看见，似乎说明站位地与目及地之间的距离不小，但实际上，目力所及极为有限，又说明鄂州和汉阳两地相距很近。"犹是孤帆一日程"，犹，还的意思；孤帆，指诗人所在的航船；一日程，指以一日来衡量，就是航船沿江而上，从鄂州至汉阳须要花费一天的时间。这当然是说明行程虽短，但逆流而上，还要费时费力。

再统理一下。这两联，前半联写云开天晴，能够望及汉阳城，说明诗人的心情大好；后半联是估计行程，能够用肉眼看见汉阳城，说明路程很近；但短短的行程居然还要费去一日的时间才能及达，一方面因为逆流而上，另一方面也因为江况复杂，比如暗礁、漩涡、暗流等。此外，还有可能是因为战事蔓延，社会动荡，江事充满了风险和不确定性，所以，行船不能太快，而商旅可能急迫、难耐，但仍然要冷静地处理好每一件可能带来危险的突发事件。再说，"孤帆"一词，虽然是指涉所乘的行船，但似乎更具感情色彩而指涉诗人自身，言其天涯苦旅，以及此次行程的孤单。江流回旋，江面浩阔，一只行船缓慢地逆流而上，它不能随意地停靠在任何一个较小的码头，以避免不必要的麻烦。也就是说，它要避开一个个可能的危险。如此，则它显得何其艰难和吃力，也显得何其单薄而渺小。所谓渺小，乃因孤舟比之于浩阔的江面而已。

开首这两句，一"放"一"收"，一"欣喜"一"忧戚"，"开"是为了衬"收"，"欣喜"自然反衬"忧戚"。行旅之艰难、诗人心情之孤凄，都在这些字里行间。

次联"估客昼眠知浪静，舟人夜语觉潮生"，这两句极不好理解。简要地说，它们兼写白日回忆与夜晚舟泊鄂州的情形，可谓正式点题。

从诗题"晚次鄂州"看，前半联"昼眠"等语当是诗人回忆白天行船里所见的情形，风平浪静，行商们白昼倒卧而睡。当然，细心的读者会发现，"白天睡觉"是一种极为反常的现象，不过似乎也好解释，概因风平浪静云云等；也可能还因为首句"云开远见"等，好像这一段时间以来，江面迷蒙，愁云笼罩，行船充满了种种风险和惊扰，而今天，终于"风平浪静"——既指物理意义上江面的风浪止息，又暗指沿江水域没有受到种种意外力量的袭扰和破坏，于是，被日夜的惊扰所苦的行商、旅客们，现在终于可以白日里安然入睡。加之天晴云散，该是何等快慰人心的事！

还有，长江何时风平浪静过，其实不是真的因为"浪静"，而是因为风浪相对较小而已，于是在这样一个风浪间歇里，往来江上、见惯了风浪性情的商贾们抓紧时间，在一个短暂的间歇里快速入眠。而这一现象，对于可能是初次坐上江船的来自北方的诗人来说，产生了强烈的印象，充满了不少的新奇之感。

而到夜晚的当口，即使行船停泊于鄂州州治所在，商旅们仍然小心谨慎，不敢胡乱上岸，去仍然人烟阜盛、十万灯火的去处，大家依旧待在船上。自然，对于凶险的长江来说，晚上的孤舟停泊在港无疑是一项明智的选择，即使旅心如何迫切，即使鄂州至于汉阳如何邻近，一切都要按计划进行，切不可粗鲁莽撞。现在在鄂州停泊并进行"整修"，就慢慢地静等时间吧。而这一路逆流而上，多少个晚上风浪险象环生，令人无法入睡，也不能放松警惕——后半联"舟人夜语觉潮生"就写出了此种情状。

现在，这一叶孤舟停泊在鄂州的一处港湾，因为夜里的情形更加复杂，所以船夫们不能三心二意，他们必须保持高度的警惕并注意最新信息的交流和畅通。果然，不一会儿，就听见船夫们在急快地交流着，大概是相互提醒，感觉夜半的"江潮"就要涨起来了。"江潮"这个词汇，也同前面"风平浪静"一样，兼有自然和社会的含义。对于唐朝地方政府来说，当安史之乱给整个社会以巨大的冲击时，社会肌体里原来藏有的不少隐暗的势力，这时候也都纷纷露头，他们常常出没于一些小洲，纵横于某些湖汉，特别是那些急流波涛的风险江段，以及萑（huán）苇连片的湖荡，寇窃时作，打劫剪径，常常给国计民生以巨大的破坏。而在诗人这条小船上，"民生"等物资，似乎一下子感受到了被"关照"的惊扰。

需要说明的是，无论是夜晚还是白天，诗人都无法入眠，而夜晚，他更是不能成寐。在如此昼夜循环里，他日夜不宁，思绪纷乱。一个北方的汉子，这种江上的旅行，可能是他此前所未曾经历的，尽管江上的生活极为颠簸、乏味，但对于他来说，仍然有一丝新鲜在其中。当然，这种新鲜很快会被日夜的颠倒所毁灭。旅途的实况，有平稳的行程，也有颠簸的水段，还有危险的江况，凡此种种，很多时候其实并不舒服。晚上本来该睡觉但不能睡去，白天本来不该睡觉，但又要赶紧睡觉。这究竟是一个何等糟糕的处境！而这，似乎也解释了开首的"孤帆一日程"：从鄂州到汉阳的整个行程，虽然路途并不遥远，但是航行仍然充满了艰难。日夜错乱，一切都是颠倒，有如倒时差，因生物钟被打乱而显现出极为难受的情状。

二

诗歌的第三联有一个质的变化，就是诗人不再含蓄、潜隐，而是直抒胸臆，直接抒发自己强烈的思乡之情。而这种情感的触发，在诗作的前两联中已经暗含着情因。司马迁在《屈原列传》里说："夫天者人之始也，父母者人之本也，人穷则反本。

故劳苦倦极,未尝不呼天也;疾痛惨怛,未尝不呼父母也。"正因为诗人在现实旅途中的艰难、艰险(江水的艰险,还有战争的凶险等)和难受的程度远远超出一般,故而对于人的原初——天地、父母和家乡等,充满了强烈的情感呼诉。

此外,触发人的思乡情感的,除了境遇与心理因素,还有距离因素,以及环境因素。一个人如果远离故乡越远,那么其心理必然作出强烈反应,产生剧烈的反缩效应,由此"物理距离"的扩大必然带来"心理距离"的紧缩,于是由空间而不是时间催熟了人的乡关之思。像这里,作为一个北方人,因为战乱,被迫远离自己的家乡,现在又赶赴更加遥远的三湘地区,于是产生"万里归心"和"三湘愁鬓"。而这里所说的环境因素,"(逢)秋色"和"(对)月明",都对诗人情感的催发起到触媒的作用。

先说"秋色",秋天本来就是个感伤的季节,万物萧疏,树叶纷落,人类此时看视事物正在消逝的过程,因而都会不自觉地产生伤感。一个"逢"字,看似偶然,不期而遇,然而正是它,让人猝不及防,无法躲避,只好硬着头皮正对,由此说明了人对秋色的无法言说的宿命。此外,这一"逢"字,也说明了秋之到来,原不在人的情感接受范围之内,由此暗含了诗人对于节序如流的痛感。是啊,还未曾想,秋天就已经到来了。

再说"明月",明明如月,以其巨大的辉光,投射到人间;耿耿如昼,它会撩拨人的情丝,触动人的敏感的心弦,或怀人或思乡,也让人难以入眠。一个"对"字,说明人类无法回避,只有正视,或者硬着头皮应对。月亮高高在上,它照亮了黑暗,打破了夜的惯常秩序,让人的心灵世界无法遮拦,它以让人不适应来显示其独特的禀赋与个性。所以明月下,它会撩拨人,会给人以压力,还会让人产生不适感,于是产生心乱如麻、烦躁不安等心绪。

我们再看,诗人还在鄂州晚停,作暂时的逗留,所谓"三湘愁鬓逢秋色",其实还是未到之地的未见之景,纯粹是诗人对于不久之后才能到来情景的想象,这正与前面的"昼眠"生活的回忆是相对应的,显示了诗人一个完整的心理活动过程——艰难、担忧、愁苦,以及烦恼重重,也显示了他对时间的敏感和对人生的担忧。至于"万里归心对月明",则是承接诗作第四句"舟人夜语",以及第一句"云开远见",是写眼前之景。正因为天气晴好,遂有万里明月。有了它,则又增加一重担忧、愁苦,以及烦恼等。

另外,在写作触点上,或许正因为诗人夜不成寐,起叹徘徊,又见明月让人纷乱,于是又想到未来之地三湘的社会生活情形。"忧思令人老",尤其是其"愁鬓""(逢)

秋色"所给人意绪上的强烈的反应。

最后两句是诗人浓深的担心。"旧业已随征战尽",旧业,过去的事业,以前有很多的梦,但紧随整个国家集全体之力来应付这一场征战,一切都将遭遇毁弃。凡是享受过盛唐繁盛的人,再经受这一落千丈的当下生活,两厢对比,什么都再清楚不过了。"更堪江上鼓鼙声",更堪,更何堪、又哪堪;鼓鼙,军鼓,让想到白居易诗歌里"渔阳鼙鼓动地来,惊破霓裳羽衣曲",哪里受得了江上的军鼓再度响起呢?到处都在打仗,到处都在动乱——这让人如何承受!

总之,这首诗歌抒发的内容:首先是思归或思乡,其次是伤老、愁国以及厌战。归思,是人的本能情感的触动;而伤老等方面,则是人基于现实而对未来的判断与情感表达。

【问题聚焦】

三

另外,关于诗作第三联"三湘愁鬓逢秋色",再说一点。

其实,三湘(或潇湘)本是愁怨地。三湘地区,有的地方也写"潇湘",往往隐含着人生的曲折与幽怨。据说还在古老的唐尧时代末期,帝尧已经心仪于贤臣虞舜,但还是将两个女儿娥皇与女英嫁于他,以观察他的德行,作最后一次考验。而走完天授与人授权杖交接仪式后的帝舜,果然看轻女色,公而忘私地投入到工作之中。后来南巡苍梧之野,葬于江南九嶷山。二妃往寻,泪染青竹,泪尽而亡,因称"潇湘竹"或"湘妃竹"。帝舜忍心抛弃她们,为了所谓国家国事,所以一开始潇湘地区就埋下了悲愁的种子、幽怨的种子。

另外,潇湘地区因为远离中国(即"中原一带"),属于边远地区,于战国时代的楚国来说,这一地区也是发配犯人的所在。大诗人屈原就是被流放到这湘沅一带。后来这一带,又与贾谊亡故等有关。无论如何,总是充满了强烈的悲剧性色彩。

下面再看看诗作有关问题。

第一,简要分析首联中"远见""犹是"所蕴含的作者情感的变化。"远见",正当云散天晴,说明路途并不遥远,流露诗人一种喜悦之情。"犹是",还有或者还须、还是的意思,突出诗人对眼前景的忧愁、惆怅。前后连接起来,就是感情由喜悦转而为忧愁和惆怅。可以见出,诗歌中的情感的变化,使诗歌跌宕起伏,波澜曲折。

第二,请从情景角度分析第三联"三湘愁鬓逢秋色,万里归心对月明"。从情和景两个角度，已经规定了作答的思路。前面已分析很多，这里不再赘言。

【读法链接】

〔附〕前人有关点评

何景明云：二联妙。（《唐诗选脉会通评林》）

顾璘云：宛转极悲。（《批点唐音》）

陈继儒云：旅思动人，伤感却不作异调，故佳。（《唐诗选脉会通评林》）

郭浚云：情景不堪萧瑟。（同上）

金人瑞云：后解言吾今欲归所以如此急者，实为鼙对三湘，心驰万里，传闻旧业已无可归，而连日江行，鼓鼙不歇，谁复能遣，尚堪一朝乎哉？（《贯华堂选批唐才子诗》）

何焯云：惊魂不定，贪程难待，合下四句读之，其意味更长。（《唐三体诗评》）又云：前半极写归心之迫，却不露，所以次之，故至结句方说明，读之但觉其如画耳。（《唐律偶评》）

胡以梅云：浪静映云开，夜语由于晚次。三、四构句，曲尽水程情景。气度大方精妙。（《唐诗贯珠》）

乔亿云：有情景，有声调，气势亦足，大历名篇。（《大历诗略》）

沈德潜云：读三、四语，如身在江舟间矣，诗不贵景象耶？（《大历诗略》）

薛雪云："估客昼眠知浪静"，是看他得意语；"舟人夜语觉潮生"，是唯我独醒语。（《一瓢诗话》）

赵臣瑗云：第六句"归心"二字是一篇之眼。前五句写归心之急，后二句写归心所以如此急之故。（《山满楼笺注唐诗七言律》）

方东树云：起句点题。次句缩转，用笔转折有势。三、四兴在象外，卓然名句。五、六亦兼情景，而平平无奇。收切鄂州，有远想。（《昭昧詹言》）

韩愈《左迁至蓝关示侄孙湘》

韩愈（768—824），字退之，河内河阳（今河南孟县）人，唐代文学家、思想家。卒谥文，故世称韩文公，自谓郡望昌黎，世称韩昌黎，晚年任吏部侍郎，又称韩吏部。韩氏宣扬儒家道统，反对佛道，是宋明理学的先驱。同时，他还是唐代古文运动的倡导者和实践者，有"文章巨公"和"百代文宗"之名，又有"文起八代之衰"之誉。与柳宗元合称"韩柳"。散文反对六朝骈偶之风，诗歌倡导以文为诗。著有《韩昌黎集》四十卷等。

【诗词品读】

一

现在要研读在内容上有些关联的唐诗，一首是韩愈的《左迁至蓝关示侄孙湘》，另一首是贾岛的《寄韩潮州愈》，当然重点还是前者。

贾岛和韩愈的关系，以前大家多少已了解了一些，主要是"推敲"典故所述及。贾岛当年冒犯到已是权京兆尹（即"京城代理行政长官"）的韩愈，实际上是冲撞了韩的马队和仪仗。当然，韩愈位高权重，一个普通老百姓冲撞了，假如治罪并不奇怪，但是大文豪没有这么做。他反倒是很有耐心倾听了贾岛的陈述。随后，不仅没有怪罪他，而且和他一起斟酌、推敲"僧推（敲）月下门"究竟哪一个字用得更妥帖。后来韩愈也对贾岛帮助了不少，也影响不小，这方面，大家再看看我的专题文章《贾岛"推敲"公案：诗心深处见诗人》。后面再讲，先搁在这里。

接着说与《左迁至蓝关示侄孙湘》一诗之相关。

上一次中央电视台第九套播放了一个佛教密宗的节目，讲的是西安法门寺地宫的考古发掘。在地宫，发现了当年唐朝有几位皇帝所颁赐的国宝级宗教器物。其中还有一个宝盒，层层相套，所珍藏的居然是释迦牟尼的骨殖舍利，大小两枚，当是无价之宝。这个地宫被封存，也是缘于唐朝的一次毁佛运动。

韩愈这首《左迁至蓝关示侄孙湘》诗，有一个时代背景，与唐朝的迎佛或毁佛运动有关。元和十四年（819年）正月，唐宪宗派人持香花迎佛骨到宫内，供养三日。随后全国引发了礼佛的狂潮，可谓王公士庶趋之若鹜，舍家毁院络绎不绝。狂热事佛，严重影响唐朝国力的恢复，给社会生产、税收、劳役、征兵等方面都造成了严重的困难。韩愈时任刑部侍郎，出于维护帝国国力、政令统一、儒家思想正统等目的，上表（《谏迎佛骨表》）相谏阻，极论不当信仰佛教，并列举历朝佞佛的"运祚"、"福祸"问题，还表示愿负得罪佛祖的一切责任。结果，宪宗接表大怒，要处死韩愈，幸亏大臣裴度、崔群说情，认为韩愈"内怀至忠"，应该宽恕。最后，韩愈贬为潮州刺史，写表谢恩并广结僧侣作为完结。不过，韩愈的反佛对后世还是产生了很大的影响。

被贬为远在荒外的广东潮州刺史，对于韩愈这样的朝廷副部长级官员来说，心理的打击无疑是沉重的。而与韩愈同时代的柳宗元，也通过《别舍弟宗一》一诗而表达被贬柳州的心境"一身去国六千里，万死投荒十二年"。还有，后世被贬到四川的黄庭坚，其《雨中登岳阳楼望君山》"投荒万死鬓毛斑，生入瞿塘滟滪关"等诗句也表达类似的心情。总之，"一身去国""万死投荒"，可以说是这些遭贬官员的共同感受。所以，韩愈在赴任途中遇到他的侄孙韩湘，一腔悲情倾泻而出，才有了这首诗《左迁至蓝关示侄孙湘》诗。

现将诗题解释一下。左迁，就是遭遇贬谪，贬官，或京官外放等。蓝关，即蓝田关，地处陕西秦岭北麓，关中平原东南部，自古为秦楚大道，是关中通往东南诸省的要道之一。当时诗人在蓝关，还没出关中，离千万里之外的潮州还远着呢。古代交通相当落后，各方面的条件也都有限，所以韩愈先生一出都城，一翻山越岭，就有了生死如隔的切肤感受。所谓地理山川，越是形胜之地，其险峻难行就越可想而知。

韩愈到了蓝关这一带，幸好遇到了他的侄孙，絮絮叨叨像交代后事。他当然是聪明人，知道如何去表达。

二

下面就来讲析韩愈这首名作。

一封朝奏九重天，夕贬潮州路八千。欲为圣明除弊事，肯将衰朽惜残年！云横秦岭家何在？雪拥蓝关马不前。知汝远来应有意，好收吾骨瘴（zhàng）江边。

首句"一封朝奏九重天"。九重天，就是指宫廷。这一词本来是指天上，因为天有九重，故称。这句意思是说，早朝时刚给朝廷上了一封奏折，就是《论佛骨表》。"夕贬潮州路八千"，傍晚就被贬到八千里以外的潮州。这速度当然是非常之快，但韩愈用这种朝夕之短的时间方式揭示一个尖锐的存在状态："所谓天有不测风云、人有旦夕福祸"，人生似乎就是这样，显得何其残酷！这种变化，有如今日过山车、九重碧天跌凡尘，当然是夸张的说法，但可以想见诗人心理落差之大。

诗作一开始便陈述一个原因和事实，渲染了一个天大的不幸，并表达一个旦夕祸福的惊愕，以及一个无法接受而不得不接受的、巨大的心理落差。

再看，"欲为圣明除弊事"。接着首联，这里是说明事情的原因和实质，表明他的忠贞不二，一切都是为皇帝（即"圣明"，意谓英明圣哲，无所不晓），都是为政治（所谓"除弊事"，革除有害国家行政的坏事），没有一丝属于自己的私心。忠诚为朝，这本来是好事啊。"肯将衰朽惜残年"，这句是反问或自问。肯，是"怎肯""不肯"之意；惜，顾惜、吝惜；衰朽，老迈无能；残年，晚年，当时韩愈51岁（56岁去世）。这句是说，为了国家的政治清明，尽管招来一场弥天大祸，也豁出去了，连这残剩的晚年也不要了，"我"怎么会为了这一把没用的老骨头而兀自顾惜呢？大有将老骨头拼了也绝不会后悔的意思。这是以决绝的方式，来表达尽忠尽瘁之情。

这一联，说得坚决斩截，刚正不阿，大义凛然。当然，这也是在倾诉自己无言的悲苦，越是说得坚决斩截，给人的感觉，其冤情就显得越委屈。

颈联前半联，"云横秦岭家何在"。秦岭，当然高峻，《史记》云"天下之大阻也"。有资料说，"秦岭海拔两、三千米，北侧断层陷落；山体雄伟，势如屏壁"；其主峰太白山，海拔近四千米，"山顶气候寒冷，经常白雪皑皑，天气晴朗时在百里之外也可望见银色山峰"。横，横陈、遮蔽、充满的意思。云横秦岭，指山势险峻的秦岭，云遮雾绕，白茫茫一片更无所见。家何在，家在哪里。这不是讲思乡，而是讲"置身何处"，讲路途迷茫，不辨别方向，不知身在何处、人在何处。多少有一定生活感触的人，一念此句，此情此景，即会长叹数声，滚下几行热泪。何况，还有那茫茫遮目、深不可测的积雪呢！后半联"雪拥蓝关马不前"。拥，堵塞。诗人翻山越岭，路出雪山，遭遇茫茫雪原，现在路途更加艰险了。马不前，连马都裹足不前，而人就更不要妄想了。这都是实写路途的艰难，而喻指人生的困境。人也何辜，遇此天阻！

诗歌至于颈联，陡然低沉，一腔悲愤冲决而出。向来韩愈有"不平则鸣"之论，他即景就情，发出悲鸣，顿然化作"天哭"。韩愈这一腔悲怨兼记抒泄内心的愤懑、痛苦，哀感动人，让人感慨万千，让人情何以堪，又让人心寒不已啊。确实，有大忠乃有此大悲。另外，我们看，诗人在一个后辈面前不禁深情诉说，如此抒发胸臆，可见悲苦得毫无遮拦了。

"云横""雪拥"两句，因为即眼前之景，写眼前之事，而抒眼前之情，真真切切，道尽了人生的艰难坎坷，又因为锻句凝练，景界苍凉，悲壮沉郁，蕴含深广，而传诵至今，可谓千秋绝调。

三

再看，"知汝远来应有意"。意谓，"我"知道你从远道而来有你的想法，当然，你看"我"老了，对不对？你要来照顾"我"兼及后事，这一点"我"也是知道的。因真情表白，真心相吐，于是诗人心里感到了来自亲情的温暖，这多少也抵消了来自外界强大的、坚硬的、没有一点回旋余地的、无情的冷酷，而这，多多少少也算是个慰藉吧。"好收吾骨瘴江边"，瘴，毒气，那你到时候就在潮州潮江边收拾"我"的尸骨吧。有人收拾尸骨，也算是不幸中的万幸。但语含悲怆、心酸，而到底有些让人难以卒读。

结语另起话题，另申情愫。虽然沉重，但较之颈联，已经和缓了很多。而"好收吾骨"，也算是对"家何在"的一个遥相呼应吧。当然，较之于韩愈在《谏迎佛骨表》里的愤切陈述（"佛本夷狄之人，……不知君臣之义、父子之情。……况其身死已久，枯朽之骨，凶秽之余，岂宜以入宫禁！……乞以此骨付之有司，投诸水火，永绝根本，断天下之疑，绝后代之惑"），这里的"好收吾骨"，显然有渡尽劫波之后的经世醒悟、理解与忏悔吧。愤激地毁人之骨，结果死无葬身之地的时候，才知道一把老骨头对自己的重要性之所在，到底念念在兹的还是以前所唾弃的所谓"枯朽之骨"，这其间到底有多尴尬，可能唯有韩愈自己才最清楚吧。

当然，解读会心，不同的人会有不同的解读法。此不勉强，亦无须勉强。下面一则资料，是清代以来的一种解读，权作韩诗阅读的一个收束。

韩愈大半生仕宦蹉跎，五十岁才因参与平淮而擢升刑部侍郎。两年后又遭此难，情绪十分低落，满心委屈、愤慨、悲伤。前四句写祸事缘起，冤屈之意毕见。他坚持说自己是"欲为圣明除弊事"，可见其无悔且不屈之意。后四句悲歌当哭，沉痛凄楚，却又慷慨沉雄。

此为韩诗七律之佳作，清何焯以"沉郁顿挫"评之。方回《瀛奎律髓汇评》引纪昀语："语极凄切，却不衰飒"。高步瀛《唐宋诗举要》引吴闿（kǎi）生曰："大气盘旋，以文章之法行之。然已开宋诗一派矣。"俞陛云《诗境浅说》："昌黎文章气节，震铄有唐。即以此诗论，义烈之气，掷地有声，唐贤集中所绝无仅有也。"

需要说明的是，材料第二段涉及诗歌的格调与创作。所谓"沉郁顿挫"，主要评价韩愈诗歌"云横"那两句。这里面所谓"以文章之法行之"，是说韩愈作诗，并不像唐诗里杜审言、李白一类的律诗创作法。也就是说，传统律诗作法是开头、结尾两联系构成一个完整的意义框架，而中间两联是对前一联的一个夹注或阐释；

但是韩愈这里,他不问这些,他写诗像写散文一样,讲究的是气脉贯通、曲折有致,将这八句按照时间性,完整地表述一个意思。只是在形式上,也还照顾到律诗中间两联的对仗性而已。

【诗词品读】(续)

四

下面再看贾岛的《寄韩潮州愈》诗。

前面韩诗《左迁至蓝关示侄孙湘》是写在元和14年,诗作传到京师,贾岛读后就写了这首,并寄给了韩愈,从中可以见出一个朋友的心怀。

此心曾与木兰舟,直到天南潮水头。隔岭篇章来华岳,出关书信过泷流。峰悬驿路残云断,海浸城根老树秋。一夕瘴烟风卷尽,月明初上浪西楼。

起句"此心曾与木兰舟",讲"我"这颗心也跟随韩愈一道,他乘船过渡,"我"心也随着他的船。次句"直到天南潮水头",他的船到哪里,我的心就跟到哪里,当然是一直到极南之地——他的贬谪地潮江了。唯有患难,才能见到真情,见出真正的朋友。

三句"隔岭篇章来华岳",隔岭篇章,就是前面的《左迁至蓝关示侄孙湘》;华岳,是指京城,来自京城的这么一首诗。第四句"出关书信过泷流",泷流,急流的水;这里是说,看到你的诗篇了,而"我"寄给你的已出关的书信,怕是已经过了急流险滩,快要到达你的身边了吧。朋友式的关切、温暖之情,可谓溢于言表。

"峰悬驿路残云断",驿站悬在山腰,悬在山峰上,路途自然非常艰险。残云断,截断残云,也说明路途高而险峻。贾岛这样说,还有一份担心含在其中。"海浸城根老树秋",这个海是指潮州边的海(或者就是指"潮江"),这是写韩愈的处境之苦。海浸城根,潮州城建在水边,出入很不方便;老树秋,是老树又逢秋,本已枯枝,又添败叶纷纷,这些都说明一种衰飒的形态。海水将城墙根淹没,老树到了秋天显得非常枯槁,说明在贾岛想象里,老迈的韩愈又经受巨大的摧折,何其糟糕!这一联,前一句是讲路途之险,后面一句则是说处境之难。

尾联"一夕瘴烟风卷尽,月明初上浪西楼",这是贾岛的烂漫想象。他把最美好的祝愿送给韩愈,告诉他说未来还是美好的。在为朋友担当的同时,还把最美好的明天,最美好的未来也描绘给了韩愈,这就是朋友式的安慰。就是说,你不要担心,"一夕瘴烟风卷尽",大风总会将瘴气卷掉的,"月明初上浪西楼",明月之夜,你就可以登上西楼,去观赏楼下的上涨的海潮相激荡了。那又将是何等的悠然自在啊。

【问题聚焦】

五

下面看看韩愈诗歌的有关问题。

韩愈《左迁至蓝关示侄孙湘》结句为"好收吾骨瘴江边",而贾岛的尾联是"一夕瘴烟风卷尽,月明初上浪西楼",这些诗句各自表达了什么思想情感,请简要分析。韩诗结句,诗人对人生的前景并不乐观,可见心绪非常暗淡,"收骨"寄托,向侄孙从容交代后事,吐露了他凄楚的内心。当然,读者细读,还是能够发现,诗中仍然暗涌着一种温情与抚慰。尸骨有人来收,总要强过所谓"万劫不复"吧。

而贾岛,他是韩愈的友人,自然有豁达开怀的劝勉。这是做人的一个基本原则。所以他不可能像韩诗的结尾,写得那么黯淡,而一定要甚至极力要别开生面,将人生光明的一面传达给友人,同时也是向友人激励志气,树立信念的表示。所以我们看,瘴毒之气会被一扫而光,明明如月,光景如新,良宵、美景、赏心、乐事都会到来的。从中可以看出贾岛对友人的一片诚挚。再则,"虽身处艰难,而心犹有从容之乐",应当是一个士人应有的风度。而心境变了,环境自然也会随之改变。心情糟糕时,有时看到的就是凄风苦雨;而心怀澄朗时,可能所看到的就是惠风入怀、乱珠跳荷。所以一定要说,这里还含有诗人贾岛对友人韩愈的期待,亦无不可。

另外,韩诗"好收吾骨瘴江边",有人说用了典故,引自《左传·僖公三十二年》里秦国老臣蹇(jiǎn)叔哭师的话"必死是间,余收尔骨焉",意谓韩愈用以向侄孙交代后事,吐露凄楚难言之隐。这个,问题当然不大,不过仍然有牵强之处。我们解诗,还是要浅显清白,不可深文周纳,屈意转深,如此,则会将一个很散文化的、很明白的诗歌弄得极为烦琐。

【读法链接】

〔附〕今人和前人有关点评

《唐诗鉴赏辞典》:五、六句就景抒情,情悲且壮。韩愈在一首哭女之作中写道:"以罪贬潮州刺史,乘驿赴任;其后家亦谴逐,小女道死,殡之层峰驿旁山下。"可知他当日仓猝先行,告别妻儿时的心情若何。韩愈为上表付出了惨痛的代价,"家何在"三字中，有他的血泪。此两句一回顾，一前瞻。"秦岭"指终南山。云横而不见家，亦不见长安："总为浮云能蔽日，长安不见使人愁"（李白诗），何况天子更在"九重"之上，岂能体恤下情？他此时不独系念家人，更多的是伤怀国事。"马不前"用古乐府："驱马涉阴山，山高马不前"意。他立马蓝关，大雪寒天，联想到前路的艰危。"马不前"三字，露出英雄失路之悲。

孙琴安：其不少七律皆有轻率滑易之嫌，缺少一种明显的抑扬顿挫的节奏感。然其笔力雄健，不少句子仍有一股刚劲挺拔之健气。汪森以为其七律"清新熨帖，一扫陈言"，此固不错，然谓其七律乃杜甫"嫡派"此似非矣。韩愈不少七律，恰恰是跨过杜甫，而径与苏颋、张说、贾至、王维诸人攀亲矣。"天仗宵严建羽旄，春云送色晓鸡号。金炉香动螭头暗，玉佩声来雉尾高。"不必言其意旨，即便句式、辞采，甚至"天仗""晓鸡""香动""玉佩"诸词汇，亦与苏、张、王维等相似，而与杜甫无缘。其七律成就虽不如刘、柳，然确能"一扫陈言"，无同代人之同音同调，太熟太烂，而自有其特有之刚劲笔力与挺拔健气。（《唐七律诗精评》）

吴北江：大气盘旋，以文章之法行之，然已开宋诗一派矣。（《唐宋诗举要》引）

俞陛云：昌黎文章气节震铄有唐，即以此诗论，义烈之气，掷地有声，唐贤集中所绝无仅有。（《诗境浅说》）

金圣叹：一二不对也，然为"朝"字与"夕"字对，"奏"字与"贬"字对，"一封"、"九重"字与"八千"字对，"天"字与"潮州"、"路"字对，于是诵之，遂觉极其激昂。谁谓先生起衰之功止在散行文字！才奏便贬，才贬便行，急承三四一联，老臣之诚悃（kǔn），大臣之丰裁，千载如今日。五六非写秦岭云、蓝关雪也，一句回顾，一句前瞻，险如逼出"瘴江边"三字。盖君子诚幸而死得其所，即刻刻是死所，收骨江边，正复快哉。安有谏迎佛骨韩文公肯作"家何在"妇人之声哉！（《贯华堂批唐才子诗》）

纪昀：语极凄切，却不衰飒。三四月是一篇之骨，末二句即收缴此意。（《瀛奎律髓汇评》）

赵嘏《长安秋望》

赵嘏（约806—853），字承祐，楚州山阳（今江苏淮安）人。年轻时四处游历，留寓长安多年，出入豪门以干功名，其间似曾远去岭表当了几年幕府，后回江东，家于润州（今镇江）。会昌四年（844年）进士，一年后东归。会昌末或大中初复往长安，入仕为渭南尉，世称赵渭南。赵诗与许浑同调，属律切工稳、清圆流畅一路，然较后者稍沉着。《全唐诗》称其"为诗赡美，多兴味"。存诗二百多首，其中七律、七绝最多且较出色。

【诗词品读】

一

下面，就来讲讲赵嘏（gǔ）的《长安秋望》诗。

云物凄清拂曙流，汉家宫阙动高秋。残星几点雁横塞，长笛一声人倚楼。紫艳半开篱菊静，红衣落尽渚莲愁。鲈鱼正美不归去，空戴南冠学楚囚。

先从中间两联讲起。

关于"残星几点雁横塞"。从"残星几点"看，所表示的时间，不是"晚上"而是在早晨。柳永诗词名句"杨柳岸晓风残月"，也是拟写清晨所见，只不过它是"残月"，而这里是"残星"，都是清晨天上所显现的物象，除了暗示自然的时间外，还有诗歌情境渲染的意图。"残星几点"，说明天色微亮，颇有凄凉之感。而"雁横塞"所写，则是深秋或初冬时节的物象；其意大约是说，大雁横过关塞上的天空。它带给人的，似乎有一种苍凉与冲压感。总之，在这里，情景的凄凉以及时令的强硬迫人，一时让人屈抑。

当然，还须说明的是，"雁横塞"这个动态的景里，"横"字很有表现力。此字说明大雁一字排开，与天上的几点残星恰恰构成了一幅简淡却残硬的画面。虽然是动态的景，因为距离和视线都很远，变化似乎很慢，所以又有某种静态的效果。与此相对，后一句"长笛一声人倚楼"这个景，由于"倚靠"的远视觉作用，所给人的却是静态的感觉；不过，从听闻到的笛声来说，又似乎富有动态效果。于是，这一上一下，一遥远一稍近的两处物象，又自然地构成了一个动静相对的画面。然而，长笛又叫横吹，也极有可能是箫类，它鸣咽、哀愁。清晨就闻听长笛在薄薄的空气里颤动，与前面残星与雁阵的苍凉，共同构成一个苍凉、鸣咽的画面。

再则，顺着这笛声，诗人看到了前方高楼上的吹笛者。"人倚楼"，她倚靠着高楼，成了一个柔弱的剪影。而她面前的"残星几点"自然也是她的背景，悲咽的笛声使她看起来更加弱不禁风。她太单弱了，使她看起来太需要楼阁的依靠，于是物理的支撑就转化成情感与精神上的倚衬。这一"倚"字很是微妙，于是一个很柔弱的意象里，倚楼人含着无限的情，又似乎带着无言的无奈。如果再将三、四两句进行比照，一则强硬，一则悲柔，依旧是冷色调里让人不堪的不谐意象。也许正因为如此，这两句被中晚唐的另外一个大诗人杜牧杜紫微所欣赏，他们之间的交谊也很深，常互有唱和，干脆称赵曰"赵倚楼"。

二

再看诗作的颈联。

"紫艳半开"，紫艳是讲菊花，一种很艳的紫色的菊花；"半开"意思是还没开，很容易让人联想起女孩子青春美妙的年纪。当然，另外一种解释，这秋花紫艳菊，半开而未全开，在这时节很好看。全开放，开太盛即意味着行将凋谢，自然不好；而将开而未开，以及开了是半开的尚未达到饱和的状态，都会给欣赏者以美的想象的空间。我们再看，"紫艳半开"，有其动态，而"篱菊静"则是静态的展示，是静中的一种矜持和持重。在语言技巧上，这首诗可谓颇具营运的匠心。当然，这"菊静"，又很容易让人想到陶渊明"采菊东篱下，悠然见南山"的幽情与娴雅。渊明给人突出的印象，除了把酒赏菊的悠然恬淡，还有就是决然归隐的人生取向。那么在这首诗，有没有诗人归隐的倾向呢？纵然没有，也有一种从容淡然的风度。因为它们对霜傲然、迎秋而放，是如此的静穆、内蕴而热烈。

再看，"红衣落尽渚莲愁"。红衣，实际上是"莲花"，它经过初春之际的小荷尖尖露角，到了盛夏之时的映日盛开，却在瑟瑟秋风里凋落谢尽。"红衣落尽"就是指这种情状。而它又隐含着一种生命流逝的愁叹。"渚莲愁"，水边莲子结愁，应当说是为其自身的孤单而发愁，因为莲花凋谢了，伞叶枯槁了，残败了，于是画面指向了一个清冷而荒凉的水边世界。这一处愁莲，让人想到五代南唐中主李璟的"丁香空结雨中愁"（《摊破浣溪沙·手卷真珠上玉钩》）的形象。它本青春美妙，或许因为不经世情而备遭摧折。而这些情事的主角，都很容易让人想到那些青妙的女子。

读到此处，再回看"紫艳半开篱菊静，红衣落尽渚莲愁"这两句，与颔联的诗句一样，也是两两相对的并不谐和的意象，而"秋"则成了一张残酷的化学试纸，诚如王安石在《谢知州启》里所说的"秋气正刚，风华浸远"。

在这里，稍作一个小结。时值深秋，塞雁横空南去，无法阻拦，而竹篱旁的丛菊则不以为意，迎霜怒放，这是一组强势意象。而另一组，拂晓仍在楼头吹笛的倚楼女，显得何其孤苦无依，不能自已；而水边或小沙洲上的荷花已经凋谢，荷叶则枯槁残卷，似含无尽的悲愁，又似乎无法经受日渐荒冷的秋绪，甚至连秋日成熟的莲子，也好像结出了愁怨的种子。

三

当然，必须承认，倚楼人指谁，第三联的两组意象究竟是如实写景，还是暗有所指，都还显得朦胧含糊。但意象间一强一弱、一盛一衰的尖锐对立，又说明诗人实在是意有所指。

五代王定保则在《唐摭（zhí）言》"卷十五"，讲述了一个与赵嘏有关的颇为哀艳凄婉的故事。

嘏尝家于浙西，有美姬，嘏甚溺惑。洎计偕，以其母所阻，遂不携去。会中元为鹤林之游，浙帅窥之，遂为其人奄有。明年，嘏及第，因以一绝箴之曰："寂寞堂前日又曛，阳台去作不归云。当时闻说沙吒利，今日青娥属使君。"浙帅不自安，遣一介归之于嘏。嘏时方出关，途次横水驿，见兜舁人马甚盛，偶讯其左右，对曰："浙西尚书差送新及第赵先辈娘子入京。"姬在舁（yú）中亦认嘏，嘏下马揭帘视之，姬抱嘏恸哭而卒，遂葬于横水之阳。

我们看，故事里最哀感的就是与诗人赵嘏互生情愫的那个女孩子曲折心伤的情节，她在爱情婚姻前不能自主自决，而受之于家庭和权势的阻挠及侵凌，最终虽然回到所爱人的怀抱，却因伤心过度而亡故。她宛转于家庭，周旋于权势，却过早地憔悴凋谢，这一切的基本要素，简直就是本诗诗句"红衣落尽渚莲愁"的故事原版。料想女子被浙帅强娶后，一定有其与诗作里倚楼女怀人吹笛相类似的情形。

这个故事太有张力，也给了解释诗歌一个有力的支持。

另外一个纠缠的问题是，"紫艳半开篱菊静"究竟是实景描绘，还是意有所指？虽然前面已分析了诗人可能暗含着陶式的静穆与淡然，而这种心向的依据何在？一方面是诗人感于时序的寒秋，另一方面，诗人经受了生活中的种种不幸，一个个美的身影的黯然伤逝，又可能不断地让诗人对美伤悼、为美哀伤了。也就是人世的凉薄，尤其是深味美妙的境遇或者岁月的伤逝，让诗人有了人生心向的选择，并最终强化了他的这个选择。

要说明这一点,我们再看看最后两句。

四

"鲈鱼正美不归去",鲈鱼典故,一般的说法,是讲张季鹰见秋风起而想起了家乡鲈鱼和莼菜之美,于是有了动身归家之念。似乎因嘴馋而致于官可以不做,其实并非如此简单。我们看《晋书·张翰传》的说法:

齐王冏(jiǒng)辟为大司马东曹掾。 时执权,翰谓同郡顾荣曰:"天下纷纷,祸难未已。夫有四海之名者,求退良难。吾本山林间人,无望于时。子善以明防前,以智虑后。"荣执其手,怆然曰:"吾亦与子采南山蕨,饮三江水耳。"翰因见秋风起,乃思吴中菰菜、莼羹、鲈鱼脍,曰:"人生贵得适志,何能羁宦数千里以要名爵乎!"遂命驾而归。

所谓鲈鱼生鱼片和莼菜之美,只不过是故事主人公预知天下乱纷、朝廷有重大事故发生,而说出的一个适志任性、脱身远祸的借口而已。再回到赵嘏《长安秋望》,原诗说"鲈鱼正美不归去",意思是,家乡的鲈鱼正肥美,为什么还不回去?是不是也是一个美丽的借口?

今人学者查屏球先生在《"赵倚楼""一笛风"与禅宗语言——由杜牧等人对语言艺术的追求看经典语汇的形成》一文里,认为赵嘏这首诗歌不作于他三次长安活动的前两次,而是第三次时。"前两次是为赴进士试,一次是在大和六年(832年),一次是在会昌三年(843年)。最后一次应是他任渭南县尉时,其时约在大中三年(849年)后。对照诗意,三次中唯最后一次与诗意相合。本诗后一联抒发了失意怀乡之情,其中用了西晋张翰见秋风而弃官归乡的典故。"那么,赵嘏又为何而失意?查文进一步说,"赵嘏于会昌四年三十九岁时中进士,久未得官,至宣宗即位后,牛党得势,政坛换班,赵嘏才得机获此一职。据谭优学、陶敏先生考证其得渭南县尉一职,可能是大中三年后的事。其时,他已44~45岁了。这个年纪才进入官场的最低层,自然是不得意了。这种失望情绪,在其他诗中也有表现,如其《别牛郎中门馆》赵嘏对此结果是很伤感的,《长安秋望》中的情感无此消沉,但是失意之调是相似的。"

我们看,查文这一分析与张翰的弃官归乡的深层情因及弃官内因都几乎相同。赵嘏因于牛李党争而患得患失,久滞底层,老大消沉。由此可见,诗人久滞长安,失意于下僚,转而有了归隐的志向,而且这种心向还很强烈,正如诗作"紫艳半开篱菊静"所展示的那样。

再看最后一句"空戴南冠学楚囚"。南冠，就是"楚冠"，原典见《左传》"成公九年"。晋人要求被俘楚国人演奏音乐，后者仍不忘戴故国小帽，唱故国南音，然后弹南国琴音，因不忘故国节操，被赞赏是君子。南冠后来是指被俘的囚犯，又喻指羁旅于异地、身受如囚徒的那些人。空，白白地、徒然、无谓。整句的意思是说，羁旅异地白耗着，没什么意思。

所谓"鲈鱼正美不归去，空戴南冠学楚囚"，意谓，与其"空戴南冠学楚囚"不如趁"鲈鱼之美"而归去。那也就是说，赵嘏在他这时候已经做出了清晰的选择，想回去。与其在长安羁留，空耗着，倒不如归去来得干脆。当然，"鲈鱼正美"，我们在诗歌里没有看到，倒是看到了"长笛一声人倚楼""红衣落尽渚莲愁"，正是这伤心之事，或者说不堪往事，让人到中年的诗人看淡了人生与仕途，做出了一个类似前人风雅性的选择（"陶潜归隐"）。

五

接下来，再回到诗歌的开始。

我们看诗作首联"云物凄清拂曙流，汉家宫阙动高秋"。

所谓"高秋"，就是深秋。"云物"，指云的色彩，云气和云彩，另外有时也指景色。"云物"在《左传》里面有记载，在四时（春分秋分夏至冬至）观天上的云彩，考察一年的气候变化，以及气候变化对人事、社会的影响。而对赵嘏来讲，他登上长安高处，秋望长安，又当如何？就在这样一个深秋的拂晓，诗人凭高远眺、俯视，眼前凄清灰惨的云雾凝然、飘荡、扩散，于是全城的宫观楼宇都仿佛随之浮动、晃动起来，景象异常壮阔、苍凉而迷蒙。尤其是，平日里巍峨壮丽的长安城（"汉家宫阙"）的浮晃，又让诗人极为震恐，从而引发他无限的感触。

天高地迥，一切皆无法阻挡时序的意志，这与他的前代前辈，那个早慧天才的感触，何其相似！王勃在《滕王阁序》里说：

穷睇眄于中天，极娱游于暇日。天高地迥，觉宇宙之无穷；兴尽悲来，识盈虚之有数。望长安于日下，目吴会于云间。地势极而南溟深，天柱高而北辰远。关山难越，谁悲失路之人；萍水相逢，尽是他乡之客。怀帝阍而不见，奉宣室以何年？

现在，再简单地回顾一下诗歌文本内容。

第一联是远望，所以境界有些辽阔而苍茫，苍凉。第二联接续，写天边的大雁飞翔的远景。这些，都强烈地引发了诗人的悲慨。此时又突然听到了长笛的呜咽声，然后又牵涉不幸的吹笛女子。由此诗人把眼光从远方渐渐回收,以菊蓄志,以莲抒情,引发了"身在长安,无限凄凉"的感触。此情此景,他希望尽快离开长安,不要再像囚徒一样地生活下去。

【诗词品读】(续)

六

讲完赵嘏的诗作《长安秋望》,想必诸位对"悲秋"的母题,以及诗歌所涉及的像乡愁、大雁、楼阁等意绪与意象,可能也有了一定感受。而这些诗歌里的元素,在以后我们所接触到的古诗里,可能还会反复出现,所以有必要再收集一些,以帮助诸位加深这方面的体会。

下面,我们挑选了三首诗作,与前面的《长安秋望》一道,共同汇成一个专题,希望对大家的古诗解析会有点帮助。

先看一下赵嘏的《寒塘》诗。

晓髪梳临水,寒塘坐见秋。乡心正无限,一雁度南楼。

髪,就是头发。晓,当然指早晨,点明了具体的时间。"晓髪梳临水",水可以当镜子,不必惊奇,即早晨对着水梳洗头发,当然也洗脸,每天早晨恐怕都这样做,已经是一个习惯性的行为。次句"寒塘",点题,又点出了早晨水塘的清冷,联系前句,又可知这两字还与感觉有关。坐,因,也可以理解为实义词。"寒塘坐见秋",诗作说感受到早晨塘水的清寒,这个感觉当然来自于首句的洗发行为,不是其他,是因为秋天确实来到。在这里,"寒塘"与"秋"是因果关系,因为"秋"而知"塘寒",反之,"塘寒"又说明"秋"的到来。

试着将两句联系起来,起句平淡,好像没有什么可讲,却为次句的"奇崛"蓄积势能;次句好像是一个视觉所见,其实是一个深切的触觉,"寒"是感觉,"秋"是敏锐的体察,然后才是检验与证明式的视觉印证:哦,果然是秋天到来了!人都敏感于秋天的到来,为什么?一见到秋天,诚然让人知道是个金光的季节,丰收和成熟的时节,但更会让人随即想起了枯黄,衰落,萎缩,凋谢,死亡,荒凉……对于草木来说是枯黄和凋落的季节,意味着生命出现了某种形式的断裂,所以秋天的到来,便暗示着死亡与衰老的临近、到来。这种临界意识,让人不能不受触动。同时,还因为人见树叶凋落而脱离于枝干,产生"分离"的意识,也由于秋日的澄静、秋天的肃静，而让人想得很远，于是，纪念、怀思与想念、牵挂的心理便油然而生。所以，次句似乎也很平淡，但究竟不简单，让人心态失衡而产生出强烈的感慨。而一"寒"，一"秋"，都含义丰富，耐人寻味。

再看，由于一个细微的触觉感受，而敏感地体察到秋天已然到来，这个时候，诗人环顾，才感觉到整个时节的秋的特征。他也许从水镜里看到自己的霜发，以及自己孤独的身影，还有落寞的、孤单的情绪。"见秋"，好像是一种幡然悔悟，猛然发现。

秋天确实就是一个感伤的季节。所以第三句，就直接从心里面喊了出来。"乡心正无限"，是抒情，所谓直抒胸臆。"乡心无限"，"乡心"是什么心？思乡之情。羁身在外，孤旅天涯，星发散布或者皓云飘然，难免让心情难过和沮丧。这时候，满眼的都是真正的、情绪的秋色了。越是如此，则此时的心情越发复杂而痛苦：此所谓乡心无限。而第三句，除了写出诗人思乡之重的心理行为，又写出了诗人此时水边的情状，他低头凝视，似乎又并无所见，他沉浸在思乡的情绪里。

再看诗作的最后一句。诗歌第二句与第三句，呈承接的关系，但诗歌的语意有转折，出现在最后一句。最后一句是语意的突然逆转，是在诗人痛苦的伤口上撒盐，以无情之句的叙述，来揭示孤旅在外的游子悲摧的心理。"一雁度南楼"，让诗人更是不堪。这南归的大雁，不是一字排开的雁阵，没有办法在飞行时形成前呼后应的结伴式安慰，它只是"一只"孤雁，它失群，失散，掉队。它的叫声，一定更加地凄惨而尖唳……

也许，读者要纠正，诗中只写了一个看到的景，并没有写出那只孤雁的叫声呢。还有，正在低头难过，"乡心正无限"时，怎么就看到这只从楼上飞过的孤雁？……还得赶紧说明，长诗字密而意紧，短诗字稀而意丰，并且后者存有巨大的空白，以及疏宕的、顿挫的节奏性，正给了阅读诗歌以巨大的思考和想象的空间。我们看，诗人凝思于洗梳之际，于水面感受到了秋的意绪，他自然可以从水面的倒影里，看见那只孤飞的雁缓缓地飞过。它本来有清脆的叫声，可是它离群索居，或者遭遇了不幸，它所在的群体都远远地离开了，于是它只能孤身单飞，这是何等凄凉之事。它在飞行，但一直沉浸于巨大的痛苦之中，终于有一天，它无法发出它凄凉的叫声，可能，它早已嘶哑。此情此景，如何不让人寻思而有深深的触动呢？

短短的四句诗，容量如此巨大，含义竟然如此丰富。第一句和第二句之间，它这种跳跃和跨度之大，在诗歌写作上甚为奇特。小诗的精妙之一就在这里。再说，思乡的情感本来已经很痛，现在又有"一雁度南楼"这种新加的刺激，似乎就让人更为苦痛了。此种不动声色的情境渲染，又是诗作的精妙所在。

七

再看韦应物的《闻雁》诗。

故园渺何处？归思方悠哉。淮南秋雨夜，高斋闻雁来。

从关键词角度来说，赵嘏的《寒塘》诗，抓住的是一"见"字；而韦应物这首诗，则以一"闻"字见精神。就前者，"晓髪梳临水"是"见"，看到了自己的头发，以及自己的"本来面目"。而"寒塘坐见秋"，也因为"见"秋而印证了自己对水寒的感受，后面"一雁度南楼"还是以其所见，来渲染、增加思乡浓深的情感。

再看看韦应物的《闻雁》。"故园渺何处"，渺，渺茫、渺远。故园在哪里？它也是和思乡有关系。"归思"，回家的想法，"方悠哉"，正幽深、幽远着，和前面那首诗的"乡心正无限"，可以对接起来。乡愁正浓啊，正是痛苦之中。"淮南秋雨夜"，诗意逆转，如同老天有意作梗。夜，增加了难耐。秋雨，无边的下落声，诉诸听觉，使夜难眠；而绵绵秋雨，又增加湿漉漉的悲愁氛围；此外，还增加归途的艰难，夜雨越下，则人心越霉。当然，秋雨还是苦雨，每一下一回天气愈冷一回，所以，连绵秋雨的寒意是冷透骨了。

当然。这里第三句，环境的渲染，又使黑夜愈发阴森、怪诞，并让未来充满了更多的不可确定性，人在夜晚本来就孤独无助，所以，在这样一个特定的环境渲染里，诗人的痛苦就更可想而知。

环境越是凄苦，思乡就越发强烈。而恰恰此时，又见伤口撒盐——"高斋闻雁来"。斋，是指屋舍。此时，听到房顶上空中大雁飞过来。当然，这里听到的是大雁凄凉的叫声，在夜空里显得极为空荡。闻声识味，又增加了一层归思的浓度和苦度，同时也显示了一层浓浓的悲愁。

赵嘏和韦应物这首诗，都是写突然加深的乡愁，都写得很巧妙。

八

下面再看赵嘏的《江楼感旧》诗。

独上江楼思渺然，月光如水水如天。同来望月人何处？风景依稀似去年。

本诗首句"思渺然"，和前面"归思方悠哉"，"乡心正无限"一样。独上，直点孤独的心境。"上江楼",江楼一般都很高,也看得很远,古人登高意欲使心境开阔,扫除心中的阴霾,于是"上"这个动作本身,就说明了诗人情绪的阴郁和茫然。当然,茫然的背后,可能是失落,痛苦,以及为种种情绪所围裹的无奈。

紧接着,诗作写眼睛所见。"月光如水水如天",写月光就像清水一样的明亮、澄澈,而此夜宇宙澄清,水天一色,于是在地面,在空中,在银色月华的普照里,上下敞亮空灵,浑然一体。这样一个夜晚,宇宙亮彻。如此夜晚,如此良宵啊。这第二句是写登上江楼后,满目所见。当然,喜欢咀嚼诗歌滋味的人,可能有种感觉,就是这第二句写起来很突然。有人可能说怎么会突然呢?这两句在结构上很融洽,首句写上楼,次句写所见,没有任何问题啊。但是,在细心人看来,首句写人的心境阴郁、黯然,而次句忽然敞亮、澄澈,既是环境的描写,又是心境改变的写照。而这,当然是诗歌的内容而非结构的内在性的对比。当然,这又有衬托的意思。以首句衬托次句,以显示次句——实际上,则是要凸显登高的所得:宇宙的浩瀚和明亮,驱逐了心灵的狭隘、黯淡和忧郁。

以上两句,诗意似乎做足,心情也获得了足够多的开阔。然而,诗作第三句在结构上进行强有力的折回与逆转,使诗歌由明亮的色彩转向了阴郁。

我们接着看。"同来望月人何处",它的出现,使诗歌获得了数层逆转或转向。这一句不是简单地与本诗的次句相关联,而是突然斗转星移,将开头两句由当前时态翻成了过去的某一个场景,而且景界也由实景变成了虚拟之景。这是第一层转向。再看,由于第三句出现,而使得本诗的前两句强烈的对比,获得了一个极为合理的解释。这就是诗歌抒情主人公由首句的孤独、苦闷,到次句登上江楼之后,因偶遇冰清玉洁的"同来望月人",而使两颗孤独、忧郁的心灵,在相遇、相感之中冰消雪融,而存在于两人的心中的阴霾,也都烟消云散。于是,在眼前宇宙的澄澈里,他们纯洁的心灵与这宇宙合而为一了。这是第二层转向。第三层,再度折回。可能,自去年今夜的相会之后,他们之间有了一个约定,就是今年同夜,再在此楼相会,但因种种原因,去年的望月人没有再度出现,结果诗歌抒情主人公的期待变得茫然,于是美好的心境便再度回折,忧郁笼罩着内心,而眼前的月色也笼罩着一层忧郁。

而今,如此良宵,如此美夜,又是同样的月光,同样的夜晚,同样澄澈的世界,因为同心之人的缺失,风景已经与去年大不相同。结句说"风景依稀似去年",有一种物是人非的追念和淡淡的烟愁。所谓"风景依旧",是说风景可能还是"月光如水水如天"。但真的同去年一样吗?其实,风景是否相同并非关键所在,而是,诗人期盼着的"同来望月人",是诗人的知音同契才是最为重要的。所谓"风景依稀似去年",只不过是诗人表达遗憾的极为委婉的说法。

这首诗感情写得很真挚,表达手法很别致,通过对比,通过内容和结构上的粘连,使得"望月怀人"的主题获得了非常温情而委婉的显示。

【问题聚焦】

九

最后再补充几句。借赵嘏的《长安秋意》等诗作,来讲析一个诗歌专题,希望对古典诗歌"悲秋"(或"悲思")的母题,多增加一些理解。当然,理解诗歌,更重要的是理解诗人的内心,理解其所处时代的风情风貌。我们理解诗歌,实际上是以古人之心,读古人之诗,感古人之心。当然,也不能少了现代人的情感理解,但更多的,还是要尽可能地用古人的情感和思想来"拟解"。这也是所谓读者视界的融合。

【读法链接】
〔附〕前人有关点评

《唐摭言》:杜紫微览赵渭南卷,《早秋》诗云:"残星几点雁横塞,长笛一声人倚楼。"吟咏不已,因目为"赵倚楼"。

《唐诗鼓吹注解》:此在长安因感晚秋之景,而怀故园也。

《唐诗镜》:三四景色历寂,意象自成。

《唐诗选脉会通评林》:周珽列为前虚后实体。此羁迹长安,因感晚秋之景而怀思故园不得归以适志,而兴留滞他乡之恨也。沙中金云:次联"雁"字、"人"字,诗眼,用拗字,此独妙。承祐诗大抵清幽便捷,评者谓不减刘随州。

《唐诗鼓吹笺注》:"云物凄凉",晚秋也;"汉家宫阙",长安晚秋也;此皆倚楼人之所望也。三又接笔以"残星几点"写"雁横塞",再写晚秋;四即顺笔以"长笛一声人倚楼"作对。此真绝好章法,宜为千古绝唱。

《增订唐诗摘钞》:韵用"楼"字,唐人多有佳句,此"楼"字更用得妙。……"雁"、"菊"、"莲",皆秋时之物;曰"几点"、"一声"、"半开"、"落尽",皆写凄凉;而又以"静"字、"愁"字点破。"长笛"一句,写凄凉更透露。

《贯华堂选批唐才子诗》:通篇苦在一"空"字,可知?

《唐三体诗评》:第二万钧之力。"流"字起"动"字,蕴藉至此。

《唐律偶评》:"动"字暗藏秋风起在内。直是社稷倾摇景象,不可显指,半明半暗,深于诗教……"长笛"乃山阳之感也。五六"半开"、"落尽"言归期已后,犹不知几,岂有人执其手足耶?诗至此,安得不令杜紫微俯首!

《唐诗贯珠》:调高气畅。其灵活处,炼字得力。"流"字落想佳。

《碛砂唐诗》:真有灵气中涵、不可摸索之妙。何也?残星几点,天光欲曙矣;翔雁南飞,秋声已惨,况值长笛风清,动人旅思之时乎?悄然生感,倚楼独立,正觉难以为情也,陶铸成句,毫不道破,令人诵之,悠然远引,所以延誉当年、流传后世者,定精神与之俱在也("残里"二句下)。

《山满楼笺注唐人七言律》:此不得志而思归之作也……三四"残星"、"长笛",见景实事,而以"雁横塞"陪出"人倚楼",自是兴体。格高调响,杜紫微吟赏不已,称之为"赵倚楼",有以也。夫五之"篱菊静",六之"渚莲愁",正所以双逼起七之"鲈鱼美",皆遥想故园景物也……"空戴南冠",一"空"字最苦,其所以欲归,正在此。

《唐诗笺注》:此诗感秋思归,为达曙晓望,故有"汉家宫阙"之句……结言思归不得,借"楚囚"以托之。

《瀛奎律髓汇评》:冯班:第二句点长安。以长安结。纪昀:三四佳,余亦平平。

《唐诗析类集训》:首以凄凉作骨,末结所以凄凉之意。

王安石《葛溪驿》

【诗词品读】

一

　　王安石（1021—1086）是江西临川（今江西抚州临川区）人，是有名的大政治家，大凡诗文涉及他，似乎都要或直接或潜隐地讲到他的社会变革思想。当然，谈文学要说性情，不能简单地套用政治思想概念，更不能乱贴标签。

　　本次准备讲的是王安石的《葛溪驿》诗。看诗题，葛溪驿在今天江西弋阳县境内。这所驿站，据江苏徐州师院吴汝煜先生考定，是王安石从他的家乡临川到钱塘（就是今天的杭州）途中所住的一个为官府所设置的转换、歇脚点。这首诗就是记述他在这所驿站所度过的难眠一夜的情形。

　　诗人住在葛溪驿，有很复杂的心情。我们看这首诗：

　　他身体状况不是很好，这次得病了，一个人在这样的小旅馆里，孤单，寂寥，很难受很痛苦。他躺在简陋的床铺上，希望早一点入梦，结果梦得山长水阔，充满了人世的艰辛。梦做得很辛苦，既劳神又损元，说明心情很糟糕。而在梦里感到恐慌，又托寄了一份不安之感。但要知道，这所驿站虽然距离王氏家乡较远，但由此到他所要去的目的地临安，估计还有三倍于前者的路程，所以还需要更加顽强的毅力予以支撑。对于像王安石这样一位拥有超强意志力的人来说，他不大可能卧病在床、静养在驿站旅馆，他会督促自己一如既往地早起，一如既往地赶路。所以我们见到一个有病之身，于次日清晨又匆匆上路了。他风尘仆仆，带着匆匆行色，这是一个"在路上"的形象。

　　这首诗写在北宋仁宗皇祐二年（1050年），王氏时年30岁，正是年轻力壮、意气风发的时候。一个怀抱理想的青年政治家，绝对不会流连于山水，也绝不会被困难和疾病所吓倒；反而，眼前的困难和病痛，会增加他对社会和时事的理解。

二

　　下面就来看看这首《葛溪驿》诗。

　　缺月昏昏漏未央，一灯明灭照秋床。病身最觉风露早，归梦不知山水长。坐感岁时歌慷慨，起看天地色凄凉。鸣蝉更乱行人耳，正抱疏桐叶半黄。

先看首句"缺月昏昏漏未央"。缺月，就是残月。当然，这里不是为介绍一个纯粹的物理现象，而是为展现一种环境。人是情境的生物，见物伤心，一见"残月"而心景难免黯然。或许诸位今天已无所感，那是因为萦绕在我们周围的整体文化氛围都已改变。没关系，一旦我们走进社会，艰难一遇，就不难有心对接上这一文化符号系统。"缺月昏昏"，又说明光线极暗淡，一阵昏沉沉、惨凄凄的氛围随即铺垫了整个夜色。漏未央，滴漏还没有滴尽，就是天快亮而还没有亮的时候，说明夜还很深很沉，而人仍未寐。有人说，首句写所见及所听闻，漏滴在此枯夜，滴声作响，仿佛故意作难，对于不眠之人来说，无疑又新增一份烦乱，而使心绪愈益不宁。"漏未央"三字，也从一个侧面见出诗人数个时段未曾停歇的煎熬。由此可见，夜难眠、情难耐！

再看次句，"一灯明灭照秋床"。明灭，是写灯火忽明忽暗，灯影憧憧。秋床，床有秋床吗？当然没有。"秋"字点明时令，还是一个温度词，更是一个况味词，写出僵卧在驿站床铺的冰冷、寒凉的感受。整句是说，冷风吹进来驿站，随带着荒凉、萧索的秋气，这旅馆一角的豆大孤灯，时亮时暗，闪闪烁烁地将微弱的光，投洒到诗人正在睡卧的寒凉之床。那一床，浸透了一秋的况味：有新枯落叶的气味，有腐败混杂的气息，有夜的冰阴的氛围，还有寒风和恶露，以及这寒冷、凄凉、萧索的秋的声息……如此秋夜，如此境况，诗人的心境除了透骨的冰凉，其心绪波动不定，想来心情一定异常复杂吧。

而接下来的两句，是写如此秋夜境况下的身感。"病身最觉风露早"，人一生病，就变得特别敏感，而情绪也随之复杂多变起来。夜色如何一点点加深，秋风如何转向阴冷，还有露水何时出现以及夜气如何凝结成一气，这些，对于有病在身的诗人来说，都特别敏感，体察得也分外细切。这一方面说明其夜难寐，另一方面也说明他的孤独无助——生命正经受着病痛和恶劣环境侵袭的考验。因此，愈是此时，谁都愈是希望获得帮助，最好是归家回到家人的身边。诗作写到了诗人的梦，就是这方面的一个典型反映。

我们看"归梦不知山水长"。梦是补偿，诗人写痴梦回家，聊慰了渴望抚慰的病痛的心灵。但这并非诗歌的本意。诗作重点，是写梦醒之后诗人的寻思。梦里归家太容易，似乎路途也很近；可是醒来之后，再回到现实之中，就会发现团聚家人、获得抚慰实在是太不现实的事。所以，梦醒之后，更增加了梦好醒恶的怅惘之感。而现实之中，回家确实不能视之如儿戏，不能冲动得想做什么就做什么，因为从葛溪驿到家乡临川，也是一段不短的路程。病痛固然需要治疗，最好能够回家获得亲人的抚慰，但是人世复杂，有家并不好回。何况，很多时候，为了自己或为了他人，有痛也不能喊，有家也不可回。

这"病身"以下两句，可谓正反翻覆，王氏深受病痛之苦，但他还是将生病时的脆弱轻轻翻过，并将醒来的理性写在冷峻里。他，诗人，以其超越常人的清醒，来体察、品尝这人世的苍凉，自有一种超常越俗的坚毅。

当然，"归梦"还有另外一解。在外艰难，尤其得病发痛，作为还是30岁的年轻人，他还需要家庭和父母的安慰，以及妻子的照顾，所以很自然在梦境中踏上回家之路。然而，有些梦也是回不去的，"不知山水长"，山一程水一程，走了一程还有一程，永远是无法走完的路，说明通过梦境也无法实现回家的愿望。梦做得不好，前面已经说过"结果梦得山长水阔，充满了人世的艰辛。梦做得很辛苦，既劳神又损元"云云。不停地走，不停地寻找回家的路径，也不知走了多少路，就是无法回到生养自己的家乡，其魂灵的孤独与凄凉，通过归梦而获得了一个苦涩的显示。而这个梦境也昭示，诗人所走的路，是一条永远无法回家的路。当然，医疗卫生条件远比现在落后的当时，王氏不可能轻易叫来一名医生给他看病，所有的经行，都要依靠精神和意志力来维持。

三

再看颈联"坐感岁时歌慷慨，起看天地色凄凉"两句。

坐，是从累乏且生病的睡卧中吃力地坐起来。岁时，有多个意思，比如一年四季、岁月，或某特定时季，或者年成年景等。"坐感"句是说，诗人深刻地意识到自己现在的处境，与其卧以委顿，不如乘梦醒而强坐起来。还有，诗人从自己的处境和病痛联想到当时的社会状况，一个人生病了不可怕，能治则治，一时无治则要打起精神度过去。这是诗人所"感"的一部分。所感的另一部分，就是一个社会要是得了病，又该怎么办？

在王氏看来，儒家讲推己及人、修齐治平，而社会同于人体，他能体察自己的病痛，也一定能认知社会的病症之所在。生病并没有使他有过多的消沉，相反，他通过对己身病痛的体验以及找寻到治疗的方法，让他也从中体察社会之病症并积极找寻社会治疗的良方。

确实，当时社会的病体不少，积贫积弱，情势严重。比如国家冗兵、冗员、冗费，导致财政枯竭、国力衰弊，而百姓负担又过于沉重，且每当自然灾害频作时，百姓便无以自存，长此以往，可能出现严重的社会危机。这时候，他便痛切地感到有无数具体的社会性工作要做。当他在地方一任结束后，便给朝廷报告，希望仍然回到地方继续工作。要知道，像他那样的科考甲科中的国家特优生（甲科第四名，其实是第一名），有明文规定可以在地方象征性地工作一年，然后就上调朝廷，重点培养，甚至委以重任。但诗人并不看重个人性的荣辱得失，他以自己的父亲为榜样，希望通过切实的努力可以给百姓带来一些实质性的好处。

首次，在淮南东路节度判官任上（1042年），事务少，他便勤苦读书。他甚至还撰有数万言的《淮南杂说》等。据说某次因读书达旦，上班仓促，不及盥漱，以至于让知州韩琦误会，疑其"夜饮放逸"而劝趁年少多读书。而这次，从庆历七年（1047年）开始，在将近三年的时间里，他在明州鄞县（yín xiàn，在今宁波鄞州区）任职知县，防患于未然，趁着丰收，带领民众利用闲暇大治沟渠，又跑遍全县，督导修治水利；同时，又以政府名义，青黄不接之时借贷库粮，并向民众低息贷款，可以说，减少了地方盘剥，而让百姓获利不少。

接着再看"坐感岁时歌慷慨"。前面说过，诗人想到了社会的病症，也想到了治理社会同于给人治病，而这些年，他也切切实实地做了不少事，因而想到，病痛或病症并没有什么可怕，积极医治就可以。一想到这些，诗人的情绪反而激动起来，他甚至显得颇为激切。他也像曹操那样，"忧思难忘，慨当以慷"，他忧时伤世、为时世而担忧；但同时他慷慨激昂，病可治，体可复，一切都不是问题。一想到自己没有辜负圣贤和父亲的教导，没有辜负朝廷的重托，他竟然激动得低声吟唱。

"起看天地色凄凉"，这是诗人慷慨而歌之后的又一个动作。我们看，诗人由"卧"而"坐"，再由"坐"而"起"，以及由"起"而"看"，这一连贯的动作，反映了人物心系天下的心绪。而此时正是"漏未尽"的黎明之前，夜色还未消退，而曙光尚未显明，天地之间正是一片苍茫和惨淡。这些自然之景，又让诗人再次想到社会，于是感到凄凉而忧心更重。很明显，他并非退缩，在他凝重的心头，反倒感到担子更重、责任更大。

四

再看尾联"鸣蝉更乱行人耳，正抱疏桐叶半黄"。是所谓即景即事，以冷峻之笔刻画了一个路边树丛"鸣蝉"的形象，而诗歌亦戛然而止，给人无尽的想象和思考。

这里的"鸣蝉"，显然不是夏蝉，而是拉长最后一根音符的寒蝉。现在，秋蝉的声音，带着凄凉，它正感受秋天，体会着秋味。然而，它抱残守缺，守抱着发黄半死的枯叶，为行将逝去的一切哀叹，并企图通过桐木放大自己的凄凉。寒蝉为秋季的到来而绝望，它的鸣叫是垂死之前的歌唱，是胆怯者的向死而鸣。确实，颇具画面感的"正抱疏桐叶半黄"，刻写了兀自伤悲、自我矫情、博取同情，只沉浸在自我小天地里浸淫玩摩的一类世人的形象。当然，画面可能有一种凄美，但在诗人看来，这个声音乱耳，景色乱眼，不堪入耳，不堪入眼。的确，一个"乱"字，点出了诗人的厌烦。

很显然，诗中的"行人"正是诗人本人。而诗人，一经醒来，一经起身，便要急促地赶路，他有他的急务要处理。他行色匆匆，穿过寒蝉矫情鸣叫的桐林，而将寒蝉的声音抛在耳后。他拖着病躯，风尘仆仆，使命在身，抬一下望眼，坚定地迈步向前。他是一个布道者。他必席不暇暖，突不得黔，否则养尊处优，颐指气使，无所事事，闲得发愁，那还能做什么呢？

其实，很多时候，那种背着行囊或背包，淌着汗水，大步赶过去的形象，是今天坐汽车的人们所无法体验到的感觉。30岁的王安石就是这样一个形象，尽管他有病在身。事实上，自孔子以来，又有多少个这样的形象，他们匆匆住下，"慨当以慷，忧思难忘"，夜不成寐，起看天色，然后打一个响声，又冒着晨霜，重登征途，向着自己的使命赶去。

五

关于本诗的用笔特色，清人纪昀曾经这样评价说："老健深稳，意境自殊不凡。三、四句细腻，后四句神力圆足。"这主要得益于诗歌用意有一个逆势的转变。

由孤单寂寥，以及羁旅病痛，转到以体察自身病痛之心来体察天下之体，让诗歌在思乡和环境的凄寒中脱身，从而实现了诗作意义的强势逆转。于是诗人的意志力、他的家国情怀，在困境之中获得了彰显；而他与坐困愁苦、哀叹悲情得不能自拔的士类之间，也有了深阔的分野。而诗作中"歌慷慨"而心忧天下的抒情主人公的豪情，以及睥视"正抱疏桐叶半黄"的愁苦之族所表现出的不屑之情，都顿然跃然纸上，给人留下了极为深刻的印象。

当然，诗歌仍然注意形象的刻画。诗人虽然议论深雄，但在本诗中，他并没有浅直地空发家国天下之类的议论，而是直视愁困的处境，体察孤冷和病痛，并让情入梦境，做足思乡恋家之情；同时注意情境的营造，使家国情怀和国事之忧在凄凉的秋景里，显得深沉而苍劲。而诗作也最终在睥睨、壮行中，将"困境"与"超拔"的主题熔铸成一个沉郁的音符，给人以不尽的思考和想象。

【问题聚焦】

六

下面看看有关两个问题：

问题一，联系这首诗歌的前两联，结合分析诗人如何抒发情感。这里，视觉和听觉相结合，抒发诗人的思乡之情。"缺月昏昏"写视觉所见，"漏未央"是诗人侧身枕上所闻。再看，诗人选择"缺月""孤灯""风露""鸣蝉""疏桐"等典型场景，构成凄凉的秋景和孤独的旅况，衬托出抱病的行人，从而表现羁旅独苦以及精神强起的处境和心情。第三，首联借景抒情，颔联直抒胸臆，首联景中含情，颔联直接抒写羁旅的困顿和乡思之愁。第四，采用了虚实结合的手法，前三句实写，第四句写梦是虚写，在梦境中回到了家乡，或者梦中无法回到家乡，备感山高水长，从而表达羁旅的乡愁。

问题二，清代诗人贺裳在《载酒园诗话》里说："读临川诗，常令人寻绎于语言之外，当其绝诣，实自可兴可观，不惟于古人无愧而已……特推为宋诗中第一。"寻绎，反复探索、推求。绝诣，指极高的造诣。可兴可观，涉及孔子的文学社会功效"兴观群怨"，兴，比兴，用比兴的手法抒发感情，使读者激动；观，观察、观看，通过文学帮助人认识风俗的盛衰和政治的得失；群，群居切磋，互相切磋砥砺以提高修养；怨，怨刺，讽刺，批评为政之失，抒发对苛政的不满。这段话的意思是说，王安石诗歌诗意丰富，尤其是那些用意极深的作用，确实可以借此抒发情志，观察社会与风习。这些在讲析中已有较多篇幅涉及，不再赘述。但要注意：一是诗作是如何描写自然环境的，二是诗作中自然之景与社会有什么关联，三是从诗作中可以看出当时怎样的社会情状，四是当时相当一部分人究竟处于什么精神状态，五是诗人如何在困境中超拔。

【读法链接】

〔附〕今人和前人有关点评

《宋诗鉴赏辞典》：这首诗上半篇写羁旅之愁，颈联便另出一意，写忧国之思……"歌慷慨"三字正是他"心忧天下"的具体写照。对句"起看天地色凄凉"，写诗人于壮怀激烈、郁愤难伸的情况下起身下床，徘徊窗下。小小的斗室装不下诗人的愁思，只好望着窗外的天地出神，但映入诗人眼帘的，也仅是一片凄凉的景色而已。此句将浓郁的乡思、天涯倦怀、病中凄苦及深切的国事之忧融为一体，复借景色凄凉的天地包举团裹，勿使吐露，似达而郁，似直而曲，故有含蓄不尽之妙，综观中间两联，一写乡思，一写忧国之思，名虽为二，实可融贯为一……尾联中的"行人"实即诗人自指。诗人握到天明，重登征途，顾视四野，仍无可供娱心悦目之事，唯有一片鸣蝉之声聒噪耳际。"乱"字形容蝉声的嘈杂烦乱，正所以衬托诗人心绪的百无聊赖。"乱"字之前着一"更"字，足见诗人夜来的种种新愁旧梦及凄苦慷慨之意仍萦绕心头，驱之不去，而耳际的蝉声重增其莫可名状的感慨，结句写秋蝉无知，以"叶半黄"的疏桐为乐国，自鸣得意，盲目乐观，诗人以此作为象喻，寄托他对于麻木浑噩的世人的悲悯，并借以反衬出诗人内心的悲慨。

《漫叟诗话》云："荆公定林后诗，精深华妙，非少作之比。尝作《岁晚》诗云：'月映林塘静，风涵笑语凉，俯窥怜净绿，小立伫幽香，携幼寻新的，扶衰上野航，延绿久未已，岁晚惜流光。'自以比谢灵运，议者亦以为然。"

《后山诗话》云："鲁直谓荆公之诗，莫年方妙。然格高而体下，如'似闻青秧底，复作龟兆坼'，乃前人所未道。又云'扶舆度阳焰，窈窕一川花'，虽前人亦未易道也。然学三谢，失于巧耳。"

《石林诗话》云："蔡天启言荆公每称老杜'钩帘宿鹭起，丸药流莺转'之句，以为用意高峭，五字之模楷。他日，公作诗得'青山扪虱坐，黄鸟挟书眠'，自谓不减杜诗，以为得意。然不能举全篇。余顷尝以语薛肇明，肇明时被旨编公集，遍求之，终莫之得。或云公但得此一联，未尝成章也。"

《遯（dùn）斋闲览》云："荆公棋品殊下，每与人对局，未尝致思，随手疾应，觉其势将败，便敛之，谓人曰：'本图适性忘虑，反苦思劳神，不如且已。'与叶致远敌手，尝《赠致远诗》云：'垂成忽破坏，中断俄连接。'是知公棋不甚高。又云：'讳输宁断头，悔误仍搏颊。'是又未能忘情于一时之得丧也。"苕溪渔隐曰："介甫有《绝句》云：'莫将戏事扰真情，且可随缘道我赢，战罢两奁收黑白，一枰（píng）何处有亏成。'观此诗，则图适性忘虑之语，信有证矣。若鲁直于棋则不然，如'心似蛛丝游碧落，身如蜩甲化枯枝'，则苦思忘形，较胜负于一着，与介甫措意异矣。"

（以上，《苕溪渔隐丛话前集》卷第三十三·半山老人一）

黄庭坚《寄黄几复》

黄庭坚（1045—1105），字鲁直，自号山谷道人，晚号涪（fú）翁，又称豫章黄先生，洪州分宁（今江西修水）人，北宋著名诗人、书法家。黄氏笃信佛教，亦慕道教，事亲颇孝，虽居官却自为亲洗涤便器，为二十四孝之一。历官叶县（在今河南）尉、国子监教授、校书郎等。一生两遭贬谪，历经坎坷，终卒于宜州（在今广西）贬所。在诗歌上主张借袭古人章句以创新意义，其手法多侧重在"点铁成金"与"夺胎换骨"上，形成"瘦硬"风格，影响深远，为江西诗派开山之祖。又，诗与苏轼并称"苏黄"，书法与苏轼、米芾、蔡襄并称"宋代四大家"，词作与秦观并称"秦黄"。著作有《豫章黄先生文集》《山谷琴趣外篇》等。其弟子任渊著有《山谷诗集注》二十卷，《后山诗注》十二卷，《山谷精华录》八卷。

【诗词品读】

一

黄庭坚的《寄黄几复》诗，作于神宗元丰八年（1085年），当时诗人监德州。黄几复，南昌人，是黄庭坚少时好友，当时做广州四会县令。二黄交情很深。

这首诗称赞黄几复的人格，同情于他的处境，情真意切，感人至深。但诗作用典太多，读来拗折波峭，颇有麻烦。

我居北海君南海，寄雁传书谢不能。桃李春风一杯酒，江湖夜雨十年灯。持家但有四立壁，治病不蕲三折肱。想见读书头已白，隔溪猿哭瘴溪藤。

一个在山东德州，一个在广州四会，路途很遥远，所以开首说"我居北海君南海"。北海和南海，当然是说相距很遥远，不过有用典癖好的诗人还是用了《左传》的典。春秋时代的晋侯，听说南边的楚国不听话，因为晋国是霸主，就率领一些国家专事讨伐。见此情形，楚王就说，您处于北海，寡人住在南海，这是"风马牛不相及"的事。言下之意，你在北方中原那里好好的，跑到这里来干什么？黄氏引用这个典故，当然只是半引（撇除其他，而只取"两者距离过远"的意思）。但言外之意是，我们本来相隔无间，现在竟至于天各一方，好像古代两个仇敌国家一样，这是造化愚弄。但用典里，也显现了诗人对命运的嘲弄。

"寄雁传书谢不能"，字面的意思是说，本想通过鸿雁传递书信给你，可是它却谢绝说做不到。两地殊隔，已经令人痛苦；而这里甚至拟人化地让鸿雁拒绝了诗人的请求，又断绝了两地音信的往来，由此让人产生绝望。寄雁传书，引用了《汉书·苏武传》"苏武牧羊"的典。苏武因为不屈从匈奴，被流放到极寒的北海（今俄罗斯贝加尔湖），在那里一放牧就是19年。后来汉朝使臣运用计策，以皇帝在上林苑收到苏武通过大雁送来的书信，让匈奴放人，最终苏武得以回到故国。

当然，说到寄雁传书，过去说大雁飞不过衡阳。而广东在岭南地带，是在湖南衡山以南、更南的地方，这就是说，客观上通过大雁传递书信，聊以慰藉他们南北分隔、相见不能的思念之苦，根本就无法实现。另外，诗人的朋友黄几复现在则在差不多是化外之地，由此可见他所遭受的苦恨之深。我们看，诗人仍然对雁书用典进行了改造，这里以大雁一个夸张"谢不能"的客观表达兼绝情的做法，进一步申言两地距离之遥，已超出通信传输的极限，以渲染相隔的痛苦，从而表达友人黄几复遭贬之远、经受不幸之深。

归结起来，首联意在陈述南北殊隔、造化弄人，以及两人相思之苦及其绝望之情。当然，玩味黄庭坚诗句的语言风格，不难发现，在诉说相互苦恨的同时，一并还有诗人超拔苦难的对命运的嘲弄和讥讽。像二人貌似死敌、大雁好像绝情，又使诗歌充满了奇逸之气，以及诙谐的风格。所以近代文化巨擘吴汝纶先生说："黄诗起处每飘然而来，亦奇气也。"（高步瀛选注《唐宋诗举要·黄鲁直》，下引不再赘述。）也就是说，诗歌在表面上做得苦大仇深，实际上是在饱经风霜的人生挫折之后，有一种淡淡的讥诮。这一点，黄庭坚倒是与乃师苏轼有几分相像。

二

再看诗作颔联，即名联"桃李春风一杯酒，江湖夜雨十年灯"。

"桃李春风一杯酒"，有资料以为援引《史记·李广传》"桃李不言，下自成蹊"句意。其意是说，桃李尽管没有开口说话，但以其花姿浓艳、热烈，而吸引很多路过的目光。不过，感觉有些勉强。而引李白《春夜宴桃李园序》典实，似乎更为切当些。试看，有无限的春光，和大地至美的锦绣做背景，又有一群英美绝伦的才俊相聚，清月在上，群贤置身于这花繁香溢的桃李芳园，"开琼筵以坐花，飞羽觞而醉月"，畅饮清谈，究竟是何等赏心乐事！桃李春风，则直写友情的欢愉、夜饮的舒畅，以及人生的快意。诗作用典，大约是回忆黄氏二人在京舒惬的交往生活。当然，"桃李"这一词汇，本身就含有青春年少的意思；而"春风"，自然也掩饰不住谐美与祥和的气象。

"一杯酒"，不多也。会品酒的人不在酒有多少，不在展示酒量与豪情，而在于风情与风雅。即使是斗酒诗百篇的李白，也说"一杯酒"足矣。在《行路难》里，李白畅言道："且乐生前一杯酒，何须身后千载名！"当然，大诗人也是效仿了前贤的作派。在《晋书·张翰传》，一生纵任不拘、不为名利束缚的张翰，就曾惊世骇俗地说过："使我有身后名，不如即时一杯酒。"这"一杯酒"，一是表达畅快，二是表达狂傲。那么，黄庭坚这里"桃李春风""一杯酒"，就有志同道合间的愉悦、饮酒的畅快，和年轻人之间傲然寄世的发抒。或者，还有劝勉的因素吧？王维也讲过"劝君更尽一杯酒，西出阳关无故人"，再多喝"一杯"，一杯一杯地把酒挹量出来，以此来寄慰情谊。有此"一杯酒"，让人想起当年那一次次"一杯酒"，特别是友情见证下、唱和京城的那一次次"一杯酒"，以及青春肆溢的那一次次"一杯酒"，全都在记忆的美好春光里浸泡着，又怎能忘怀呢？

至于"江湖夜雨十年灯"，则场景陡然转换。"桃李春风"，变成"江湖夜雨"，"一杯酒"也换成"十年灯"；而人生的具体场景，也由京城而来到"江湖"，可以说乾坤挪移，天地翻转！当然，"江湖"一词，还让人联想到艰难、凶险，以及无数的单弱和凄苦。而"夜雨"，更有一种湿漉漉地散发着霉气的味道。甚至，它还让人联想到夜雨如筛而下，江河暴涨，前程泥泞，未来充满了无法预料的不定感。总之，"江湖夜雨"充分营造了一个充满炼狱色彩的艰险场域。另外，"夜"诉诸人的是暗无天日，而"灯"字，在黑暗的背景下，也给人孤弱、清冷和无依感。至于"十年"，何其漫漫的煎熬啊。和孤灯为伴十年，突出时间之长，凸显孤独和难眠，煎熬及凄苦。

当然，"江湖夜雨"，无疑还是一处检验贤与不肖、坚贞与奸邪、坚韧不拔与滑颓变节，以及追求真理与堕入谬误的考场。十年灯，十年何其漫长，假如以度日如年的心情，去丈量这十年时间里的分分秒秒，那么，岁月不全是悲风苦雨，也还有一份厚厚的人生历练。诚如达摩禅师，宏道坚定，一苇渡江，面壁十年，苦斗心魔，终于破壁证道，明心见性，从而化贪爱取舍、烦恼嗔恨等苦差为愉悦之事，并物随心随，感受自然勃勃的生机和无限的美妙。

归结起来，这一联的两厢对比实在太过鲜明。这是一种极端的对比，是两种生活场景、两种人生经历的对比，还有两重人生境界的比照。春风桃李，着眼的是青春和时代浩荡的沐浴和清化，给人的是阳光和雨露。但真正的人生的历练与境界的提升，则无缺于这"江湖夜雨"。真正来说，人生心性大厦的建立，应对种种风雨和侵蚀，以及法眼倒看所谓宦海沉浮、十年流落，都离不了这"十年灯影"的工夫。

苏门学士张耒评颔联说："黄九云'桃李春风一杯酒，江湖夜雨十年灯'，真奇语。"（《王直方诗话》）真是不点破的禅宗哑谜。朱光潜先生说，诗歌在古代就是谜语。所谓破解谜语,就是在解析诗歌。那么,"奇"在何处?近人方东树先生说它们是"浩然一气涌出",也就是所谓正大刚直之气冲决而出。而所谓浩然之气,乃是儒家"配义与道"的最宏大、最刚强的精神。如果说诗作前两句稍稍平直叙述,那么,到了这第三、第四句,则诗人的精气神——所谓人间正气,喷涌而出,无可阻挡,威胁不了,诱惑不了,压服不了。这就是孟子所说的"大丈夫"精神。

总之,这第二联,凸显的是友人黄几复的青春才俊的傲然寄世,流转荒外的守心持正。这一联在内容上不同于首联的平淡中见荦确、讥诮中含锋芒,而是异峰突起,崭然彰显了友人的个性与精神。

三

再看颈联。先看前半联"持家但有四立壁"。

持家,就是操持家业;但有,就是只有。四立壁,引自《史记·司马相如传》"家居徒四壁立",即"家徒四壁",家里只有四面墙壁,形容一无所有、空空如也。当然,"四立壁"所指涉的仍然还是黄几复,言其清贫廉政,无暇自顾。《史记》里则举说刘邦"不事家人生产作业",不搞营生,也不治家产,后来居然夺取天下,当然不能说其无赖,只是因为人生志业不同罢了。"四立壁""不治产业",不是说就没有治办家产的本事,而只是兴趣在与不在。

再看后半联"治病不蕲三折肱"。这句实际上是"三折肱,治病不蕲"。三折肱,引自《左传·定公十三年》"三折肱,知为良医",今天叫"久病成医",说明生病一多,经验随增,知道怎么看病吃药。这只是字面的意思。而是说,胳膊肘已经折断了两三回,治病已经积累了经验,无须再受伤以治疗;而那种依旧利用病人痛苦和波折以获取经验,则是不道德的。关于治病,《国语·晋语八》"平公有疾"一章说:"文子曰:'医及国家乎?'对曰:'上医医国,其次疾人,固医官也。'"最高明的医生,为国家祛除弊政,其次才是给人治病,而无论医国还是医人,其基本原理则没有不同。黄庭坚这里用典,当然是指向前者。意指黄几复善于治理政事,且已有政绩,而并不需要继续让他沉于基层,甚至流转荒外之地,通过自痛以获取更多的经验,希望国家要赶紧重用。

这一联也是一组对比,通过黄几复的持家和治政来说明他的为人,于是一个清廉者的形象,一个治世能臣的形象,便跃然纸上。因为清廉,安于清廉,不戚戚于私利的营求,说明他有德行有操守,这正是可以将国家事务交付他处理的重要原因,正如《庄子·让王》所说,"夫天下,至重也,而不以害其生,又况他物乎?唯无以天下为者，可以托天下也"。换句话说，正因为他不怎么讲求物质生活，而安贫乐道，因而有了更多的精力，用之于治政，从而使治政的绩效获得了保证。

而尾联笔锋一顿，一改其奇逸而颇带峥嵘的笔势，将原本压抑的情感顿然释放，而至于失声，甚见友情和忧心。

"想见读书头已白"，想见，想象、推测；诗人想象友人头发花白了，仍然孜孜不倦地阅读圣贤书籍的情形，即使重用无望，即使生活过早地使他身形劳累，而他仍然不改初衷，可谓始终如一。《论语·里仁》说："子曰：富与贵，是人之所欲也，不以其道得之，不处也。贫与贱，是人之所恶也。不以其道得之，不去也。君子去仁，恶乎成名？君子无终食之间违仁，造次必于是，颠沛必于是。"像黄几复，可谓一以贯之。而诗作这一形象，与前面"桃李春风"的精神气质有比照，亦与"持家但有四立壁"的形象相映衬，给读者更为丰富而感人的印象。

再看，"隔溪猿哭瘴溪藤"。瘴是瘴气，指南方山林间湿热蒸郁、致人疾病的毒气，亦泛指恶性疟疾等病。因为南方过去经济社会与卫生条件都很差，不宜人居住的环境并没有得到妥善整治，所以常会出现因感受瘴气而致病致死的事。诗作说，隔着溪岸，还能听到那些攀缘于深林的猿猴发出啼哭。连土著于此的它们，都愁苦于这瘴气弥漫的世界，何况人类呢！可想而知，诗人是替生活在那个世界里的朋友担着多么沉重的忧心了。

【问题聚焦】

四

下面看看有关本诗的问题：

第一，"桃李春风一杯酒，江湖夜雨十年灯"，张耒评价为"真奇语"，如何理解张耒的评价？除了前面的分析，再说一点。它还奇在都是名词性的两组画面，所谓名词集句，很有意象组合的表现力。比如通过画面之间强烈的对比，鲜明的对比，来表达一种瘦硬的效果。这一点非常类似于黄庭坚的书法风格。

第二，诗作最突出的表现手法是什么？当然是运用典故。刘勰在《文心雕龙·事类》中以"据事以类义，援古以证今"来诠释"用典"。通俗地说，即显现意义要通过事实或事例本身，而不能抽象或空洞地赘说；同时，即使是阐述事理，也要引述古事来证明今事，从而体现不好为怪乱无稽之论的文化传承精神。当然，用典也不是只被动地使用，相反，要运用得好而妙，用典既要师其大意，运用自如，又要于故中求新，令如己出。至于黄庭坚这首诗作用典情况，前面已说，不再重复。而另外要说的，就是刚才提到的"据事以类义"，就是要知道用典的意图所在，这点非常重要。

五

这首诗，有诗人对友人深切的思念，对他流转荒外深表的绝望与同情。当然，对友人的才俊以及个性、精神与气质等，也都做了突出的显示。至于友人的安贫乐道、治国才干，诗人也有倾向性的情感流露。最后，对友人不得到重用，又深怀怜惜与不平。当然，诗人写诗，也兼有自我表白的意图，所谓孤傲的秉性，孤独的处境，卓越的才具，以及十年流落、苦苦支撑，并于困境中进行精神提升等，也都是黄庭坚自身的写照。

黄庭坚一生皆在挪移转运之中，到处为官，到处奔波。甚至中间出现了连他的诗文、书法等，都被朝廷查禁、毁坏的情形。这种文化上的"自毁长城"之事，在古代中国似乎是家常便饭，那么，其时代人文气运就可想而知。国家治国要有大气象，人才乃国之重宝，成之在聚才，败之在弃置。而检验一个时代是文化侏儒还是文化巨人时代，关键就看如何对待各类禀赋特异之才。黄庭坚这首《寄黄几复》诗，令人深思的地方很多。

【读法链接】
〔附〕今人和前人有关点评

第二联在当时就很有名。《王直方诗话》云："张文潜谓余曰：黄九云：'桃李春风一杯酒，江湖夜雨十年灯。'真奇语。"这两句诗所用的词都是常见的，甚至可说是"陈言"，谈不上"奇"。张耒称为"奇语"，当然是就其整体说的。上句追忆京城相聚之乐，下句抒写别后相思之深。诗人摆脱常境，不用"我们两人当年相会"之类的一般说法，却拈出"一杯酒"三字。"一杯酒"，这太常见了！但惟其常见，正可给人以丰富的暗示。杜甫《春日忆李白》云："何时一樽酒，重与细论文？"故人相见，或谈心，或论文，总离不开饮酒。当日相聚时的种种情事，尽包含在这三字之中。诗人又选了"桃李"、"春风"两个词。这两个词，也很陈熟，但正因为熟，能够把阳春烟景一下子唤到读者面前，给人以美感和快感，同时又喻示了彼此少年春风得意的神情。

下句"江湖"一词，能使人想到流转漂泊，远离朝廷。杜甫《梦李白》云："江湖多风波，舟楫恐失坠。""夜雨"，能引起怀人之情，李商隐《夜雨寄北》云："君问归期未有期，巴山夜雨涨秋池。"在"江湖"而听"夜雨"，就更增加萧索之感。而"十年灯"，则是作者的首创。此语和"江湖夜雨"相联缀，就能激发读者的一连串想象：两个朋友，各自漂泊江湖，每逢夜雨，独对孤灯，互相思念，深宵不寐。

而这般情景，已延续了十年之久！

温庭筠《商山早行》云："鸡声茅店月，人迹板桥霜。"二句不用一动词，而早行境界全出。此诗吸取了温诗的句法，创造了独特的意境。"春风桃李"与"江湖夜雨"，这是"乐"与"哀"的对照，快意与失望，暂聚与久别，往日的交情与当前的思念，都从时、地、景、事、情的强烈对照中表现出来，令人寻味无穷。张耒评为"奇语"，并非偶然。

（以上，《宋诗鉴赏辞典》，上海辞书出版社1987年版）

《云麓漫钞》：吕居仁作《江西诗社宗派图》，其略云："古文衰于汉末，先秦古书存者，为学士大夫剽窃之资。五言之妙，与《三百篇》《离骚》争烈可也。自李杜之出，后莫能及。韩、柳、孟郊、张籍诸人，自出机杼，别成一家。元和之末，无足论者，衰至唐末极矣。然乐府长短句，有一唱三叹之音，至国朝文物大备，穆伯长、尹师鲁始为古文，成于欧阳氏，歌诗至于豫章始大出而力振之，后学者同作并和，尽发千古之秘，亡余蕴矣。"录其名字，曰江西宗派，其原流皆出豫章也。宗派之祖曰山谷，其次陈师道无己、潘大临邠（bīn）老……凡二十五人。

《豫章先生传赞》云："山谷自黔州以后，句法尤高，笔势放纵，实天下之奇作。自宋兴以来，一人而已。"

东坡云："读鲁直诗，如见鲁仲连、李太白，不敢复论鄙事，虽若不适用，然不为无补于世。"

《王直方诗话》云："山谷旧所作诗文，名以焦尾弊帚。"

秦少游云："每览此编，辄怅然终日，殆忘食事。邈然有二汉之风。今交游中以文墨称者，未见其比。所谓珠玉在旁，觉我形秽也。"

西清云："山谷诗，妙脱蹊径，言谋鬼神，无一点尘俗气。所恨务高，一似参曹洞下禅，尚堕在玄妙窟里。"

胡苕溪云："元祐文章称苏、黄，时二公争名，互相讥诮。东坡尝云：'鲁直诗文，如蝤蛑（yóu móu）、江瑶柱，格韵高绝，盘飨尽废。然不可多食，多则发风动气。'山谷亦云：'盖有文章妙一世，而诗句不逮古人者。'此指东坡而言也。"

刘后村云："豫章会粹百家句律之长，究极历代体制之变，搜猎奇书，穿穴异闻，作为古律，自成一家。虽只字片句不轻出，遂为本朝诗家宗祖。在禅学中，比得达摩，真不易之论也。"

任天社云："山谷诗律妙一世，用意未易窥测，然置字下语，皆有所从来。"

（以上，《诗林广记》17卷五）

姚（鼐）曰："山谷刻意少陵，虽不能到，然其兀傲磊落之气，足与古今作俗诗者澡濯胸胃，导启性灵。"方（东树）曰："杜七律所以横绝诸家，只是沈著顿挫，恣肆变化，阳开阴合，不可方物。山谷之学专在此等处。"（引自高步瀛选注《唐宋诗举要·黄鲁直》）

文天祥《夜坐》

文天祥（1236—1283），吉州庐陵（今江西吉安）人，初名云孙，字天祥，选中贡士后，换以天祥为名，改字履善，宝祐四年（1256年）中状元后再改字宋瑞，后因住过文山，而号文山。南宋民族英雄。官至右丞相，封信国公。抗元被俘，宁死不屈，从容赴义，以忠烈名传后世。又与陆秀夫、张世杰，被称"宋末三杰"。明景泰七年，追谥忠烈。文氏著有《文山诗集》《指南录》《指南后录》《正气歌》等，尤以《过零丁洋》和在狱中所题《正气歌》最为人所识和称道。

【诗词品读】

一

国运系于人才，国材多系国运。国士只可期待，不可企求。像文天祥的国家遭遇，在杜甫身上，陆游身上，辛弃疾身上，还有很多很多忧时伤世之士的身上，都可以看到、读到。他们依然是国家史上的路标式人物。读诗感史，读史知心，需要知晓的是他们有何作为、有何担当。

文天祥《夜坐》这首诗，下面有一个注释："德祐元年（1275年）起兵勤王以前，作者文天祥过着一种被迫罢官、退居文山的闲适生活。"南宋德祐元年，也就是元朝至元十二年，正月元军渡过长江，二月丁家洲大战，宋军水陆主力丧失殆尽，十一月元军攻破临安门户独松关，宋恭帝献出玉玺请降。次年三月，伯颜进入临安，宣布受降，并将恭帝等人押解大都。这首诗就是写于国家极度危难的前夜，文天祥此时的心情也可想而知。

下面就来看看这首诗。

淡烟枫叶路，细雨蓼花时。宿雁半江画，寒蛩四壁诗。少年成老大，吾道付逶迤。终有剑心在，闻鸡坐欲驰。

"淡烟枫叶路"，淡烟，秋天特有的一种烟气，系水汽凝结，在较远的地面以上形成一层小烟带，乳白色，有层次，有飘荡感。淡烟枫叶路，是说枫叶路上有一层淡淡的烟霭，远远的一层烟气在枫树间萦绕。这应当不是近景而是远景。我们看，霜染的枫叶稀稀落落，一条小路曲曲折折地伸向远方，直消失在淡烟萦绕的远景里。

次句"细雨蓼花时"继续写景。细雨，小雨，秋季的小雨最容易形成弥漫不散的苦雨。蓼，是一种草本植物，在房舍、道路边，水边或水中以及野外，到处都能见到，常常是一蓬蓬一簇簇。蓼花，到秋天开放，花小，白色或浅红色，像染色的小米粒，密密麻麻地结成穗状花序或头状花序。而在人烟不多的地方，有这种植物的大量繁殖，常常是铺满一大片河岸，一大片草滩。蓼花秋季开，因为花朵细小，白茫茫一片，远望似烟如愁。又由于开在人迹罕至的地方，比如山野、野渡、荒滩，便自有一番凄清冷落，离情别绪，还有其他种种悲凉与愁思。这句是说，秋雨蒙蒙、蓼花如烟，一股冷淡凄清的愁绪便油然而生。在这样一个时节，情绪也很容易因落单而茫然，很容易含着一种缠绵复杂的哀愁。

前两句写出秋季特定时令的景致，蕴含了一层朦胧而凄冷的愁绪。

再看，"宿雁半江画"。宿雁，就是停下来歇息的大雁。这种鸟善于长途飞行，但也得途中下落湖沼，略做休息并补充食物，所以诗人看到了大片鸿雁停落到江面上进行觅食的情形。这一情景是大场景，竟然占据了半个江面，灰蒙蒙，灰茫茫一大片。北雁南飞，说明季节已深。由于深秋特定时令，也由于景界茫茫，在诗人看来，渲染了一片巨大的灰暗情绪。并且，大面积的雁宿，也给人以视觉上的压抑感。

第四句是"寒蛩四壁诗"。蛩，本来指蝗虫，这里是指蟋蟀，寒蛩就是深秋的蟋蟀。"七月在野，八月在户，九月蟋蟀入我床下"（《诗经·豳（bīn）风·七月》），说明随着天气和气候的变化，蟋蟀不断由户外移到人的居室的情形。这里是写蟋蟀在诗人所住房子的壁缝里鸣叫的情状。蟋蟀入户，说明天气已显得清寒了。四壁，屋子的四面墙壁，泛指整个屋子；还有环堵萧然的意思，常有以"四壁"来形容家境贫寒，一无所有。这里形容诗人退居文山的生活的清淡。四壁诗，当然是拟人手法，说明蟋蟀叫声既有节奏、响亮、喧闹，又无处不在。由此形成反衬，极写诗人退居生活的孤单和冷落。

另外，何以将蟋蟀的鸣叫称作"诗"？我们看，《诗经·大序》说："诗者，志之所之也，在心为志，发言为诗。"所谓诗，就是在人的心志一往情深所到的地方，还在内心，还没有表现出来的时候叫心志，通过声音从声喉里发出来的就叫诗。也就是说，所谓诗就是从心底里发出来的声音。那些小虫子，它们整夜发出嘶叫，是因为它们感寒于秋日的萧索与寒冷，悲哀自己生命的行将结束，于是拼命地哀号、嘶叫。每一种动物几乎都在死亡之前发出声音，只是有些是临死而为，有些已知结局而提前哀吟罢了。蟋蟀们就是后者。所以，当凄切的虫鸣声回响在空空如也的四壁，也着实让人悲哀垂泪。

诗人敬重地用了一个"诗"字献给了蟋蟀，他听着秋虫们的叫声，面对国势危重的局面，却闲退文山，难道不有所感吗？与其如有些评论所说诗人饶有情趣地倾听蟋蟀们唱歌、弹琴,不如说,这是蟋蟀们代被迫罢官闲退的诗人发出了时代的哀音。在这里,蟋蟀们显然成了诗人的同道者。他引以为知己。

这前四句,即景即事,诗人描绘出一个凄凉、迷蒙、暗淡、灰惨的世界:有霜叶,被烟霭阻断的小路,迷蒙的秋雨,白茫茫的大片蓼花,还有灰蒙蒙的觅食于江边的落雁,最后是这悲悲泣泣、"如怨如慕,如泣如诉"的秋虫的嘶叫,如此一幅幅画面,可谓惨淡,如此一首歌诗,可谓悲戚。如果以景语为情语来衡量之,这些大概都是被迫罢官、退居文山的诗人悲慨苍凉的心声了。所谓诗人心中的郁闷和不平,究竟有多深广,相信读了前面这四句,是不难知道的。

另外,还要看到,文学包括诗歌是时间的艺术。这前面的四句,还暗暗地有一个时间上的变化,从白天到夜晚,或者说从傍晚到夜晚的一个转变。你看,在夜晚,那"寒蛩四壁诗",虫鸣声有如潮水一般。

二

再看后面四句,后半部转入回顾与抒怀。

当然,诗歌的训释向来都是难事,前面四句,如果夹杂在王维的诗歌里,我们的阐释可能要向着散淡与悠闲的方向。即便如此,对时刻关注时局、内心如焚的诗人来讲,特别是像文氏这样的诗人来讲,隐退的生活让他难耐,让他备感煎熬。大凡觉得自己有一种责任、有一种担当的诗人,都有"闲愁最苦"(辛弃疾语)的折磨感。特别是夜静时分,往往因为精神备受煎熬而难眠。要么寤寐思服,辗转反侧;要么起看月色,中庭徘徊;要么挑灯看剑,梦回连营,不一而足。

"少年成老大,吾道付逶迤。"这是诗人对自己人生路的回顾。前半句说,当年的少年何其意气风发,而竟然蹉跎岁月,现在翻成许大年纪。他哀叹年华消逝。再看后半句,吾道,是指志士之道、报国之道;逶迤,本是曲折行进的意思,这里指曲折的人生道路,及坎坷不得志。他是朝廷大臣,却被迫辞官,被迫闲居,被迫一边凉着,所以他深感忧郁,深感抱负不得施展的无奈。

文天祥身材魁伟,相貌堂堂,皮肤白皙,眉清目秀,还是孩提时便仰慕欧阳修等"忠"贤。他在集英殿答对论策,以"法天不息"为题议论策对,批评治政怠惰,洋洋洒洒一万余字,一气呵成。在朝任职,屡屡进言惩治奸佞、抵抗侵略,因而多次遭台官议论罢职,最终让权奸贾似道委于他人之手奏劾罢免,"退休"时才37岁。咸淳九年(1273年),再被起用,一直任职地方。德祐元年(1275年),长江上游告急,诏令天下勤王。文天祥联络各路率军入卫京师,他甚至把家资全部充作军费。

八月，他率兵到临安。德祐二年正月，文天祥担任临安知府。不多久，宋朝投降。朝廷任命文天祥为枢密使。不久，担任右丞相兼枢密使，作为使臣与元朝丞相伯颜针锋相对争论。被拘捕，后逃出，继续领兵抗元，直至最后被俘遇害。

从以上的简要介绍里可知，德祐元年之前的大部分时间里，其实文氏都基本处于闲散状态，或有任用，又几乎派不上直接的用场。这一句"吾道付逶迤"，真是饱含着痛楚和热泪的人生回顾。当然，所谓"付逶迤"者，诗人没有直说，这方面，中国古典诗歌都不会直说。一方面于温柔敦厚的诗风是不相宜的，另一方面，又可能都是大家都已知的事实。同时，这不直接说，也表明岂是一句话两句话就能说尽的呢？所以诗人还是止步于诉说，又止步于怨诉。要知道，他是士子中的佼佼者，同时还是士子中的气节者和斗士。所以感慨一番命运之后，他慷慨激昂，陡然振起，一扫沉郁苍凉，转而为浩气冲决，愤声呐喊。

"终有剑心在，闻鸡坐欲驰"，剑心，指手持宝剑报国之心。诗人知道报国不是凭借一时的呐喊，而是需要拿起武器，走上战场，与敌人白刃相接。诗人心绪复杂，回顾一生，失望、希望、失落、鼓劲，竟是多么矛盾地交替着；在这清夜，肠翻千回，念有万转，常常遭受无情的打击，哪怕一切都失去，但最终还有这"剑心"是无法剥夺的。闻鸡，是引用东晋祖逖闻鸡鸣而起身舞剑的典故，来具体说明报国之状。报国，毕竟需要练就一身硬功夫。诗人以前贤祖逖为楷模，让自己备感激烈，深受鼓舞。坐驰，是说虽然没有举动，可内心却充满了向往与神往，典出《庄子·人间世》（"瞻彼阒者，虚室生白，吉祥止止。夫且不止，是之谓坐驰。"成玄英疏："苟不能形同槁木，心若死灰，则虽容仪端拱，而精神驰骛，可谓形坐而心驰者也"）。这一典用表明，诗人虽然夜坐赋闲的山居，哪能坐得住、按捺得住？他其实心驰神往，随时都热望着奔赴战场、奔赴国难呢。

读最后一联，我们仿佛感到诗人终究摆脱了哀伤、苦闷的抑郁，而于内心升腾起一股不灭的报国情。这最后一联，陡然振作，如黄钟大吕，发出庄音，不能不感染着、激励着读者。

【问题聚焦】

三

最后，下面看看有关两个问题。

第一，颔联"宿雁半江画，寒蛩四壁诗"表现手法有何特点？前半联由远而近，由静而动，半江秋水，宿雁成群，这是远景，也是静景；后半联秋气清寒，蛩声四起，这是近景，也是动景，画面迷蒙悲怨。后一句，理解为闲适散淡，暗含一种无奈、消沉亦可。

第二，颈联和尾联都是诗人直抒胸臆之句，两联在情感上有何变化？颈联陡峭于首联和颔联，抒发诗人被迫罢官，抱负不得施展的慨叹。"少年成老大"，尤其是从时间流逝、少年变老等可以看出。当然，这更是诗人心态上的变化（所谓"心感苍老"）。而"吾道付逶迤"，则说明他的报国之道艰难而曲折，不啻从胸中呼出。尾联诗情陡然振起，一扫悲凉之气，烟雨寒江并没有消释诗人报国的激情，反而更坚定了他力挽狂澜的决心。颈联和尾联构成直接的对比，诗情在转折中获得显示。

【读法链接】
〔附〕今人有关点评

文天祥的"诗歌观"：

1. 儒家文化尤其是宋代理学都十分重视理想人格的塑造。文天祥自幼所接受的就是这样一套教育，他自称"幼蒙家庭之训，长读圣贤之书"，"生平爱览忠臣传"，"少年狂不醒，夜夜梦伊吾"。

2. 南宋时期，强敌压境，偏安一隅的赵氏小朝廷处于风雨飘摇之中，所以文天祥的理想人格又被抹上了一层浓厚的忧患意识。……当外敌入侵时，又表现为炽热的爱国意识（指历史上的国家概念），他在给友人的信中说："悠悠四顾于山河，落落一麾于江海。啸吟水石，酬谪仙捉月之魂；上下风樯，访舍人麾军之迹。慨然神州陆沉之叹，发而为中流击楫之歌。"

3. 通过赞颂历史人物所体现的道德境界以自励，是文天祥追求理想人格的一个显著特征。他在诗文中概括出历史任务的道德情操，即伊吕之贤，夷齐之贞，程婴之功，仲连之高，屈原之洁，诸葛之忠，终军之锐，范滂之操，苏武之节，越石之壮，祖逖之志，陶潜之真，少陵之心，胡杨之气。

4. 文天祥对诗歌的看法。他说，"诗所以发性情之和也。性情未发，诗为无声；性情既发，诗为有声。阅之无声，诗之精；宣于有声，诗之迹。"……文天祥所谓的"性情"，……他在《题勿斋曾鲁诗稿》中说："诗三百一言以蔽之，曰思无邪。诗固出于性情之正而后可。"……自然就是理学家所宣扬的伦理道德了。……在文天祥的诗歌中，"人间信有纲常在"、"君臣义重与天期"、"丹心不改君臣谊"之类的话屡见不鲜。基于这种创作思想，文天祥并不十分看重诗歌本身的艺术性。

（以上，引自修晓波《文天祥评传》第二章"诗歌创作"，南京大学出版社2002年版）

顾文昱《白雁》

顾文昱，字光远，曾官至吴王副相，生卒年不详。《广东通志卷四十·名宦志》谓："顾文昱，嘉定县（今属上海）人。洪武二年，以知州擢广东行中书省右司郎中，为人清廉。至于别淑慝（tè），均输纳，修城隍，练士马，恤困苦，不遗馀力，民怀其惠。"又，《大清一统志卷二百五十·吉安府（二）·名宦》谓："顾文昱，字光远，嘉定人。洪武初知泰和州，民好讼，光远为长榜，诲谕来讼者，俾居谯门上思三日，然后投谍。其真负冤者，始为疏理。未两月，民不复讼。境有虎，为檄，告神，虎一夕去。前知泰和者，为安庆吴去疾，有会政。州人语良牧，必以二人为首云。"顾氏因《白雁》诗而得名"顾白雁"，有《蔗镜吟稿》。

【诗词品读】

一

《白雁》诗作者顾文昱，字光远，明初嘉定人。本诗为诗人随军出征时所作。

万里西风吹羽仪，独传霜翰向南飞。芦花映月迷清影，江水涵秋点素辉。锦瑟夜调冰作柱，玉关晨度雪沾衣。天涯兄弟离群久，皓首江湖犹未归。

先看首联，"万里西风吹羽仪，独传霜翰向南飞"。

羽仪，用羽毛装饰的旗帜。西风是秋风，万里西风，言其场面非常浩大。前半联说，秋风肃肃而来，战旗猎猎作响，场面整肃壮阔。这里用了"万里"，使场景一下子延伸开。再看后半联"独传霜翰向南飞"。翰，本指鸟羽；霜翰，指白雁，相传白雁逢深秋而南飞，至则霜降，故称。传，移也。这句是说，正当北征的队伍缓缓地行进于万里大漠之时，一只孤独的白雁划移过诗人头顶上的天空，像一道银练，突然映入眼帘，随后向着浩浩队伍的后头飞去。

当然，这"独"字，除了孤独之义外，还有唯独等义，此字突出天空白雁的逆势而动，与此时地面军队整肃行动、意志划一，构成一种紧张的关系。它恰在此时出现，像一种天启，好像暗暗给诗人以某种强烈的暗示。于是，作为秋日固定传递音信的使者，白雁南飞，让人幡然警觉——不是它"至则霜降"，而是它的到来，似乎在提醒着"时光易逝、节序如流"。看来，又一个秋天来了还将过去。对于南方人的诗人来说，朝向他家乡方向飞去的白雁，此时该又寄托他多少的情思呢？

应当说，这军旅北征秋围的场景不能说不浩大，旌旗仪仗等不能说不齐整威武，而战士的斗志也不能说不雄壮昂扬；然而，当一只南飞的白雁，在天空移过，似乎颇为无助、孤独，却一下子击中了诗人心灵深处一块柔软的部分。它虽柔弱，却不会接受地面军旅的意志，也不为地面的军威所振动；它虽孤独，却仍然听从造化的安排，毅然、决然地向着南方飞去。于是，在诗人的眼里，它显示了超能的坚持与执着，它的生命的情思影响到了诗人，并在诗人心头暗暗浮现了出来。他突然对家乡与亲人产生了一种从未有过的思念。

二

再看颔联，"芦花映月迷清影，江水涵秋点素辉"。

素者白也，辉者光也，素辉即白光，就是月亮的光芒。涵秋，潜藏着秋气，江面一片清寒。点，微动；点素辉，即月光打在江面上，波光动荡，闪闪发光。

这一联并无过度复杂的地方。秋天到了，已经吐絮的芦花到处都是，雪白、成片，景致颇为茫茫。而近处，芦花倒映在水中的月影上，灰白的芦花，银亮的月光，在微微的秋风下，光影交织着，落到水面上的是芦花的参差的淡影，有时候又像一片片轻烟，或浓或淡，打着旋儿，它们好像顾影自怜，显然是迷恋于自己清丽的身影了。当然，芦花映月，或者说月映芦花，它们相互映衬，竟至于月亮也迷恋起自己的清影了。因为有芦花做衬，又有明月一旁烘托，于是这江边的景致变得清幽、迷人，又颇为暧昧起来。它们似乎在互诉着一种远离的情话，又似乎在抚慰着契阔的忧伤——于是，一股柔情就这样荡漾在诗行里。

再看。而当目光移开芦花与月影的交融点，朝向更近的一处，这时深秋时节，纤云长空，没有任何阻碍，没有一丝风力，而那一轮当空的皓月，正惬意地在如镜的水面上，留下它的银亮的"静影"。不，那哪里是什么静影，分明就是一块明净的"沉璧"，深深地印在江水心灵的深处！然而，有时也不完全是这样，你看，水面有了一丝微风，一道敞亮的光路就会散碎，于是出现了一层层粼粼的银波，闪闪烁烁的光点——但它们似乎永远都那么清冷，没有任何外物的烦扰。这宁静的波面上，只有月光温柔的洒落，只有江水以轻柔的跳动，来表示它欢愉，那是静心的喜，不是狂躁的动，任何一点不谐的动作都会显得粗暴。这江水和洁白月辉的感应与互对，恰似编织另一种人间的情话，容不得任何人的亵渎与破坏。

这究竟是一种什么样的情境呢？

当然，这绝不可能是北方大漠，也不可能是北方的冰湖清川。虽然在季节上，这一联所反映的征象，是典型的秋征。它与诗作首句"万里西风吹羽仪"，以及颈联"锦瑟夜调冰作柱，玉关晨度雪沾衣"，都有写景上的很大的差异。首联和颈联都是一致的绝域风情，而颔联则带有明显的江南婉约而温柔的情调。显然，颔联是指向诗人家乡所在的江南了。这是与诗人生活联系在一起的过去某个场景的再现，是与生命的护育，生命的静思与温享密切相关的一个所在。是回忆，还是在梦中？不得而知。但是，那一只孤独南飞的白雁，一定在白天深刻地印刻在诗人的脑海里了，因为它将白色，洁白、银亮、明净，还有很多清白的元素都一一激活。

三

下面是诗作的第三联"锦瑟夜调冰作柱，玉关晨度雪沾衣"。

我们看，唐代著名边塞诗人岑参，在《白雪歌为武判官归京》里说"北风卷地白草折，胡天八月即飞雪""瀚海阑干百丈冰，愁云惨淡万里凝"，这是典型的绝域风格。而顾作这一联，似乎也带有这种明显的大漠风情。

先看前半联。锦瑟，直白地说，就是装饰得很漂亮的琴；夜调，夜里弹奏而预先进行的调试。冰作柱，说明琴面已经不能弹奏，因水汽太凝重而致于琴弦结成冰柱，全部冻住。此极写大漠天气的奇寒。而后半联亦当如是。玉关，就是玉门关，《辞海》云在天山北，因西域输入玉石取道于此而得名，与阳关（在天山南）同为联通西域门户；其实所谓玉关，乃冰镇、冰封之关。此句描写晨间飘雪落满军人征衣的情形。这是典型的塞外生活。需要指出的是，在深秋，南方秋意正浓，而北方大漠早已是天寒地冻，是岑参所说的"瀚海阑干百丈冰，愁云惨淡万里凝"的奇寒、严寒的天气。作为一个南方人而不是中原人更不是北方人来讲，到塞外边地经受如此奇寒，一定是刻骨铭心的。

与颔联比较，颈联是以凝重的边关场景与实地生活来增强军旅的感受。那么，军旅生活的艰苦，生命经受的悲辛，奇寒的难耐，以及愁绪的难申，都让诗人的边地生活显得特别地凝重而沉郁。

要知道，人的本能可能催使人趋利而避害，值此时节，弃大漠而就江南；然而，作为有意志的人来讲，他清楚地知道他的处境以及他的所作所为。虽然被严寒所裹胁，但身为一名军人，他依旧要坚定地履行自己的职责。然而，人又是情感的动物，他不能无视情感与下意识的存在。越是严酷的环境，越会让人产生对温情、温暖境遇的念想与追求，这似乎有点类似于存在主义的荒诞意识，有点荒谬制胜之道，但却是面对真实的境遇所作的合情合理的心理选择。于是，在严峻的军旅生活的间歇里，或是夜深人静之时，以及在所谓痴情的梦里，诗人品尝着岁月的老酒，顿时感到过去江南水乡的生活是如斯之美妙。也许这一段时间里，他都沉浸在诗作颔联所描述的情境之中。甚至，诗人也可能像阿尔贝·加缪笔下的古希腊神话西西弗斯所演绎的那样，"当他又一次看到这大地的面貌，重新领略流水、阳光的抚爱，重新触摸那火热的石头、宽阔的大海的时候，他就再也不愿回到阴森的地狱中去了"（《西西弗斯的神话》），借以此回忆过去的温情与美好，来对抗或化解眼前现实严酷的境遇。

还有，正如加缪所说，"当对大地的想象过于着重于回忆，当对幸福的憧憬过于急切，那痛苦就在人的心灵深处升起……巨大的悲痛是难以承担的重负……与此同时，两眼失明而又丧失希望的俄狄浦斯认识到，他与世界之间的唯一联系就是一个年轻姑娘鲜润的手。他于是毫无顾忌地发出这样震撼人心的声音：'尽管我历尽艰难困苦，但我年逾不惑，我的灵魂深邃伟大，因而我认为我是幸福的。'"（《西西弗斯的神话》）于是我们看到，军旅维艰的诗人，更牵念自己的家人了。人越是身处一个绝境的时候，越是思念家里的亲人。友情、亲情，在这时候起到真正的维系作用。而往往时间和空间都是这种情感的催化剂，相距的距离越远，分别的时间越长，都会引起情感上更强烈的反弹，于是乡关亲情之思就自然而然地跃然纸上。

是啊，一只孤独的南飞的白雁，就这么不知不觉地走进了诗人的潜意识，引起了他对自身处境的审视，以及对自己的远在天边的手足的牵挂。"天涯兄弟离群久，皓首江湖犹未归"，就是一个再自然也不过的诉说了。

需要说的是，人是很复杂的动物。对诗人来说，也许军旅生活本来平静，或者壮怀激烈，沙场点兵，秋场围猎，钟鼓隆隆，喊杀连片，冲锋陷阵，勇搏敌手，并在一个个所谓责任与荣誉、绩效与功业面前，数点人生的成败利钝、是非得失，也许昨天还身披征衣，在军刀与烈酒之间吼出豪壮的誓言，但是，就是在那一瞬间，他听到了那一只银白色的、慢慢划过天空的落单大雁凄厉的叫声，忽然打了一个寒战，感到了一丝凄凉。再举头而望，高远的天空里，那只白雁的身影已经远了，显得那么渺小，那么羸弱。也就在那一刹那，诗人黯然神伤，一股悲情顿涌心头，久久难以平静，难以忘怀。那只受伤的白雁让他介怀，甚而至于后来，愁绪如海潮，而愁思竟一时难以抵制。

而杀伐与手足之情，功业与白发难归之叹，让诗人苦苦寻思。然后，孰重孰轻，就可能不再是一个痛苦的选择。是啊，生命一经反省，所谓军国大业与田园躬耕，天下权柄与匹夫两臂，以及所谓泰山之重与鸿毛之轻，原来的强势一方最终都变得暗淡失色。再说，有了情感上的维系，即使天各一方，即使身陷绝境，也终究不会孤独。于是，即使江湖未归，皓首如霜，只要心存珍念，心怀坚信，重逢与团聚就一定可期。这，就是生命意识和情感亲情等伟大的维系吧。

四

沈德清《明诗别裁集》在论及这首诗歌时说："风格高于海叟（袁凯）《白燕》诗，一结尤见作手。王安中《咏白雁》'夜月芦花看不定，夕阳枫叶见初飞'，极不即不离之妙，惜通体不称。"显然，这评论还是热衷于创作技巧上的高低比较。当然，诗歌的风格与形式技法也不是说不重要，但不能脱离诗歌的内容而孤立抽出来进行所谓的审美观照。

下面我们看看顾文昱《白雁》这首诗的一个显著的特色：诗歌一片"白"、浑然素洁心。

可以说，诗人创作这首诗歌时，非常注意意象的挑选和意境的营造。全诗着一"白"字，可谓境界全出。第一，诗题叫"白雁"，露一个"白"字。第二，首句"霜翰"，含着"霜白"。第三，第二句"芦花""素辉"，自然一片"白"。第四，第三句"冰柱""雪衣"，是寒气袭人的森然之"白"。第五，末句"皓首"自然也是一片要到来的"白"。第六，白色也很切乎夜晚与月色，还有年岁渐高者的梦境。第七，白色既是秋色的一部分，它有寒冷的一面，又与诗人内心的意绪相关，诗人远出边关，远离自己的乡关，其忧郁而凄凉的心情之惨淡（当然亦以"白色"表达为宜），自然在所难免。第八，白色又是纯粹之色，圣洁之色，它是冰封世界里的玉色，显示了诗人的素雅的审美情趣。可以说，本诗的"白"色是无处不在。诗人如此巧妙经营，给诗歌打上了一层纯粹的色面。如此纯色打造，这在古今以来的诗歌创作里也是不多见的。

【问题聚焦】

五

下面看看本诗的有关问题：

第一，结合全诗说说描写了怎样一幅画面。有人说，"描绘了一幅慷慨悲凉的行军图"，所谓"西风尽扫，旌旗猎猎，鼓角阵阵，北雁南飞"。其实，还不仅仅是这样一幅画面，因为这首诗其实描绘的是几幅画面的交叠。由"行军图"，尤其是"白雁图"，诗人想到很远的家乡，昨夜的情形（在颔联），今晨的情形（见颈联），以及现在的情形。第一联所写为现在的情形，而第三联，一则昨夜一则今晨，而第二联当然是回忆，时间显得更为久远：至少有这样几幅画面交错在一起。所以这个参考并不准确。当然，诗中几幅画面，交错在一起，有穿插，有现在时，有回忆。而末联"天涯兄弟离群久，皓首江湖犹未归"，既写过去，又写未来。除了"色彩"之外，研究一下这首诗的"时间"，也应该是极有意思的事。

第二，颔联的"迷"和"点"两个字，表现了景物的什么特征？对中国古文古诗来讲，有很多传神、精练的动词，富有表现力，可以用来表达作者精微的意图。"迷"字，迷恋，相互依恋，描绘出芦花倒映在水中和水中的月亮交融在一起，幻化成一片动态之美的情形。"点"字，巧妙地展示了皎洁的月光，在被风吹皱的江面上，留下了无数闪动的光点或跳跃的光点，极富有动感。但从写景上来讲，"芦花映月迷清影"是静景，而"江水涵秋点素辉"是动景，一动一静，显示了自然的律动。自然是生机的，秋天也不例外。那么这种富有生机的画面，和第三联那种艰涩的环境，又形成了一个对比，那么诗人的情感倾向也就不难把握了。

【读法链接】

〔附〕今人有关点评

《元明清诗鉴赏辞典》：古人曾有"日日乡心白雁诗"的说法，以白雁为引子，引出浓郁的思乡情感，是古代诗人常用的艺术手法。不过，各人的怀乡情由各不相同，具体的写作方法也不可能趋于一致，本篇妙用比兴、对比、烘托和夸张等艺术手法，使思乡的主题表现得相当含蓄浑厚。

首联起兴，交代作者的处境，以及引起感慨的缘由。颔联和颈联却忽然宕开，跳跃式地转写家乡和北地的秋景，以强烈的反差映衬江南的美好，隐写对家乡的依恋。尾联则承上而来，直写有家难回、亲人分离的愁怆。诗中语言典雅，用词巧妙，尤其颔联中的"迷"字和"点"字，颇值得玩味。一个"迷"字，传神地描绘出芦花倒映水中，摇曳不定，和水中的圆月交融幻化的动态；一个"点"字，又巧妙地展示了斑驳陆离的江上夜景。其他诸如"冰作柱"的夸张，西风万里的烘托等等，使得全诗充满慷慨悲凉的气氛，营造出深沉开阔的意境，愤而不怨，哀而不伤，十足感人。

（上海辞书出版社 1994 年版）

第四章　芙蓉泣露香兰笑

——古体诗赏析

　　一首诗迫不及待地开始萌动，一定有一种情感、一种体认，但其中也有一个世界、一个自我……

——［美］罗伯特·邓肯：《朝向开放的宇宙》

　　几乎所有的诗都是自传的片断。有时我可以循着一种想法追溯片断的回忆，不过，我没法使那些引起回忆片断的事件具有意义，它得在多年以后自己产生意义。一两行逗留在你的头脑中，突然它碰上了什么，某种东西使它获得成功。

——［美］罗伯特·潘·沃伦：《沃伦论文选》

　　诗人显然在日常的生活中加进了东西，是什么，我不知道，那是诗人的秘密。然而对我们来说，一种生活上的启示突然降临了。生活显示了令人惊叹的崇高，显示了它对我们所不知道的力量的顺从，显示了它那没有尽头的亲缘关系，也显示了它那激起敬畏的神秘。但愿化学家在那仿佛是盛着纯净至极的清水的容器中注入一些神秘的点滴，使那些透明的晶体迅速地升到表面，让我们看到我们原先用不完备的眼睛所看不见的蛰伏着的一切……清水本身正是我们日常的生活，诗人即将把可以带来启示的他那天才的点滴注入水中……

——［比］梅特林克：《卑微者的财富》

　　在别人那儿称为思想的东西，在诗人这儿，就由幻想所代替。因此幻想是思想的一种特殊形式。思想是一种能渗透的精神，幻想是一种被渗透的精神，诗人的精神可能在较大的程度上需要被渗透，而不是去渗透。

——［法］彼埃尔·勒韦尔迪：《关于诗的思考》

刘孝绰《咏素蝶诗》

刘孝绰（481—539），本名冉，字孝绰，小字阿士，彭城（今江苏徐州）人。少有盛名，能文善草隶，号称"神童"。年十四，代父起草诏诰。仗气负才，多所凌忽。初为著作佐郎，后官秘书丞。曾任太子舍人、太子洗马、掌东宫管记，助昭明太子并编纂著名的《文选》等，是当时东宫学士的领袖，代表着天监、普通年间的诗歌理想。工于诗，与何逊并称"何刘"。有诗文集，早佚。明人辑有《刘秘书集》。

【诗词品读】

一

《咏素蝶诗》的作者刘孝绰，为南朝梁代文学家。关于这位作者，对我们来说还比较陌生，虽然注释对他有一点介绍，显然不够。

刘孝绰是南朝齐梁时代权宦子弟，自幼聪明绝顶，被人誉为"神童"，因而得当时皇帝梁武帝的赏识。其时确实颇负文名，《南史》载"每作一篇，朝成暮遍，好事者咸诵传写，流闻河朔"，以至于"亭苑柱壁莫不题之"。

而在文化建树上，刘孝绰更值得注意。历史上最早的文章总集《文选》，传为南朝梁代昭明太子萧统所编纂。其实站在他背后的就是这位刘大文豪，不少学者都认为他才是《文选》的主要编撰人，可以说是他为文学史做了重要的贡献。此外，还有著名的诗选《古今诗苑英华》，也传为刘孝绰所编写。今人曹道衡、傅刚所著《萧统评传》，这样评价他："毫无疑问，刘孝绰是萧统东宫学士的领袖，刘孝绰在当时的影响大于何逊，这说明刘孝绰的创作代表着天监、普通年间的诗歌理想。"

现在就来看看这首《咏素蝶诗》。

随蜂绕绿蕙，避雀隐青薇。映日忽争起，因风乍共归。出没花中见，参差叶际飞。芳华幸勿谢，嘉树欲相依。

所谓素蝶，就是白蝶。有人说见到或是梦见白色蝴蝶似乎不吉祥，不知其理由何在。白色的蝴蝶，个头大的很少，而个头小的则比较多，一般不怎么引起感觉，不像其他蝴蝶引人注意而已。可能是它比较单薄，白纸片一样的翅膀，微小、轻盈，甚至弱不禁风。一掠过眼，一闪即不见，然后孤单的身影遗落在一根草尖上或是野刺上，似乎凄然，又惊惶不定。它并不像其他有色蝶类，在花丛里肆意地起舞、缠绵，而它似乎要远离浮华,并不多恋于花间。刘孝绰所咏蝴蝶,大体如此。

看,"随蜂绕绿蕙",素蝶怯怯地跟在蜂类后面,也在香草堆里转来绕去,并时不时地躲进青薇。它实在太招人同情了,为了生活竟活得如此提心吊胆。所谓绿蕙,有书籍认为即王刍与蕙草一类的香草,也可能是兰花中的蕙兰,又称"绿壳类"(似乎专业说明叫"苞壳的颜色为绿色缀筋绿")。而青薇谓何?有人说就是常见的蔷薇,但《美人如诗,草木如织:〈诗经〉里的植物》这本书上说,"薇"就是大巢菜或野豌豆,花色紫色或以白色为多,状如凤舞小蝶。也就是说,所开之花,就是蝶形花。又,《尔雅·释草》称之为"摇翘",取其"茎叶柔婉,有翘然飘摇之状"。如此一来,这种素色小精灵是要躲进和它一样的植物里,以迷惑捕食它的飞雀的眼。这是多么乖巧而机灵的一招!一儿童读物《蝴蝶·豌豆花》里有一首诗,可谓极好的诠释:

一只蝴蝶从竹篱外飞进来,/豌豆花问蝴蝶,/你是一朵飞进来的花吗?

还有,人教版四年级有一篇课文叫《触摸春天》,显然也说到了蝴蝶,不过,若是素蝶可能更相宜。文中说,一个叫安静的八岁小盲童,某个春天的早晨,在一株月季花前停下来,慢慢地伸出双手,极其准确地伸向一朵沾带露珠的月季。而那朵花上正停着一只花蝶。小姑娘的手指悄然合拢,竟然拢住了蝴蝶。稍过一会儿,她张开了手指,蝴蝶便扑闪着翅膀飞走了。盲童姑娘为何能捉住精灵般的蝴蝶呢?大概因为她无害的心,她不会伤害而只为着喜欢,或者赴一个晨会,故而赢得小精灵的本心。

再提及一点。曾经讲过柳宗元《秋晓行南谷经荒村》诗("杪秋霜露重,晨起行幽谷。黄叶覆溪桥,荒村唯古木。寒花疏寂历,幽泉微断续。机心久已忘,何事惊麋鹿"),诗歌末句则忽见荒冷。其意大概是,尽管人类并无祸心,可还是不待见于那只敏感的精灵。梁元帝《金楼子·兴王篇》谈到此事,似乎更为具体。说伯夷叔齐因心存谋害之心,而惊跑了给他们提供奶水的麋鹿,教训实在深刻。反过来说,麋鹿、素蝶这些灵物之所以能远身避祸,正是靠了这天赋敏感的禀性。这是弱者的生存之道。《庄子·天地》说:"有机事者必有机心,机心存于胸中则纯白不备。"其意谓,有机巧的事必定有机变的心思,只要此心存留,要想心境一尘不染、纯洁空明就绝无可能。对人类来说,可能注定无获小白蝶的好感吧?

二

再回到刘诗。这微小的素物,其天赋的禀性其实并不多。

我们看，"映日忽争起，因风乍共归"。它需要阳光的照射，获足了能量才能飞行。常常，待在树上的蝴蝶直待露水晞干之后，才纷纷飞去，然后闪烁于花丛之间，或觅食或躲避天敌。而夜晚气温越降，则其活动便越发受限。于是，只有再等次日的光照，它才能重获生机。所以这小小的生物，特别是受了昨夜的寒凉，对于日光的渴望与痴迷，就远超人类的想象了。

看，在日光的照映下，待在树叶间的它们忽纷纷而起，争相觅食，当然也会趁间嬉游一番；待到吃饱之余，又乘着风随着气旋，一会儿之间又都飞了回来。——它们如此依赖于"风""日"，很难想象，离开了这些所谓天赐，这些小小的精灵究竟还能否存活下去，实在是个严重的问题。当然，大风反而不好，小风或微风则最为适宜。总之，出行或者回归，都需要借助于风力的作用。而它们又似乎像所有微小的物类一样，齐刷刷地出，又闹哄哄地回：这就是弱小者们的生存之道吧。

诗作前四句，可以说诗人的观察非常仔细，而其体物如此精微，让人振动。同时，让读者不得不因他的所写，而对诗中渺小的弱者——素蝶生出怜悯与担忧之心。可以说，这首诗抒发了诗人的浓忧和深愁。生命是多么短暂，又是多么渺小而可怜。这些小小蝶儿的无力感，它们在自然跟前的局限及俯仰如随，都使诗歌多了一层忧郁的底色。

当然，对于这首诗歌，有些评家说："在那风光旖旎的大自然中，一群素蝶忽儿……在绿草丛上盘旋，忽儿……在微叶之下隐蔽，忽儿映着明媚的阳光翩翩起舞，忽儿顺着和畅的春风飞向远方，忽儿在锦簇的花团中若隐若现，忽儿在参差的密叶里穿进穿出。这些诗句犹如电影里的镜头，伴随着由绿蕙、青微、阳光、春风、红花、碧树组成的背景的不断变换，展示出了素蝶轻盈飘然、千姿百态的身影。"（吴小如等《汉魏六朝诗歌鉴赏辞典》，第 1133～1134 页，上海辞书出版社 1992 年版）如此看来，素蝶们实在是太过幸福了。但如果稍稍体察诗歌的内涵，就会觉得这种"幸福"可能只是个美丽的气泡；或者至少看起来，这些幸福还只是真相的一小半。

三

再看诗作的最后四句。

先看"出没花中见，参差叶际飞"。这两句好像是对前面四句的小结与重复。蝴蝶们在花丛里、草叶间，或一只或两三只或三四只，飞来飞去，或出或没或隐或现。这既是个群像，又是一个瞬间的剪影，它们是那么鲜活那么机灵，一刻都不愿停歇下来。生命只要获取一点点能量，只要能乘势或借力，它们总能展现其精灵般的姿态。只不过,这一切都压在最后两句上:"芳华幸勿谢,嘉树欲相依"。芳华,就是芬芳的花,香花,照应的是前面的"绿蕙";幸,表示希望。这两句是说,美丽芬芳的花儿啊,你们千万不要凋谢;高大挺拔的绿树啊,你们要永远做我的依靠。前一句所针对的是"请不要断了我的食源",而后一句则表示"不要危及我的生活"。

诗作最后一句,还有必要再详解一点。

嘉树,就是佳树、美树的意思,典出《左传·昭公二年》。其时刚即位的晋侯,派韩宣子到鲁国聘问,鲁君设了享礼后,鲁国大臣季武子又私宴招待。见到季武子家"有嘉树焉","宣子誉之","武子曰:'宿敢不封殖此树,以无忘《角弓》。'遂赋《甘棠》。宣子曰:'起不堪也,无以及召公。'"[①]直白地讲,季武子说不敢不对此佳树进行培植,没有忘记《诗经·小雅》"角弓"篇的意思。但他赋诗的时候,却选取了《甘棠》诗,原来是想讨好大国的大夫,拐弯抹角赞美他,将韩宣子比之为代君美政、荫庇人民的执政者。难怪韩宣子赶紧辞说,不不不,"我"哪能跟先贤相比。言下之意是"照顾不了那么多",以及"要照护也轮不到我"等。那么,何谓"嘉树欲相依"?就是希望有仁德而心系苍生的执政者可以倚靠。这里的"嘉树",与前面的"青薇"相对,也就是希望不要在没有保护的草丛、藤窠里躲来藏去,希望能有真正庇护、倚靠的所在。的确,诗人对素蝶生活、情态所作的描摹,并非诗作的本意,实则是要寄寓一份怜悯;而"芳华幸勿谢,嘉树欲相依"不啻呐喊,强化了所欲表达的情感。事实上正是如此,没有什么比对生存的渴求更显示对生活的热爱,也没有什么比展示内心的不安更能表示对未来强烈的期待。

当然,联系诗人的生平则不难看出,此诗并非泛泛咏蝶之作,而是寄寓了身世之感。刘氏虽然自负才华,自视甚高,但一生仅做到秘书监(四品),一直不能获得重大提拔,并且五进五黜,甚至有时甫一任职旋即因事而解,可知诗中蕴含着强烈的祸福无常之忧和知遇明主之盼。"嘉树欲相依"可谓全诗真正的主旨。一方面,诗人借素蝶以表示自己品质的高尚与纯洁;另一方面,借素蝶之口表示自己在遭遇官场多次沉浮后,依然对仕官保持不变的渴望与追求。同时,也表达了自身的柔弱与可怜,以及自己对支配命运的宰制者的认同与依顺。可以说,是博取怜悯与积极

---

① 所谓封殖,培植、栽培。角弓,西晋杜预注《诗经·小雅》之《角弓》说"取'兄弟昏姻,无胥远矣',言兄弟之国宜相亲"。甘棠,杜预注《诗经·召南·甘棠》"蔽芾甘棠,勿翦勿伐,召伯所茇"说:"召伯息于甘棠之下,诗人思之而爱其树,武子欲封殖如甘棠,以宣子比昭公。"召伯,周初贤大夫。《史记·燕召公世家》说:"周武王之灭纣,封召公于北燕……召公巡行乡邑,有棠树,决狱政事其下,自侯伯至庶人各得其所,无失职者。召公卒,而民人思召公之政,怀棠树不敢伐,哥咏之,作《甘棠》之诗。"

表忠的一个捏合吧。

我们今天当然很容易理解刘孝绰复杂的心态。虽然他进身为官的所有条件都令人艳羡，但是，皇权或者专制的本质之一，就在于制造种种混乱与事端而便于从中取事。因为它是社会巨量资源唯一的调配者，或成或败皆取决于它的兴致与对方的忠诚度及所受折辱的韧度。而有了这种种事端与混乱，那么，受宰制者对它的依赖感反而会更强烈。在专制的眼里，最理想的结果是，一切都要依赖并仰仗于专制本身。它，就是诗歌所提及"日"与"风"，还有"芳华"与"嘉树"。至于追撵素蝶的"雀儿"，不过是帮凶与工具而已。

对于诗人刘孝绰来说，按理，有皇帝和太子器重这两重背景，这位"彭城才子"应当可以鸿鹄志伸，有机会大展宏图一把，至少可以衣食无虞、无灾无祸而安泰自在吧。然而，看看《梁书》以及《南史》"刘孝绰传"就可知，他一生起伏无定，一些职务一任再任，兜了圈子回来再任，虽然官位最终有保，但所获所取，都仰人鼻息、举夺由人，并常要周旋、宛转于人下。而治他的罪行，在今天看来，不过是些鸡毛蒜皮的琐屑小事，以及不是理由的所谓"仗气负才"或"书生意气"之类的帽子。说白了，就是不能让你有多舒服。于是，所谓致人忌刻乃至陷害的事便常常发生。甚至有时，什么理由都没有，以"公事免"，其"造化"之弄人，往往莫过于此。

下面是《南史》的记述：

初，孝绰与到溉兄弟甚狎，溉少孤，宅近僧寺，孝绰往溉许，适见黄卧具，孝绰谓僧物色也，抚手笑。溉知其旨，奋拳击之，伤口而去。又与洽同游东宫，孝绰自以才优于洽，每于宴坐嗤鄙其文，洽深衔之。及孝绰为廷尉，携妾入廷尉，其母犹停私宅。洽寻为御史中丞，遣令史劾奏之，云"携少妹于华省，弃老母于下宅"。武帝为隐其恶，改"妹"字为"姝"。孝绰坐免官。诸弟时随蕃皆在荆、雍，乃与书论洽不平者十事，其辞皆诉到氏。又写别本封至东宫，昭明太子命焚之，不开视。

孝绰免职后，武帝数使仆射徐勉宣旨慰抚之，每朝宴常预焉。及武帝为《籍田诗》，又使勉先示孝绰。时奉诏作者数十人，帝以孝绰诗工，即日起为西中郎湘东王谘议参军。迁黄门侍郎、尚书吏部郎，坐受人绢一束，为饷者所讼，左迁信威临贺王长史。晚年忽忽不得志，后为秘书监。初，孝绰居母忧，冬月饮冷水，因得冷癖，以大同五年卒官，年五十九。

孝绰少有盛名，而仗气负才，多所陵忽，有不合意，极言诋訾。领军臧盾、大府卿沈僧昊等并被时遇，孝绰尤轻之。每于朝集会同，处公卿间无所与语，反呼驺卒访道途间事，由此多忤于物，前后五免。

刘孝绰与"彭城"同乡的这俩兄弟到溉、到洽之间的事，实在拿不上桌面，雅量都有限吧，但竟至于被后者公报私仇，刻毒设陷，实在有些下三滥。而可笑的是，弹劾孝绰的罪名是"携少妹于华省，弃老母于下宅"。所谓"省"及"省中"，就是皇宫禁地，带着妻妾厮混似乎玷污威严、冒犯圣明；何况"弃老母于下宅"，一顶"不孝"的帽子就直接摁在他的头上，于是刘才子于人伦教化简直就是败类。如此，刘的行为"伤风败俗"，不可告人，于是获罪丢官实在不值得姑息。但更可笑的是，身为皇帝的梁武帝，竟然指鹿为马，说什么"为隐其恶"而将罪名里的"妹"字改为"姝"字。"本来"，刘孝绰所带的是自己的"妾"，现在更不清不白，不知道与什么丽人胡来。一字之异，令人浮想联翩啊。还好，《南史》的史笔不愧深解圣意，在传记文本里煞有介事地说"孝绰中蕣为尤，可谓人而无仪者矣"，那几乎等于说是在中央机关与宫里哪个妃子秽乱。如果皇帝要治他死罪，也是"罪有应得"，可见史笔歪曲的恶劣程度。至于另一罪行，刘孝绰任尚书吏部郎，因"坐受人绢一束，为饷者所讼"。仅仅因"一束"绢而遭起诉，而竟"左迁信威临贺王长史"，与前面相比，又实在不值得一提。

而颇具戏剧性的是，刘孝绰被免职后，"高祖数使仆射徐勉，宣旨慰抚之"。此外皇帝还将自己创作的《籍田诗》，"先示孝绰"，似乎还是非常"赏识"他。打了之后再摸，把戏而已。而梁武帝的儿子昭明太子萧统，其实也不赖。在他周围的三十多位文人学士中，刘孝绰做过太子舍人，又两次做过太子洗马，两次掌东宫书记，与他接触的时间最长，似乎也最为亲近。《梁书·刘孝绰传》说："时昭明太子好士爱文，孝绰与陈郡殷芸、吴郡陆倕、琅邪王筠、彭城到洽等，同见宾礼。太子起乐贤堂，乃使画工先图孝绰焉。太子文章繁富，群才咸欲撰录，太子独使孝绰集而序之。"又，《梁书·王筠传》："昭明太子爱文学士，常与筠及刘孝绰、陆倕、到洽、殷芸等游宴玄圃，太子独执筠袖、抚孝绰肩而言曰：'所谓左把浮丘袖，右拍洪崖肩。'其见重如此。"但是，细心的人一定发现，在那个因"伤风败俗"而免官的事件里，刘孝绰的弟弟们，无论是亲兄弟还是堂兄弟都不干了，他们搜罗了不少关于到洽令人愤慨的事，"又写别本封至东宫"，其结果呢，"昭明太子命焚之，不开视"。学生连自己老师的事问都不过问，一烧了之，又显得无情和阴狠了。

以史证诗，当然有些勉强，但至少说明了作者在朝为官，做得很不舒服。他虽然所得甚多，而所失总是稀奇古怪；得失之间，总难以从容平顺，因而患得患失的心理总难抹去。于是他感到人生如寄,而生出"忧生之嗟"。似乎皇帝老子有时候也救不了,生活处处遭人陷害,横亘于心中,无法排解,难以释怀,于是便有了难以自抑的人生悲情与哀感。

他对生命,对外物的感受是如此敏感,甚至引发他对自身存在的价值基础的怀疑。他感到,虽然他非常幸运,一生富贵优游,但总难风平浪静,在一派雍容富贵气象的背后,总时时透出一种面对自己难控局面的无奈和感叹。在我们所见一派欣欣向荣、生机勃勃的背后,诗人所见却是不如意者的悲凉:自身没有依靠,没有安全感,尾随人后,委曲求全,祸福无常而避祸无已。特别是陷于朝廷纷争旋涡的时候,哪里还有幼年的清俊神秀、为名流所重的荣耀感呢?而随波逐流中,又哪里还有宠辱不惊、练达无碍的风度呢?渐渐地,他被饱尝人生艰辛后的无奈及感慨死死缠绕着,甚至被刻意为自己营造的虚幻人生欢乐享受所围裹着。这种生活态度实在不潇洒,不轻松!这是人到中年阅尽沧桑、唯恐性命有失而又深怀忧生意识的表现,是那个朝野普遍笼罩、朝忧夕患的畸形社会形态的呈现。

如果我们再联系诗人其他的诗篇,像《夜不得眠》里徘徊庭院、仰望星空的忧思和悲叹,《栎口守风》里回京途中的不安与惊恐,甚至《古意》中也借女子守怨以自伤,似乎可以知道,他的作品,并非后世诗歌评家所说,仅仅起于唱和、沙龙流转的文人小群体间竞相摹写的逞一时艺术之能,以及所谓切磋技艺、娱乐消遣的文字把戏。这首《咏素蝶诗》虽为咏物,却深贮体己之心,让人睹见其借蝶自诉的忧心。

当然,诗作情感的表白并不浅露,而诗句绝非赤裸。诗人在摹写回照中,非常注意个人的情绪与外物的刻写之间的规则,尽量让自己的情感按照外物活动的场景进行编排,在细腻的描写里注意寓含自己的情感,因而使全诗显得深厚蕴藉。确实如一些评家所说,这正是一般咏物诗所难以企及的:既有精蕴的形象,又含题外的托寄。这就是"从容用笔,没有局促之感",而有一种浓郁的"雍容"的气质。

【问题聚焦】

四

下面看看本诗的两个问题:

问题一,这首咏物诗描写了素蝶的哪些活动,是怎样描写的?诗作描写了在花丛和树叶间出没翻飞的素蝶随蜂采蜜并遇雀躲藏,受日照而起又顺风势返回的情形。

是通过素蝶和周围事物的关系的害利与否来描写的。

问题二,这首诗有什么含意,采用了什么表现手法?诗歌通过对素蝶活动的描写,表现了诗人在现实生活中的悲欢、沉浮,最后两句突出了诗人的依恋和向往。诗作采用的手法是托物言志。

【读法链接】

〔附〕今人和前人有关点评

1. 天监十四年(515年)正月,萧统于太极殿加元服,以萧统为中心的文学集团正式开展了文学活动。……从史书的记载看,东宫学士的狠心人物当是刘孝绰、王筠。据《梁书·刘孝绰传》记:"孝绰辞藻为后进所宗,世重其文,每作一篇,朝成暮遍,好事者咸讽诵传写,流闻绝域。"

2. (而)公开宣扬他们文学主张的主要是刘孝绰《昭明太子集序》和萧统的《答湘东王求文集及诗苑英华书》。……《序》中集中农大文学主张的话是:"窃以属文之体,鲜能周备。长卿徒善,既累为迟;少孺虽疾,俳优而已。子渊浮靡,若女工之蠹;子云侈靡,异诗人之则;孔璋辞赋,曹祖劝其修今;伯喈笑赠,挚虞知其颇占;孟坚之颂,尚有倾赞之讥;士衡之碑,犹闻类赋之贬。深乎文者,兼而善之:能使典而不野,远而不放,丽而不浮,约而不俭,独擅众美,斯文在斯。"……刘孝绰这里提出了他的文学主张是"典而不野,远而不放,丽而不浮,约而不俭",典和野,远和放,丽和浮,约和俭,分别是四岁相近的概念,刘孝绰强调前者,反对后者,表达了一种比较折中的文学观。……从以上两份文件可以看出,萧统、刘孝绰旨在崇尚文质彬彬的温厚雍容风格。

(以上,引自曹道衡、傅刚著《萧统评传》第八章"以萧统为中心的天监、普通年间文学思想和创作")

孝绰一官屡蹶,少妹贻纠,束绢开讼,秘书长逝,不满六十。原其著作齐骋,禄位中隔,一者性多可,一者性多怪也。孝绰文集数十万言,存者无几,零落之叹,无异元礼,书启表序,文采较优,诗乃兄弟尔。元帝为孝绰墓铭云:"鹤开阮瑀,鹏鷟(zhù)杨循,身兹惟屈,扶摇未申。"夫秘书摧轮,未若阮杨,而当时见屈者,亦悲其乐贤圆像,绝域闻名,有公辅之资,而抱箕斗之怨。到洽凶终,刘览内嗟,朋友兄弟,宁无一可乎?而偏扼其吭,则胡为也。孝绰以诗失黄门,亦以诗得黄门,风开风落,应遇皆然,知无忤于人之多言矣。

(以上,张溥《汉魏六朝百三家集题辞注·刘秘书集》)

李贺《李凭箜篌引》

李贺（790—816），字长吉，中唐杰出的浪漫主义诗人。祖籍陇西，自称"陇西长吉"，世称李长吉。因家居福昌昌谷（今河南洛阳宜阳），又称李昌谷。对古诗有特殊爱好，垂髫之年，已熟读诗经、楚辞、古乐府、汉魏六朝诗歌以及当代许多作品。束发读书以来，广阅经传史牒、诸子百家、古小说等书籍。一生愁苦多病，不到十八岁，头发开始发白，仅做过从九品奉礼郎，二十七岁卒。开创"长吉体"诗，多慨叹生不逢时、内心苦闷等；喜神话故事、鬼魅世界，以诡异想象构造波谲云诡的艺术之境。后人谓"太白仙才，长吉鬼才"。

【诗词品读】

一

李贺是中唐杰出的浪漫主义诗人，由于家世原因，没有参加科举考试，生活比较贫困。但毕竟是唐王朝的宗室，还是做了小官。不过，肯定要处处受约束，所以人生境遇较之同类其他人就要困顿得多。

李贺是有理想的人，他渴望通过自己的努力改变命运。但他仍然很不幸，他无法突破其家族所给的限制，所以他将过剩的智力转移到了诗歌创作。他是中晚唐诗风强有力的改变者，其诗作奇幻瑰丽，常寓托其思想于神话，并托古以讽今。当然，他还有难消的人生慨叹和不逢时的苦闷。他因为长期抑郁感伤，焦思苦吟，最终英年早逝。但他凭借自己的诗歌成就，在唐诗丛林独树一帜。

李贺的《梦天》诗，我们已简单提点过，今天要说的是《李凭箜篌引》诗。诗人借李凭弹奏箜篌的高超演技，来表达他对人生的一种志向性愿景。在诗作中，抒情主人公李凭已经实现了她的人生志愿，还有谁没有实现其愿景，却是不言而喻的。

箜篌演奏家李凭，是一个真实的人。诗作中所描写她弹奏箜篌的技艺及其神奇效果，也许未免夸张；但是，如果今天的读者，也能试着走进那个全世界的诗歌的中心、鲜花的中心和音乐的中心——唐帝国都城长安，不出意外，也会是李凭音乐的一个狂热的爱好者。

李凭当时确实著名。知名诗人顾况在《听李供奉弹箜篌歌》里描述说，"驰凤阙，拜鸾殿"，"天子一日一回见"；"王侯将相立马迎，巧声一日一回变"，她以艺人之身获得高权势们的恭敬和待遇，实在是一个奇人。她很像《天方夜谭》里那个聪慧的王后，总有变不完的音乐花样。甚至，"实可重，不惜千金买一弄"，出场费非常高昂。"银器胡瓶马上驮,瑞锦轻罗满车送",人家送得多,稀罕财宝,贵重器物,马驮车送。"此州好手非一国,一国东西尽南北。除却天上化下来,若向人间实难得",就是说,李凭是音乐中的"女谪仙"。

二

下面看看《李凭箜篌引》这首诗。

吴丝蜀桐张高秋,空山凝云颓不流。江娥啼竹素女愁,李凭中国弹箜篌。昆山玉碎凤凰叫,芙蓉泣露香兰笑。十二门前融冷光,二十三丝动紫皇。女娲炼石补天处,石破天惊逗秋雨。梦入神山教神妪,老鱼跳波瘦蛟舞。吴质不眠倚桂树,露脚斜飞湿寒兔。

先看首句"吴丝蜀桐张高秋"。吴丝,清人王琦注曰:"丝之精好者,出自吴地(今苏州一带),故曰吴丝。"蜀桐,蜀地柏桐木。南朝宋刘敬叔《异苑》:"晋武时吴郡临平岸崩,出一石鼓,打之无声,以问张华。华曰:'可取蜀中桐材,刻作鱼形,扣之则鸣矣。'于是如言,声闻数十里。刘道民诗曰:'事有远而合,蜀桐鸣吴石。'"又,东汉桓谭《新论·琴道》谓:"昔神农氏继伏羲而王天下,亦上观法于天,下取法于地,近取诸身,远取诸物,于是始削桐为琴,绳丝为弦,以通神明之德,合天地之和焉。"张,本来是把弦丝安在琴弓上,这里作"演奏"讲亦可,而取其本义似更切当。一般而言,会弹奏者一开始都要调试,也就是安装、调试演奏的琴弦。高秋,天高气爽的时候,这里指深秋。就整句而言,是说在这样一个深秋时节,琴师正在调试一把材质最为名贵的竖琴——箜篌。

再看次句"空山凝云颓不流"。空山,幽深少人的山间,山显空灵,这当然是指琴师李凭演奏时周围空灵的环境。凝云,是浓云,密云,这是下雨前的征象。颓,书上说是"颓然",一般理解为精神不振,解释不到位,解释为"崩塌、倒塌"更准确些。凝云颓,就是浓云(猛然)倒塌。不流,云停在那里,越聚越多,最后崩塌,这是写音乐的吸引力。这还只是在调音阶段,只是弹奏一两下,居然连天上的浮云都停下来不走,相拥堆叠,竟致于崩塌。这是暗示音乐的美妙,比白居易《琵琶行》诗"未成曲调先有情"还厉害。这,当然也暗用了"响遏行云"之典。这是一方面。而另一方面,从物理角度看,云层越聚越厚,并且出现了崩塌,就预示着马上有雨要下的意思。一音双关,真是太形象了。当然,这一整句,既是暗示即将下雨,又似乎在渲染音乐演奏的一种氛围，同时又在勾勒一个哀怨而压抑的音乐背景。尤其是后者，当云层不断聚集，不断崩裂，气氛显得极其压抑。

第三句是"江娥啼竹素女愁"。江娥，就是"湘夫人"，所谓尧有二女，即为嫁给舜的娥皇、女英。后舜巡视南方，死于苍梧，二妃得知，抱竹痛哭，泪染成斑，是所谓"江娥啼竹"。素女，传说中的神女，《汉书·郊祀志上》说："泰帝使素女鼓五十弦瑟，悲，帝禁不止，故破其瑟为二十五弦。"因弹奏过于悲伤，山神泰帝无法阻止，所谓奏、听的悲痛都无法抑制，故而劈琴为半，意欲使悲痛减轻一半。这一整句都表达哀怨，一"啼"一"愁"之间，都意在揭示演奏的主题或题材。

"李凭中国弹箜篌"这一句，属突出展示。一开始听众可能并不知谁在调试，但是，一俟调弄，天色即为之一变，云山也接二连三地崩塌，于是不由人于内心不震惊。随后，随着乐曲主题的定调，一腔悲怨从遥远的时代渐渐侵入当下听众的心里，极为强烈，又极为细腻。那一丝极为哀怨的曲音一旦显现，似乎让人悲恸欲绝，仿佛其间隐着无限的悲愁，一下子又将人牵到很远的地方去。听众这时候忽而感到，这只有李凭的弹奏才具这种先声夺人、勾魂夺魄的效果！于是大家突然明白过来——哦，就是她，就是她！"李凭中国弹箜篌"，仿佛一个特写镜头，李凭弹奏箜篌，在国都，横空出世。

中国，这里指的是指京都、国都，是用它的本义，属于比较原初的意思，即"国中"。周朝人以前称商朝人的国都叫中国，代商之后，也称自己的都城叫中国。再后来，这个中国就是指华夏一带，中原一带。以后范围渐渐扩大，指华夏族的本部。后来这个词还打上浓重的文化色彩，即所谓中国与四夷等。

三

再看"昆山玉碎凤凰叫"。这一句，曲调较之刚才有新变。昆山就是昆仑山，以产玉著名，不是今天的江苏昆山。玉碎，注家王琦汇解"状其声清脆"。凤凰，古代的吉祥鸟，也是一种智鸟，其叫声比较清亮。范成大在《虞衡志》里说，此鸟叫声比较清越，像笙箫发出的声音，当然，清越里面还略带一点哀怨。需要说明的是，昆仑山是中国的神山，神话传说里很多故事，其中与西王母有关的故事最为著名，后面还要提到。

这句当然是写李凭演奏的声音特质，同时在叙事情节上还有所暗示。"昆山玉碎"，似乎与前面"凝云颓不流"还有暗暗的关涉。至于"昆山玉碎凤凰叫"，还显示与"江娥啼竹素女愁"，有一个演奏上的衔接与微妙的变化。诚若是，则"昆山玉碎"含有美好事物遭遇不幸，或良愿无法达成而致的心碎。至于"凤凰叫"，又因含有"凤求凰"而有追求伴侣、追求理想而产生的热烈奔放而又深挚缠绵的情感，同时又带有一种苦痛与悲伤之情。

接着是"芙蓉泣露香兰笑"一句。芙蓉谓何？水莲花或木莲花，但指后者更相宜，因为是秋季，甚至是深秋时节。木莲是一种小灌木，有资料说，"晚秋开花，花大而美，酷似牡丹，有柄，色有红白，晚上变深红"。隋代江总《南越木槿赋》说："千叶芙蓉讵（jù）相似，百枝灯花复羞燃。"它每天都有变化，后来人们又比美女。李白在《妾薄命》里讲汉武帝的陈皇后陈阿娇，所谓"昔日芙蓉花，今成断根草"。昔日那么美丽，结果十年下来，因为没给武帝增添子嗣而遭到抛弃。这是一个不幸的女人，美丽绝伦，尊贵无比，最后还是失宠。泣露，字典的意思是滴露，但理解为早晨或晚上的芙蓉沾着朝露或夜露，似更切意些；不过，与"香兰笑"一致，同为拟人化，意为无声哭泣、泪如露滴。香兰，散发着香气的兰花，这里指秋兰。有资料说，"香兰叶形挺拔整齐，叶间交错掩映，叶色浓绿光亮，姿态优美、淡雅而有风度"，令人有风姿绰约、风韵别现的感觉，体现的是贵族妇人的情韵。如果联系江总《秋日新宠美人应令诗》"翠眉未画自生愁，玉脸含啼还似笑"，那么这"笑"就含有强作笑脸，或者苦笑以及自嘲了。

我们看，通过"昆山玉碎凤凰叫"，略带些哀怨的清越、清亮，后面又说"芙蓉泣露香兰笑"，犹如乐天写太真"玉容寂寞泪阑干，梨花一枝春带雨"，虽仍风姿绰约、美艳绝伦但到底难掩悲泣与强颜，所以，无论是哪种声音如何演奏，它们总要带上或高或低的忧伤与隐泣。如果说本诗第五句是拟声，第六句就是摹形，是以特定的形象感来表达音乐演奏给人的感受。

当然，如果再联系东汉张衡《思玄赋》，就会感到"昆山玉碎凤凰叫，芙蓉泣露香兰笑"，与前面的"江娥啼竹素女愁"，似乎都有所指。原赋很难懂，暂时省略，下面是我用现代语言译成的一个小片段：

访问居住在银台的西王母哟，进食玉芝来消除这辘辘的肠饥；王母戴胜笑吟吟欢喜不已哟，又责备我步履缓慢而行道迟迟。接来太华山上的明星玉女哟，又召请来洛水之滨的美神宓妃。都是娇美秀丽而妖艳迷人哟，又加上那俊俏的眼和修美的眉。舒展那轻盈而柔细的身腰哟，掀起那错彩披纷的香缨和绣衣。开启鲜艳红唇而微微含笑哟，颜容明丽光彩射人如明媚春光。进献环琨佩玉与玙饰香缨哟，申述钦慕而再馈赠黑缯和绮缎。虽然美色惊艳而赠财绝好哟，却因为我志向壮阔而并不夸赞。

这对双艳因不受纳而悲伤哟,同吟那哀婉的诗、唱那凄清的歌。

歌辞唱道:天地烟云动荡,百草花彩鲜艳。鸣鹤颈项厮磨,雎鸠音声相和。处女心怀爱恋,精魂为你回旋。奈何良善明仁,弃我实在狠心。

住在昆仑山银台的西王母,要向上下苦苦求索的张衡推荐两个美女,一个叫太华玉女,一个叫洛浦宓(fú)妃,她们的美艳无须多说,她们求爱、求理想而不得的悲伤与绝望,竟是那么分明。尽管景界都那么美好,但因为人各有"志",或者说人生不顺遂,而主动放弃了一场美好的结合。但究竟是什么使这些美好的种子不能生根发芽、开花结果呢?

其中宓妃,是洛水之神,又说她即是传说中的嫦娥,被河神所掳掠,押入水府深宫,终日郁郁寡欢,待知道人间大力神后羿,便进入他的梦中与他幽会,于是后羿将宓妃解救出了深宫(至于后来又进月宫,自是后话)。而宓妃,三国时曹植在《洛神赋》中这样形容:"远而望之,皎若太阳升朝霞;迫而察之,灼若芙蕖出渌波。"就是说,远远望去,光艳得像绚烂朝霞上的耀日头;走近再看,则又像碧波间明亮的白莲花。

四

下面是第七句,"十二门前融冷光"。冷光,有人说是月光,但有书上讲是寒光,因为时令与具体时间的关系,天色已经越来越暗,气温越来越低。这里就理解为"月光"吧。也就是说,在这个深秋的傍晚,虽然云层密集,似乎快要下雨,但月亮还是如期而至,渐渐地,月光冷冷地呈现,天色就这样慢慢地沉了下来。然而,那时高时低的美妙的乐音,如泣如诉,而十二门前的听众们,显然都身受感染。于是,他们感到,唯有眼前这寒冷的月光,才能契合心中所理解到的情与意。我们看,音乐的演奏是如此高妙:一方面,它紧合天气的变化,而另一方面,又是如此贴近心灵,让这些痴迷的受众仿佛身临其境。李凭的音乐,是如此的典雅,如此的哀伤,又如此地回旋起伏地诉说着人间的情愿。它融化了冰冷的夜气和月光,又似乎融化了夜坐深秋的人们的寒凉。

十二门,课文注释说指长安城门,既照应了前面提的"中国",又无形地应证了前面顾况在《听李供奉弹箜篌歌》里所说的"驰凤阙,拜鸾殿,天子一日一回见"等内容。而这里,恰恰也有一句"二十三丝动紫皇"。二十三丝,仍然是指箜篌;紫皇,本来道教指天上的神仙,这里又指人间的皇帝。动紫皇,是说音乐感动、触动了人间的皇帝,"天子一日一回见"(《听李供奉弹箜篌歌》),今天好像又感动了天子。这很不容易!要知道,这位皇帝本人就是音乐造诣精深的艺术家;而且,他太高傲,他太挑剔，要让一个泱泱大国之君满意、感动，又谈何容易！但这美妙绝伦的清音，仍然把他触动，由此可见音乐魔幻般的魅力。

我们看，音乐演奏到这里，由遥远时代帝妃哀怨的诉说，再到几百年前昆仑山上那一场错位的神会，走巡千年，阅尽人世，直把最坚硬的心灵软化，并将几世几年的激情与狂热凉歇下来，观众包括帝王，都一起感受了一场场永世难消的悲情与哀歌。当然，它们也是一股股逆而不顺的怨愤之气，这音乐是如此地摧折心灵，并呼唤着灵魂。也难怪，即使此时夜幕已降，寒冷袭身，而观众仍然沉浸于其中。这是一场伟大的音乐演奏，当然，也需要伟大的听众忘情地听赏。正是这两者的互对与交融，才有了这旷世的音乐盛会的出现。

而这，对于当时的长安，似乎已经司空见惯。日本学人吉川幸次郎在《中国诗史》里以深情之笔，描绘了他心目中唐代的世界中心的长安。他说，那是一个美丽而充满了生气的城市，是世界上最大、最美丽的都城，到处都充满了牡丹的花香、欢歌和音乐。而在今天看来，这似乎已无法想象，而成了一个遥远的伟大的绝响。

这不是在深邃逼仄的宫廷，也不是只有贵族参与的所谓少数人的小众密会，而几乎是幕天席地，群山环绕，在容纳万千人的宫前广场，以秋气，暮色，苍云，远山做布景，来铺排的一场盛大的音乐演奏会。在这同呼吸、共命运的音乐现场，音乐演奏又变得既细切又宏大，既哀怨又悲壮。与此同时，哀情如积压的阴云，不断地聚积在人的心头；而悲抑，又需要释放和冲荡，它正在寻找突破口……

五

在讲诗作的第九、第十句之前，穿插一点说明或提示。

《李凭弹箜篌引》这首诗，展现了李凭高超的技艺。高超于何处？弹奏很注意天气的变化，是弹奏的曲音变化与天气的变化的高度吻合。而"石破天惊逗秋雨"，是音乐正好弹奏到此，而天母作衬，居然也下起了急雨。作为清代著名的注家，王琦注李贺这首诗有一个颇有意味的注释说明："琦玩诗意：当是初弹之时，凝云满空；继之而秋雨骤作；洎乎曲终声歇，则露气已下，朗月在天；皆一时之实景也。而自诗人言之，则以为凝云满空者，乃箜篌之声遏之而不流；秋雨骤至者，乃箜篌之声感之而旋应。似景似情，似虚似实。读者徒赏其琢句之奇，解者又昧其用意之巧。显然明白之辞，而反以为在可解不可解之间，误矣！"

我们看，"紫皇"其实也是一箭双雕，一语双关。音乐既感动了地上，又感动了上天。诗歌后面的音乐描写好像又有了新的变化，这时诗歌的音乐后半部分，似乎是对另一种神话情境的描述。也就是,幽怨而温情的场景移位于对另一场隐秘情事的叙述。但一开始却以激昂与人们猝不及防的方式,掀起了新的音乐高潮。

看,"女娲炼石补天处,石破天惊逗秋雨"!此时,天上幻现奇异的景象,遮蔽西天的云层忽然露出缺口,一束光带给暗天抹上了一片绚丽的亮色。诗人无法形容这音乐的瑰丽,他只能想象是女娲炼成五彩斑斓的色石所补就的壮丽天幕,这位已经修道成仙的人类初祖,慈怜地看完自己的一个莽撞使气的后代——共工将天盖撞塌,而后默默、娴熟而快速地将其补好。她总是以这样的方式,将一切怨愤静静地抚平。而当她快要补好时,不曾想又阴阳阻隔,昆仑山上似乎又出现了骚乱。不,这回是另一股长久的怨气与冤气的郁积,从娥皇、女英以来,从玉女、宓妃以来,直至后羿和嫦娥以来的千年愤懑,不断积压,——这方面,她其实都注意到了。这是一个母亲用其温柔的眼,看着眼前抱屈的子孙们的情态。随后,她顺导人情,将已经严丝合缝的天盖轻轻地敲碎了一小块,这时,石破天惊,电闪雷鸣,秋雨骤然而下。雨,下得正好,痛快地下了。一场深秋的暴雨,从来没有过的顺畅和舒惬。很快,云散雨收,天月重现。

正好,音乐也发出激昂而刺破青天的声音。我们看,音乐的演奏和天气的变化,是如此之契合。在人间,哪里知道怎么惊天动地的手段呢?惊悚,恐惧,躲避唯恐不及……而在女娲,她只微微一笑,这似乎不过是逗玩一下而已。逗,有招引的意思,当然还有挑逗、戏弄的意思。而这一变化,也暗合了一个时间,这时候已经夜幕沉沉,乌云四合,旋即又散开一块,露出天边那一片暗红。然后,很快又下起了一阵急雨……

关于女娲,学人陈建宪在《神祇与英雄:中国古代的神话母题》里说,在中国古代神话传说中,女娲与盘古都是创世纪的始祖,她与盘古不同的是,她时刻关注由自己所创造的这个世界,而且不断地加以维护和修整,并为之增添新的内容。她不仅补天修地,而且完成了创造人类的伟业,又创制了婚姻,并且还是人类最伟大的"高媒"。女娲为人类想得太周到了,甚至还发明种种乐器,让人类在音乐中翩翩起舞、享受生活。而人类对此慈母也十分依恋,遇上困境,总要请以襄助。比如,天气连阴不晴,人间就祭祀祈祷,请以止雨破晴。

女娲,这人类伟大母亲的出现,似乎暗示了长久以来一场场无法避免的悲情与悲剧,都会随补天之举而得到修复,而这阴雨般哀愁也有望获得淡化。当然,知音之希望,情爱之惨烈,君臣遇合之无望等,也有希望获得新的转运。这是多么奇妙而烂漫之事!

六

我们再看，"梦入神山教神妪，老鱼跳波瘦蛟舞"。不正是前面，就是上次我们所讲到的后羿与宓妃相爱的故事的翻版吗？而事实上，正是如此，依照东汉大学问家王逸《楚辞章句》的一个解释，他们在梦中相遇，相濡以沫，以体相温，他们不再孤独寂寞，这两个不幸的人，终于找到了各自的稀世之音。这难道不让人欣喜激动吗？你们看，洛水里的雨龙虾鳖们，都欢呼雀跃，老鱼拖着老迈笨拙之身，也蹦跳起来，而那条瘦弱无力的老蛟竟然也窜出深渊，翩翩起舞。

当然，需要说明的是，妪，动词，这里作"以体相温"讲。而神山，还是指前面的昆山——昆仑山。而这座神山，当然是李凭奏乐的背景之山，由前面的"空山"所虚拟而出。"老鱼跳波瘦蛟舞"，这里实际上就是描绘雨点的溅落溅起的状况。电闪雷鸣之后，雨下了，随即雨点溅落，或许灰尘比较重，雨点落处，扑通一声，悠悠然溅起一颗，然后渐渐地，雨线不断地繁密起来。

而诗作的最后两句"吴质不眠倚桂树，露脚斜飞湿寒兔"，照实际情形说，所下的雨应当是阵雨，云销雨霁，如王琦所注"露零月冷，夜景深沉"。而吴质，就是吴刚，段成式《酉阳杂俎》说，似因学仙道有过，被贬谪月宫作无休止地伐树。露脚，就是露滴。斜飞（露滴），概因有风使然。寒兔，就是月宫里不停地捣药的兔子。这两句是说，在月宫里，吴刚因为音乐入迷而停止了砍伐，正靠在桂树边沉思呢。而那只寒兔居然也停下手中捣药的活儿，蹲在那里，静听着音乐，而身上都被斜飞的露滴打湿了。

但无论如何，这是一个美好的结果。其过程，其实在"石破天惊"一刹那就结束了。秋雨痛痛快快地下，长久以来的郁积终于得到了释放。现在，正是静静停歇时段。

好了，李凭弹奏箜篌，她达到一个何等感人的境界。整个场面，在经历了一个巨大的高潮之后，怨气获得释放，悲情得到宣泄，压抑获得平顺，现在，整个世界仿佛变得无声起来。而此时，李凭可能早已悄悄离开了演奏会的现场，但听众仍然沉浸在美妙的音乐里。眼下，大小受众，他们一同感受，一同互动，一同吐纳，虽然演奏早已停歇，但舒于身，惬于心，似乎从来都没有这样获得如此酣畅淋漓的情感宣泄。凡人自不消说，就连天上的神仙们，以及那些仙妖狐媚，都沉浸在这美妙的时间里。"吴质不眠倚桂树，露脚斜飞湿寒兔"，此时无声胜有声！

七

但是，这个神话故事我们似乎只解释了一半，前面"梦入神山"我们所说的是一个爱情如愿而欢欣的场景，最后两句除了渲染音乐的效果，似乎与前面并无瓜葛，然而，据说是2009年在西安考古挖掘中出现的《淮南子》外篇，其中一篇有关嫦娥飞天的故事，似乎甚合需要。我们看：

昔者，羿狩猎山中，遇姮（héng）娥于月桂树下。遂以月桂为证，成天作之合。

逮至尧之时，十日并出。焦禾稼，杀草木，而民无所食。猰貐（yàyǔ）、凿齿、九婴、大风、封豨（xī）、修蛇皆为民害。尧乃使羿诛凿齿于畴华之野，杀九婴于凶水之上，缴大风于青邱之泽，上射十日而下杀猰貐，断修蛇于洞庭，擒封豨于桑林。万民皆喜，置尧以为天子。

羿请不死之药于西王母，托与姮娥。逢蒙往而窃之，窃之不成，欲加害姮娥。娥无以为计，吞不死药以升天。然不忍离羿而去，滞留月宫。广寒寂寥，怅然有丧，无以继之，遂催吴刚伐桂，玉兔捣药，欲配飞升之药，重回人间焉。

羿闻娥奔月而去，痛不欲生。月母感念其诚，允娥于月圆之日与羿会于月桂之下。民间有闻其窃窃私语者众焉。

所谓"姮娥"即嫦娥，因避汉文帝名讳。在这个记述里，吴刚伐桂，玉兔捣药，都是想配制能够使嫦娥回到人间的药物，而他们的工作都没有白费。现在，在最伟大的慈母——女娲的帮助下，他们的努力让有情人终于遂愿。因而他们再也不需要夜以继日、永无休止地工作了，恶魔得到了惩处，人情与人性获得了宣导，天地统一，阴阳回到正位，一切都恢复了常有之态。现在是所有的人该好好休息的时候，每一个人都静静地安享于平静的喜悦之中，这个时段仿佛停滞就寝。

清初桐城人姚文燮说："吴之丝，蜀之桐，中国之凭，言器具与人相习。中国二字，郑重感慨。天宝末，上好新声，外国进奉诸乐大盛，今李凭犹弹中国之声，岂非绝调？更兼清秋月夜，情景俱佳，至声音之妙。凝云言缥缈也，湘娥言其悲凉也，玉碎凤鸣言其激越也，蓉露兰笑言其幽芬也，帝京繁艳，际此亦觉凄清。天地神人，山川灵物，无不感动鼓舞，即海上夫人梦求教授，月中仙侣，徙倚终宵；但佳音难靓，尘世知希，徒见赏于苍玄，恐难为俗人道耳。贺盖借此自伤不遇，然终为天上修文，岂才人题咏有以兆之耶？"此篇论说，持论虽然偏颇，但姚氏敏锐地抓住了李贺感"知音世希"而"自伤不遇"，实是深刻之处。

【问题聚焦】

八

下面看看一个关于诗歌与音乐的问题。

李贺的诗,除了简单地介绍之外,剩下的基本都是极具想象力的语言表达。"清人方扶南把这首诗与白居易的《琵琶行》、韩愈的《听颖师弹琴》相提并论,推许为'摹写声音之至文'。请在阅读这三篇作品后,比较他们在音乐描写时所用的不同技法,说说它们各自的艺术风格。"首先,这段话揭示了李贺这首诗在音乐史上的位置。其次,与这段话意见并不一致的地方,是认为,诗歌的摹写音乐,多是摹写情绪,或者是(断断续续的)形象,很少有完整的、连续性的形象的展示(大体只有在叙事性诗歌中如此),这时候,解读或理解诗歌,需要把摩诗人情感的波动和音乐的节奏,理顺诗歌的时间性关系,以及艺术形象的逻辑的、内在的关联。因此,简单地将三首诗作的音乐描写部分进行比较,并没有多少价值和意义。

【读法链接】

〔附〕今人和前人有关点评

《李凭箜篌引》,此诗是李贺在长安官奉礼郎时所作。诗有"李凭中国弹箜篌"句,《荀子·致士》杨倞注:"中国,京师也。"《周礼·士师》贾逵注:"国,城中也。"中国弹箜篌,是在长安城中弹箜篌之意。李凭为中唐时期善于弹箜篌之御前供奉乐师,顾况、杨巨源俱有听李凭弹箜篌之诗。箜篌有卧箜篌、竖箜篌、凤首箜篌三种,卧箜篌属琴瑟类,竖箜篌、凤首箜篌属竖琴类。卧箜篌七弦,凤首箜篌有三、四弦者,亦有八、九弦者,竖箜篌二十三弦。诗中有"二十三弦"语,知李凭所弹者为竖箜篌。"十二门前融冷光"以下,借音乐声以写王叔文诸人从事政治革新活动,初得顺宗信任,最后失败之过程,"融冷光",谓融化当时反动政治之冷光,给死气沉沉之中唐朝廷带来生气。"动紫皇",谓打动顺宗改革政治之心。"十二门"是长安城门,点名进行政治活动之地点。"女娲炼石补天",则政治意义更加明显。二句诗意谓顺宗欲改革弊政,补唐王朝之天,而有志未遂,所赖以补天之石,已为保守派所破碎。八月政变,出现一场革新派成员被贬逐之大秋雨。写音乐之高潮,亦是写当时政治斗争之高潮。"梦入神山(宋吴正子《笺注》本作"坤山",更确切)教神妪,老鱼跳波瘦蛟舞。"教神妪之"教",犹《楚辞·远游》"使湘灵鼓瑟兮,令海若舞冯夷"之"使""令"。神妪大概是指牛昭容,昭容欲助顺宗之改革,不意徒成顺宗短暂一瞥之梦境。内有台阁十年之杜黄裳,外有节度廿年之韦皋,宫内又有宦官俱文珍,便同老鱼瘦蛟之得志起舞。末二句似指刘、柳等人。

吴质者，魏文帝为太子时旧人，至明帝时犹在。其人好音乐，闻"秦筝发微"而有"实荡鄙心"之感（见吴质《答东阿王书》），故李贺用以影射顺宗东宫旧人刘、柳等，兼切听箜篌之主题。然吴质亦有解作吴刚者，故诗有"倚桂树"之语。明人何孟春《余冬序录》即谓质是吴刚之字，钱谦益《有学集》卷十二《梅村宫像五十生子赋浴儿歌十章》自注引李贺此句，正作吴刚，疑绛云楼所见旧本，有此异文。吴刚者，有过谪居于月中，借以影射被贬之刘、柳。桂树无砍断之日，可比刘、柳之"永不量移"。倚树不眠，泪湿寒兔，与"老鱼"一句，一讽斥，一同情，恰成对照。听音乐之古诗，双关时事者，李贺此诗，可谓新创。清初吴伟业之《琵琶行》，屈大均之《御琴歌》，继承此传统而更扩大。

（以上，钱仲联《李贺年谱会笺》"十七岁"下注）

《诚斋诗话》：诗有惊人句。杜《山水障》："堂上不合生枫树，怪底江山起烟雾。"……李贺云："女娲炼石补天处，石破天惊逗秋雨。"

《唐诗品汇》：刘云：其形容偏得于此，而于箜篌为近（"老鱼跳波"句下）。刘云：状景如画，自其所长。箜篌声碎有之，"昆山玉"颇无谓。下七字妙语，非玉箫不足以当，"石破天惊"过于绕梁遏云之上。至"教神妪"忽入鬼语。吴质懒态，月露无情。

《增订评注唐诗正声》：幽玄神怪，至此而极，妙在写出声音情态。

《唐诗快》：本咏箜篌耳，忽然说到女娲、神妪，惊天入月，变眩百怪，不可方物，真是鬼神于文。

《龙性堂诗话初集》：长吉耽奇凿空，真有"石破天惊"之妙，阿母所谓是儿不呕出心不已也。然其极作意费解处，人不能学，亦不必学。义山古体时效此调，却不能工，要非其至也。

《李长吉诗集批注》卷一：白香山"江上琵琶"，韩退之《颖师琴》，李长吉《李凭箜篌》，皆摹写声音至文。韩足以惊天，李足以泣鬼，白足以移人。

《唐贤小三昧集》：七字可作昌谷诗评（"石破天惊"句下）。

《王闿运手批唐诗选》：接突兀（"昆山玉碎"二句下）。

《唐宋诗举要》：吴云：通体皆从神理中曲曲摹绘，出神入幽，无一字落恒人蹊径。

后记

一个纪念或是见证

《中国醉美的古诗词》这个遴选出来的"古典诗歌讲录",可以说是我在一待10年有余的一所学校里,所带最后一届(2012年)的课堂记录的一部分。我思来想去,为什么要盘出这样一个书稿,可能出于一种暗暗的情因吧。或许它可以作为一个纪念,或是某种可以交付岁月的见证。

但我想说的是另外的事,就是我曾经跟孩子们聊过而至今还有印象的一些语文与学习的事。

我仍然还记得讲《庄子》"任公子钓大鱼"那一章节,任公子拿"大钩巨缁","五十犗以为饵","蹲乎会稽",垂钓东海,期年之后而得巨鱼。但另外一些人,他们手拿钓竿,奔赴沟渠,钓鱼捉虾,也奢想着弄到任公子那样的大鱼,可能就是痴心妄想了。

静下心来,耐得一些寂寞,其实也适用于语文的学习。语文确实是个慢活儿,它需要人一点一滴地进行积累,静静地感悟并思考一些东西,并不断地摸索并扩大语文的可能空间。

比如,对于不同的诗歌,它有不同的理解,我们要深入到古典诗歌的意境,去体会那一个个时代人的情感,另外,要了解一下中国古典文学的一些基本特征,也是去认识并理解古典时代的文化风情与世道人心。你理解它,你就能很好地把握。古典诗歌,我讲得确实很细,不求多而求精。这是一贯的做法。

我希望学生都能体会一下古典诗歌的情境,至少遇到类似的诗歌时,它能有所触发。说高一点,这也是在培养一个人典雅而温厚的情性。把心静下来,语文一般所求的结果肯定能显现出来。特别是古典诗歌,不是把答案报给学生就完事。而我们中有很多人就像得了答案饥渴症一样,拼命地索取,拼命地识记,其实并无多大的作用。而语文测试上的分数,我有趣地发现,就像市场的价格,颇像门格尔所讲的是一种"情绪的反映"。分数是一种情绪的反映,它并非能力的映射。于是高考实际上就滑变为考验人的心态的一个问题。似乎把心静下来,每天有条不紊地做自己的事情,高考就一定很出色。

当然，这个有趣的发现带有荒诞色彩。这与我们很多人就是到现在，与学习方法还没有具备是有必然关系的。而很多时候，我都在想，语文改革最离奇，而它的考试制度更是把语文破坏得乱七八糟。而更糟糕的是，有一种思维模式可能更具毒性，那就是，很多人以为语文文本"无非是个例子"，好像通过学习这些例子，就像做数学证明题一样，而可以获得一种所谓的能力，然后再运用它，就能解决所谓能力相符的一般的语文问题。并美其名曰能力迁移。它的可怕性就在，它居然成了一种证明，一种无法验证却仍然要愚妄地证明下去的证明。

如此说来，对于诗歌，古典诗歌，以及教育，其实我的所知所觉还是多么有限！这本书稿里还有很多显性或隐性的问题，敬请大家多多批评并赐教。

在此，笔者先深致谢意。